河出文庫

天体嗜好症

一千一秒物語

稲垣足穂

河出書房新社

目次

Ⅲ　宇宙論入門　225

Ⅳ　ヒコーキ野郎たち　397

天体嗜好症

一千一秒物語

I

『一千一秒物語』

さあ皆さん　どうぞこちらへ！
いろんなタバコが取り揃えてあります　どれからなりとおためし下さい

月から出た人

夜景画の黄いろい窓からもれるギターを聞いていると　時計のネジがとける音がして向うからキネオラマの大きなお月様が昇り出した

地から一メートル離れた所にとまると　その中からオペラハットをかむった人が出てきて　ひらりと飛び下りた　オヤ！　と見ているうちに　タバコに火をつけて　そのまま並木道を進んで行く　ついてゆくと　路上に落ちている木々の影がたいそう面白い形をしていた　そのほうに気を取られたすきに　すぐ先を歩いていた人がなくなった　耳をすましたが　靴音らしいものはいっこうに聞えなかった　元の場所へ引きかえしてくると　お月様もいつのまにか空高く昇って静かな夜風に風車がハタハタと廻っていた

星をひろった話

ある晩黒い大きな家の影に　キレイな光ったものが落ちていた　むこうの街かどで青いガスの眼が一つ光っているだけだったので　それをひろって　ポケットに入れるなり走って帰った　電燈のそばへ行ってよく見ると　それは空からおちて死んだ星であった

なんだ　つまらない！　窓からすててしまった

金曜日の夕がた　帽子店へはいると　突き当りの大鏡にネクタイをえらんでいる青年の姿が映った　その拍子に先方も鏡を見た　自分と青年の眼とがカチ合った　青年はズカズカと近づいてきて　自分の肩ごしに云った

「君」

「なに？」

と横を向いたまま答えると

「水曜日の夜をおぼえているか」

と云いかけた

「そんなことはね……」

と答えると

「そんなことではないよ！」

青年はたいへんな権幕（けんまく）でどなった　ガラス戸がギーと開く音が聞えただけで　自分は街のアスファルトの上へかち飛ばされた

投石事件

「今晩もぶら下っていやがる」

石を投げつけるとカチン！

「あ痛た　待て！——」

お月様は地に飛び下りて追っかけてきた　ぼくは逃げた　垣を越え　花畠を横切り小川をとび　一生懸命に逃げた　踏切をいま抜けようとする前をヒューと急行列車がうなりを立てて通ったまごまごしているうちに　うしろからグッとつかまえられた　お月様はぼくの頭を電信柱の根元でガンといわした　気がつくと　畑の上に白い靄（もや）がうろついていた　遠くではシグナルの赤い目が泣いていた　ぼくは立ち上るなり頭の上を見てげんこを示したが　お月様は知らんかおをしていた　家へ帰るとからだじゅうが痛み出して　熱が出た

朝になって街が桃色になった時　いい空気を吸おうと思って外へ出ると　四辻（よつつじ）のむこうから見覚えのある人が歩いてきた

「ごきぶんはどうですか　昨夜は失敬いたしました」

とかれが云った

たれか知らと考えながら家へ帰ってくると　テーブルの上に薄荷水（はっかすい）が一びんのっていた

流星と格闘した話

ある晩オペラからの帰り途に　自分の自動車が街かどを廻るとたん　流星と衝突した

「じゃまするな！」
と自分は云った
「ハンドルの切りかたが悪い！」
と流星は云いかえした　流星と自分はとッくんで転がった　シルクハットがおしつぶされた　ガス燈がまがって　ポプラが折れた　自分は流星をおさえつけた　流星はハネ返って　自分の頭を歩道のかどへコツンと当てた
自分は二時すぎにポリスに助け起されて家へ帰ったが　すぐにピストルの弾丸をしらべて屋根へ登った　煙突のかげにかくれて待っていた　しばらくたつとシューといって流星が頭の上を通りすぎた　ねらい定めてズドン！　流星は大弧をえがいて　月光に霞んでいる遠くのガラス屋根の上に落ちた
自分は階段をかけ下りて　電燈を消して寝てしまった

ハーモニカを盗まれた話

ある夕方　表への出合い頭に流星と衝突した
ハッと思うと　そこにはたれもいなかった
おれはプラタナスの下を歩きながら考えた　するとそれが流星であったかどうかわからなかったが　衝突したはずみに帽子を落した　帽子を調べてみると　ほこりがついていた　おれは家の方へ走った　部屋にかけこむなりテーブルの引出しをあけた　ハー

モニカがなかった

ある夜倉庫のかげで聞いた話

「お月様が出ているね」

「あいつはブリキ製です」

「なに　ブリキ製だって？」

「ええどうせ旦那　ニッケルメッキですよ」（自分が聞いたのはこれだけ）

月とシガレット

ある晩　ムーヴィから帰りに石を投げた
その石が　煙突の上で唄をうたっていたお月様に当った　お月様の端がかけてしまった
お月様は赤くなって怒った
「さあ元にかえせ！」
「どうもすみません」
「すまないよ」
「後生（ごしょう）ですから」
「いや元にかえせ」
お月様は許しそうになかった　けれどもとうとう巻タバコ一本でかんにんして貰った

お月様とけんかした話

ある晩　ムーヴィの帰りにカフェーへ寄ると　隅ッこのテーブルで　大きなボールみたいな者がビールを飲んでいた
「なんだ　今夜はへんなぐあいだと思っていたんだ　もう二時間もおくれている　こんな所で飲んでいることがわかると　君はみんなからぶん殴られるよ」
自分がこう云うと　ボールみたいなものは肩をそびやかして
「貴様の知ったことじゃない」
と云い返した
「それでいったい責任がすむんかい」
「すむもすまぬもあるものか　お前こそ早く帰れ」
「なんだと……」
「文句があるか？」
そのままにして表へ出ようとすると　やにわにうしろからビールびんが飛んできた
それがカウンターの鏡に映ったので　ひゅッと頭をかわすと　びんは鏡に当ってパッシヤン！
「卑怯な」
「なにを不良少年」

「何をちョこざいなお月様」
「さあこい！」
「やるか！」
お月様は短刀をひき抜いた　自分は椅子をふり上げた　お月様の仲間と自分の友だちが取っくんで転んだ　たれかがスイッチをひねった　真暗がり……椅子が飛んだ　カーテンが落ちた　植木鉢が割れた　自分はお月様の横ッ腹をけりとばした　お月様は自分の足を払った　たれかが振り廻しているテーブルのかどが自分の頭に当った　フラフラとしたすきにお月様は逃げ出した　六連発を出してズドンズドンと撃った　お月様は逃げてしまった
赤十字の自動車と警察の自動車がやってきて　怪我人をしらべた　自分がポリスに報告している時　東の地平線からお月様がふらふらしながら昇ってきた　自分は憲兵の鉄砲を借りて街上で片ひざを立てた　ねらいをつけてズドン！
お月様はまっさかさまに落ちた
一同はバンザイ！　と云った

A MEMORY

物やわらかな春の月が中天にかかって　森や丘や河が青くかすんでいました　そして遠くのほうに岩山の背がほの白く光っていました

そこらじゅう一面に月の光がシンシンふりそそいで　ずっと遠くの遠くの方から　トンコロピーピーと笛の音が聞えてきます　それはなにか悲しげな　なつかしい調子で聞えるのか聞えないのかわからないくらい　微かに伝わってきます　耳を澄すと　その笛の音につれて　恨むような　嘆くような声が　なにか歌っているようですが　何を云っているのかちっとも判りません

トンコロピー……ピー……

笛の音がすると　月の光がまたひとしきり降りこぼれてきます

すると

「たぶんこんな晩だろうよ——」

どこからかこんなつぶやき声がしました

「え？　どうしたのが」

とわたしはおどろいて問い返しましたが　声は何にも答えません　そして相変らず月の光がシンシン降っているだけでした

すると又　どこからともなくさっきのつぶやきが　投げやるように　悲しげに　こんどは少うし腹を立てているような調子で聞えました

「たぶん　こんな晩だったろうよ——」

「えッどうしたのが？」

わたしはあわてて問い返しました　けれども声はもう答えようとしませんでした

…………
わたしは気がついて足もとから石をひろい上げました　しかしむこうへ投げつけるまえに　なにかがっかりしたふうに落してしまいました
青い月夜で　山や丘や森が夢のようにかすんでいました
トンコロピー……ピー……

A PUZZLE

——ツキヨノバンニチョウチョウガトンボニナッタ
——え？
——トンボノハナカンダカイ
——なんだって？
——ハナカミデサカナヲツッタカイ
——なに　なんだって？
——ワカラナイノガネウチダトサ

A CHILDREN'S SONG

お月様でいっぱいで
お月様の光でいっぱいで

それはそれはいっぱいで……

月光鬼語

真夜中頃に眼をさますと　裏庭にあたって只ならぬ人の声
「しからば拙者がたんだひとうち
「種が島にては近隣をおどろかすおそれあれば何卒これなる名弓にて
「いかにもさよう心得てござる
「それ　御油断めさるな
「委細承知――
ビュン！　弦を離れた矢の行方？
キャッ！　中ぞらで悲鳴がすると　温室のガラス屋根へ真二ツに割れたお月様が堕ちたけはい　ハッと思って雨戸をけって庭へ飛び降りたが　何事もない　真昼のような月夜だった

ある晩の出来事

ある晩　月のかげ射すリンデンの並木道を口笛ふいて通っているとエイッ！　ビュン！　たいへんな力で投げ飛ばされた

IT'S NOTHING ELSE

A氏の説によるとそれはそれはたいへんな　どう申してよいか　びっくりするようなことがあります　それでおしまい

SOMETHING BLACK

箱を開けると何か黒いものが飛び出した
ハッと思うまにどこかへ見えなくなった
箱の中はからっぽであった
それでその晩眠れなかった

黒猫のしっぽを切った話

ある晩　黒猫をつかまえて鋏でしっぽを切るとパチン！と黄いろい煙になってしまった　頭の上でキャッ！　という声がした　窓をあけると　尾のないホーキ星が逃げて行くのが見えた

突きとばされた話

真夜中すぎに眼をさますと　電燈が消えたくらがりに　小さな青いものが光っている
手さぐりに本を取って　ピシャンとおさえつけた　翌朝本をのけると　そこには黄い

ろい粉がまるく残って　嗅いでみると花火の匂いがした
へんだなと考えていると　うしろからやにわにグヮン！　と頭を殴られた　部屋には
たれもいなかった　出ようとするとうしろから廊下へ突きとばされた　ふり向くとたん
にピシャン！　と鼻先でドアがしまった

はねとばされた話

ある晩おそく帰ってくると　テーブルの上に丸い小さなものがのっていた
近づいてよく見ようとすると　それはだんだんとふくれてきた　びっくりしているう
ちに　グーと大きくなって部屋いっぱいに拡がったので　廊下へ押し出されてしまった
廊下からドアに鍵をかけたが　ミシミシと音がするとピチンと錠前がとんで　内部から
はみ出してきた　真青になっておしていたが　ドアの蝶つがいが壊れてズドン！　窓ガ
ラスを破ってはねとばされた……
庭から上ってきた時　部屋の中には紫色の煙がたちこめて　電燈がかすんでいた　自
分はハネ倒されたドアの上に坐って　長いあいだ考えこんでいた

押し出された話

ある夜おそく帰ってきて部屋のドアを開けようとすると　内から押している者がある
力をいっぱい出したが　むこうもたいへん強く押しているのでドアが壊れそうになった

無理にこじあけてはいってみると　たれもいない　机の上に本が一冊のっていた　ハテなと手に取ってページを開いたとたんに　そこから何かムクムクと起き上ってきて　ヤッヤッヤッヤッと自分の肩を小突いて廊下へ押し出して行った……気がつくと門の外まで突き出されて　青い星が沢山キラキラしているのが見えた

キスした人

お月様が夜おそくパリーの場末を歩いていると　うしろから顔をねじ向けて無理にキスした者があった　アッと声がして　向うの街かどを曲ってゆく後姿をガス燈の下に見た　お月様はあの人だと思ったが　それがたれであるかはわからなかった　お月様は三日間いっしょうけんめい考えた　思い出せなかった　そしてそれはとうとう判らずじまいになってしまった

霧にだまされた話

白い霧が降っている真夜中頃　ガスの目の下を通って小路にはいると　広いアスファルトの路があった　両側のショーウィンドウには昼のように電燈やガス燈がともってきれいな帽子や衣裳類が輝いていたが　たれ一人の姿もない　そのくせそこいらのガラス戸のギーと開閉する音やザワザワと群衆が混雑している声がするのである　通りすがりに広々とした店の中をのぞくと　奥の階段の方で　なにか陽炎（かげろう）みたいなものが忙がし

くこみ合っていた　気味がわるくなって二三丁のあいだ一生懸命に駆けた　と思ったらいつのまにか小路を抜けて　見覚えのある黒い家のガランとした石段の上に電燈がふるえているのを見た……

ポケットの中の月

ある夕方　お月様がポケットの中へ自分を入れて歩いていた　坂道で靴のひもがとけた　結ぼうとしてうつ向くと　ポケットからお月様がころがり出て　俄雨（にわかあめ）にぬれたアスファルトの上をころころころころとどこまでもころがって行った　お月様は追っかけたがお月様は加速度でころんでゆくので　お月様とお月様との間隔が次第に遠くなった　こうしてお月様はズーと下方の青い靄（もや）の中へ自分を見失ってしまった

なげいて帰った者

ゆうべ枕べにたれかがやってきて　しきりに何やら云ったけれど　何をいっているのかちっともわからないので黙っていたら　それはたいそう嘆いて帰って行ったが　いま思い出してみると　どうやら昨夜の月夜にミルク色にかすんでいた空から降りてきたお月様らしかった

雨を射ち止めた話

窓をあけるとまだ雨が降っていた　自分は鉄砲にタマをこめた　真黒な空のまんなかをねらって引金をひいた　キャッと声がすると　たちまち米国星条旗の空がヒラヒラと頭上にひるがえった

月光密造者

ある夜　明けがたに近い頃　露台の方で人声がするので　鍵穴からのぞくと　黒い影が二つ三つなにか機械を廻していた——近頃ロンドンで発明されたある秘密な仕掛によって　深夜月の高く昇った刻限に　人家の露台で月の光で酒を醸造する連中があるという新聞記事に気がついた　自働ピストルを鍵穴に当ててドドドド……と射った　露台の下の屋根や路上にあたってガラスの壊れる音がした

扉を開けてとび出そうとすると　入れかわりに風のようなものが流れこんできて　自分を吹き倒した　気がついて露台に出てみると　たれもいなくなっていた　びんが一つ屋根の端に止っていたので　ひろってきてすかしてみると　水のようなものがはいっていた　振っていたらコルクがひとりでに抜けた　ギボン！　静かな夜気にひびくと　びんの口からおびただしい蒸気が立ち昇って　見る見る月の光にとけてしまった……

自分はびんの中に何もなくなってしまうまで見つめていたが　それッきりであった　だが月が平常よりほんの少うし青かった

箒星を獲りに行った話

ある夜おそくから自分はホーキ星を獲りに出かけた
マロニエの木の下でモーターサイクルを止めて　石段を上ってゆくと　左がわに黒い小舎があった　懐中電燈で照らしてみると　白字でHÔTEL DE LA COMÈTE とあった　扉を押したがビリとも動かない　ナイフを出して錠前を外して部屋の中へとび込むと同時に床板がはずれた　と思ったら星の輝く虚空のまんなかに宙ぶらりんになっている……よく見ると小舎の天井が突きぬけで　自分は鏡からできた地下室の床の上に乗っていた　なあんのことだと思って立ち上ったはずみに　ポン！　とはね返されて　元のマロニエの下に立っていた　手に何か握っている　紙片であった　マッチを擦ってみると鉛筆で

Ne soyez pas en colère! とある

星を食べた話

ある晩露台に白ッぽいものが落ちていた　口へ入れると　冷たくてカルシュームみたいな味がした
何だろうと考えていると　だしぬけに街上へ突き落された　とたん　口の中から星のようなものがとび出して　尾をひいて屋根のむこうへ見えなくなってしまった
自分が敷石の上に起きた時　黄いろい窓が月下にカラカラとあざ笑っていた

AN INCIDENT IN THE CONCERT

北星の夢幻曲が始まると　オーケストラの中から黄いろい煙がパッと舞い上って　会場じゅうに拡がってしまった
玄関にいた係員らがあわてながら窓という窓をあけ放して　その排出につとめた　煙がなくなってしまった時　オーケストラも　聴衆もみんなどこかへいなくなり　広い会場には只まぶしい花ガスの光が降りそそいでいるだけであった
いったい何事が起ったのか？　会場内にいた人々が消えてしまったので　知る由もなかったが　この不思議は　たぶん　その夜降るように空いっぱいに詰っていた星屑のせいだろうということに衆論が一致した

TOUR DU CHAT-NOIR

月が昇り出した刻限　黒い円錐形の塔が立っていた　周囲を歩いていると　パチンと音がして　真黒な中へ落ちこんだ　と思うと塔の内部へはいっていた　床も壁もひとしく奇異な幾何学的模様にいろどられて　まんなかの円テーブルの上に黒猫が坐っていた　さわろうとすると　スイッチを入れる音がしてグルグルと塔が旋回をはじめた　それはだんだんとつぼまってきて　自分は赤と黄の渦巻にもまれて円錐の頂点までせり上げられると　ポン！　と外へほうり出された　空中で二三回トンボ返りをして　電線にひっ

かかっていたが　針金が切れるとその下を通っていた馬車の上に落ちた

居眠りをしていた御者は気がつかず　藁の上に失心した自分をのせて青い月夜の路を遠いカントリーの方へ運んで行った

星？　花火？

ある晩　ルールブリタニヤを歌いながら帽子をほうり上げると　星にぶッつかった

星がひとつ落ちてきた煉瓦の上でカチンと音がした　そこいらに落ちていた白いものをひろってガス燈のそばへ行った　メダルにしようかと思いながらよく見ようとするとそれはパチンと破裂した

自分は辻むこうのポリスボックスへ駈けこんだ

「きみは間ちがえて花火をひろったんじゃなかろうか　本当の星はその辺に落ちているはずだ」

ポリスはこう云いながら現場へやってきて　懐中電燈を出した　なにも見つからなかった

「やっぱり星だったんだろうか」

とポリスは云った

「あんな花火みたいな星があるだろうか」

「さあ……」

「花火にしては――」
自分は云いつづけた
「あんなにピカピカしていたはずがない」
ポリスと自分とは　五分間ばかし考えこみながら立っていた
「星にしても　花火にしても」
腕時計を見ながらポリスは云った
「この事件はどうも不思議だ」
そこで自分とポリスとは並んで歩き出した

ガス燈とつかみ合いをした話

霧の深い夜　短かいステッキをふりながら散歩しているとツーと眼の前へ紅い星が落ちた　走ってゆくと　それは火のついたシガーであった　よく見ると吸いかけたばかりのハヴァナだったので　口にくわえると　シューと火花を吹き出し　ポンと鳴って流星花火のように飛んで行って　むこうのガス燈に当ったので　ガス燈が消えてしまった
あっけに取られているとガス燈がとんできて　自分を敷石の上へはね倒した　自分は起き上って　ガス燈を蹴りとばした　ガス燈は自分にしがみついてきた　双方は組んだりもつれたりして殴り合った　自分はとうとうガス燈をおさえつけて　ピストルの根元

で火口を叩きこわしてしまった　そしてふらふらとして立ち上ると　頭の上でアハハハと笑い声がした　ピストルを上に向けて引金をひくと　石のようなものが落ちてきて帽子のふちに当ったが　しらべてみる元気はなかった

家へ帰ってくるなり　自分は寝床の上に倒れてしまった　うとうととしかけた時　何かポケットの中でムクムクと動いたと思うと　ピシュ！　と板を突きぬく音がして　バラバラと壁の屑が落ちてきた

ハッと思って起きてみると　天井に穴があいて　二階をとおして屋根までつらぬいていた　自分はてっきり何者かがポケットの中から逃げたのに相違ないと思って　その勢いの素晴しいのにそら恐ろしくなったが　さてそれが星であったか　タバコであったか考えようとしているうちに眠くなって　うとうととしてしまった

自分を落してしまった話

昨夜　メトロポリタンの前で電車からとび下りたはずみに　自分を落してしまった

ムーヴィのビラのまえでタバコに火をつけたのも――かどを曲ってきた電車にとび乗ったのも――窓からキラキラした灯と群衆とを見たのも――むかい側に腰かけていたレディの香水の匂いも　みんなハッキリ頭に残っているのだが　電車を飛び下りて気がつくと　自分がいなくなっていた

星でパンをこしらえた話

夜更けの街の上に星がきれいであった　たれもいなかったので　塀の上から星を三つ取った　するとうしろに足音がする　ふり向くとお月様が立っていた

「おまえはいま何をした？」

とお月様が云った

逃げようとするうちに　お月様は自分の腕をつかんだ　そしていやおうなしに暗い小路にひッぱりこんで　さんざんにぶん殴った　そのあげくに捨セリフを残して行きかけたので　自分はその方へ煉瓦を投げつけた　アッと云って敷石の上へ倒れる音がした　家へ帰ってポケットの中をしらべると　星はこなごなにくだけていた　Aという人がその粉をたねにして　翌日パンを三つこしらえた

星におそわれた話

ある晩　星の色がどうもおかしいので　早くから戸をしめて寝ていると　一時頃にノックの音がした

だまっていると　いよいよ戸が壊れるほど叩くので　ピストルを握ってソーッと二階の窓からうかがうと　なんだか黒いものが　戸口の前にうずくまっている　よく見ようとからだを乗り出したはずみに　うしろからドンと突かれた　植込の中へ頭を下に落ちた自分が　ようやく匍(は)いだした時　家じゅうの窓があいて　電燈がついていた　耳をす

ますと何者かがザワザワとこみ合っていた　ピストルを射ちこむとパタパタと窓がしまって　電燈が消えた　真暗な家の中でひどい螺旋（ねじ）のとける音がして　煙突からおびただしい星が　プーとまい昇って行くのが見えた

はたして月へ行けたか？

Aがたずねた――
はたして月へ行けたか？
Bが答えた――
なに　行けるもんかい！

水道へ突き落された話

ある夜　人通りのない街を歩いていると　足の下から棒のようなものが飛び出して自分を突きとばして　むこうのかどを曲ってしまった　すかしてみると　水道の蓋が開いていた　何が出たのだろうとのぞこうとすると　うしろから突き落された　バチャンと水音がして頭の上で蓋がしまった　家へ帰っていた

月をあげる人

ある夜おそく公園のベンチにもたれていると　うしろの木立に人声がした

「おくれたね」

「大いそぎでやろう」

カラカラと滑車の音がして　東から赤い月が昇り出した

「ＯＫ！」

そこで月は止った　それから歯車のゆるゆるかみ合う音がして　月もゆっくり動きはじめた　自分は木立のほうへとんで出たが　白い砂利道の上には只の月の光が落ちてきこえるものは樅(もみ)の梢(こずえ)をそよがす夜風の音ばかりだった

THE MOONMAN

ホフマンスタールの夜景に昇った月の中から人が出てきて　丘や　池のほとりや　並木道を歩きまわって　頭の上に大きな円弧をえがいて落ちる月の中へ　再びはいってしまった　その時パタン！　という音がした　月の人とは　ちょうど散歩から帰ってきてうしろにドアをしめた自分であったと気がついた

ココアのいたずら

ある晩　ココアを飲もうとすると　あついココア色の中から　ゲラゲラと笑い声がした　びっくりして窓の外へほうり投げた

しばらくたってソーと窓から首を出してみると　闇の中で茶碗らしいものが白く見え

ていた　なんであったろうかと庭へ下りて　いじろうとしたら　ホイ！　という懸声も
ろとも屋根の上までほうり上げられた

電燈の下をへんなものが通った話

ある晩　ぼんやりと考えごとをしていると　電燈の真下を　半分すきとおった長方形
のものがゆらゆらとコンブのようにゆれながら通って行った　そのことに五分間ほどあ
とで気がついて　ギョッとして部屋からとんで逃げた

月のサーカス

すべてのものがガラス箱に納まってシーンとしている深夜　遠い街燈の下を　ゼンマ
イ仕掛の木馬が沢山走ってゆくのが見えた　追っかけると　公園前の大きなテント張り
の中へはいってしまった
テントの隙間からのぞいたが　ガスのようなものが立ちこめて　その上　アセチレン
の灯が暗いのでよく判らなかった　忍びこんで行くと　きれいなビラを貼ったトランク
が積み上げてあった　近づいたとたん　その下から黒いものが躍り出して自分をハネ倒
した　テントの中がにわかに混雑して　小屋馬車が幾台も幾台も自分の上を通りぬけて
行った
気がつくと何にもなくなって　むこうのホテルの上に青い月が照っていた　自分は露

にぬれた草の上に坐って長いあいだ考えこんでいた

THE MOONRIDERS

月が高く昇った刻限　どこからともなく白い仮面の騎士隊があらわれ　音もなく街を駆けて　又月影のさゆらぎの中へ消え失せてしまうということをきいた夜の一時頃　はるかの街かどを一散に廻ってゆく白い一隊を見た　さっそくモーターサイクルにまたがって追っかけた　白い一隊は公園を横切り　高架線のレールにそうて走りながら　郊外へ進んだ　ヴァルヴを全開にした自分の脚の下に　家や　立木や　シグナルや　その他のなにか判らないものの影法師が　不思議な月夜の模様を織り出しながら流れて行ったが　アカシヤの並木路に出た時　とうとうそのゆくえを見失ってしまった　帰ろうとして広場のほうへ廻ると　そこに白い騎士が集まっていた　ブレーキをかけようとするうちに衝突した！　前輪を砂地に突ッこんで　モーターサイクルはトンボ返りを打った

……

モーターサイクルの下敷になった自分が起き上ると　はるか野の果ての木立へ　白い一隊の駆けこんでゆくのがチラッと見えて　露にぬれた草の上には　白い　何にもかいてないカードが一面に落ちていた

煙突から投げこまれた話

ある晩　三角屋根の上に猫の眼が一つ光っていた　どうしてもうひとつ見えないのであろうか　と首を傾けたとたん　ヤーッという懸声がしてからだが宙に浮き上った　眼下に月に照らされた屋根や植込や白い道がすじをひいて恐ろしい速さで廻って行ったと思ったらドシン！　と煙突から家の中へ投げこまれた

A TWILIGHT EPISODE

ある夕方　電燈がともらなかったので人々がさわいでいた
自分は自転車に乗って電燈会社へ交渉に出かけた　事務所にはだれもおらずにシーンとしていた　発電所の石段を駆け上ってドアをあけてみたがやはり無人で　ただダイナモが闇の中でかすかに光っているだけであった　窓のうすら明りにすかしてみると粉のようなものがいっぱい充ちているので　何事だろうとはいって行ったとたん　バタバタと音を立てて鳥みたいなものが頭の上を通ったそれがトワイライトの方へ低く飛んで行くので　追っかけて行って帽子を叩くとバタッと落ちてガラガラとあがき廻ったバネ仕掛の蛾だった　同時に街にパッと灯がついた

黒猫を射ち落した話

夜中に眼をさますと　部屋の電燈が消えて廊下のほうにともっていた　たれのいたず

らかなとスイッチの所へ行ってみたが　何事もない　ハテとふり返ると　こんどは廊下が真暗になって　何かコトコトというものがある　部屋に戻ってローソクをつけてうかがおうとすると　頭の上をスレスレに窓の外へ抜けたものがある　ローソクを取り落したとたん　亜鉛屋根の上を逃げてゆく音がしたのでピストルを射つと　パッと煙が立って　ヒラヒラと落ちた　しめた！　と降りて行って　懐中電燈で照らしてみると　煉瓦の歩道の上にボール紙製の黒猫が落ちていた

コーモリの家

ある夜　レンガ塀に鳥のようなものがくッついていた　黒ブリキのこうもりだった　叩き落そうとするとパタパタと飛んで行った　追っかけると　街かどの三階の窓へはいってしまった　それで梯子をかけて　登って行ってのぞこうとすると　ピシャ！　と鼻先に黒い幕が下りた　そのまんなかにカードがくッついている　引きむしると円い孔があった　眼を当てようとすると　そこから棒のようなものがとび出して梯子をはねた　自分と梯子とは　三階と街路とのあいだに四分の一弧をえがいてあおむけにひッくり返った

散歩前

ある晩　散歩から帰ってきた自分は　街かどで見たある不思議な光景について考えて

いた　ふと壁を見るとなにかくっついている　近づいてよく見ようとしたら　ドン！とうしろから突かれた　と思ったら壁の外へ出ていた　むこうのスレート屋根の上にお月様が昇りかけていた　自分はまだこれから散歩するところだったのに気がついた

THE BLACK COMET CLUB

それはいつたれが云い出すともなく出来上って　二三カ月たつうちに立派な会になったのであるが　その後これという事情もないのに　二三カ月たつうちに解散になってしまった

しらべてみると　ちょうどその頃地球の附近を通った黒い彗星（すいせい）の作用によるので　ホーキ星が近づいてくる時にクラブが育ち　去ってゆくにしたがってこわれたのであった　それでこのグループのことを BLACK COMET CLUB と呼ぶようになった

友だちがお月様に変った話

ある夜　友だちと散歩しながら　お月様の悪口を云った　友だちがだまっているので「ねえ　そう思わないか」と云いながら横を向くと　お月様であった　逃げるとお月様は追っかけてきた　曲り角でお月様は自分を押し倒して　その上をころんで行った　自分はアスファルトの上に板になって倒れていた

深更の出来事についてさっそくカイネ博士が主張した

「ともかくその月は三角形だと云わんければならぬ　何故というならば　ころんで行ったあとにこんな痕がついているからである」

博士は　アスファルトの上に印されている鋭角の孔を順々に示しながら云った

「その三角がたいへん速く廻っていたから　円く見えたまでの話である」

人々に説明しながら　博士は歩道の上に倒れている自分をひき起した　それはボール紙を切りぬいた人形であった

見てきたようなことを云う人

「きみはあの月も　星も　あんなものが本当にあると思ってるのかい」

とある夜ある人が云った

「うん　そうだよ」

自分がうなずくと

「ところがだまされているんだ　あの天は実は黒いボール紙で　そこに月や星形のブリキが貼りつけてあるだけさ」

「じゃ月や星はどういうわけで動くんかい」

自分が問いかえすと

「そこがきみ　からくりさ」

その人はこう云ってカラカラと笑った　気がつくとたれもいなかったので　オヤと思って上を仰ぐと　縄梯子の端をスルスルと星空へ消えて行った

AN INCIDENT AT A STREET-CORNER

ある夕方　アスファルトの上を歩きながら

「たあれもいない　妙だな」

とひとり言を云うと

「それが面白いんだ！」

とはね倒された

ガス燈の下を黒い影が歩いて行って　よく見ようとするうちにかどを曲ってしまった

A HOLD-UP

ある晩　四辻を横切っていると　お月様がやにわに自分のわき腹へピストルをあてがった

手をあげると　お月様はポケットの底から金貨を一箇さぐりとって行ってしまった

その金貨は夕方にデパートの塔の上にくッついていたのを自分が苦心してハギ取ったものである　夕景の塔にくッついた金貨とはむろんお月様であった

銀河からの手紙

ある夜　寝ているとピシュ！　と天井をぶちぬいてとび込んだものがある　スイッチをひねると　部屋には黄いろい煙が立ちこめて　床の上に　小さな真鍮(しんちゅう)の砲弾が落ちていた　取り上げてふたを外すと　三つに折って巻いたアートペーパーがはいっていて

Dear Sir!
I'm alighting for the top of a mountain with a scarlet cap on my head.
yours ever
a man in the Milky Way

と書いてあった　すぐにマントーを着て山へ登って行った　そして頂上のあちらこちらをさがしてみたが　赤い帽子の人は見つからず　上のほうから綱が下りてくるけはいもなかった　自分は長いあいだ星あかりにキラキラする岩かどの雲母(うんも)を見つめながら待っていたが　やがてはるかの海のはてが　月の出前に赤くなっているのに気がついてがっかりしながら降りて行った

THE WEDDING CEREMONY

樅(もみ)の梢に黄いろい月が昇り出すと　自動車や馬車がひっきりなしに芝生のあいだを廻ってきて花にかざられた玄関口に止った

白熱ガスがまぶしく照っている大広間には　金モールのギャルソンがせわしげに行ききして　鏡のようなリノリュームの上には　白いリボンのついたきゃしゃな沓（くつ）やぴかぴかしたエナメル靴が動いていた
やがて銀のベルが鳴って　しゅろの葉かげから　若い公爵と　その人形のような花嫁とが現われた
黒衣の人が聖句をよみ上げた
若い公爵が花嫁の手を握った
パチン！
花嫁が消えた
しおれたゴム風船が床に落ちた

自分によく似た人

星と三日月が糸でぶら下っている晩　ポプラが両側にならんでいる細い道を行くとその突きあたりに　自分によく似た人が住んでいるという真四角な家があった
近づくと自分の家とそっくりなので　どうもおかしいと思いながら戸口をあけて　かまわずに二階へ登ってゆくと　椅子にもたれて　背をこちらに向けて本をよんでいる人があった

「ボンソアール！」と大きな声で云うと向うはおどろいて立ち上ってこちらを見た　その人とは自分自身であった

真夜中の訪問者

ある夜　一時頃に眼がさめて　どうしても眠られない　天井や壁を見ていたが　ふと前日に買ったおとぎばなしの本が二階にほってあることを思い出した　取りに行こうとして扉をあけると　入れ代りにスーッと黒い三角形をした半透明のものがはいってきた　ギョッとしたが廊下へとび出すなり扉に鍵をかけた　庭へ下りて外から窓をソーッとあけて　のぞいてみた　何者もいない　窓から部屋へはいってみると　たいへんにいいシガーの香りがほんの微かに残っているだけであった

ニュウヨークから帰ってきた人の話

ニュウヨークに二十年間住んでいた青年が　ある夜　高楼の上から火星の写真を撮って　罰金を取られた

その原板というのをわたしは見たが　そこには星らしいものはちっとも見えなかったにもかかわらず　かれは二ドル五十セントの金を支払わされた　いったい合衆国法律何条に依ったのであるか？　これは　その青年が何の必要あってそんな写真を撮ったかということと同様に判ってはいない

月の客人

月のつめたい深夜　白い並木道を一台のセダンが走ってきて　人げのないホテルの玄関に止ったタキシード姿の紳士がおおぜい　まあこんなにはいっていたのかと思われるくらい自動車の中から出てきて　ホテルの中へはいって行った　おどろいて玄関からのぞいてみると　煌々（こうこう）と電燈が照った奥のほうの蛇紋石の階段の上を　黒い影がしきりに行ききして　耳をすますと　マヅルカらしい伴奏につれて人々の舞っているけはいがする　サワサワと衣ずれにまじって裂いたような笑声がぶちまかれる……

　こんな次第が　次の朝ひとりの口によってつたえられた時　ホテルの前には黒山のように人々が集まって　この久しく空屋になっている建物へはいった深夜の影について取沙汰をした　そして云った　それはたぶん　夜もすがらあれほど鮮（あざ）やかに冷たく　すべてのものを照らしていたあの月のまろうどたちであったろうと

どうして酔よりさめたか？

　ある晩　唄をうたいながら歩いていると　井戸へ落ちた

HELP! HELP! と叫ぶと　たれかが綱を下ろしてくれた　自分は片手にぶら下げていた飲みさしのブランディびんの口から匍（は）い出してきた

A ROC ON A PAVEMENT

月の青い晩　チャイナクォーターを歩いていると　凹んだ煉瓦の上に緑色の卵が落ちていた
口に入れるとポシャ！　とこわれて　黄いろい煙が出た
しばらく歩いていると　腹の底からグルグルとこみ上げてきたものがある
ゲプッ！　とやったはずみに口の中からへんなヒヨッ子がとんで出た
それは見る見る大きくなって　街いっぱいに拡がった
旋風が起って自分は歩道の上に吹き倒された　鳥はそのまま舞い上ってしまった

黒い箱

青い月の光が街上に流れているある夜　シャーロック・ホームズ氏の許へ一人の紳士がとびこんできた
「これを開けてもらいたい」
それは黒い頑丈な小箱で　いわくありげな宝石の唐草模様がついていた　ホームズ氏は鍵の輪を出して順々に箱の孔(あな)にあてていった　いずれも合わなかった　ホームズ氏は第二の鍵の輪を取り出した　だめであった　それから第三の輪が持ち出されたのか　それとも他の道具が使われたのか　その辺はよくわからない　ともかくこの夜の一時半になって小箱のふたがあいた

「なんだ 空ッぽじゃありませんか」
とシャーロック・ホームズ氏は云った
「そうです なにもはいっていないのです」
と紳士が答えた

月夜のプロージット

時計が十一時を打った時 おとぎばなしの本をよんでいた男が 思い出したように立ち上って窓を開けた そしてそこに青い光がいっぱい降っているのを見ると 半身をつき出しながらどなった
「おいやろうぜ」
すると隣りの窓から返事がした
「ＯＫ！」
やがて青い電気に照らされた舞台のように青いバルコニーに 円テーブルが持ち出された 二つの影がそのまわりに立って 互いに差し上げた片手の先でカチッと音をさせた
A votre santé!
双方のグラスには いつのまにか水のようなものがはいっていた それを一息に呑むと 一方が云った

「だんだんうまくなるじゃないか」
　他方が答えた
「そうさ　十三夜だもの」

赤鉛筆の由来

　昨夜　自分は夢に赤いホーキ星が煙突や屋根をかすめて通ってきて　物干場の竿にひッかかって落ちたのを見たところでけさ起きてしらべてみると　この赤いコッピーエンピツが落ちていたのである

土星が三つ出来た話

　街かどのバーへ土星が飲みにくるというので　しらべてみたら只の人間であった　その人間がどうして土星になったかというと　話に輪をかける癖があるからだと　そんなことに輪をかけて　土星がくるなんて云った男のほうが土星だと云ったら　そんなつまらない話に輪をかけて　しゃれたつもりの君こそ土星だと云われた

お月様をたべた話

　こんな話を聞いた
　ある晩　Aが公園を歩いていると　マロニエの梢からまん丸いものがぶら下がってい

た　何かの卵らしいので口に入れると　クシャとこわれて　炭酸ガスみたいなものが出た　しばらくすると胸がつかえてきたので　口を開けると　白いゴム風船のようなものが出てふわりふわりと昇ってしまった　そしてAはぼんやりしながら　青い月明りの路を帰ってきたというのである　そのAのたべものが卵だったか　ゴム風船であったかいずれともまだ判っていない　只Aの友人の何でもよく知っているという男がその事件について　マロニエの梢から下がっていたものが卵にしてはあまりに丸く風船にしてはあまりに固く　しかもそれを星明りに見たにかかわらず帰る折には月夜だったということからして　たぶん月であったろうときめたのである

話はそれだけである　さて自分はいずれが本当だと思ったか　卵か？　風船か？　それとも月か？　自分はどれともきめていない　もともと云えばそれがいつどこで起ったことで　Aとはどんな人物で　その友人のそれがしがたれだかも知らないのである　その上　こんな話を何人(なんびと)から聞いたのかさえはっきりと憶えていない　何故ならそんな事件があったなかったにかかわりなく　やはり毎晩月が出ている以上　そんな問題に頭をなやますのは無用なことだから……

お月様が三角になった話

「ある夜　友だちと三人肩をくんで歩いていると　三角形のお月様が照っていた　するといつのまにか自分らも三角形になって　お月様と重(かさ)なってしまったものだ」

自分が少年にこんな話をきかせた　それから
「うそだと思うなら証明しよう」
こう云って　テーブルの引出しからボールを二つ取り出した
「ね　こちらのボールは只のボールだが　こちらの方は実はお月様が化けている　何故と云うならば」
自分は只のボールを机の上にころがした
「そらどうもならない——こっちのをころがすと……」
いま一つのボールをころがした　すると机の表面にごく微かなキズがならんでできた
「これがつまり三角のかどが当ったところだ　お月様とは不思議な三角形のものだからね　判るかい」
次の日少年は学校でしきりに何か考えごとをして　先生から名を呼ばれた時とんちんかんな返事をした　先生は放課後にかれの生徒を残して
「きみはきょうはいったいどうしたのか」
とたずねた
この夕方　少年と物理の先生とがつれ立って自分の所へやってきて　昨夜の話をもう一度聞かせてくれと云った　それで自分は説明したが　よく判らないらしいので　三角形のコマを出して机の上でブーンと廻してみせた　すると先生はおどろいたようにだまってしまった　それから物理の先生は無口になり　毎日幾何の図をかいたり複雑な式を

といたりして　考えこんでいた　そして夜になると　お月様をにらんでいるということを少年から聞いた　するとその夜毎夜毎に　お月様がだんだん三角形になって行ったのである

以上のようなことを　ある夜　二人の友だちのうちのひとりが話した

するといま一人が眉をひそめて

「だってきみ　お月様は円いんじゃないか」

と云った

ところが話をした友だちが

「だからこのことを聞かせているんだよ」

と云った

そして二人の友だちが遅くなって別れた時　スレート屋根の上に三角形のお月様が照っていたというからよけいにこの話は不思議になる

星と無頼漢

ある夜　街かどのバーに無頼漢どもが集まっていた　そこには強いエジプト巻の煙がたちこめて電燈がむらさき色に見えていた

宴たけなわであった時　この集まりの中に星が一つ化けてまじっているということをこっそりと隣りの者に告げた男があった　そのことが次から次へと耳打ちされたために

今までにぎやかにグラスがかち合っていた座は急に白けて　無頼漢どもはどれが星であるかを見きわめようとして　腕をくんだまま互いに他の者をうかがい出した
「あいつだ！」
突然どなった者がある　みながそのほうへ眼をそそいだ時　どなった男は隅ッこにいた一人をさした
「あんな青いタバコを持っているから　あいつが星に相違ない！」
指さされた男は　寄ってたかってぶん殴られたあげくに表へほうり出された　一同はガヤガヤ云いながら元の座に帰ったけれども　まだなんだかこだわりがあった
「いまのは間違いらしい」
と云い出した者があった
「そう云う奴こそ怪しい！」
こういうことになって　せっかくの忠告者が表へほうり出された
「いや　まだ星が残っている気がするぞ」
ということになって　こんどは一等初めに云い出した者が見つけ出されて　表へほうりとばされた　こうして二十人ばかりの人数がだんだんとへって　最後に残った二人が互いに「星である」「ない」の格闘をやり出した
一人が一人を表へ蹴り出してから　ふらふらと帰って行ったのは真夜中をすぎてバーの中は椅子もテーブルもめちゃくちゃに壊されていた

ところが朝になってみると　バーには少しもそんなさわぎのあとが見えないのである　そういえばその夜はどこにもそんな事件は起らなかった　只気まぐれなバーの主人が妄想を起して　そんなような気がしたにすぎぬのであった

はたしてビールびんの中に箒星がはいっていたか？

「昨夜おそく街を歩いていると　むこうから青く光ったものが尾を曳いてやってくるのさ　よく見るとホーキぼしなんだよ　ところがそのホーキぼしがぼくにタバコを一本くれた　タバコをね――でぼくはマッチを擦ったが　いくらつけてもだめなんだ　よくしらべると　タバコは石筆なんだよ　こりゃ一杯くわされたと思ってふり向くと　ちょうど街かどでこちらを見ていたホーキぼしの奴が　ぼくがうしろを振り返ったのと同時にあわててそこに転がっていたビールびんの中へかくれたのがチラッと見えたのさ　これは面白いと思って　ぼくはそーと近づいて行った　そしてかたくコルクをつめて持って帰ってきた――これがそれだよ　このびんの中にはホーキぼしがはいってるんだ」

こう云ってその人はビールびんを差し出した　自分はびんと相手のかおを見くらべていたが　しばらくして云った

「本当ですか」

「本当とも！　本当のホーキぼしがここにはいっている」

とその人はびんを振った

「でもビールのようでありませんか」
　自分はびんの中をすかしながら云った　全く只のビールびんに只のビールがはいって
いるとしか思われない　その人がつづけるには
「だからさ面白い　只のビールびんに只のホーキぼしがはいっているのは　こりゃまあ
何と素敵なことだろう！」
「では見せて下さるでしょうか」
「ＯＫ！」
　その人はテーブルの引出しからネジ釘を一本出して　指先でつかんで　キリキリとコ
ルクの中へねじ込んだ
　ポン！　といってコルクが抜けた　さあと云わんばかりにその人は　コップの中へび
んを傾けた　なあんのことだ　自分は笑いながら　盛り上った泡からその人のかおへ眼
を移した
　待っていたが何の言葉も出ない　ちょっとばかし気づまりだったが　その人がコップ
を取り上げて飲みかけた時　思い切ってたずねた
「ホーキぼしは？」
　すると先方は怒ったように
「ホーキぼしはこれじゃないか」
　そう云って　ニコニコしながら一息に飲んでしまった　自分はあっけに取られていた

が　さてビールがホーキぼしだとはどんな意味だろうかと考え出した　判らない　そのあいだに次の一杯その次の一杯がついで行かれたが　どれも只のビールで　ホーキぼしなんか少しも出てこなかった　こうしていま一度たずねようか　それともたずねたら叱られるだろうかとためらっているうちに　その人はみんな飲んでしまった　あとには空びんが一本残ったきりである

どうして彼は喫煙家になったか？

「お月様は三角だ」と云っている青年に向って　ある少年が

「それはどういうわけか」とたずねた

「こうやって煙の輪をとおして見ると　お月様はまぎれもなく三角なんだ」そう答えて青年は　指先にはさんだシガレットから煙をいっぱい吸いこんで　パッパッと煙の輪を吐いた　ちょうど青い月の光が流れ入って　二人のほかに部屋には何のじゃま者もいなかった　そしてテーブルの上の置電燈のスイッチをひねった時　青年の口から白いふわふわした輪がいくつも出て　吸いこまれるようにそこに射している青い光の中へ消えて行った　そのあいだに青年は輪をとおしては月を見　又輪を吐いては月をのぞいた　そうしていると　月がいかにも三角に見えるようであった　さらに青年のロジックによると　月が三角に見えても見えなくても　そんなことにかかわりなく　電燈を消した部屋で青い月光に向って煙の輪を吹きつけるというのは　月が三角であるのと全く同じこと

だったのである　さてその理論と実際とを少年が信じたか？　というにそれはどうだかわたしは知らない　わたしはその青年ではないのだから――ともかく青年はタバコを五六本つづけざまに吸って輪を作って少年に覗かせようとしたけれども　いずれもが失敗に終ったのである　ところがその次の日から少年のポケットには紙製の小函がはいっていて　少年は人のいない所へ行っては煙の輪を吐く練習を始めた　こうして三カ月たって毎夜いい月夜がつづくようになった頃　その少年はすでに銀のシガレットケースを持っている喫煙家になっていたというのである　これはその時になって青年に判ったことであり　それをわたしがかれの口から聞かされたのである　もっともこの時少年は完全な輪を吐くことができたに相違ない　しかしそれによって月を見るということはどうなったか？　月は三角に見えたか？　ということについては何も聞いていない　聞く必要はない　その青年ならびにわたしにとっては「あれがどうしてタバコをすうようになったか？」だけが話題なのだ　われわれはそんなことにのみ興味を抱くように生れついた人間であるのだから

A MOONSHINE

Aが竹竿の先に針金の環を取りつけた
何をするのかとたずねると　三日月を取るんだって
ぼくは笑っていたが　きみ　おどろくじゃないか　その竿の先に三日月がひッかかっ

てきたものだ

　さあ取れた取れたと云いながら　Aは三日月をつまみかけたが　熱ツッと床の上へ落してしまった　すまないがそこのコップを取ってくれって云うから　渡すと　その中へサイダーを入れたのさ

　どうするつもりだって問うと　ここへ入れるんだって　そんなことをしたらお月様は死んでしまうよと云ったが　なあに構うものかと鉛筆で三日月を挟んで　コップの中へほうりこんだ

　シャブン！ってね　へんな紫色の煙がモヤモヤと立ち昇った　それがAの鼻の孔へはいったもんだ　奴(やっこ)さんハクション！　とやる　つづいてぼくもハクション！　そこで二人とも気が遠くなってしまった

　気がつくときみ　時計はもう十二時を廻っている　それにおどろいたのは三日月がやはり窓のむこうで揺れていたことだ

　Aは時計の針と三日月とを見くらべてしきりに首をふっていたが　ふとテーブルの上のコップに気づいて顔色を変えた　コップの中には何もなくなっているのだ　只サイダーが少し黄いろくなっていたかな　Aはコップを電燈の下ですかしながら見つめていたがやにわに口のそばへ持って行った

　止せ！　毒だよとぼくは注意したが　奴さんは構うもんかと云って　その残りのサイダーをグーと飲んじまった　きみそれからだよAがあんなぐあいになっちまったのはね

でもそれからぼくは　いくら考えても判らないものだからS氏のところへ行って　話したんだ
デスクの前でS氏は　ホウホウと云って聞いていたが
まさかと云うから　ぼくは
いや現に眼の前に見たことですよって云うと　S氏は　フンそれでその晩お月様は照っていたかいって聞くんだ　ぼくは
そりゃすてきな月夜で　そこらじゅう真青でしたと云うと
S氏がシガーの煙を輪に吐いて
ムーンシャインさ！　って笑い出したのさ
いったい話はどうなっているんだって云うのかね？　そうさ　それが今日に至るまでも判然としないものだから　きみにきいてみようと思っていたのだよ
ではグッドナイト！　お寝（やす）みなさい　今晩のあなたの夢はきっといつもとは違うでしょう

II

天体嗜好症

散歩しながら

A

　ある晩、街角をまがりかけたとたんに、ガボッ！　といってその通り一めんの青い焔が立った。ピタッと自分は煉瓦に身をくっつけた。

しばらくして何があったのだろうと近づくと、路のまんなかに赤い火がある。へんな螢だと思ってとろうとすると、ひとりの男がうつ伏せにシガーをもっていたのだった。ひき起して

「どうしたのだ」と云うと

「さっきここへくるときゅうにシガーのいぶり方がわるくなったので、マッチをすったとたんにやられたのだ」

「ふーん」と云って、そのまっくろにこげた顔と手と服を見ていると、黒い影が走ってきて

「君はマッチをすったな」と云った。

「いやこちらの男だ」

「そうか、なぜそんなことをしたのだ」

「道路でマッチをすっちゃわるいか」

「わるいもわるくないもない。君は命がいらぬとでも云うのか?」

「命がいらぬと誰が云った」

喧嘩になりかけたのをとどめ、わけをきくと、あとからきた男は
「こんなことに気がつかぬ紳士方とは思わなかった」と云ってむこうにあった立札を示した。

当工場において発散するＬＱガスは月光と混合の際爆発のおそれあれば
風なき月夜において喫煙を絶対に御遠慮下され度候　コックス会社

「なるほど」自分は云った「――これは見えにくいね」

「会社からひとりも挨拶にこないのはどうしたわけだ」

月光の下に相かわらずシューシューとガスを出している黒い建物の方をすかしながら、ひとりが云った。

「それを云うな、わしがつらい。――署長の経営だでな」

「君は?」

「ポリスだ」

「いいじゃないか君、あす署長のところへ行きたまえ」自分は他のひとりに云った。

「さよなら」

「さよなら」

月夜の黒い影は三方へはなれた。

B

チョコレートやウイスキーがにぎやかに見えているキラキラ灯のついたガラスのまえで、人形のような西洋の子供が縄とびをしていた。

私がとおりかかったとき、店のなかから何かちいさい鳥のような白っぽいものがとんで出て、フワフワと低いところをまわり出したので、彼らは追いまわそうとしていた。大さわぎの後みんなをいいかげんにからかった白っぽいものは、そばのガス燈にとまってしまった。

さあしめたとひとりが鉄の棒をのぼり出したが、下からおしりを友だちがもちあげているのに、中途からぐずぐずして下りてしまった。

「手がとどかぬ」とその子は云った。

「蝶だなあ」ガスの燈をまともにうけたのがつくづくながめている。

「蛾だい」もうひとりが云った。

「蝶だい」

「毒蝶だよ」

云い合いをしながらものぼる者がない。こわいのらしい。そこで私はつかつかとよって、ソーともって行ったステッキのさきでパタッとはらった。

白っぽいものはひらりと煉瓦の上に落ち、子供たちはまわりをとりまいた。

「銀紙だ！」と声がした。

「銀紙？」

「そうら」ひとりが他をわりこませるためにすきをあけた。

「やあ蝶かと思ったら紙だい」

そこでみんなドッと笑い出した。

私も近づいてみると、いかにも蛾でない。子供たちが手をつけずにいるのをひろってみると、なるほど――

「これは帽子の裏にはってあるマークだよ」と私は云った。みんなけげんな顔をしてみつめている。

「バタースビイかい」

ひとりが云った。

「私はくらくてよく見えない」

私はくらくてよく見えない英字をよもうと、ガスの光のあたるようにかざしてみたが、ボルサノでもステットソンでもない。ききおぼえのない会社だ。が、中折帽子のマークにはうたがいない。――それにしてもこれはたしかにガス燈から今落ちた。それがさっきまでツイツイととんでいたのは、俺のみでなく子供たちもみとめている。ハテナと私は考えかけた。

子供たちはまだ縄とびにうつっている居留地の、春のような秋の夕べである。

パンタレイの酒場

その一晩で出来たような市街の夜を歩きながら、私は云った――
「そうさ、その君が云う造船場のどこかに、夢がひっかかったまま倒れそうになってい
るガス燈が残っていたって、自動車の座席にタバコの煙をおき忘れた異人さんがあった
って、面白いねとＭＣＣの吸いさしを投げりゃ、話はすむでないか」
すると鍔広帽子に紅いリボンを巻いた少年ダダイスト啓介は
「僕は白い神戸の航海性幻影風景も、このひと時ほどに羽根を借りたことはないと思っ
ているのですが……」と云いかけた。
「それは何です」
「モル氏は科学者で又魔術家で、エスセチストです」
「それでどうしました」
「モル氏の拵えたパンタレイバーのショーウインドウについて云いましょう。あなたは
二間平方のすてきに大きなガラスを覗くと、一たいその内部に充ちているのは、気体か、

液体か、それとも他のものかと思うに違いありません。が、次の瞬間にはその水中——と僕は解釈しているのです——の広告文字にびっくりするでしょう。赤い豆電気の明滅によって三日月型に廻っているのは……」

と啓介は指先でそれを真似た。PANTARHEI'S MERRY-GO-ROUND
「なるほど」と私は云った。

「これは暮がての春、そのリンゴを嚙むような甘い悲しみに両方の眸をくもらせ、ムービイホールの青い王国から吐き出されて、キネマの巷に差し昇っている月を見る少年の想いでなくて何でしょう」

「そう、投げやりなセンチメントと、童心の色柔らかなロマンチックこそ、近代の白刃におびやかされたわれわれに夢製のおもちゃを押し売りしているのです」

と私も相槌を打った。

「更にそのうすい燐色に光った空間にね、たて、よこ、ななめに十数本のコニャックの壜がひっかかっているのです」

「へー、それはどうしたわけです」

「僕はとうとう店の中へはいって行って、たずねたのです。あのガラスのなかの液体は何であるかってね。するとモル氏はオンリイワイン！　ワインでありますと云うのです。そんならあの燃えている字は——ふしぎですねと云うと、ふしぎではありません。あんな仕掛なのです——只、とそんなことを云うのです。じゃ宙にぶら下がっている壜はと聞いてみると、モル氏はこんどは物理の先生のような口調で、あんなもの実体であるかないかが先決問題ですよ、と云ったきりなのです」

「そのバーは本当にあるのですか」

私は啓介の口ぶりに引きこまれて、問うた。

「すぐそこです——行ってみましょう」

啓介は、緑色のスパークを出して、ボギー電車が登って行く傾斜のかなたを指した。

歌麿の月はなければどMCCの香り高き今宵なれば——

二人は並んで歩き出した。

Aと円筒

さきほどからそわそわしていたAは、九時が鳴ると二階へあがって、音のしないように襖をあけた。兄さんの机の上には、青い傘のついた電灯のまるい影が落ちている。一たん部屋へはいったAは、すぐ外へ出て、階段の上の板の間にソーと寝ころんだ。そして顔が映るくらい光ったおもてに耳と頰をおしつけて、下の方に物音がするか、どれくらいの音ならば階下へ聞えないだろうかと、うかがってみた。

幸い下方には何の音もしないので、Aは二度目に部屋へはいって、籐椅子に掛けてもう一ぺん、兄さんが映画へ行ったのか、それとも友だちの家へ出向いたのかということを、考えてみた。むろん映画へ行ったことに間違いはない。が、万一、友だちの所へでも行っていて、急に帰ってくるようなことがあると大変だからだ。いよいよ映画行きだということを、頭の中へしっかりとおさめて、Aは本箱の引出しに手をかけた。

引金へ指を入れて、親指で上の方を支えながら引いてみた。と、心配した鍵はかかっていないで、引出しはキーといって、二、三分出てきた。Aの胸はいよいよ速く鳴り出した。その次に両手で引出しを持ち上げるようにして引くと、トランプ、ボール、舶来タバコの空鑵が見えた。確かにここだと、Aはその奥にあった二、三冊の雑誌を取りのけた。果して、ヴェルヴェット石鹼の箱が匿まっていて、蓋を取ると、真鍮製の三寸ばかりの長さの円筒がはいっている。Aは少し顫えていた。何故だかは自分にも判らなかった。その円筒が何であるかも彼は知らなかった。一見したところ、何かの機械の一部のようであり、又、それ自体でまとまったもののようにも思われた。そして三つに外されるらしく二ケ所にすじが付いて、振ってみるとコトコト鳴るものがあった。

Aはツルツルした表面を指先で撫でながら、辺りを見廻した。むろん誰もいない。が、気になるので、更に階段の上へ行って耳をすました。それから電灯を消して、青い月夜の窓の外をうかがってみた。そこにも猫の目一つ光っていない。が、月の脚が斜めに部屋へはいろうとしているのに気付いて、カーテンを引っぱった。これに依っても、自分が兄の留守中に二階へ上って、どんな種類の事をやろうとしているかは、よく判っていた。その実、やろうとしているのが何であるかは、不思議な円筒と同様だったのである。こう云うと雲を摑むようだが、円筒についてAはこんな話を持っている。

——二週間前の日曜日のことである。おひる過ぎから友だちと庭でキャッチボールをして倦いたAは、植込にもたせかけてあった竹竿を取ってきた。竿の先には小さな円鏡が斜めに下を向けて取付けてあったが、それは、多分それによって塀の外から家の中が覗けるだろうという予測にもとづいて、数日前に作られたものであった。ところが鏡が小さすぎて成功しなかったので、そのまま捨ててあったのを思い出して、もう一度鏡を低い位置に付け変えてみようと考えた。で、Aと友だちとが観望竿をその通りに直して、何気なく上の方へ立てかけたとたんである。二階から、――その庭に面した二階では、兄さんが一人で本を読んでいるか、眠っているはずであった。Aは、兄さんはたぶん昼寝をしているのだろうと思っていた。何故なら、そこからはちっとも物音がせず、それは退屈な午後だったから。それはそうとして、Aが鏡の付いた竿の先を二階の手すりの方へ立てた時、バタバタという音が起って、そこから落ちるように下りてきた兄さんが、Aの腕をつかまえて、血相を変えて呶鳴ったのである。

「何をしたんだ！」

どぎまぎしていると、

「何をしたんだ、バカ！」

兄さんは続けてAをゆすぶりながら、顫え声で云った。そして竿をひったくって、鏡を飛石に叩きつけるなり、ぷいと二階へ上ってしまった。余りだしぬけなので、Aと友だちはあっけに取られて立ち尽していたが、何故兄が憤ったかについては、さっぱり見当が付かなかった。そしてその夕方だ――Aが例の円筒を見たのは。黄色いツアイライトが黒い梢のあいだに見えている頃、Aがご飯の知らせに二階へ上ると、電燈の点っていない部屋で、兄さんが何か金属製らしい変な物を、隠すようにシャボンの箱に入れて、本棚の下へしまうのがチラッと見えた。そしてAは直観的に、その筒のような物と、ひるま兄さんが顔色を変えて怒ったこととの間に、離されない関係があることを知ったのである。

こんなわけで、その後ひたすらに機会をうかがっていたAが、今晩やっとその本棚の引出しをあけたということになるが、しかし、内部にはいっていたものを手にした時、秘密が解けるどころか、それ自体が何物かも判らないので、Aは暫く出来るだけの想像を働らかせていじっていた。何だろうな？　シャボンの箱の香りがそれに移っているのを感じながら、更にひっくり返した時、Aにはハッと思い当ることがあった。が、余りにも考えも及ばぬことなので、やっぱり判らない。で、もっと詳しく査べるために指で廻していると、突然コボッといって、円筒が二つに外れて、螺旋がはみ出した。びっくりして圧しこもうとすると、コクッといって、二つ目のすじも割れてしまった。焦ってはならぬと自分を制して、二ついっしょに嵌めようとすると、こんどはバラッと螺旋が一尺ほどに伸びてしまった。――どうしても元通りにならなかったらどうしよう？　いやそれよりも兄さんが帰ってきたら……。他の事ならともかく、そう、他のことならどんなことだって差支えないが、こんなことが判ったら、それこそ僕か兄さんか、どちらかがこの家を出なければならない……Aはいまさらに後悔に捉われかけたが、何とも仕様がないので、気を取直して、もう一ぺん、落付いて、ねじこもうとした。それはうまく行って、円筒の二つはくっついた。が、あと一つだと手を離したはずみに、キクッとみんながはね戻ってしまった。この刹那に、ピチッと水のようなものまで内部から溢れ出してきた。Aがあわてて着物の裾でおさえた時、キューと泡がおさえられたような音がしてグリッ！　やけ半分になったAは円筒をつかんで、力まかせにグッとやった。と
——ギボン!!!
隣りの家までひびくような大きな音がして、何も彼もがおしまいになってしまった。

瓦斯燈物語

「あの街なんだか一晩に出来たようなところがあるね」と人生派の友だちが云った。「海洋気象台の円屋根と塔はボール紙細工である」と断定したダダイストもある。「公園から東の方に大きな真四角の建物が見えるんだ。それがどうしても見おぼえがない。それにでっかいやつは、入日を受けてキラキラ光ってやがるんだ……」この都会についてなら何でも知っている人ですら云った。

こういうわけで、その港の街はなかなかちがったおもむきをもち、月や星の晩にしたがってそれぞれのファンタジーを起させるにも充分である。ところが、たった一つかけているのは、そんな夢心地をかく私が、よりエフェクトあらしめるため――というよりむしろ当然のこととして、きっとくっつけているガス燈というものがない。それも昔はあったそうだ。が、電気局を市が買収してからすっかり影をひそめてしまった。それでも、ちょっとたやすくはおぼえ切られぬ山手のメーズにたとえば、アイルランドの或村の一隅を型取ったとでもいう区域があり、一本ぐらいは見つかるかもしれないと、そんな空想をかいた私の作をよんだ人が又そんな物好きな予想を抱いて、毎晩さがしてみた。が、やっぱり見つからなかった。このことを私が、西の方に住んでいる少年に話すと、「僕の近所にありますよ」と云ったので、なるほど市内もそんなところならあったかもしれないと思いかけた。が、つづいて「――それがちっちゃいオモチャみたいなもので、急なカーブの坂に五つほどならんでいます」ときいたので、「停留所のわきだろう」と云うと「そうです」「ありゃガス燈のかたちをしたガラスの箱に、普通の電燈がはいっているだけじゃないか」「じゃガス燈って何？」「ガス燈さ――白いマントルに青い灯がつくんだ」と説明したが、やっぱり合点がゆかぬらしく首をかしげた少年と共に、それはいよいよどこにも残っていないということにきまった。

ところが、ごく最近になってたった一本だけが見つかったのである。それはどこかというと、海岸のＫ造船所の構内で、税関へ通じるひろい道のかたわらに、星のキラめく中空にそそり立った造船台の鉄骨をおうて立っている。そして、すぐそばを、その光をうけたレールが、碇泊船のケビンの灯がもれたくらい海の方へつづいているので、その一くぎりは宛然としてゲオルグカイゼルの舞台面である……というのである。この報告者はさきに山手をしらべたのと同じ人であるが、こんどもこんどとて、そんなことで私のところへかけつけてきたほどだから、つまりは世に夢見勝ちの種族であろう。といって少年という年頃でもなく、気まぐれと云えまたそれを楽しむことではなかなか気まぐれならぬ夜々の漫歩によって、思いがけぬ発見の二つ三つも今までにもたらし、私にＭ

ＣＣを買うぐらいは確実な材料にしてくれたのだから、ガス燈風の電気燈などではさらにあるまい。で、そのうち一しょに見に行こうかという約束が出来た。

――ついでに云いたいが、私は今まで主として山手方面ばかりをかいているが、反対のこの造船所の附近もなかなかに面白いのである。人気のないまっくろい倉庫の半面を、皎々とアークライトがてらし、靄のようなものがただようている扉のむこうに、おきざりの貨車を見たりするのは、探偵小説の一場面のようであり、又、階級芸術におけるミステリアスというようなことも考え合わされて、同じファンタジーにぞくしていても気分がまるっきりちがう。……

そこでいよいよガス燈を見に出かける話だが、これは今日まで私に実行されていないからかくわけに行かぬ。しかし、ひるがえって考えてみるに、行くよりは行かぬ方が一そう吾々の原理にかなっているのでなかろうか？　そして、こんなことを云う私に、そこへ行ってみる見込みなんか今のところないことももちろんである。

美学

青いシェイドの電燈の下にあったハガキには、次のようなことがかいてある——

今朝左の入電ありたり。××Nより
タイヲ二四ヒシス二六ヒソウシキスマスシラス
直に郵便局へ行き誰の死なれたるやを局待にて尋ね
ジドーシヤジコノタメタダヲソクシス
右の返電を得たり一枝明後日出発の筈、みぎ取敢えず通知す
董生（タダヲ）さんはN氏の長男で当年十三歳です

「これ何？」と私はたずねた。

「おやじからきたんだ」

「——で、Nって……？」

「Nは叔父なんだ――母の方の」

「じゃ自分のいとこを知らないのか？」

「知っているが、叔父と僕とこのごろ交渉がないからうちではよく知らないと思ったんだろう。――叔父のところは、同じこの国でも海をへだてて行くにはちょっと時日がかかるから、僕はその顔はずっと昔行ったときしか見ていない。ところが二三年まえ、ピアノを送る世話をたのまれたとき、運賃の三十円ほどごまかしたことからみんなばれちゃって『遊冶郎の放蕩費は以後は一文も出せぬ』と云ってこられたんだ――それまでよく内証で金をもらっていたんだ……」とYは言葉をついで
「こんなことを云っちゃ叱られるが、少年が自動車事故のために死ぬのはちょっといいじゃないかね？」

「そう、象徴的だ――」と、私も云った。

「写真をさがしてみたが見つからないが、なかなかきれいな子だよ。――叔父もなかなかジェントルマンで、日本人であんな色の白い人はちょっとないと、去年の夏遊びに行った母が云ってたが、一口には片上氏みたいなんだろう――でももっとやさしい人物なんだ」

「自動車は一たいどうなったのだろう？」

「さあ……叔父のところには二台もあるから家の人はみんな運転出来るんだそうだ。それに××って別荘地みたいなところで、外国のようにひろい道があり、ドライブにはもっ

てこいなんだから――本宅の他に郊外のあたたかいところにも家があって、子供たちはいつも朝そこへつれて行き、夕方つれてかえっているということだから、その途中でどうかなったんじゃないか」

「その菫生さんが自分で動かしていたのだったら一そう近代的だ」

「そうかもしれないと思うんだ。とても手におえない子で、といって普通のやんちゃでもない――どう云うのかあれは、やはり一種の変質者なんだろうね。つまり君のクラフトエービング式かも……」

「――この間Fが話していたひとの弟が清日と云うんだが、これなんかも菫生さん式にいい名だと思うよ」

「そこいらが我が日の本の……か。君のメタフイジックはわかる――ちょっと女とはちがったかんじがあるね。――しかし僕はやっぱり姉さんの方がいいな。――いや菫生の方にもあるんだ」

Yはともかく、どういうふうにアクシデントが起ったのかきき合わそうと云った。そして、私は、吐き出したMCCのけむりのむこうに、おそらく緑と赤の入りまじったハンチングをかむり、緑いろのオーバーをきて、黄いろい大きな塵よけメガネに顔をうずめた幼ない菫生さんをのせた太いタイヤの自動車が、砂煙を立てて断崖から活動写真の美といたましさをもって転落する、この上なく夢幻的なシーンをえがいてみた。

☆

二、三日たって道で会うとYは

「どういうふうにかこうと思ってるんだ」といきなりに云った。

「何がさ?」

「お見舞状だが、今さらちょっと具合わるい。といって一言でも出さなきゃなおわるいし……」

「それや……このたびはじつに何とも申し上げようのないことで……というふうにやるより仕方がないね」

「そうだろうな……その他にないな……」

Yはじっさい困ったように云った。二人はならんであるき出し、やがてPacific Saloonと金文字の出たドアーをおしハイボールをのんだが、アップツーデートな災禍については何も話さないで別れた。

☆

さらに一週間ほどたって訪れると、Yは云った――

「やっぱり北伯爵と同じ手なんだ。董生が運転していたのでない――」

私はとりあえずさし出された一枚の封書をひらいた。全文が左のように印刷されている。

謹んで御挨拶申し上げます。

私は長男の遺骸を火葬場に送り、すでに花環の取り去られた静寂の座敷へ坐った時、思いもかけぬ出来事のことを辿りはじめました。

しかし私はまだ夢心地を脱していないようです。現場の記憶をよび起そうとすると、K氏の事、長男の事、泣き声、血、そして昨日の事、今日の事、転々として少しも秩序を綴って行くことが出来ないのです。

考えてみるのに、こんどのような大禍を引き起して死傷者を作り、世間を騒がしたことは、一に私の不注意によるところで何と申訳をしていいかまことに自責の念にたえないのであります。しかも皆様が罪ある私をとがめもし給わず、現場にお駆けつけ下さり、あちらこちらと今日に到るまでに実に寝食をなげやってあらゆる細かなところへわたってお尽し下さったことを想う時、万感が交々にきて感謝の涙が頬をつたうのを止め得ないのです。

事は二十四日の午後二時すぎに突発いたしました。

この日は陰暦の元旦でもあり、私は自家用自動車に妻と長男董生二男T二女Aをともない、それにK氏と同長女S嬢の同乗を加えて、E川付近まで遠遊を試みようとしました。ところがM谷をすごしたころふと所用があったのに気付き直ちに帰途につき、A村郵便局を東へ距る約一丁の急カーブを曲った時、一商店のまえの路上に二台の自転車がすててあるのを見たのです。私がそれを避けようとしてハンドルをきりました刹那、自動車の左後輪がアカシヤ樹に触れると共に急停車をし、私と妻を除く他は反動と一しょに窓から道路へはね飛ばされたのであります。

この一瞬こそ、私に取って身を斬られ骨を砕かるより尚つらい申訳のない事が起ったのであります。我に返ると、K氏はすでに人事不省に陥られていました。私は携帯の薬籠から注射液を取り出しましたが、瓶はこわれ薬液はきわめて少量になっているではありませんか。私はK氏を抱いて活を入れ直に全部の薬を二回にわけて注射しましたところ、忽然息を吹き返し生気に還られました。K氏の令嬢及び二男二女は路傍に倒れたまま号泣し、妻は面部の血をおさえて身動きもやらず自動車に取りすがっていました。長男董生はと見ると、アカシヤに頭脳を打ちつけたのでしょうか眼をひらき鼻孔より出血して呻吟していました。

ここに到って私は、私のすべてを失うともK氏は全からしめねばならぬ事を直覚いたしました。事変突発と共に付近の方々の熱情こもれる御斡旋にあずかりましたのは終生忘れられない事でありまして、同時に××からは数台の自動車で同情ある皆様をお迎えしたのであります。そのときの私の嬉しさはたとうるに物なく言葉もすぐには出なかったのです。

まず軽傷であった妻と無事な子供を自動車で送り、K氏は担架で私はそれに付添って直にG病院へ行って手術を受けたのであります。ところが幸いに内臓機関にも故障なく、打撲による骨折等のことなく経過すこぶる良好で日一日と軽快に趣かれるのを見て、まことに私としてせめてもの喜びとしているのであります。

私が妻の負傷の程度を知り親しく物語りをし、長男菫生に会いましたのは、K氏の手術も終り安心して我家に帰り額に繃帯してベッドに横たわっている妻と、毛布に包まれてすでに冷たくなっていた長男を見た時でありました。ああすべては夢であり、幻でありました。観ずればこれを仏家の所謂因縁といわずに何でしょうか。

私は私の既往を追懐し、現在を顧み、千万無量の感にうたれたのであります。

今や皆様の熱誠あふるる御親切を感銘すると共に、むしろ過去の自分を悲しむものであります。

さればこの後はいく分たりとも世のために尽し、そして皆様の御懇情に酬い、あわせて長男菫生の冥福を祈らんと思っております。実は一々拝趨挨拶を申しのべるはずですが、目下謹慎中でありますので、失礼を顧みず意中を披瀝してお礼の言葉にかえた次第であります。

一月三十日　S・N

「叔父さんってお医者さまかい？」

よみ終ってたずねると、Yはそうだとうなずいた。そして云い出した——

「一たい菫生なんていう名がよくないよ。この間も君が云ったが、そうした名のついている少年にろくなことはない。むろんそれだからよけいにエフエクトも増すわけで、美人にしたって同じだろうが、——しかし僕に子供ができるようなことがあったら、そんな種類とは正反対の現実的なしっかりした名をつけるね」

「でも」私は口をはさんだ「それは美学じゃないね」

「そう美学じゃない。――これは実践倫理学さ」とYは云った。

鶏泥棒

ピーピーピーピーピー………（映画《宇宙戦争》の火星艇から発していたような、機械とも生物とも見当のつかぬ音響）

屋根の上に聞えた。気のせいかなと思いなおしてうとうととすると、ピーピーピーピーピーピー………

窓から首を出すと、納屋の真上に、べらぼうに巨きなちょうちんのようなものがぶら下がって、かたえに星々が首飾りの玉のようにたてにつらなり、左右に揺れていた。見ているうちに、飾りヒモの一端が下がって、小舎の屋根に届いた。まんまるいものが、その星の綱を伝ってそろそろと降りてきた。そして地面まできて、辺（あたり）をほの明るく照らした。

まんまるな胴体のまんなかに、こうもりのような小さなかおがあって、球状機械水雷のツノのようなぐあいに手足がついている。天来の珍客は、やがて何かを探すかのように、亀のような足をうごかしてよちよち歩き出した。ひとみをこらして見つめると、頭のてっぺんに潜水服のカブトにあるような筒が出て、そこから白い湯気がパッパッと出ている。あたま、といってもそのままに胴体だが、この内部にある器官によって空気を或る種の軽量ガスに変えて、このガスの調節によって宙に浮かんでいると受取れた。つまり風船玉の化物だ。

そのあいだに、奇態な天生動物は、柵をこえて、牧場の方へ進んでいた。鶏舎の側面が照らされている。やにわにニワトリの悲鳴が聞えた。自分は壁にかけた皮帯のサックから六連発を取出すなり、向うを狙って引金をひいた。

奇態先生は、両手に一羽ずつニワトリをつかんで、こちらへ引返してきた。頭のてっぺんからおびただしく湯気を吐いて、バウンドしながらやってくる。そこを狙って三発ぶっ放し、自分は窓から飛び出した。

白い煙幕を張って納屋の屋根に立った先生が星の綱に手をかけた。へんな臭いをまともに向けて辟易した隙に、風船のお化けはするすると登り出した。あとを追うて屋上から星の垂れはしを引こうとしたら、とたんに星が散開したので、宙を握ったまま自分は頭を下に、小屋の向うがわの藁の上へ落っこった。

「ライフル、ライフル、鉄砲を持ってこーい！」

と呶鳴ると、人々が集まってきた。藁クズだらけのまま自分は銃を取って上方を狙った。おおかた電柱の高さにあったお化風船が、何とも云いようのない鋭い叫びをあげた。星のロープがきれぎれになって、こんどはネットに変り、ふわっと落ちかかった大提燈を受けとめて、包みこむと、きらきらした巣になって、そのまま考えられぬほど速く舞い上ってしまった。柵をぶち破って、警官隊のオートバイと近所のエア・フォースの高射砲が乗りこんできた。

「どれどれどこだ」

まっさきに車から飛び下りたカイト中尉が云った。

「何をやられたのかね」

ポリスがたずねた。

「ニワトリ二羽」

と自分は報告した。

「それは牡ドリか、牝ドリか、それとも各一羽ずつかね」

とポリスは重ねてたずねた。

「目下のところ不明」

と自分は答えた。

「よろしい」

ポリスは手帳に書きとめて

「犯人はどこへ行ったかね？」

自分は片手をあげて指し示したが、そこには普通の星屑が光っているばかりで、先刻の光の巣はどこにもなかった。

「高く昇ったか知ら」

カイト中尉はちょび髭をひねって、双眼鏡を取上げた。

「見えるかね」

「いっこう見えんよ」

カイト中尉は夜ぞらの隅々へメガネを廻した。

「おかしいな——今夜は晴れているのに」

でも、暫くして、東のかたに怪しい雲片がある、と云った。

「三十度、撃て！」

威嚇弾は弓形の光のすじを曳いて飛んで行くと、遠くの雲の上で破裂した。

「二十八度、撃て！」

カイト中尉のサーベルが光って、細長い砲身の筒口から赤い火の箭が伸びて行き、こんどは雲片のまんなかで炸裂した。

「そら、出た！」

星々がうろたえたように八方へ散り、そのあとからまんまるい提燈が、遥かな山並の方へ辷りはじめた。

「追撃！」

カイト中尉が呶鳴ると、高射砲をのせた車体はけたたましい音を立てて廻った。闇雲に突っ走ろうというのだが、すぐそこに堤があるので、正式の本道へ出るように注意しようと思ううちに、ガチャン！　兵隊の叫び声がした。みんながその方へ駆け出そうとすると、泥まみれのカイト中尉が走ってきた。

「警官、車を拝借する。癪だ！　この上は空中ボートを出そう」

興奮したカイト中尉は、オートバイにまたがって門の外へ消えてしまった。

あっけにとられていたポリスは、一同をかえりみた。

「どうだ、奴さんのあわてようたら――」

「ご苦労にございましただ」

と云って、牧場のおやじがシガーを一本さし出した。

「サンキュ」

ポリスが受取ると、おやじは片手を伸ばして、うしろの柵の上にとまっている黒猫の頸をつまみ上げた。ポリスは黒猫の目でもって、シガーへ火を点けた。

「それはそうと、怪我人を見てやらねばならん」

みんなは気がついて、トラックが顚覆した方へ歩いて行ってしまった。自分もあとを追おうとしたが、それよりも空中ボートだと気がついて、いま一人のポリスのオートバイにまたがって、街道を突っ走った。

格納庫の扉が開け放たれ、照明を受けた雪のように白い芝生に、ＡＢＣ追撃機が、エグゾーストパイプから青い焔を吐いて動きかけていた。

搭乗席から手招きがあったので、自分はハンドルを返して追っかけた。先方は浮かび上った。自分はサドルの上に突立って、やっと滑走車の芯棒をつかまえた。飛行機はそのまま急角度に舞い上った。やっとこさとシートに匍いこんだ。旋回しているので、翼の下に、こちら側へたいそう傾斜した星月夜の、ところどころオレンヂ色の燈影のしみのついたカントリーが、パノラマのように巡っている。

通話管に耳をあてると

「機関銃を受持ってくれるかね」

とカイト中尉の声が聞えた。

「やってもいいが……」

しかし、だれにも出来ることなのかどうかたずね返そうとすると、いつのまにやら、周囲はおびただしい星だ。つばさにぶつかった星がハネ返されて、座席の中へ飛びこんでくる……

「大丈夫、いくらふえてもね。でも、かおに当ると痛いから、頭を下げていたまえ」

中尉が注意してくれる。ところで星の数のふえてくることくること！　辺はぎっしり星々に詰った星の海で、そのまぶしさで衣服の糸目もかぞえられるくらいだ。

「たいへんなことになったな」

「大丈夫だよ。これは月の仕業だ。こんなに星の数の多いことはすなわち近ぺんに奴さんがひそんでいる証拠さ――あっ、たいへん、赤い星だ！　こりゃ退却せねばならん」

カイト中尉の叫びと共に、飛行機は星々をかち飛ばして反転するなり、もと来た方へ急降下をはじめた。

「あの赤い奴にくっつかれた日には百年目だ」

「それで逃げるのか」

「カイト中尉は任務を放棄しない。応援を依頼するのだ。君の座席の左側にボール紙の筒がならんでいる。どれでもよい、一本はずして、その端に出ているヒモを引いて落してくれたまえ」

と云うので、その筒を取ってヒモをひくと、マグネシヤの火花が出た。投げるとパラシュートがひらいた。それを見送りながら気がつくと、方向舵のはしに何か赤い灯が点っている。あれは初めからあったものかなと思ったとたん、赤い灯の所から焔が吹き出た。カイト中尉の背をたたくと、かれが振返るより早く、機体は劇しく揺れて、操縦者はパラシュートを背負うたまま飛び下りた。動揺する機体の中で前にのめり、覚えず張線をつかむと、下方に縮まってゆく中尉のすがたが眼にとまった。たちまち星々が各自に蜜蜂のように一直線に中尉めがけて殺到し、八方からくるくるんで廻ると、その下方から、放熱器のように孔だらけになったカイト中尉が、ふわふわと風を孕んで落ちて行った。焔を吐く赤星がそのあいだに虫のように自分の方へ迫っていた。支柱とワイヤをつかんで翼の先端まで逃げた時、赤星はタンクへ飛びこんだ——ドカン！

自分は虚空へはね飛ばされ、たちまち網をひろげた星々に受けとめられた。

星々のツノで刺されながら、星の渦巻のまんなかで自分はあばれた。目も鼻も耳も手足も星の中に埋まって、自分はめちゃくちゃにはね廻った。なにか毛の生えた軟らかいものをつかんだので、引き寄せようとすると、聞き覚えの悲鳴が聞えて、星々のあいだに隙が出来た。そして自分は化物風船の片耳をとらえて飛んでいた。下方には、森や山や河がそれぞれにすじをひいてうしろへ流れている。自分は相手の耳を手繰って、お月様の上に載っかった。お月様は頭のてっぺんから臭いガスを吹きかけ、自分がその出口を抑え、お月様が危く中心を失いそうになり、また元へ戻り、自分はハネ飛ばされかけて、靴でもって宙を蹴り、相手にしがみ付き、殴り合って、いっしょに取っ組んで無茶苦茶に、砲弾のようにすっ飛んだ……

背後を見ると、ああ、赤い星の襲撃をくらったのか、我が村の方角にえんえんたる火ノ手が上っている。その上天には幾百台のひこうき、それに幾百倍する星々、箒星も参加し、入乱れて、まんじ巴の、いまをたけなわの大激戦。

月光密輸入

「これで、この界隈に集まる連中でも、目利きはまあ片方の指数でげしょうな。これじゃ月じるしレッテルを貼っただけの贋樽をつかまされるは当り前でげす」

「ステッキに仕込んだらどうかね」

「何をでげす」

「竹のステッキの中へ入れたら、見付からないだろうと云うのよ」

「ところがそれが……これはまるでニトロでげしてな。ステッキの中へ、それも只さえお月様の光を吸うて育つ東洋産の竹の杖の中へ入れて、今夜のような良いお月夜にうっかり振り廻しでもしようものなら、ドカン！　全巻の終りでさあ。この前の十五夜に、川っぺりの小屋がふっ飛んじまったのはご存じでげしょう」

「あれは手榴弾にやられたのかね」

「ああいう無道は許せる事でねえです。わっしら只のあきないをしている者にたいして、何かというとあんな飛道具を持ち出すから、おかみもいよいよ信用を失うのでげすよ」

「でも、君らも盛んに応戦していたじゃないか」

「正当防衛でげす。小麦粉の袋を積んで、そこは如才なくお相手したでげすが、そら、短い針金をつけてくるくるモーションをつけて投げる……たった今、旦那がおっしゃったスターピッチャーでさあ。あの影法師が向うの堤の上に並びやして、物騒な柘榴が煙の尾を曳いて続けさまに飛んでくるのでげす。先方の火箭とわしらの筒先から伸びて行く赤い弓形が青い月夜に入れ違うて、辺に柘榴が弾けて火花を蒔くのには、うっとりと見惚れたもんでげす」

「カラー映画にはお誂え向きだね」

「全くその通りで！　あっしが木の梢から眼鏡で窺っていた時でげしたが、以前田舎廻りのチームにいた男が、彼の足許に転げてきた柘榴をひっ摑んで投げ返したのでげす。それがちょうど箱柳の並木に差しかかろうとした憲兵小隊のまんなかに落ちたのでげした。煙が去ると、なんと並木道には鉄砲だけが二列になって突き刺さり、ぼろぼろになった帽子と制服がそれにひっかかっていたばかりでげした。隣村では総出で、屋根の上から観戦としゃれ込んでいやしたが、傍えの黒板には彼我の大体の人数が記入されておりやした。小隊が消えたとたん、十五、六名の上にチョークのペケじるしが引かれたもんでげした。途端にそこいらがまっぴるま同然になり、遠い丘々の襞までが読み取れるようでげしたが、ええれ風が起ってわっしが木の股から吹き落された時には、もうあの小屋は拭い取られて、そこには紫色の火の舌がちょろちょろ匍い廻っているきりでげした。柘榴ダマが落ちて、地下室の樽に引火したのでげす。お月様の光は人の心を休めるものと相場は決まっておるようでげすが、月の光も圧縮して酒にしてみると怖ろしいもんでげすな」

「君達は……自身はやらないのかね」

「何をでげす。青ラムでげすか。滅相もない！　こいつを常用していた日にゃ、身体が惰弱になりやして、妻も子も世間もどうでもいいという了見に変ってしまうのでげすよ。この点では政府の取締りにも一理はあると、わしら思っとるでげすが……あ、いよいよ来やした。わしらの行先はほんの近くでげす。旦那は辺に身を潜め、馬車のあとからついて来て下せえまし。車が止った建物の裏手で暫時お待ち願えたら、お迎えを差し向ける段取に致しやしょう」男は屈んで、緑色硝子が嵌った(はま)カンテラに灯を入れ、堤へ下りかけたが、引返してくると、自分の手に大型のピストルを握らせた。

「万一にそなえてお預りになって……摑りそうになった時には構うことはねえでげす。その節は早々にお引上げ下せえまし。いずれ連絡は致しやすから。そりゃ闇夜に較べたら月夜の方に危険率は多いでげすが、その代りに月夜蟹とはあべこべに、月夜酒の酔心地ときたら、これが本物の天下一品でげしょう。火の気さえ注意すれば絶対安全、その点はわっしらが保証いたしやす。何、このカンテラでげすか。ちゃんと緑硝子の安全装置が付いていまさあ」

靄に煙った沖合に緑燈が五、六回上下動すると、大型ボートが、ゆうらゆうら光の蛇がうねっている岸辺にやってきた。船上の三箇の人影と岸で待っていた一箇の影とが、樽らしいものを堤上に運んだ。十三樽ほどだ。その相当に重そうな荷が、木蔭に停められていた馬車に積まれ、ボートには一人が乗って櫂を取って岸を離れ、残りの者は車台に飛び乗った。自分は茂みから出て、そろそろついて行った。馬は走り出した。自分も駆けた。白リボンを伸べたような路上には、微かに唸っている電柱や、橋の欄干や、木々の影が、不思議な月夜の帯模様を織り出して行った。物置小屋の壁面や板塀や大樹の幹や電信柱や道標や、到る所に、

ONE WHO DRINKS MOONSHINE SHALL BE KILLED　M. P. B.

と印刷したビラが貼ってあった。

馬車は右へ曲り、あとを追うと村へ続く林間に差しかかった。登り勾配のためにのろくなった車に近付くと、馬の鼻孔から蒸気機関のように湯気が出ている。白黒斑（まだら）の月夜縞の中を、馬車とならんで進みかけた時、幹の合間に見えるシグナルの橙色が緑に変った。地響が近付いて来て、今しも踏切を横切ろうとする馬の鼻がしらを急行列車が掠めた。馬が逆立して馭者台の三つの影をけし飛ばし、樽はかち合いながら転がり落ちた――ガボッ！

月夜を引裂いて紫色の火柱が立ち、自分は間一髪を入れずに傍えの沼の中へ頭を先に突っ込んだ。そこいら一面に夥しい蒸気が立昇る前を、明々としたプルマンカーがすじ

を引いて過ぎてしまった。

カールと白い電燈

カールの好きなものに、クリケットと、飛行機と、そしてムーヴィがあります。教会のお姉さんや一部の友人間では、かれを不良のように云いますが、ぼくは、あの、何か一言云いかけるとすぐ耳を真赤にするカールがどうして「要注意」なものか、と思います。全く教会のお姉さん連中や、かの女らへの追従者らには、「青い花」なんてついに判りっこはないのです。

カールには、緑色のマントーが一等よく似合います。そして女の子のようなまつげや、新式な眼が、薄化粧をしたかのように、チャーミングに見えるのです。それはちょうどゆうべ泣いたような顔——そしてまたそこには、ぼくの友人の画家が云った、「デリケートな、白い、ゆで玉子の表面がちょっと指痕でよごれているような愁い」があって、そんなに高踏的に、そしてそんなにクラフト・エビング的です。

そう云えば、ぼくは、二十世紀の悲しみが交錯しているような夕方のトワイライトのなかで痙攣している白い電燈を見ると、どうしてだか、カールが泣いているように思われて仕方がないんです。未来派画家A氏に云わせると、「あの子のリズムと電球のタングス線のリズムとが同一振動数におかれている。つまりアトモスフィアとして感ずれば、その間に別に差異はないんだよ」ムーヴィからの帰途に、白い電燈を指して、「キミとそっくりだ」と口に出すと、美少年はどこかに寂しげな笑を洩らして、その電燈を見詰めました。その顔がまた、たいそうぼくの気に入りました。

若しあなたがムーヴィを愛し、オーケストラのヴィオロンの啜り泣きに胸を躍らせるひとであったなら、更に自動車の紅いテールライトに涙ぐむひとであるならば、ぼくがここに何事を云い表わそうとしているか判っているに相違ありません。そして都会の青い夕べ、街かどのプラタナスの下で顫えている白い電燈から、「カールの歎き」を聞いて下さることでしょう。

ラリイの夢

おやじが新聞やマガジンが載っている台をあげると、体操姿の女やボクシングのビラをはった壁になり、天井の半分が表へ落ちて、ちいさいドアのある入口をこしらえた。が、本のかたちをした箱のなかから出た瓶のレッテルは、いずれもニセモノであった。

「――じゃビールに」

「しようがない」

ビールの三本目をのみかけたとき、緑いろの服をきた役者の子のように白粉と紅をつけた男の子が、ヴァイオリンをかかえてはいってきてへんななながし目をした。

おやじにすぐくると云って表へ出ると、ガスの下に後見役らしい男がうずくまっていたが、すぐどこかへ姿をけした。

――この頃は一流のストリートガールでも×××でいいということだから、そんなにとるまい。が、女じゃないから高いかもしれぬな、まあ何とかなるだろうと一しょにあるいて行ったが、どこかの路次のつきあたりの家はなかなかである。ひろい通りに出てまた狭苦しい路へはいろうとすると、自分の名を呼ぶ者がある。ふり返るうちに友だちが五六人自動車から下りてきて自分をつかまえた。「何をしているのだ、もうはじまるじゃないか」自分は走り出した自動車のなかで、総がかりでタキシードと着せかえられていた。

青い灯の下に止って、まぶしいところへあがっていたようだが、それからはジャズと、エナメル靴と、香水と、うちわと、棕櫚の葉と、お嬢さんらしいピンク色がゴチャゴチャ入れちがっていたほかおぼえがない。

星条旗のように星がギッシリつまっている下で自分をひろった。ハテナと考えていると、むこうのガスの下から友だちらしい影がうごいてくるので逃げ出した。一時半からはじまるムービイに、ラリイシモンがきていることを思い出したからである。

切符を買って二階へあがると、もうそのフィルムはうつっていた。スクリーンの両方からカーテンがたれているので、しゃしんはまんなかの三分の一しか見えない。そこへラリイの長い耳をした顔がのぞき、両手をのばしてカーテンをあけようとしているらしいが、とうとうまっさかさまに落ちた。しばらくしてジャンと鳴った。何という間ぬけだと首をのばしてオーケストラをのぞくと、たったひとりが笛も太鼓も銅鑼もやっている。――それにしてもさっきの子が花でも売りにこないかしらとうしろを見ると、緑いろの灯の下に見おぼえの顔があった。誰かなと考えてみるとお父さんである。お父さんがここにいるとすると、あとからお嬢さんたちもやってくるなと考えた。

あかるくなったとき廊下へ出ようとすると、お父さんは「お前もきていたのか」と云った。

さっきお嬢さんの家でムチャクチャだったことは知らないらしい。「かえるのか」とつづけて云うので「かえってもいいが」と云うと、お父さんはよしおれもかえると立ち上るなり階段を下りてしまった。窓のそばへ行くとエンジンの音がするので首を出すと、リムジンのまえにお嬢さんと夫人が下りてきて、ちょうど自分を見上げて笑った。

これならかえらないだろうと思ったのに、お父さんは出口のタクシーのなかで待っていた。気がつかないのかなと思ううちに走り出し、ガラスのそとのガス燈がすじに見え、からだがおそろしいほどゆれ出した……キリキリとアーク燈にうき出した植込がまわって止った。

下男がやにわにとびこんできて、自分のタキシードの襟をグッとうち方へ折りまげた。

「ひどい汗です」

「ひどい汗？」

問いかえすうちに運転手もはいってきて、二人がかりで自分のワイシャツをはぎとり、タキシードの襟をなおかたくふかくまきこんでしまった。

お父さんはと見ると、いつのまにか箱ぬけになっていた……

仕方なくベッドにもぐりこむと、ふとあのたたみ返しになった本屋を思い出した。

そうだ、のこしていたビールをのみに行かなくちゃ——そして目をさました。夢を見ていたのだ。が、あの本屋——いやあそこがバーだなんてうそだ。したがってのみに行くビールも何もありゃしない。五分もかかってやっとわかった。タバコをくわえて新聞を見ると

Larry Semon
in
"MIDNIGHT CABARET"

とある。

これはあたった。もうじき顔をそって出かけような。——活動で見たいのはもうラリイの他にないのだからと考えた。

わたしの耽美主義

アメリカンピンク

この数年来、子供たちのジャケツや少女連の首巻やマントなどに、アメリカンピンクという色が見受けられ出した。わたしはあの色彩は嫌でない。その他、同系統に属しているところの、インディアンパープルにしても、従来の服飾に見た色合よりはずっと好ましい。あれらの色どりを衣服や持物の中に取入れている人々は、只漫然と世のうごきに従っているのだろうが、この事は同時に、あれら色彩が一般に喜ばれることを意味する。この次第を初め、夕ぐれの街角で目に止めるムーヴィのビラにしても、きらきらした夜のアスファルトの上ですれ違う白い顔にしても、近頃はいちじるしくインディアンピンク的情緒が増えてきている。これらの有形無形は今のところ、わたし達の主張するものとずいぶん距たりがあるけれど、わたし達の趣味の範囲に加えられぬわけではない。少くともやがて興るべき耽美主義の暗示は持っているように窺える。

一瞬間の夢心地

わたしは先ず、在来の耽美主義が何故滅んだかを述べる必要をみとめるが、それは一般批評家の意見と別に変っていない。即ち象牙の塔にあって一人よがりの夢に耽ったのが怪しからぬのであるが、注意したいのは、現生活とは交渉の切れた夢を追う所にあるのであって、夢そのものの否定であってはならない。夢の否定はわたしたちの足場の否定であるからだ。したがって、現代に耽美主義は失われているなどは憐れむべき浅見者流の見解である。論より証拠、此処に一人の少年があって学校の課業をぬけてあのスクリーンの青い月夜を愛していたなら、また或る少女が、秋の夕べの街頭に嗅ぎつけたガソリンの憂愁にふと恋人の面輪を浮かべたとしたなら、其処に現代耽美主義の何よりの好例が見出されるでないか。わたしたちが雨に濡れたアスファルトの上をリムジンに乗って走るのも、六月の夜の都会の空に黄いろい火花を燃した飛行機が宙返りするのも、巷の灯を反射したボギー電車がポールの先から緑色の火花を零して遠い街角を曲って行くのも、同様な好例であろう。勿論、無量の事象が縺れ絡んだ現実状況にあって、先の次第はほんに儚い瞬間の現象である。が、そうだからとてなんで耽美主義で無いと云えようか。前世紀芸術家の手に成った骨董品中ではいざ知らず、わたしたちが歩いたり、話したり、仕事をしたりしている時間中に差し挟まれたそのほんの一瞬の夢心地こそ、常にわたしたちが最もよく生き得たところの境地でないか！

そんなら、その自動車なり瓦斯燈なりの気分を面白いと見るにしても、それ以上の何物であるのか、という抗議が出るかも知れない。でも考えてみると、煉瓦塀の上に顫えている白い電燈も、かれらの説く人生の真理とか云うものも、共々にほんの一時的感覚だという点では少しも差異はない。そして魂と感覚とを異種として見るほど閑暇な時代に置かれていないわたし達にとっては、「永遠」とか「幽玄」とかよりも、何処かで憶えのある白いかおの悲しみにも見える夕べの電燈の痙攣の方が、より皮相的ではないのである。このような云い分は過渡期にさいしてのやけくそであろうか。世界はいつだって過渡期じゃないか。あなた方の理想時代も長くて五年だ。退屈を催した連中がコカインのファントムに耽ったり、病的な遊戯に熱中を始めるのには二週間も待たない。いや、それは既に今日から始まっている。

で、そんな教室の講義に似た万人の芸術だの、救いの文学だの、また前代の芸術家が拵え上げた退屈なドラマや楽曲や美術は、今ようやく葬り去られようとしている。そして意識者には、『ファウスト』よりも一本のシガレットに価値が置かれ、セキスピアよりもチャップリンに、より重大な使命が背負わせられている。実を明かせば、恋愛は一昨日すでに息を引取った。本日あるところのものは「性欲に関する幻想」なんだよ。

日が暮れたって何だ!

敢えてそれがし教授の「音楽悲観説」を持出すまでもなく、何人も公平なまなこで現下の世界芸術界を見廻したならば、即座に今日あるところの諸芸術、旧原理に立ち十九世紀末におけるその種の天才達の輩出によって完成されたところのものは黄昏にあることを感知するであろう。いや既にそれらは滅んで、残留しているのは人を胡麻かす力をとどめたトワイライトでないか。これは別に悲しむべき事でない。其処に立場の一変した新芸術が生まれるであろうからだ。然しそれらは、従来の芸術を見てきた眼にとっては断じて芸術と名付けられないものであるかも知れない。真珠の位置に入れ変った硝子玉だと受取られることでもあろう。が、硝子玉にとて真珠を超えた美と価値が発見されないとは限っていない。わたし達の気持から云えば、本当の真珠よりか真珠まがいの硝子玉の方が面白い。そして今後の芸術が硝子玉の方向に導かれる暗示を其処に観取する。これは趣味性の荒廃であろうか。が、趣味性とはそもそも何者であろう。日が暮れたってそれが何だ。日が落ちてこそサーチライトも廻るし、イルミネーションも照り映える。

今後の耽美派

新芸術中にあって、耽美主義はどうならねばならないかについて、わたし達が考えたところに依ると、それは勿論、新奇な材料を大胆に駆使して、それをこれまでのように手間取ったものでなく、うんと直接的な形式に置かねばならない。それは刹那的で、童話的超絶味を含み、且つ虚無性を加味したものでなければならぬ。瞬間は最も純粋に人心にはいりがちであり、童話は耽美派文学の最高形態であり、虚無性はあらゆる芸術の眼目とする解放へのひとすじ道を意味するからである。先に述べた真珠紛いの硝子玉も、そう云うふうな芸術構成の材料でなかろうか。其の他、この種の例を挙げてみると、マッチ、タバコ、発条、インキ壺、歯車、映画のフィルム、ビール壜、鉄砲の玉、懐中時計、総てこうしたものは、それを只じっと眺めているだけでも変な気がして、一種の夢と哲学が感じられる。殊に紙巻煙草の小函には折々おどろくべき閃きが認められるが、その手近なものにゴールデンバットがある。わたし達はあの紙箱の意匠にある金蝙蝠を別に賞めはしないけれど、決して俗なものではないと思っている。で、こんな類いが何故奇妙な気持をそそるかについて考えてみて、これら一群にはおのずから「存在に於けるコスモポリタン」とでも名付くべき性格があって、其処に昔からの附随的観念を伴わせていない、その点に生まれる効果であろうと思う。こんな群の代表者は月と星である。月及び星々は最も古参であるに拘らず、仰ぎ見るたび毎にわたし達の頭にへんな気分を惹き起すのは、それらが余りに超絶的であるから、どんな事柄の掛かり合いに引出されても、その為に染められるということがないからである。したがってこれらのものは一面きわめて馬鹿々々しいものである。が、だからこそ、バルガアで同時にファンタスチックな現代人の嗜好に相通じるものがあるのでないか。「芸術は断じて真面目では無い」と記している『アンチピリン氏の公開状』には、未来派宣言を超えた人生観照が含まっている。そう、いかにも！　「次第に消えて行くミュンヘンビールの泡、そこにダダの哲理があり、同時に、われわれの立体派以後のエースセティシズムがある」のでないか？

感覚に対する見解

わたし達が今後の耽美主義に望むところは、恰（あたか）も花火かタバコのような感じのものである。それを従来のものと比較して述べてみると、……昼より夜の方がよく、芝居よりキネマの方がより新興芸術的で、述懐よりは対話、短刀よりはピストル、鴉片よりもコカイン、汽車よりも電車、勿論馬車よりも自動車、競馬よりもモーターサイクルの競争、ペンよりも鉛筆、コーヒーよりもココア、シガーよりもシガレットの方がいい。それから太陽よりも月——切紙細工のニューヨーク夜景の上に差昇った月ならいっそう嬉しい。そのお月様よりも星。薔薇の鉢よりもサボテンの鉢植。それも造りものならなお好ましい。柳よりもプラタナス。松よりもポプラ。蝶よりも蛾。それもブリキ製ぜんまい仕掛の蛾なら九十点だ。——それから、金（キン）よりも真鍮。プラチナよりもブリキ。水晶よりも硝子。ダイナマイトよりもスタヂオに使う有煙火薬——深夜の都会の上空に炸裂したマグネシヤ式光弾ならば申し分はなし。雪よりも靄。時雨は急雨と改めたがよく、雲という奴はクラシックで野暮だ。雲より霧がいい。霧よりも靄の方がよかろう。いや、いっそ瓦斯体と改めた方が適当だ。さてピカソよりもピカビア。モーパッサンよりもクラフトエビングの記載。夢よりもうつつ。過去よりも未来。判ったものよりえたいの知れぬもの。完全なものよりも半端のもの。立派なものより下らないもの。目的が在るより無い方が本当らしく、ロシアの小説よりも航空術その他のメカニックに関した専門書の方がより気を惹くに足るものであり、社会学の頁を繰るよりも、テーブルの上に造られたボール紙製のユートピアに豆電燈を点してみる方が気が利いている。それから曲線よりも折線。四角なものより三角のもの。丸いものより尖ったもの——したがって踊子の絹沓下よりも少年のパンツの前にある凸起の方が遙かに感覚的ではあるまいか。

少年嗜好症と童話文学

少年嗜好（ベエデフィリアエロティカ）というのは、耽美主義発展の極致に於ける一つの必然性だ、とわたしは考えている。いわゆる「詩」が、「女」というものを対象においた幻想に醱酵されていることが事実だとすれば、「童話」とは明らかに「少年嗜好癖」に生まれたものである。もともと童話のなかには、メタフィジックなものと自然主義的なものとがあるが、前者は少年愛好の影響の明白な例証だと云うことが出来る。古来からの例を見ても、芸術家というよりはむしろ哲学者や宗教家のうちに多くこの種の倒錯的傾向が見出される。殊に日本の理論的宗教や貴族的な或る芸術は、この嗜好とは引き離すことが出来ない関係に置かれている。……もっともこの道は現今にあっては世界を通じて表面には現われていないけれども、わたしは早晩新しい意義の下に復活さるべきものだと考えている。何故なら、こいつはどうも未来に目標をおくところの本能覚醒のように解釈されるからである。

両傑作

人間のこしらえたもののなかで、先ずタバコと酒が一等良く出来ているのでないか。それにこの傑作は両方ともにココア系統の色である。で、両者は、別の意味における二傑作「神」及び「芸術」と同様に、然しいっそう具体的に人々に愛されて行くのでなかろうか。先日気付いたことだが、世の中にあって、つまり芸術を求めるような気持がかぶせられる相手は、申し合わせたようにココア色を基調にしている。茶珈琲を初め、渋い一般嗜好物、家具類、ピアノ、ヴァイオリン、靴、プロペラ、軽気球、劇薬の壜、植物の種子、大小便、地球、秋、……これらに限らず、凡そ苦味走ったもの、へんなもの、落着いているもの、人に飽かれない性質をそなえたものは、みんなココア系である。キュービスト達に依ると、これは立体の色だそうであるが、わたし達の日常生活が平板的であるのに対して、そこに何らかの意味があるのかも知れない。

人及び芸術のフェアリー化

「解放」とは、今日の文学的見解では「人間らしいところ」に復帰することにあると決めて、其処に重点を置いているらしいが、努力はまさにそれとあべこべの方向にあると、わたしは考える。人間が人間に止っておればいつまでも解放されない。今日の論者は、その人間が決して本当の人間ではないと説くのであるが、では本当の人間とは何者であろうか。人間は人間として今日まで辿ってきて、いまや人間たることに行詰ってしまった。それを救うのは人間より以上を志すことだ。その形式は云わばフェアリーとでも称する存在者であろう。フェアリーは人と神々との中間で、しかも一等人間に近いものだと云うから。ともかくこれからは総てのいとなみが妖精化する時代だ。まずその運動は、いつの時代の人間的事情をも反映し且つその先駆の役をつとめる芸術に於てこそ始めるべきだ。それはたとえばどんなものか？　荒唐無稽の福音を伝える新しい耽美主義。人間界の法則をぬきにした箒星やお月様のお化けが出没する三分間劇場と云った類いじゃなかろうか。そう、これからは笑わずにはおられぬ時代だ。実際アルファ粒子の放射にでもなって消え行く以外、わたし達には笑いより他に逃れる場所はない。この問題は日を改めてわたしは詳説するつもりでいる。

大統領チックタック氏公開状

星繁き一夜大統領チックタック氏は秘書官カルモチンをして黄いろいペーパーに青きカーボン紙を重ねタイプライターで打たしめた

1　コメット＝タルホの第六感に昨夜ピエローが酔ざめに囁いた。

2　ギリシア人はいつでも、後世のあらゆる芸術家達がひそかに盗んだほど、とてもつまらぬ嘘を端的に光らして滅んだ。これが出鱈目だと云うのであれば、今でもパルテノンの丘へ行ってごらん。あなたは一つぐらい死んだ星をひろうに相違ない。そこで家へ持って帰ってポケットをひっくり返したならば、粉っぽい青い煙がパッと出るだろう。

3　芸術とは、綺麗に手ぎわよく嘘をつくこと、人造の花びらを拵えること、ダイアや真珠を化学方程式に依ってでっち上げることである。即ちみんなのものを端的に美しくあざむくことである。

4　であるから、あなた方はこれから今少し真面目な嘘を涙でまろめ、ボール紙とブリキとペンキで以て、六月の夜の舞台の幕に貼りつけねばならない。

5　悲劇よりも可笑しな童話劇、ハープトマンやショーの社会劇よりもダンセーニ卿の神秘劇、人形の有り得べからざる滑稽なキネマ、少年が月夜の原っぱで失くした小さなアートペーパの三角帽子、風船玉探偵ラリイ＝シーモンの早業……

6　あなたは、荒唐無稽には涅槃を通り過ぎた、いや通りすぎざるを得なかった未来人の動かし得ない逆説があるということが判っているか？　それはバネ仕掛の黒猫であり、硝子製の星であり、紙製の空っぽなウイスキイ壜である。其処にはいつも世の常ならぬ高踏と非ユークリッド幾何式の哲学がある。それは化石した月を二つに切った生命の裏面である。

7　8　9　10以下略す。

われらの神仙主義

地球なんざいけすかない思想の台だ——ジュール・ラフォルグ

芸術とは虚空本来のコカイニズムで、象牙の塔の詩人達は、今やビールの空瓶のなかに移住して紫いろのローソクの下に、バークレイの認識論を勉強しなければならない。涅槃をとおりすぎるを得なかった未来人のかなしい逆説は、また月をノコギリでひいた生命の裏面を暗示するからである。一さいのものがこの時代を止め金にしてむこう側へひっくり返らなければならぬ。あなた方が涙を流してたたえた凡ての天才や偉人は、ベルナパークの隅の人形落としのコルク玉でコトンコトン倒され、まがいもののマホガニイのキャビネットの上に、緑いろのリボンのついた香水瓶と一しょにかざられるべきだ。次にあらわれる行列は、云わずとしれたペガナの神々をひきつれたダンセニイ大尉、ゼンマイ仕掛の木馬にまたがったトリスタン・ツアラ、風船玉探偵ラリイシモン、ピカソの海から出てきたアルミの軍艦、マリネッチィの電気人形、デペロの機関車、こういうタルホ氏のグランドサーカスに、ギイ・ギイゲム・ギム・ガム・プルル・ギムゲムの大大的魔奇術団、ピサの斜塔においらんを見せる正岡蓉が江戸むらさきのパントマイムの虚々実々千万無量……。まだたち切れないつかいふるしの人間の執着に、深刻とやら生活とやら永遠とやらの容器をみがいていられるあなたが、これを聞いてふふんとお笑いになったら、そいつは上出来というより見そこなったわれらの同志だ。案にたがわずお怒りの色を示されたら、これからの世界にはもはや生きる資格を失おうとする者のやきもちではないか。つまりは無色をけがすことにほかならない偽芸術の底知れより、あなたは底を見るにも見る底のないふたのようなたぐいだ。そうであるからこそ、夜に日をつないでよそ事ばかりうつすにひまないシャボン玉の意味ないつぶし合いばかりをやっておられる。いやおしりから根を生やし二世紀もおくれた国にダルマのように坐っていられる先生方よりはわれらの国境に近いとしよう。せいぜいおわめきあそばして何もかもぶちこわし、序でにご自身もパチンとはじけてのちに、思いきりなかからとび出したアートペーパーの胡蝶になって、ひらりひらりとわれらの空中船を追いかけて来なさるか、それはどうだかまだわからぬさきのことで、まず何事もよかろうと、このところしばらく二十世紀ピエロのいんぎんなまなざしで緞帳のかげから見ていよう。――ところでわれらの空中行列がすすんで行くところとは、弇州の西、台州の北、斉国をはなれる数千万里のかなた、人の世の面白いことそうでないことにあいてしまったわれらの黄帝が、三分間の昼ねの夢にあそんだ華胥氏のよろこびうれい共になく、市民みなその上にあってひょうひょうと神遊し、花となり、酒となり、ガスとなり、水晶となり、また人間に立ちかえるユートピアである。そのちょび鬚のシェクスピアが真夏の夜の夢のきれっぱしに見た、パック、コボルト、フェアリー、エルフ大小無量をしたがえて、三日月の弓によっぴき引いてひょうとはなした矢のさきに、アゼンス森の上にかかった桃色ホーキ星を射落としたオベロン殿の共和国もまたこれに近いとできる。が、むろんこれらは今のところ、はるかの雲にかくれた理想だから、まずわれらはここに飛行学校の訓練からかかろうとする。即ちこの地球上の一角をかり、阿片、コカイン、バー、ジャズバンド、キネマを政府直営にするペンキとブリキの電気市街をこしらえる。この幼稚園入学手つづきと一人前のフェアリーとしての証書をあたえられる大学までの順序は、拙出『緑色の円筒』をてらし合わされたいが、一口にはそこでは一切の人間らしいセンチメントのかわりに、人間が人間を超えるためのエレメント――即ち「とほうもないこと」「バカげたこと」「ただそれだけのつまらぬこと」「すべての間ちがったこと」「今までとはあべこべのこと」でありさえすれば、どんなものでも学科として取入れられる。それを守る生徒であったら、あとは青いランプをともした地下室で広重日本の閨中秘戯を研究なさろうと、三千フィートの天空にそびえた時計台に下宿して、ときどき針の上を散歩なさろうとそれは勝手次第というものだ。が、そんな学校がどうして地上にこしらえられると、物事の理屈という迷信をおわきまえになっているあなたの眉がしかめられたら、まだ十三時に十分まえだから、誰がこしらえたかわからぬこの人間の、同じようにこのさきどうなるかもわからぬというとてつもない開展可能に関する手ほどきをお聞かせしよう。――が、順序を追うなら優には六百ページの本が六つもできあがろうとするものを、十分間に説くのだから、そこは神通自在にまだとおい今日、わかり悪(に)くい早口やくり返しやおぼろげな直感にうったえる言句もひらにおゆるしをねがいたい。

そもそも大地のまじわる蒼茫のガス体のなかから出て来た人間というのは、自分とそれをとりまくもののなかに、ながれるもの、滞るもの、この二つのかたむきがあることを知って進路をその後者に求めた。1に1を加えると2であるというのは即ちこれ、三角形のうちらの角を合わしたら二直角になるという古い幾何学の規則もそれだ。すすんでその理屈を混沌のなかに応用して物質性を抽象した。さらにそれを利用して機械をこしらえ、とうとうシトロエン自動車のサハラ沙漠横断とオフィダピエラ伯の大西洋一足とびの今日に至った。だから、機械は人間を植物や動物の上に立たせた大恩人だ。甲虫と蜂とは一面人間よりすすんだ能力をもっているが、そのままそこに行きづまってしまったから、何と云っても自由なのは万有中ただ人間ひとりだ。といいながらも、その恵まれた人間も今では方便にこしらえた機械の重みを却ってわが身に受けることになり、その下でいびつにゆがんでハミ出そうとしている。けんけんごうごうたる社会のうめき声も元を正したら、本来一方面の用途にかぎられるはずであった機械性（むろん分解区別などということが含まれるあらゆる意味におけるものをさす）をもって、自由無礙にながれようとするものを決めようとしたことにもとづいている。であるからその元の意義をあきらかにして、機械は機械である物質の世界に、生命は生命である生命の世界によみがえるべく応急手段として、地球上がようやくごたつき出したこの世紀のはじめにベルグソンというかしこい人が、人間にも蜂と甲虫の無意識でありながらよくとび恋をする力をよび醒さなければならぬと叫んだ。けれども数千年という長い間、この方へかたむいてきた機械化の大勢のまえに、それはナイル河をカマボコ板でせきとめようとするようなことだ。ここにおいてはいっそのことに思い切り、機械の下におしつぶされようとする生命をすすんで機械のなかにぶちこんではどうだろうという気持が起って——いやそれは別に何人が考えたというわけでないが、お城をもたない国の人々の間にそういう気分がホーハイとしているのを見かけられる。この世紀になってはじめて生れた意識としてやかましいアメリカニズムが即ちそれだ。お城をもっている国々の人がそれをつかまえて、大へんに軽っぽいひょっとして人間の滅亡のさきぶれを示すもののように考えるが、一か八かというこの世界の危機にそれは何よりも度胸が足りぬというものである。われらはすべからく落ちついて時局に対さねばならぬ。およそ機械というものは初めからなかったもので、ただ実在を征服して行く一つの方便として発展してきた形式であることに思い至ると、今日のごたつきもつまりはこの機械と人間とがはなれていて、而も一致しなければならぬという矛盾から生れているのだ。ひるがえって、機械とは生命であるものの原理を最も簡単に抽象した真似であると云うなら、生命とは、機械であるものがそれみずからを超越するまでに理想的発展をとげたものだと考えられる。もしそうであるなら、今日のように生命を重んじてしかも機械も受け入れねばならぬといたずらに思いわずらっているより、生命をもって機械運動のなかへほうりこんでしまったら……すでに鬼と鉄棒の一致したこの上ない例であるこんな人間タンクのまえに、むかうところどんな難関も突破され、かの風に御して冷然とよかった列子も何のその、長さ数千里のつばさをひろげつむじ風をたたいて九万里の高さから悠々と南冥に移った荘子の大鵬も、またあえて不可能ではない新天地をひらくことはうたがいない。止すかやってみるか兎も角ためらいはまどろっこしい。今は近路を採る時代だ。最大なる冒険が最大なる躍進である。馬を飼ってそれが病気になるだろうというようなことを心配しないでも、なお夜中に蚊がさして可愛想だろうという事に気をつかったら、それは愚にもつかない人間のセンチメンタリズムだ。そしてこのちょっと目につかぬひものためにどんなに多くの開展がつなぎとめられているか。この場合によろしく油をたべる馬——オートバイにあらためたら、あなたは何のうれうるところもなくして、おまけに一時間六十マイルの速さで用事をはたして行くことが出来るだろう。こんなことがあらゆる場合に例をとって云えるのは、あなたも刻々にのしかかってくる現代に注意するならただちにうなずくことだ。合わしてこんな時代には、何ら生活に関係のないという真実すらも、ほんとうの生活のためには求めなければならぬということも知ってくれるにちがいない。全くわれらは既にそのそれ以上の人生派にまで到達している。そしてそこから出発しようとしているのだ。——即ちレオナルド・ダヴィンチより活動写真のビラが有意義で美しいとするわけがここにある。カブキよりスクリーンの幻の面白い理由もここにある。あなたは近ごろアメリカの雑誌の広告に、描いたものでなくして現実よりさらにハッキリした美人と風景と自動車と靴クリームのあることを御承知にちがいない。あれは一たん写真にうつしたものを、けしゴムとペンとクマドリを加え、すべての不用をはぶくと共にそれがそれであるべき方へ一そうの訂正をあたえてうつしなおしたものだ。であるから自動車であってさらに奇異な自動車であり、踊子であってさらにあざやかな踊子である。われらの文学手法の一様式もここに興味ある類似をもつ。即ちこんな美学を用いて、われらは一さいの人間、木、家、花、動物から気に入らない生命をぬきとり、更に電気をふきこんで新たに生かそうとするのだ。云わずとしれたかような改造をもって、やがて地球をとりまく規模広大なトーイスランドにあずからしめようとする。われらのみならずすべてわれらの同志なるキュビズム以後の芸術に見られるかの中性あるいは超性的傾向もまた意義なしとせられようか。超えようとするわれらには、人間さえもついにマジックによって生滅自在となる日を確信するがゆえにサンガー夫人すら無用なのだ。いわゆるオートマチックエスセチシズム、ネオシンボリズム、新モデル主義、新遊離主義、セルロイドセンチメンタリズムとはこれなのだ。即ちわれらは人間である人形であろうとするのである。月であるキネオラマの月を創造しようとするのである。星である人造の星を造ろうとするのである。しかも人間である人形は、あのショーウィンドーにある人形より幾千倍精緻であり、月であるキネオラマの月はわれらの紙製のプラタナスの梢からパイプをくわえて笑いかけ、その先をもって青くてにがいムーンライトカクテルをつくり、星である人造の星はまたわれらのスイートハートの頸輪にかがやくと共に、コンフェッチの涼しい玉となって皎歯の間にくだかれよう。あまったのはためておいて、シラノドベルジュラックのマントにくっついてまたそれならで、他日かくわれらの月世界旅行記のページの星じるしに使おう。

☽

そんならお前たちは全地球を幾何模様にぬりかえてでもしまおうと云うのか？　とあなたがおっしゃってもかまわない。何事も一途に考えるのはもう通用しない頭だ。カレイドスコープの六角花園の千変万化、何千年まわしても全く同じ模様をくり返すことは絶対にないではないか。機械と個性の一致する原理はここにも暗示される。しかも色ガラスの破片と鏡を入れたこのブリキの筒も、神さまでないかぎりはおしまいにこわれよう。そしたらもっと面白いものまたその反対のものが造られるだろう。ここに決してくり返されることのない自由無礙な創造的進展と、いくたびでもくり返される便宜な機械との一致の道が示されている。物理学の発達は分子にすら個性を失わしめて行くと見ぬいたベルグソンも、このあたらしい宇宙的意識の下に武装をした「時間の人」（即ち今日までの人間が時間中における空間の人であったかたむきに対して）が切りひらいてゆく無限の道についてまでは思い至らなかった。このかぎりなく目ざましきわれらの冒険行為のまえには、コンストラクショニストの壮絶な幻想はおろか、星のちらばる全空間征服を実現する日もまたとおくない。いやわれらは世界の最先端に立ち、星に向って戦いを挑もうとしているとは、今はむかしすでにミラノのマリネッティの宣言にあらわれた言葉ではないか。

元よりわれらとて伝統は知っている。が、この全人間性の革命期にさいしてそんな単なるなつかしさにごまかされてはならないことを知る正直と若さから、何が何物であるかをハッキリ云いきろうとしているのだ。けれどもそれは今日を忘れてかの沈痛なわれらの偉人たちが示した道を取りもどそうとする不感症ではない。われらがそこをとおってきた以上、どうしてそんなものでこの先がひらかれるだろう。また今日に投入できない者になぜ明日が生かされるだろう。いたずら事を考えるひまにわれらは、どうすることもできない連続に投入し、しかもそれを改めてゆくところにのみ未来がひらけると信ずるのである。だからむろんそのながれのうちによろこんでいる洋服青年ではない。街頭においてわれらの唾棄したくおぼえるもの、じつに百のなかで九十九をかぞえるのである。けれども、まだこなれずチグハグとも見えるその一つをうごかしているものが、それに影をさしているものが、何物であるかということを気付く素質をわれらはもっているから、勇気をもった考えの下にそれを愛し育てん意気をかんずるのだ。もしもこのわれらの胸のうちにもおぼえられる敵であり同志ともされる芽を、いたずらな反感のうちに見すごしたら、それこそわれらのまえにやがてあなた方のうれえているようなことが実現してくるであろう。——あなたは蜘蛛についてHG・ウェルズがどんなことを云っているか知っていらっしゃるはずだ。蜘蛛こそはあるいは今後人類にかわって地球上を占領すべき人類の強敵なのである。なぜなら、他のどんな生物もそれぞれに親類をもっているが、蜘蛛は蜘蛛としてのほか何の系統にぞくするものでもない。全くある不可思議な宇宙現象の結果として他の天体から移ってきたという想像さえゆるされ、加えて地上のあらゆる生物に優れた奸智と残酷と発明において、じつに今後の種属と云うべき発展力を蔵しているというのにある。あなたがすこしく物事に気をつけるひとであったら、キラキラした夜の街で、電車のなかで、ホテルのサロンで、さらに造船所の一隅で、その大部分はいわゆる頽廃というあなたの概念にあてはめてもさしつかえない滅亡に向いつつあるたぐいと共に、外見はそれと同じように見えながらさらに気をつけてじつにあなどるべからざる力をふくめた魔族を発見することにちがいない。これこそ阿片を吸うて中毒にならざる種属、苦しみをもってさらに苦しみとしないユダヤ民族の赤い三角であるわれらはわれらの理論の可能をすでにこれらの光栄ある少数にみとめ、その主張をまずいつの時代においてもの先駆者である芸術の力をかりてはじめなければならぬことを痛感し、さらにそれを高らかにする意味から、われらの趣味をとおしてうつる一つの童話気分を主調にした耽美主義的方法によって暗示しようとするのである。

吾等の騎士と錬金術は、アルウィルソン氏の空中狂乱とカイネ博士のファンタスマゴリヤである。しかしながら、青いエントツのフランス船のマストに哥麿の月をかかげる正岡蓉の日本と、吉原を吉原とするすぎ去った夢を追うて足れりとする江戸下町のデレッタントを一しょにしてはならない。それはあまりに進んだものとおくれたものとのはきちがえだ。そんな手合がわれらがレストランで口笛を吹くと云えば、いいかげんにレストランを出ていいなどと得意がる。われらがいるところはその店でない——ずっとそのさきにけさ一時から店びらきしたカフェだ。また何人がわれらをもっていたずらに天上趣味にふけるとけなすのか。君方も尊敬することには間ちがいない柿本人麿卿が、あいびきに天ノ川をわたる彦星のこぐ艪（ろ）の音をきいた荘厳な万葉は、また天と地が今日ほどかけへだてなかった時代でないか。それゆえ天上界を忘れた現代人に、われらは手品とパノラマをもってともかくも星と月を友だちにしなければならぬことを教えようとするもの、ここにおいてもまた新時代開展に対し、げにうつぼつたるわれらの理想が観取されるはずでない。元々云えばジュール・ラフォルグのお月さまのなげきならで、われらは地球などはやくざな思想の台ともしたい。それよか歴としたお星さまがたんとござる。そしてすでにその天上界でも昨今は誰ひとり知らぬもののないコメットタルホ閣下の意義に気がつかないとは、いくら発展の余地しれた地球の住民とは云え、芸術家のはしくれをもって任ずる君方にはあまりに情けないあたまである。——さりながら地上界に現下さしせまってきた生命の窮路をひらくことについてわれらが論じたさきほどの一点、即ち機械の原理によってうごく機械（云いかえて空間の原理によってこしらえて行く空間）と、機械をこしらえた生命によってうごかされる機械（云いかえて空間性をも抽象された時間そのものによってうごかされる空間）と、この二つをかみわけ、われらがその後者を云おうとしているのだけ間ちがえないようにしてもらいたい。

――そうこうしゃべっているうちに、ポールから緑いろの火花をこぼしてとおるボギー電車もたえ、夜は幼ないキリストの手になぶられる地球儀のままにふけてきた。あなたもさすがにお眠いであろう。

荒唐無稽、人間人形、さらにそれらによってもたらされる光栄無比な未来の神仙国バンザイ！

まやかしもの、たしかなもの、粗末なもの、上品なもの、さまざまの色合とりまぜ、すべてキュビズム以後なるわれらの多種多様なる兄弟バンザイ！

天才なくヒーロまたあろうとしてあることのできないこのとき、われらが新世界をひらくべきカギは一つにおんみらの「反常識」と「特異性」にかかっている。われらは何のためにというさもしいことで成立している空間ではなく、それはただそれだけであることで無限に開展してゆく時間であるからしていつにおいても芸術至上主義である。しかもわれらの望みは昇天にあるからしてあくまで高踏派である。しかもこの芸術至上主義と高踏が古来からいかにわれらの親しき民衆に愛されてきたことぞ。能楽、芝居、清元、角力……高きいやしきとりまぜて、それならぬ何一つの例もないことはあなたもうなずかれよう。お寺の塀のそばのさむらいたちの切り合いすら、思えばただそれによってのみ凝固がちなわれらの地上の生活を高めるかなしくも貴い耽美の心意気ではなかったか。

かくしてさらに稽古をはじめた四人のうちひとりの生存者であるアプコック氏の自転車宙返り、鳶に空中曲芸を仕込もうとして家をつぶした太田春之丞、世界的煙火術の権威玉屋彩右衛門氏、トンミイミルトンの無茶苦茶バク進に栄光あれかし。

☽

まことに耽美主義こそはほんとうの芸術だ。われらは闇を説くのではないと同時に光の主唱者でもない。われらの神仙道は明暗のかなたに超絶する。さりながらわれらの公平は、いみじき夜はただ眠るためのみにつくられたのでないことを知る。それゆえ今まであまりに無味単調な太陽の哲学にかぶれてきた人間を矯正するために、ここしばらくはガス燈にイルミネートされたより永遠的な裏の世界の美と幻を力説しようと思う。さればこそ虚空に星花をまきホーキ星をうちあげる神々の火あそびを真似した花火こそ、またわれらをますますしばろうとする物質性に報いる一矢、2に2を合わして10となり3となる奇術こそいとめでたい。さらにくり返してすべて何の役に立たぬもの、偏ったもの、半端なものに恵みあれ！　ようやくわが世界は古い意識のカラをぬいで、おんみらが冷遇のうちにうずもれて暗示した裏のかなたへ今や移ろうとしているからだ。――何よりのものを忘れていた。思えば長い間住みづらいところに辛抱してとうとう今日の位置をかち得て呉れた酒とタバコ、お前たちにはやがて大記念塔が立てられようが、われらは今とりあえずいかなるときにおいてものよき友だちとしてお前たちの胸に涙をながす感謝の下に勲章をかざろう。

われらが今このバルコニーからのぼろうとする星空からたれた縄梯子がどこへつうじているかとおたずねなのか。云わずもがな、今や全地球面に刻々ひろまっている蜘蛛の糸を出すところ——コメット・シテイの運動事務所にかえって計画をすすめるためだ。われらのピエロは糸のかかりにくいこの国の上空に、何が邪魔をしているかについてメガネでのぞこうとしているかもしれない。そうならばわれらも早々に立ちかえって、かかりやすい個所をおしえてやらねばならぬ。

されば御退屈さまでしたここまで耳をかたむけてくれたわれらの紳士淑女諸君、あなたはすぐにあの面白い常識的高踏派——バットの箱から金コーモリがわれらの跡を追ってまいのぼってゆく夢をごらんになるでしょう。グッドナイト！——

天文台

ほんとうを云えば地球をとりまく円天井は豪気に薄情に出来ているのさ
——ジュール・ラフォルグ

いつの若葉だったか、——それはもうずっと以前のことでした。私はトンコロピーピーと笛の音がきこえてくるような森や丘をひろげてくる夕月夜の路をとおして、Y氏という紳士と一しょに帰ってきたことがありました。あたまの上にお月さまがあるとは云え、それはベールのような雪にぼかされているから、上着をぬいだ私は自分のワイシャツと一しょにモーニングコートのつれの白いきちんとした胸を意識するだけのおぼつかなさでした。しかし、おひるすぎにまだかまだかと思いながらここをあるいて行ったような不機嫌はもうどこにもありませんでした。一つにそれはギラギラと木々の葉をてり返すお日さまがなかったのによりますが、またこんな夢見るような景色と溶け合う何云うともないかなしさが胸のうちに忍びこんできていたからにもよるのでした。それでだしぬけに年上の友だちに声をかけられたとき、私はびくっとしたほどでした。

それというのも、きょう私はその紳士にともなわれて、七つの尾をもつウィリアムス彗星とハイカラな輪をつけた土星にあこがれてこの郊外の天文台を訪れたのでしたが、赤い三角帽に緑いろの衣をつけた白ひげのおじいさんから魔法のようなかずかずの機械を見せてもらうかわりに、広大な土地にちらばったコンストラクショニズムの作品のようなものを見まわし、その一つの大きな鉄骨の屋根がゴトゴトとダイナモの力でひらくのを仰ぐと、次にはそこに大砲のようにのしかかった望遠鏡を支える地下五十フィートにも入った礎（いしずえ）を見るために鉄の梯子を下りてゆきました。地球と同じ直径の円弧であるという筒のなかに入った水銀が正しくまんなかに泡をよせているのにおどろくと、またこの機械を入れた建物がお天気の模様によってのびちぢみするために別にこしらえられた火薬庫の堤のようなもののなかにあるコンクリートの部屋の窓へもひとみをすえました。加えて、ズボンのポケットに両手を入れたままそんなところを案内してくれるY氏のお友だちのTさんというのが、何でもないようなしずかな声で、自分が統計を取っている地球のゆがみを研究する学問は五百年くらい経たないと面白いところへはこないのだなどときかせるのでした。つまり、この日求めようとしたのに答えられたところを一口に云うなら、お日さまの黒点とて統計的には議論も出るが、まだ方程式には現わすことができぬからTさんたちには大して用のないものであり、火星の表面にある運河にしても、そう云われるとそれらしいものをみとめられぬではないが、しかもそれは写真には撮ることができないし、そんな好奇心の満足のかわりに、今日はもっとハッキリしたことでしなければならぬ研究に気づくべき時期であると云うのでした。あんな奇妙なふうのままに走りまわっていると思っていたホーキ星も、じつはお日さまのちかくにきたときだけ引力を受けていろんなかたちに変るものであり、またそれは大へんうすく、地球には何らの影響も及ぼさぬから或る人たちをのけては相手にされていないものだというのでした。その上にこれだけはぜひ見ておくようにとY氏が口ぞえをしてくれた空間の色、――それはT氏は何もそんなことは云いませんでしたが、何か云い知れぬむらさきをした深いしずかな宇宙の色であるように私には想像されたのでしたが、これもあたりが青くぼやけてきてT氏がその望遠鏡の鍵を取りに行ったときにはうっすらとかかっていた雲のためにのぞかれず、結局レンズ一ぱい絹ハンカチにつつんだ橙のようにはまったあばたのお月さまで満足するほかはなかったのでした。

　しかし、その不思議な区劃からのがれて夜道をたどり出したときには、そんなふうにこの日を何だか見当はずれにさせたのは、おそらくはじめから自分のあたまのなかにあっていろんな夢を織り出す元にもなっていたものが、ほんとうの天文台ではいずこにも取扱われていないせいにあったろうということが私にはわかりかけていました。さきほどから私のあたまのなかには、T氏が長い廊下にあるドアをあけた青い傘のある灯のついた部屋でパンとハムとアルコールランプであたためたチョコレートをもてなしながら、T氏と交していた広大無辺の世界に関したというより他に私にはわからなかった対話のきれはしが、皎々とした別室の電燈の下に見た赤い本のページと一しょにうずまいていたからです。赤い本というのは、ホーキ星と云ってもぼやけた点のようなものしかうつっていない乾板や、数字ばかりのその説明書や、こんなに円いのにまだやりそくねなのだというお日さまの模型である白いボールと一しょに見た厚い表紙の十五六冊でしたが、両手をのばしてひろげられるそのいずれのページも、一めんに引かれたゴバン目をうずめて灰をぶちまいたとしか思えぬ点々にまっくろなのです。こんな星の世界の図を造った天文学者がまたその仕事のみに一生を尽してしまったという云いそえをきかされたとき、私はただもう地上の砂粒も及びつかぬようなそんな星の数に、これも欄外をまっくろにした零のたくさんついた数字と共に何しれぬ気もちに見守るほかはなかったのでした。そして、この地球のそといずこをながめまわしても、まるで灰樽のなかにあるようにそんなすき間もなくぎっしりつまった星屑がおおっているということのもちつづけから起されてきたおそろしいような、しかも荘厳きわまりない題目のまえには、きょうあっけなかったお日さまや火星やかずかずの幽艶な物語をひめた星座なんかはもうどうでもいいことになりはじめ、しかもそれらをどうでもいいことにしかけているこの地球の上の自分ということに気づくと、私は世界のそとへとび出してトンボ返りを打ちたいようないらいらしさにおそわれてきたのです。けれども一方、そんな興奮を或るものしずけさにまでいたらずにおかないあたりの空気には、いつか星をかぞえるのは一たんその写真をぼかしてあとにのこった光度のつよいのだけを採るときかされた言葉を思い出していました。それは私にとってあんなにも星がつまっているものならTさんたちのどんな確実な仕事が行なわれてゆけよう、星はメチャクチャにあるけれどもそれはかぞえられるのだという思想を意味しました。もう一ぺん考えなおしたとき、吾々にとっては何の役にもたたぬはてのない宇宙ということは、吾々の気もちを承うのではなく、いかなる人のまえにもこう云うかぎりにおいてこれはほんとうであるということを断言するために、こんなさびしい郊外にふみ止まっているTさんたちの英雄的事業にならねばなりませんでした。そんなアイデアにほっとしたときこれも何か考えこんでいたらしい私の紳士が白い顔をふり向いたのでした。

「こんな一本だけがあるとする」

人さし指で横に引かれたのと一しょに云いあたえられたさきは、ちょうど路につき出した木の枝の影をすかしたときなのでおぼえていないのです。

「——すると僕たちには直線の世界しかない。これがまがっていなくても、物尺が一本なのだからわからせることができないのだ。これがまがっているかどうかをきめるためには、これに垂直にまじわるもう一本を加えなければならぬ、この十字でもって」

その人は今一本よこにえがくまねをしてつづけるのでした。「これではじめて曲線という世界がある。けれどもこれが平面にあればいいがもしよじれていたときには」

「蛇みたいに？」と私は云いました。

「そう、木に巻きついた蛇のようによじれていたならどうしても立体というものをもってこなければならぬ。x、y、いずれにも垂直にまじわるzさ。この三本からできた糸わくによってはじめて吾々のまえには球面というものができる。ところがこの球面の世界も……」

ちょっとつまってからつづいたのは「口で云うのは六つかしいが、さっきの曲線が蛇であったと同じようなわけにねじれていることがあるんだ。そこで図形にはできぬが、x、y、zのいずれにも垂直にまじわるz′というのを入れなければならぬことになってくる——」

どうやらそれはさっきTさんとの話にあったことのように思えてきていたのですが、そんなふうに手のひらでこしらえた球面がよじられると一しょに糸わく形のなかへさし入れられた不思議な第四番目に私はもう一つききたい気もちでした。

「ああこれはね」たずねるまえにその人はうなずくのでした。「僕たちがこれこれのことだときめて手をつけるでしょう、けれどもその仕事はどこかにはじめに思っていたのとはちがってしまう——そんなふうなことをさしているのだ。僕たちのあたまはまだこの第四番目の世界のことを知るように馴らされていないからね」

さきの論議をもう一ぺん自身に納得させようとしている人の思いつきのようにもあったのが、またほんとうにうかがい知られぬ世界にぞくすことのように考えられ、そこんとこはTさんたちにだってよくわかっていないのだろうし、自分がきき返したいようなこともふくめられているのかしれぬとすると、私はもうだまってうなずいてしまうほかはないのでした。

「ああ桐だ」だしぬけに氏が云ったのは、幻燈にうつっているようなところをすぎて私たちの乗るステーションの青いシグナルの灯が見える方へまがりかかったときでした。

「そら、僕はあの花の匂いが大好きなんだ」

モーニングコートの紳士は細いステッキをふって首をあげましたが、暗いところにはそんな色も香りも私にはけはいすらなかったのです。ただそれとつづけてハンカチを出してメガネをぬぐうた人がついでに涙もふいたように思われ、何かきゅうにしんみりした気におそわれた私は、出そうとしてふるえそうになった声をおさえ、忘れていたポケットの紙巻をさぐったのでした。……

彗星倶楽部

スコラ派の坊主共でさえ針の先にエンゼルが、何人坐られるかを計算しようとしたではないか。

b　先夜おそくこの全市の甍と周辺の山肌が濃緑色の電光に照し出され、大震動があらゆる窓硝子を顫わせ、その時、北山の上天に青赤紫の火花が乱れ飛んで、宛ら地獄絵のように雲に映っていたものですから、市民らは恍惚とこの光景に気を奪われました。山巓にあった旧天文台の円屋根が無くなったことが判明しました。当夜その廃棄されたドーム内には、元天文台長ド・ジッター博士を初め、此国のアマチュアから組織されたサジッテールクラブという天文同好会員が集まっていた筈ですが、これら一同も何処かへ消え去せ、只谷を距てた大岩盤上でいまだに納涼ダンスに興じていた群衆に雑って、恰もククルックスクランめいた一人の仮装者が、彼の硝子目玉のついた白頭巾の裏側を夥しく緑色ゼリー状の嘔吐物で埋めて、気絶していました。その当人がつまり貴下御自身なのです。

a　どうしてそんな押しつけがましい事を、おっしゃるのです？

b　失礼致しました。私は実は今回の椿事調査のためにやってきたL大学の技師です。

ところで……だって、貴下は現に左胸におもだかのメダルを附けておられる。その形はサジッテール即ち慈姑でしょう。貴下は該爆発事件に関する唯一の残留者として、御自身の責任を果すべきでありましょう。

a　仕方がありませんね。

b　では訊ねさせて頂きます。しかし大体は貴下が新聞を通じて述べられておられたのですから、今日はもっとお聞きしたいところ、ならびに新聞紙上に漏れたであろう箇所を、伺いたいと存じます。

a　かしこまりました。

b　七月三日の夜、サジッテール倶楽部員を糾合したド・ジッター氏は、その一週間前に地球附近を通過したポン彗星に関する実験を行い、その最中に誤まって強力な火薬に引火したのだと貴下はおっしゃっていますが、どうして天文学者が爆発物などを取り扱ったのでしょう？

a　報道員には簡単にそのように伝えましたけれど、実は円錐宇宙の頂点で箒星が破裂したのです。

b　それは勿論模型でしょうが、概念をお与え下さい。

a　模型宇宙は高さ約二ｍの円錐塔で、硝子製のように見受けられました。模型天体は二箇あって、共にボンボンの粒くらいのもので、この両箇が円錐面の中程にくっつけられると、忽ち白熱光を放ちました。円錐面はどうも二重になっていたように窺われます。

それともそこは強い磁場になっていたのでしょうか……ともかく孔などは明いていなかったのに、模型天体はそのまま、硝子の裏側へ封じ込まれたように見えました。でなければ、あんな猛烈な勢で円錐面をめぐり出したのに、遠心力でふっ飛ばないというわけはありません。この二つぶの星ダネの外見は糊であった事を申し添えねばなりません。即ちそのものは袋の中にはいっていたのでもなければ、壜中から取り出されたわけでもなく、博士がポケットから出した煉歯磨のチューブ様のものにはいっていたのです。これがほんの少しばかり円錐面に、前後してなすり付けられたと見たとたんに、まんまるい玉となって光を放ったわけです。世にも可愛いい白熱星は、それぞれに自転しながら円錐面を、軸とは直角方向に公転を開始しましたが、その一方からは冴えた真紅色の焔が吹き出し、赤い大螢になって斜め上方へ飛躍したのです。円錐体は内部に真空放電を起して菫(すみれ)色に照り輝き、微かな雨の音を立てながら、軸の周囲に旋転していました。

b　その赤い螢が箒星なのですか？

a　そうです。その二箇の星は共にカリウム合金であるが、只一方の星にはファンタシウムと名付ける人工原素が微量に加味してある。ためにそれは彗星化する、と博士は説明したからです。

b　その間をいま少し詳しく……。

a　この黒板をお借りします。そもそもド・ジッター博士に依ると、宇宙とはこのような円錐体として抽象さるべきものであり、その頂点にユートウピアがある。普通の星々は只円錐面にそうて軸とは直角的に、螺旋経路を保ちながら徐々としてユートウピアめざして登攀するが、彗星にあっては、直接的に上方へ飛ぶのが特徴である。即ち彗星はボルシェヴィキであり、サンジカリストである。けれども、そこが円錐面であるために、向う側へ辷り落ちるが、落下の運動量は彗星をチャージすることとなり、不閉塞楕円的追求は、ついに楕円軌道

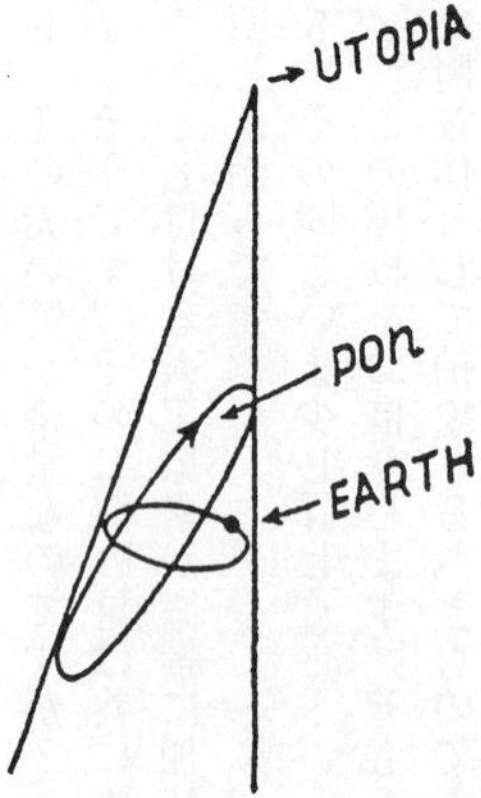

を直立させてユートウピアに到達せしめる。ではこの彗星はいったい何者がなるのか？普通の星が正規の進路に飽いた時、また何らかの情熱に燃え上ったさいに、だしぬけに脱線して彗星化するのであるが、これがためには、地球上にもしばしば出現する天才や革命児についてジョルジュ・ソレルが述べているところと興味ある一致を示して、どの星も、彗星になるためには、一種の神話的条件を信じなければならない。

b　先のファンタシウムがつまりその神話的条件に相応するわけですね。

a　そうなのです。

b　そして彗星はどうなりましたか？

a　正規星がすでに光輪として映じるのですから、こちらは只真紅に輝いた楕円の両焦点間が引き伸ばされて行くと観取されるばかりです。それは紅白の光の糸で編まれてい

る花籠だとか、宝玉塔を繞る双竜の格闘だとか、白衣の神々がそれを取り巻いて見守っているとか、こんな喩えはあとから云えるので、私はその時何より或る気遣いに捉われていました。ド・ジッター博士の前置きに依ると、模型彗星の寿命はほんの数秒間であって、生れたとたんに円錐面において焼尽してしまう。それに頂点到達はどんな事になるか測りがたいから、実験は慎重に行われねばならないというのでした。であったのに、彗星の突進振りには何か不安なものがあって、これじゃ楕円の直立は不可避だと受け取られたのです。果して……此世ならぬ紫の火花が出た……片側にくっきりした陰影をつけた杉林や谿谷が展開して、あとは映写中にフィルムが切れたようになってしまったのです。

b　ポン彗星によってサジッテール倶楽部会友に与えられた幻影を説明するために、当夜の集合が催されたのだと云っておられますが、その方面との繋りは……？

a　先月上旬に出た次のような新聞記事をご存じかと思います——

地球と衝突の惧れがあったポン彗星も、両者軌道のズレによって無事に通過する事になり、当夜は流星の雨下が観物であろうが、これについてド・ジッター博士は、該彗星の電磁波が人類の頭脳に作用するだろうとの予見を発表して、一部から注目されている。天体からの放射によって地球雰囲気に何らかの影響が及ぼされつつある事は夙に主張されているが、我がD博士に依ると、それが吾人の脳細胞を刺戟して特種な夢遊症的現象を惹起すると云うのであり、このためには大脳震動がポン彗星の波長と一致しなければならないとの条件を挙げているが、この近時奇異なる予見は果して事実か、彗星の尾が地球に触れる二十七日の夜を待って後に決められるべきであろう云々。

b　予見は的中した、とおっしゃるのでしょう。七月三日の夜、貴下が旧天文台へ出向かれたのは、某サジッテール倶楽部員の代理であったこと、及び貴下への出席依頼者が、貴下に語るのにポン彗星によって惹起されたファントムをもってしたことも承知していますが、新聞紙に紹介された「サーチライトの後光を持った積木細工の都会」では、余りに漠としているではありませんか？

a　では……そのエボナイト板めいた真黒い卓上に突然出現した積木細工の都市は、なにか非常に抽象的な手法に成った彫刻のようだった。何処から来たのか、力の無い、赤っちゃけた光線を側面に受けて、恰も照明を受けた万国博覧会の建物群のように、各部分の面白い幾何学的形象の影を反対側に投じて浮き上っているのでしたが、不思議なのはその大きさです。何故なら、一同が集まっている広間の次にある、黒い幕を繞らした一室のテーブルの上に現われているので、玩具のようなものでなければならない筈なのに、そのものは、鴉片の夢を説くド・クィンシーの「肉眼で見るには適しない巨大な姿」でもあったからです。このキュービズム張りの喇嘛(ラマ)宮殿、それとも回教寺院に附属している最小の角錐にしたところで、ギゼーにあるピラミッドの幾百倍の容積を持っているように伺われる。そしてこんな遠景都市の中心部からは、そのかそけさは恰も蜘蛛の糸になぞらえたい彩光が幾千条となく扇形に放射して、華麗無類な矢車となって夜天を漉しながら廻っていたが、この儚さは蜉蝣（かげろう）の翅であり、しかも寂としたなかに動いているだけに、滅入るとも何とも云い様のない快い淋しさがそそられる……それは東洋の経典にある「極楽」を想わせた。実際、望見しているうちに、東方のメロディを聴いたり古代寺院の内部で香料を嗅いだりした折のように、一切の煩わしさから逃れて、このままあの都へはいってしまいたいという厭離の念と、そして現世にたいする底知れぬ倦怠感がおし寄せてきた。「それはこの社会が幾十世紀ものあとに迎える黄昏の感情であるが、事実、自分の頭の片隅には、ルビー色の液体がはいったグラスと、その杯を今しも唇に当てようとしている孔雀のような女性と、そして彼女の背後におおい被さるように突立っている黒い影から成った画面が連想された」と語り手は云いました。

b　人生も夢、芸術も夢、エンマは毒杯に唇をあてた……というところですね。

a　まあそうなんでしょう。「それは人類が地上に打ち建てる最終の都の姿である」と彼は云いましたから。ところで何気なく瞬きしたはずみに、その都会の横顔が、片肘をついてそこに寝そべっている骸骨になったのです。

b　何、骸骨にですって？

a　都市の全景がそのまま巨大な髑髏の寝姿に変じて、旧火口のように瞠（みは）られた双の眼竊がじいっとこちらに注がれていた。その間に数千年も経ったようだった。我に返った気持と共に眼にとまったのは、サーチライトの縞眼が知らぬうちに疎らになって、その隙間から澄んだ星影が覗いていたことである。不吉なメスメリズムの術中にあったような心の中へ清風が送り込まれるように覚えられたが、同時に、黒色の卓上が実は海面であったと受け取られ、その向うに渺茫と拡がっている水平線上に赤色の戦艦が立ち現われるけはいが感じられた。その船影はむろん此方からはうかがえなかったが、紛れもない大砲の音が遥かにどろどろと遠雷のように伝わってきた。四辺が滅法界賑やかになってきて、今はそれ自体忙しげに明滅して、消え入りたげな様相を呈していた都会の上空に、眼も醒めるような真紅色に灼けた一箇の砲弾が、その当体が認められるくらいの緩速度で、弧を曳いて舞い上って来たと見ると、急に宙ぶらりんに停止しました。と思う間もなく炸裂した！　人けのない広大なスタジオの内部で硝子壜がひとりでに木葉微塵になったような音と諸共に、周囲へ飛散した破片が、そこにそんな花が咲いたかのように空間に貼り付けられてしまったが、爆発の中から別のやはり真赤に灼けたシェルが誕生して、くるくると魚が泳ぐように、何かを探すかのようにその辺を巡ってから、キュービズムの骸骨の片肘をついた手首の所へ尖端をくっつけたと見ると、全体が壁面であるかのように、そこを起点として珍らしい蘭の開花を思わせる書記体を綴った。（aは指先で砲弾ペンの筆蹟を真似る）The Red Comet City

b　それは、何処であったことなのです？

a　そういう点は何事も聞いていません。彼はなんだか非常に急いでいましたから、問い返す暇などはなかったのです。それにあの宵、私はケイブルカーの故障で遅刻し、会合の後半に接しられただけなのです。でも、当夜の集まりの目的が「ポン彗星の都市」解説にあったことは、ド・ジッター博士の口から次のように述べられたのによっても判ります。「円錐体がその頂点の作用で廻転していることはすでに説明した通りであるが、尖端とは一つの夢であって、この夢のために円錐が形成されているのであるから、該円錐体に属する諸天体には、例外なく先端部の夢にたいする憧憬が含まれている。これに依って、The Red Comet City（そう云って博士は、黒板に描いた円錐の頂点へ十五字を書き添えました）とは、ポン彗星自らが円錐の頂点に懐いている夢である。即千八百——年、ポン並びにハウゼン両教授によって相前後して発見された小彗星は、そのような怪奇な頽廃都市にたいする憧れから醸成されたもので、いつかは彼の円錐の頂点に達して理想を実現する運びになる。ポンの寂光土とはおそらく其処であり、この予想がたまたま同彗星の尾が地球をかすめた夜、吾々のハルシネーションとして捉えられた迄である……

b　その吾々とあるのが、「北郊の神怪」「山手通りの覆面団」として伝えられた赤色彗星倶楽部員を指すのでしょうか？

a　レッドコメットクラブとは最近の造語で、サジッテールクラブと呼ぶのが正式です。事実あの日にポン彗星は射手座（サジテール）をかすめたのですから。覆面団と云われるわけは、おそらく次のような次第に発している。それは私が旧天文台へ出かけようとした時に、彼は持参したスーツケースの中からひと揃いの白い仮装を取り出して、先方には中世の甲冑を付けた門衛がいるから、その指図通りにこの制服をかぶらねばならないのだと云い添えました。ところでだしぬけな話ですが、金魚と菊とは共通しているとお思いになりませんか。

b　それは……両方ともに観賞用に養殖するものだという意味に於いて？

a　そうでありません。例えばここに、掌上に載っけられるほどの豆機関車と、それと同じ大きさの真鍮製の小円壔（えんとう）がある。前者は只の玩具ですが、後者は何か機械の部品であろうと考える他は一向に見当がつかない。このどちらが吾々にとってより興味があるかという問題です。

b　なるほど。その汽車とか船とか、そういう明らかな目的の下に作られたものよりも、常に何物かの破片の方が魅力的である。子供達はこの事情に通じていて、ラムネの玉とか、カタン糸の巻枠とか、そういう何かのきれっぱしを好むものです。

a　では、玩具の汽関車よりか用途不明な小円壔の方が、箒星的だということは頷けるでしょう。

b　おもだかであれば更に箒星に近いとおっしゃるのですか？

a　そう云っても決して間違いでありません。それはちょうど「菫菜は麵麭（パン）であった」のと同じように、彗星はくわいなのですから。私の云おうとするのは、そういうところを立場にしてポン彗星が解析されて、あんな倶楽部組織を生み出したのではないかということです。何人が何を目的にかは申す迄もありません。白頭巾の連中が夜中に妖術教めく儀式を取り行っていたというのも、実はそれが彗星からの波動を受けるためのアンテナだったからです。だから、あの坂上の謎の館について流布されていたところは、一応頷いてよいかと思います。夕方の高い窓から飛び出して羽ばたきながら山の方へ消えて行った紙細工の大蝙蝠だの、玄関口に停ったリムジンの中からフィルムみたいに繰り出されて、なかなか切れ目にならなかった人影の行列だの……その他、ポン彗星が地球に接近するにつれて、あの化物屋敷にはいよいよ斬新無類なプログラムが進行していた筈です。結社を統率する黒頭巾のエコー氏とは、当然、箒のような八字髭を鼻下に貯えたド・ジッターその人でなければなりませんからね。

b　そういう幻惑的雰囲気によって温醸された心理状況において、ポン彗星からの作用を実験したとおっしゃるのですか。あるいはそうかも知れません。が、例えば二十七日の夜、そんな解析的手段によって誘導されたという幻覚にしても、天体に由来するものならば、もう少し抽象的であってもよいと考えられますが……キュービズムの都会の上で赤熱した砲弾がダンスマカブルを演じるのはどうかと思いますよ。それにRed Comet Cityなんていう空中文字には、ウイスキか巻煙草の予想がある。というよりも、若（も）し抜目のない商人がその幻像（ファンタズム）を見たとすれば、「ああこれが広告に使えたらな……」と泪を流して嘆息するようなものが、そこには含まれているようです。

a　でも、そのロートレック情緒のキネオラマは何もポン彗星自身からやって来たのではない。只ポン彗星の波動とサジッテール倶楽部の性格が相触れたところにたまたま醸し出された化合物です。あるいは単なる混成品だったかも知れない。それに呼びかけが当方に存するのなら、倶楽部はポン彗星というものを借りて彼自らの夢想を、黒卓上に客観化し得ただけでもあるとも云えます。私の考えるところ、暗室で蠟燭を点し云々などは、ド・クィンシーが阿片談義に述べているような、それとも一般児童が闇中で自ら試みるような、ファントム抽出の練習であり、従ってポンパラダイスが凡(およ)そどんな形式の下に現出したかも、大体推察がつくようです。只それがスクリーン面や空っぽな壜の内部でなくて、黒い円卓上だったというのは何に依るのか？　これはそれ以外の解析装置がどうしてそうであって、他のどんな様式でもなかったのかという事と同様に、吾々には知ることが出来ないだけの話です。たとい吾々が倶楽部員だったところで、ド・ジッター解析などはとても判るものではないでしょう。

b　では、出席者一同が爆発と共に消えてしまったのは、何と解釈すべきでしょうか？

a　円錐の頂点が無を意味するからでないでしょうか。博士も云いましたよ。「円錐の尖端とはひっきょうするに無である。故に、ユートウピアに到達した瞬間に、それへの追求によって成立していた革命的形式も消滅する」と。

b　それなら彗星だけが消えたらいいわけです。

a　でも、サジッテール倶楽部は、慈姑即ち彗星を代表にしていたのです。むろん円錐頂点へ届かせる心算（つもり）はなかった。しかし彗星というものは最も危険性を帯びた反逆児で、いつどんなにぐれるか知れぬところに特徴を持っています。そしてたとい手製ではあっても、彗星であることには間違いがありませんからね。

b　それまでにも試みられたであろう実験によって、博士には模型特殊天体が数秒間で焼尽してしまう事が判っていたというのは？

a　そういう事になっていたのが、そうならなかったのも、そこにポンが作用していたからでないでしょうか？　だから、何も魔法博士の呪縛にかかっていなかった私には、ポンの極楽浄土が見られなかったように、箒星と抱合心中をする必要がなかったわけです。

b　じゃ、代理を依頼したという貴下の友人だって助かっていましょう。途中で関係を断ち切ってしまったのだから。彼が出てくれれば真相は判明しますね。

a　それに越したことはありませんが、おそらく顔は出しますまい。あの最初の関係者タルホ君は少しく遠方まで奴豆腐を買いに赴いたのですから。

b　奴豆腐とは一体何です？

a　そんな豆腐を、倖いにも胃の腑の中に持っていたからこそ、私は今回の難を免れたのです。私が岩上で吐いた緑色のゼリー……植物ですよ。樹々のみどりです。

b　その緑色の奴豆腐を幾分吐き戻しただけで、災厄を逃れる事が出来たとおっしゃる……？

a　そういうことになります。

螺旋境にて

第一話

……彼処には夕方が無く、まるでシャッターが下りたように四辺が真暗になってしまう。だから、燈火について此処ほどに進歩した所はなかったと云われているが、全く当初の数夜というもの、僕は、螺旋形に虚空へ突出した遊歩道や、どこから行くのだろうと怪しまれる高所の燈列を仰いで、これは幾何学的巨樹の梢に咲いている光の花々だな、と思ったくらいだ。其他、磁気嵐にもとづく間歇的眩暈だのがある。曾てこの「サンマーシティ」をグラフィック上に知って、僕は多分に超現実主義的修正が施されていると信じたけれど、地球の尖端を眼前にしている今だって、やはりこの展望自体には何らかのトリックが仕組まれているという感を排するわけに行かないのだ。このような空間組織に当面すると、吾々の頭に用意された一切の概念は無益なことが判る。尤も、「如何にしてかかる場所が有り得るか」については数種の解説書が出ているし、ツーリストビユアロウでは講座を設けているが、何がさて傾聴者一同はポカンとするより他はない始末なのだ。

さて、その日も魔法的に暗くなると、巨大な巻貝状のパルの町は、奇しくも燦びやかな燈影にお化粧され、沖一面に光り出した星群と較べて、どちらかがどちらかを鏡面で反射しているとしか受取れない。峡湾のふちに群がった人々のざわめきも何か知ら夢幻的リズムを伴うてきたようだ。双眼鏡を手にして眺め渡しているほどに、ふと何か映画の不思議な場面が連想されたので、僕は考えてみた。あの童話的地理学にもとづいて途方もない新説が提唱されたのも、それを実証すべく北半球の従来知られなかった一区廓に企てられた探索が成果を収めて、ついに天の岬が発見されるに到ったことも、又、そこにおいて今夜、土星乗りの大冒険が為されようとしているのも、……総てはそんな特殊撮影にかかるセット内の話でなかろうか？ そしてやがて幻は消えて、自分は映画館の椅子席に倚っている自身を見出すのであるまいか？ このとたん、湾を挟んだ岬の両突角に、前後してマグネシウムの発火信号が挙った。待ちかまえていた土星乗りである。

時計座とは、星が十数箇輪形になって右廻転している箇所であるが、この先方に、田舎の煙突から夜間に飛び出したもえがらのようなものが、それを取巻く環状のものと共に浮んでいた。湾上からは風に似たざわめきが起った。土星は何も初めて眼にするわけでない。遠くの傘付電球のような印象を与えて、遥かな沖合を通って行くのは僕も数回眼にしたことがあるが、今夜はこのものに特別な期待が寄せられているのだ。眼鏡を返して対岸に向けると、岬の突端、山上ルナパークからの急坂を受けた断崖の岸から、起重機の腕のようなものが斜めに突き出して、昆虫の触角のように頻りに上下左右に動いている。これを守護するように、両側に硝酸ストロンチウムの紅焔が立昇っていたが、これは土星を湾内に誘導しようとする仕掛である。色花火を用いて星を釣ることは、僕はこちらにきて初めて検証したが、この作業はもともとピーコック教授の説にもとづいている。ここに或る光源があると、その近傍に瀰漫しているピーコック体という微粒子がそれを模倣して、あちらこちらに同様な発光体を組織する。こういうわけで、一箇の星があるとそれは続々と増加するし、又、気紛れにそのうちの一箇が消滅することによって一群全部の消失を招くと云うのであるが、このお手軽な実験はここでは子供らが行っている。糠星即ち生滅する特殊微小天体は、「あれは遊んでいるのだ」と人々に云われている通り、真暗になると岬近くに群がって、互いに縺れ合ったり、追っかけっこをしたり、例の時計座が代表するように、周期的に奇妙な象形文字を作ったり、輪踊りしたりしている。ところで、こういう群中の或者を、こちらで色花火を振廻すことによって誘き寄せる事が出来るのである。彼らはまるで蝙蝠か蜻蛉かのように、糠星だから実は蚊のように、さそわれて来て、足許に落っこちる。何しろ発光体だから直接手では摑めないけれど、煙草の火くらいはつけられる。こんなわけで、燈火美は未曾有の効果をあげているものの、放電管の類いは一切此処には見当らない。星の子を招く惧れがあるとの理由で、彩光は厳禁なのである。

さて、そのまま行き過ぎそうであった土星の向きが、いつしか変って、次第に大きくなってきた。この先生は遠眼鏡で覗いても吹き出したくなるほど可笑しな代物だが、肉眼で接すると一段とへんてこな感銘を与える。消え入りたげな黄橙色の光を放って、中心軸の周りを独楽のように旋転しているが、名物の環だけはじっと静止してる。つまりジャイロスコープのお化けだ。だから、その環の上に、人間を跨らせたオートバイが置かれても、動揺したりなどしなかった。極めて分薄いものであるに拘らず、環自体には自若たるものがあった。でも総体として予想したような巨きな代物ではない。「パルスパイラルシティ」と同様に、著しく模型的なので、僕には、これなら玉乗りが仕かけられるのも無理はないとさえ思われた。といって又、他の星仲間と合わせて、それが一種の生物だという気持は否まれない。いわば、環形の大鰭をそなえた、数条の横縞をつけた微光を放つマンボウであるが、そのように見ると、この怪物の肉はいったいどんな味であろうということすら念頭に浮んでくる。無気味さは彗星族と共通している。箒星は現実天文学でも持てあまされているが、こいつが天の岬の鼻をかすめて去来するのは、宛(さなが)ら深海性クルマエビ、マッコウ鯨、オビクラゲ、ダイオウ烏賊、ヒカリボヤであって、それでいて物理的条件に置かれた化合物だとの承認がこちらにあるから、これはパル的スリルだというの他はない。——土星とて変りはなく、只それが箒星のように亡霊じみていないだけの違いである。いや、仮に土星と呼ばれているが、さていったい何物なのか見当の付かぬ尨大なものが空間にひっかかって、これを半円劇場から無数の白い顔々が見守っている……いったい何処の瘋癲患者の脳裡に浮んだ情景であろうか？　ストロンチウムの火焔に煽動されたのか、今宵は星の子が滅法矢鱈に増えて沖一帯は物凄まじい螢合戦になっていた。我が天体画家ボーンステル氏は果してこんな景観を如何様に取扱うことであろうか？

土星は、岬の喧噪に奇妙に調和する一種金属的な唸りを立てていたが、その微かな響きを拍子づけるように、何処からか冴えた瓦斯機関の爆発音が伝わってきた。今夜の立役者ロードマン・ロス君がいよいよ準備に取りかかったのだと知られた。例の消防梯子の両側に燃えている赤色光の他に、これも自然界にはちょっと見当らぬような澄明な緑光が、やはり二ケ所に閃いていた。土星がこの緑色光に反発する性質を利用して、土星を後退させる仕組なのだ。赤と緑の光線に操られた特殊天体が、触角格子と掛合うように彷徨していたのは五分間を出なかった。中ぞらを射たマグネシウムの箭を合図に、35m/mフィルムの両側の孔のように燈火が連っている急坂をまっしぐらに辷り降りてきた黒いものが跳躍台に躍り出た……そこでどうなったか？　どうもスキーのジャンプに似た事をやったというのは、適当でない。何かもっと別な手段があったらしい。僕が気付いたのは、黄橙色の鈍い光を放っている土星の赤道線にそうて、奇妙な走馬燈の影絵であるかのように、めぐっている曲芸オートバイのシルゥエットだった。湾頭に嵐のように喝采が起り、そのあおりを食って糠星が塵のように舞い立った。その有様が可笑しくて僕は吹き出しかけたが、同時に「提燈アンコウ」が、異質の運動体を環上に載せたまま、徐々に後退を始めているのに気付いた。自転車の影絵はモービル油の黒煙を曳きながら、同じ所をぐるぐる旋っている。

はてさて何とした事だろう、と僕は今更に考えをまとめようとした。たぶん環の上に飛び移ったならば土星の軸は反対側へ傾くに相違ない、と冒険家は予想した。そうすると、環の一端が岩壁にたいして持ち上るわけで、この時の傾斜こそオートバイを触角間に設けられた救助網の中へほうり投げるに十分な足場だと、彼は考えた。そうとしか思えない。ところで土星の環は反射的に向う側へ傾いたものの、そのまま断崖を距ててしまった。いったいオートバイを乗り棄てて、下りられるものか知ら。下りたところでどうするのだ？ヘリコプターで追いかけて縄梯子をおろすという手もあるが、そんな事を仕かけようものなら、それより先に土星が車も人も虚空の只中へ振り落してしまうことは請合いだ。では、土星を愕かさぬようにどうして接近するのか……こんな思案のうちにも、すでにこの岬ではあと僅かしかない空気の圏外へ天体は去ってしまうのだ。吾々はこの有様を、近来とみに増大してきた人間のスポーツ愛好、限界を忘却して余り未知を貪ることへの戒めのように観取した。しかも、鍔の上に曲芸オートバイを走らせて、いまは次第に星に飾られた黒い幔幕の彼方へ没しようとしている不思議な廻り行燈、これを見送るように星屑が狂い舞っている。何という大詰であろうか！

とうとう誘導装置が壊れた。噴火に似た真紅の焔が岩肌をおおうて匍い廻ると見るうち、大爆音が波紋を拡げて去って行った。土星は星の吹雪の中をひとしきりの唸りと共に逆行して来た。乱れ狂う螢の雨の向うに、揺れている大きな環が眼に止った。そこに影絵は無かった。オートバイは網の中に飛び込んで火事を起していた……。ロス君の負傷は軽微だった。今回の冒険に刺戟されて、岬を行ききする天体を使って、遊覧船を曳かせてはどうかという案が生れた。

第二話

あの坂道は「アップダウンシティ」の最高所に当っているが、九時から十時までが出盛りだろうな。十二時近くになるとめっきり淋しくなり、仕舞遅れの夜店の燈が一つ二つだけになる。夜店と云うと古風に聞えるが、散在する蚤の市で、しかも品目は、玩具類、小間物、古本、出所不明のキュリオー等々で、なお且つ魔奇術的雰囲気を伴うものに限られている。というのは、此処は種も仕掛もない天来の手品王国であるからだ。一時から二時にかけてあそこを通ると、星がいろんなものに化けてうろついている。頭の上へフワフワと消え残りの花火のような奴が降りてくると、だしぬけにツーッと街路樹の葉を飛ばして煉瓦敷の上に落ちる。とたん黄色い煙が立ったと思うと、そこから玩具の、それも十九世紀型の汽車が走り出す……追っかけて捉えようとすると、奇妙なキノコの柵に変り、忽ちトランプの札の鳥群となって舞い立ってしまう……かと思うと木ぎれ細工の軽騎兵隊の行進に早変りし、青薔薇の輪踊りになる……こんな事ならお慰みだが、この間の晩など、未だ涼み客が混み合っている最中に、豆箒星があの坂道の途中にあるビアホールへ飛び込んだ！

ジョッキとは取手のついたビール注ぎで、たいてい無色のガラスから出来ている。この容器の、高い棚の上にあったうちの一箇が紅く染っていたのだ。お巡りがその真紅のジョッキを狙って拳銃の引金をひいた。箒星は飛び出したが、入口の露店の前でおし合っていた子供の頭に衝突し、彼が大仰な叫びと共に転倒したものだから、騒ぎは輪をかけて一時は通行止めになった。床上に散ったジョッキの破片を、珍らしいルビーだというのでみんなが手を伸ばした。

僕のホテルの隣人C君も、酔払って、遅い刻限にある坂の途中まで来ると、下方から数知れぬビール壜の行列が繰出されてきて、足を進めるわけに行かない。ネルヴァルの短篇「緑色の化物」には、パリの古館の地下室で緑色の封をした酒びんと、赤レッテル壜との乱痴気騒ぎが書かれているが、あれだ。但しこちらはボルドー酒でなくて、それぞれに目鼻が付いた夥しいビール壜の大行進なんだ。同君はホテルに辿りつくまでに、次から次へと、現代版ユリシーズの大危難に遭遇しなければならなかった。あそこは夜が更けると用心が肝要だ。それに近頃は監視の目を盗んで花火を揚げる者があるので、花火に紛れ込んで未だ宵の口からボッボッ下りてくるらしい。何でも六月中に、あの坂道で星に嚇かされた大供子供は三百名をかぞえ、怪我をさせられたのが五十人。当局も手を尽しているが、何と云ってもみんなが芸人の軽口や香具師の手品に気を惹かれている隙を狙って、不意に舞い降りてくるのだし、手品の中に紛れ込むものだから、当事者でさえ自分の奇術の効果なのか、星の仕業なのか、けじめが付かないほどだと云う。

……あとになって騒いでも相手が星では訴え所がないから、ご婦人やお子供衆は遅くならぬうちに帰宅するに越した事はないと、あの坂のかかりのポリスボックスでも云っていた。で、お巡りが附け足すのに、星にもA派とV派があるらしい。そして特に「毛の生えた星」が危険であると。そのわけについて僕は別に問い返さなかったが、半ズボンの下へ潜り込んだり、スカートの裾を狙っているように伺われる星がある、ということらしいよ……

以上は最近「さかしまの街」から帰って来たタルホ君の談話の一部である。キャプテン・スタントンに依って発見された地球の先端、トレメッポからホワイトムーン航空路で、重畳たるお伽式山岳を超えて行く所にあるパル都に就いては、G・ムーアの「現代の仙境」を初め、「星の郷」「発見されたる須弥山（しゅみせん）」等によって諸君が知っておられる通りである。

僕の触背美学

たとえば、灯に飾られた街の反射を側面に受けて交叉点を曲って行くボギー電車、又真昼頃、歩道を行き交う人々の衣服の縞柄や波線によって織り出されていたアラベスク、このたぐいを僕は心情中の幾何性と呼ぶ。これに対して代数性を置くのは少し無理のようだが、先の幾何性とは、先取された人類の図形に関連した知覚であり、これはともすると停滞しがちな代数性（日常性、単に行われているべきもの）を引立てるもの、したがって代数性はせいぜい電車のあとを追っかけているに過ぎないもの、というくらいに受取って貰いたい。

次に僕は、映画の名称を好かない者である。というのは、絵としておしつけられているけれど、若しもあれが絵だとすれば、「アメリカの絵画は十二歳程度である」という意味における絵である。云わば絵に喩えられるという迄であり、映画はそのいずれの点においても絶対に絵では無い。たまたま古典名画がスクリーン上に原色的に示されたとしても、何で絵でなんかあるものか！　絵を写した着色写真に過ぎない。この次第はいったんフィルムのうごきを止めて適宜に取出した一コマのサンプル、即ちスチールを眺めた場合にいっそう容易に頷ける。たとえば其処に跳躍している運動選手は宛然として空間にひっかかっていて、格別飛び上っている者でも、落下しようとしている者でもない。と云って軽気球式に浮かんでいるわけでもない。形はありながらいかなる場にも繋がっていない、一種奇怪な時空外の除け者としてそれは示されている。若し絵の場合であったならば、たとえどんな下手くそな画家が描いたものにせよ、決してこのような凝固は示されないであろう。表現者と被表現者とのあいだに自ずからなる交流がある為に、その運動家は、ゼロ的時間中に投入されることなく、あくまで時間を携えているものとして表現されるからだ。風景についても同様である。スチールに見る樹木や器物は、機械的時間の水槽中に沈められた、にっちもさっちも行けないものとして凍り付いているけれど、画家によって取扱われる場合には、どんな程度にせよ、それぞれに固有の生ける時間を具有したものとしてカンバス面に捉えられる。即ち、芸術家がよって以て立つ瞬間とは、便宜的に裁断配列した時計的瞬間ではなく、事物が其処から発生し、常に歴史が始まるところの根源的瞬間なのである。

ところが映画に於ける瞬間とは、その一つ一つが等価値的に置かれている空間的瞬間であって、映写機の廻転という抽象運動に統一されている場合はともかく、いったん鉤車の廻転が停止するに及んで、完全に死物化されてしまう。こんな状態はむろんプラスでない。マイナスとも云えない。つまりゼロ状態である。それにも拘らずなおこのたぐいが一種の絵画とし容認され、格別に究明もされないというわけは、おそらくわれわれ自身が永いあいだ絵画を見続けてきた惰勢に依るものであろう。なお、こういう空間化された時間を台にしているからこそ、其処では自然界に有り得ない逆行が可能だということを云い添えよう。視よ、黒煙は元の煙突に向かって流れこみ、蒸気はピストン内に吸いこまれ、列車はあとずさりして地平線に点となって没する。床上に散乱した破片は魔法に懸けられたが如く相集まり、瓶を形成してひとりでに卓上に舞い上る。花は蕾となり花芽となり、枝頭に収まり、枝と幹は刻々に縮小してついに地中の種子に立返ってしまう……

けれども、かような奇現象をスクリーン上に観て打ち興ずる事そもそもが、実は根源的時間を台にして初めて可能だということを忘れてはならない。H＝G＝ウエルズ発明の「航時機」に搭乗して、過去及び未来の世界に遊ぶのも又同じである。空間化された時間を取扱うために、われわれは更に別箇な時間の上に乗っている。でなければ、タイムマシーンを発動させることなんか不可能な筈である。即ち、常に其処から歴史が始まり時が流れ出すところのアウゲンブリックに立脚してこそ、われわれの総ての行為や思惟が許される。こんな本源的経験流に拠るのでなければ、われわれは何を為すことも何を思うてみることも不可能である。で、「時間飛行機」とは何の事はない、これは過去の分、これは現在、これは未来というふうに、部類分けして既に其処に積み上げてある写真帳の各ページ間を飛び廻ろうとするものに他ならない。

これに反し、いわゆる名画は、何ら時間中を游泳しているものでなく、また其処にたっぷりと浸って定着されているものでもない。名画にあっては、時間的運動の統一的全体が確保されている。換言すると、総ての名画の内容は、程度の差こそあれ、永遠の現在に置かれている。であるのに、いかなる大映画も過ぎ行くものの代表でしかない。したがって映画にあっては、特に或る場面の為にのみその映画を観るというようなことが行われ易い。趣味にせよ研究にせよ、或る場面が彼にとって資料となることは十分に有り得るからだ。この同じ事情が、映画製作者側にあっては、若干の見せ場さえ設けておけば、あとはやっつけ仕事であってよいという見込みにもなっている。それは見せ場は即ち呼び物の役目を果すであろうからだ。その代り、どんなに作品の隅々にわたって手ぬかりなくまとめあげてみたところで、それが完成（小宇宙的自足）にはならない。本来の写真性に依る障礙（しょうがい）がある。写真性は、そのつどつどの会話にも似て、どこまでも当座的カットを出るものではない。

曾てメリー＝ピックフォードは、彼女が主演した古フィルムを買い集めて焼却する事に躍起になっていた。たしかに、自らの昔日の写し絵が諸々方々に残っていることは亡霊の浮遊とも受取られて、寝覚めが悪いことに相違ない。我に関係あるなしはともかく、凡（およ）そおつとめを果した大量の劇フィルムの荒涼さは、大掃除の日における写真グラフ及び時事画報類の累積をかえりみても十分に想像がつく。この味気なさは、それら写真類が何ら事物の内面には徹し得ず、移ろい変る外面のみを掠めた仕事である点に出ている。しかもそれが、そのつどつどに効果を狙って撮られたものである場合には、原則として初一回の瞥見後は用なきものであった筈であるから、この反省において煩わしさは輪をかける。グラフ乃至グラフィクに限らない。抽象時間を台にしてうごくあらゆる機械類は、ロダンが云うように、がらくたに属する。でも、印刷文字は未だそれほどでない。文字というものが既に幾何性を先取しているからである。

映画は、こういうわけで、早取写真を一コマ宛に繰出し、いったん其処に停止してスクリーンに投影し、次にシャッターでレンズを遮って、その隙に次なるコマと入れかえる幻燈機械である。これは疑うべくもない活動写真である。然し活動写真はともかくシネラマにまで向上したのであるから、ぼくもみんなの呼び方「映画」にしたがうが、そう云えば写真術だって昔とは面目を一変している。然し双方ともに、展開したのは技術及び理論であって、そのよって以て立つ瞞着には何らの変化もないのである。

さて曾て映画に於ける「存在」維持は、水が流れ梢が風にゆらぐだけで十分だった。しかもそんな小風景が、たとえばセピアだとか青緑色だとかに調色されて示されるに及んで、観客一同は恍惚となったものだ。

明治四十年ごろ、京都における第四作明烏だったか、なんでも雪降り場面の撮影中に、細かく刻んだ紙を入れた籠の紐が切れて演技者の頭上に落ちてきたが、カットを知らなかったものだからそのフィルムを其の儘興行に出したところ、涙を絞っていた観衆一同のあいだに笑いを惹き起した。製作者牧野省三は、「場のつなぎが断れても笑われるより増しだろう」と涙をふるってこのフィルムに鋏をあてたのが、カットバックのきっかけになった。此の時以来映画の各場面に「存在」は見失われ、恰も一コマ一コマ間の事情のように、「存在者」として取扱われることになったと云えよう。

いまや映画の「存在」は、性としての美女によって保たれている。その他のものは、云わばあってもなくてもよい道具立なのだ。云い換えると、いずれにも「存在者」としてしか取扱われていない。空想科学映画などは幾何性の代表であり、まさに娯楽映画の独壇場である筈なのに、一部の少年者流以外にこれに関心を持つ者は案外に尠い。ボードレエルが云った。「労働者よ、機械を壊す勿れ。何故なら総ての機械は美しいから」と。僕も夙くから真に映画的なものを、（映されているものにでなく）映している機械装置そのものの上にみとめている。目抜通りの飾窓の中に眺めるシンプレックス投光機やアーバン式プロジェクターにどんな蠱惑があったことだろう！　又、我が手に持たれて床上にまで垂れ下ったフィルムのきれはしを凝視して、其処に打ち連なっている透明なナイヤガラ瀑布だの日露戦争だののミニアチュアがいかばかり驚嘆の種だったことぞ！　ところが、学校仲間でも活動写真のこんな方面に共鳴するのは、ほんの例外の数名にすぎなかった。自分は、撮影所内に設けられたセットの街や大道具小道具の雰囲気に憧れていたのに、大抵の連中はそんな事はどうでもいいかに見えた。大人も子供もおしなべて映画そのものよりは、映画に携わる人間関係の上にかれらのお喋りの目標を置いている。ひるがえって考えるのに、最初発明家の夢想乃至投機心に生まれ、其の後大衆間に受け容れられてゆく底の映画とは、このような夢幻と現実の強制的結合であって結局よいのかも知れない。もともと人間視覚への瞞着にもとづく技術、即ち覗き眼鏡に羽根が生えたものだとすれば、其処に扱われる外題も、現実と夢幻とのナマな、粗野なくっつけ（第二の現実）が本筋かも知れぬ。だから見物がそのつどつどに不幸な反応に見舞われたとしても、次回の傑作を期待してよいのであり、次回が先と同じ結果だったとしても、更に第三回目の、いよいよこんどこそ空前絶後の大作品を待ち設けてよいのだ。代数性とは常にそのようにして動いて行くものであるからである。

円頂塔の上に円頂塔が重なり
それが遠い山脈の方まで続いているではないか
そこでは文明のふしぎなる幻燈機械や
天体旅行の奇妙なる見世物をのぞき歩く
（朔太郎）

此処に述べられている不思議な幻燈とは映画であろう。奇妙なる見せ物は何であろう？　廿世紀大発明云々の名残だと解釈される、そんなたあいもない観覧物が、僕らの幼少期には博覧会や海水浴場の余興として見受けられたものだ。ところで、そんな小屋の一つ、たとえば『月世界旅行館』であるが、この題目はトリック撮影の元祖ジョルジュ＝メリエス氏の作品にも取扱われていたが、星模様の垂幕が上から下へ移動して行く折に見物一同が虚空を昇騰しつつあるような気分に誘いこまれたり、又、雲片が左右にひらいて目鼻つきのお月様の顔がせり出され、舞台一杯に拡大して、その大きく開いた口の中へ吸いこまれるように覚えたり、鋸の歯のような山が立連なっている所で、巨きな化蕈がニューと生えたり……奇妙な鳥が飛んできたり、西洋風の鬼が立現われたり……これらはいっこうに差支えないけれど、それとは別に、僕はいつだって不満を抱くのだった。そういう見世物の終りには必ず、若干数の裸に近い装いをした女の人の踊りが差し加えられている一事だった。この次第が大変俗な現世的なことのように僕に思われた。即ち其処には抽象性への攪乱があったのだ。試みに女の模型である学友の少女らをかえりみても、彼女達は具体的な花束とかボール函飼いの蚕とかお人形とかを好み、決して蓮根の切口のような孔のあいた巻框付きのエルモ映写機やハンドルのついた玉手箱とも云うべきバンベルグ式撮影機などに、ましてや火災を起したロシヤ軍艦の豆写真が連なっているフィルムなんかに感心しないのである。然しそのうち、僕には追々判ってきた。若しも自分のようなことを云うならば、一般見世物乃至映画劇の内容としてそこに何物が残るのかということである。こちらの注文を徹底させるならば、結局気の利いた額縁だけのものになってしまうであろう……いや、それだっていっこうに差支えないのである。僕は前奏曲（オーバチュア）という形式が好きなことは昔通りであるし、机上の丹念な手細工をスクリーン面に拡大するタイトル製作技術には常々美術を感じてきた者である。代数性取扱いにしても、あの予告篇という盛りこみ方には共感せざるを得ない。予告篇はおおむね被予告篇よりも芸術的だ。何故なら、自分は予告篇の素晴らしさに惹かれて本物を観に出かけて、いっこうに期待した場面が出なかったことが再三だからである。なにも看板の魅力を指すのではない。映画がもともとつぎはぎであるならば、予告篇的やり方で十分でないか、と云うのである。それでは商売にならぬというなら、いっそ広告にしてしまえばよい。即ち、それぞれの場面にスポンサーがついた奇警おどろくべき広告フィルム……。

総じて空想の興味とは、或る種の幾何的な超絶気分に対して、無理に強引にくっつけられた代数性に存する。そしてそれは、後者の現実性が卑俗であるほど喝采を博する、ということにも僕は気がついた。あらゆる見せ物はおのずからつぎはぎなのだ。それにしても問題が解消したわけではない。依然として残留している不満は、映画における時間が「鉤車の廻転」であるように、映画的空間にもそれにふさわしい美学的工夫がほしい一事である。興行の歴史が僕の云う方向に展開しつつあることは否めない。覗きからくりはシネマスコープまで来たのである。例を以て云うならば、演劇及びショーとして、既に三十年前にニキタ゠バリエフ率いる「蝙蝠座」があった。映画界には現に、天体画家C゠ボーンステル協力のジョージ゠パル氏の擬科学フィルムが見られるし、前に述べた予告篇的形式中には未来的啓示がよみ取られる。更に回顧的に云い直すならば——

曾てのブルーバード映画のやや黄を帯びたフィルム中に去来したものは、額縁負けしたような特作品乃至超特作品にくらべて、遥かに映画的だったし、又、オーケストラボックスのクイックマーチにつれて映り出す連続冒険大活劇には、大人子供の喝采を巻き起した。それらは、脳膜炎に罹ったような男女が抱き合う接吻映画より、ずっと映画的に、真実であった。

「笑い」はもともと人間の裡なる機械的要素に発生し、幾何性のエッセンスとも云うべきものであるから、最初からスクリーン向きである。それもチャップリンはまだ涙の世界の受持が可能で、彼は実は旧人情を映画的に利用したに過ぎないけれど、ラリー＝シーモンに到って初めて、臭素加里の匂いがした偽時間と偽空間にふさわしい役者が生まれた。これは、マックセネット式どたばた騒ぎを幾何学にまでもたらそうとするものであった。

スクリーンでなくて何処に為し得たであろうような、そんな現実より更に鮮かな現実の把握は、全く字幕を不用とする純粋映画的境地を示唆するが、それと共に、映画的純粋性の見本を、僕はあの明暗交錯して移り行くタイトルにおいて感じないわけに行かない。前の青鳥（ブルーバード）シリーズの字幕に含まれていた哀愁と夢心地は懐かしい思い出になっているが、そういうアートタイトルの片隅に往々行われていたいたずらにも捨てがたいものがあった。青い紙製の鳥がアルファベットを咥えて飛んでくる……こういうものを発展させて、それぞれの場面に簡単なプレーや奇術を観せる綜合的広告フィルムが生まれてよいように思われる。

例えば、D＝フェヤバンクス初期の“Reaching to the moon”では、タイトルの下方の真暗な隙間を右手から、豆人形のような燕尾服姿の主役が前半を仄かに照らされながら歩いてきて、それとは定かならぬ梯子段を登りつめて、片手を差し伸べて、半月を掴もうと頻りに焦せるのだった。

若し、こんな所から新様式が生み出せたならば、其処に初めて映画は高次の鑑賞的対象になってくるのでなかろうか？　例の空中飛び移りの開祖オーマー＝ロックレア中尉主演“The skyway man”に観たところも僕の記憶にとどめられている。それは欧州大戦に於ける負傷によって頭脳に異状を来した飛行家を利用して悪事が企てられる筋であったが、この次第を説明する字幕の上欄に、小さく飛行家の顔が現われている。そこへ玩具のような豆飛行機が近付いてきて、その人物の後頭部へくると、矢庭にひらいた梅の花のような炸裂弾の為に機体はぐらぐらと揺れ、同時に飛行家の顔面も堪えがたき苦悶を表明してキュッと顰(しか)められるのだった。

“The dark angel”で推賞すべきは、白薔薇の咲いた垣根のそばで恋人達がマデロンマーチを歌う所なんかではない。煙の輪を射ち出す砲兵陣地と、次第にマグネシウム式炸裂に埋められて行く前面の原野とが、恰もうまく継がれていない切紙細工のような食い違いを見せて、それ故にまやかしものの危機を示しながら、際どく覚束なげに震動していたことの上に存する。

たった一ぺんだけ逢った機会に、芥川龍之介が、僕に次のように洩らした。「ピーターパンの作者が云っているよ、将来のフィルムはタイトルばかりになってしまうだろうと」

今になって考えてみると、どうも美術字幕、即ち敷衍して現在の予告篇形式に映画の純粋性が認められるとの意であろう。

「吾人が映画を観て泣くことがあるのは、それが芸術であるからではなくて、どこまでも現実そのものであることに依る」

トーマス＝マンの夙くからの喝破であるが、つまり僕のいわゆる「写真性」に相当する。

だから、劇映画にあっては主人公は主人公として決して其処には映らない。どこまでも「主人公に扮している何某」それ自身が映るだけである。舞台上の演技では決してこんなことはない。いかに彼が大根であるにせよ、ともかく生身の俳優がそれぞれ芸術的意図の下に各自の役に精を出すわけであるから、おのずからなる観客間との交流もあって、主人公が彷彿され、したがって彼の衣裳もその背景も、共に象徴味を帯びるわけだ。本源的時間に立つところの、そのつどつどに成績の異なる努力であるからだ。これに反して映画にあっては既に出来上ってしまっている。しかもそれは内的には何の繋がりもない破片のつぎ合わせに過ぎない。便宜上あっちこっちとまとめて作り上げた部分々々を、効果を狙って組立てたものである。どうあっても瞞着の助力を乞わねばならないことになる。うしろ向きのキリスト、あるいは手だけを見せるキリスト、これは苟(いやし)くも個性に対して映画が採らなければならぬ義務なのである。でなければ、其処には、ビーフスティク其の他の蛮食を嗜み自動車の舵輪とゴルフクラブを握るところのキリストが露呈される次第になる。厳密に云えば、劇映画に於ける配役は、いつだってそこいらにいる誰彼なのだ。しかも何処のなにがしと指名可能な現代人から成立している。この事情は装置の上にもある。なんでこれが中世期の城塞であろう。何処其処に設けたセットに過ぎないでないか。第一狭間胸壁(バトゥルメント)の側面に投じられている影の長さに注意するがよい。それは、物語の舞台ではいくら夏至前後だってとうてい投じられる筈はない低緯度的日蔭である。何しろ写真的強要が、われわれをして、些(いささ)か意地悪いようでも、その方へ考えを傾けざるを得ないようにさせる。更に、古代衣裳の大部分が明らかに現代のミシン縫いなることを示しているように、天際に泛かぶ雲きれも或る日或る時刻に或る地点からカメラによって捉えられたところのもの以外の何者でもない。いったん劇映画のこの面が気にかかり出すと、取澄した人情劇などに対して五分間と続けて椅子席に辛抱しておられるものではない。でなくとも、電鈴の響と共に映画館からぞろぞろと出てくるほどの連中は、申し合わしたように、濡れ雑巾で顔面を逆に撫で上げられたようになっているでないか。それは騙されたことの証拠である。ゴールズワージーの云う「現代の映画を観て残されるところは只苦痛ばかりである」ことに依る。

明治の終りに、京都の俳人中川四明は彼の著『触背美学』に於て夙くも活動写真の瞞着性を指摘している。触背とは即離のことだが、彼は映画の特質として、それが不即不離ではなく、あくまでも不離密着にあることを読み取っている。即ち不易でなくて、流行そのものに立脚しているから、到底芸術的鑑賞に堪うべきものでないことは、「ぼうふらの茶柱にて非なる哉」なのである。しかし元禄の即非論者に依れば、「(句は) 天下の人にかなへる事はやすし、一人二人にかなへる事はかたし。人の為になすことに侍らばなしよからん」であるのに、活動写真の目的がこの後者のみにかけられている以上、ひっきょう過ぎ行くもの、瞞着の面白味だと中川氏は云う。トーマス゠マンのいわゆる現実に相当するものである。

オートマチック・ラリー

子供のとき僕は、機械場や楽隊席で暮したと云っていいほど、あのジーと白い光を放つカーボンや、フイルムをつなぐクローホルムの匂いや、ピカピカした金具のついたクラリネットが好きであったが、十五六以後からふっつりそのくせがなくなった。ヴァルガァでファンタスチックなこのスクリーンの芸術気分には、今日とて文句はないが、その昔、アントアネットやファルマンやカーチスやブレリオや、いろんな種類によって吾々を酔わした飛行機が、実用向きなツラクタータイプに統一されてしまったように、活動写真もあの菊の花のゴーモン社や赤い鶏のパテーのマークが現われたローマンチックから、次第に機械化されてしまったようだ。それでもエジポロやパールホワイトやブルーバード人情劇の時代は、まだ個性的で面白かった。が、この頃のいわゆる深刻類ときたら、僕はまっぴらを表さずにはおられぬ。ウォーレスリード等のきゃしゃな近代的な顔には好感がもてるが、ダグラスなんか一カイの俗物にすぎない気がする。——むろんその俗なところがいいという意見もわかるが、ただ僕の好みから不愉快なのだ。僕が立派な芸術家として許されるのはひとりチャリーチャップリンである。二十世紀におけるこの発見についても、世人は他の似て非なるものと混同しているが、本物は只目をもった少数に確認されているから大丈夫である。

こんなわけで、友だちでもないかぎりめったに見に行かないが、昨年の春であったか、ひょっくりとわがラリーシモンを見つけた。しかし、この役者のものはあまり来ないようだから、今日まで二つしか見ていない。この間神戸へ「オズの魔法使」(笑国萬歳)というのがきたので明石から見に出かけた。僕が役者の名で出かけたのはこれが最初であるが、やはり期待にそむかぬこのコメデアンはまるでオートマチックだ。あのトリックとも現実ともつかぬ高いところへゼンマイ仕掛のようにのぼって行って、超時空的にヒューとジャズバンドの笛のうなりと一しょにまい落ちるとき、僕のうれしさはかなしみにさえ近い。この役者がいつも目のまわりに輪をかき、鼻柱を三角形にぬっているのも僕の遊離主義から大へん気に入るが、素顔の彼はまた何かコカイン常用者を想わすようなデリカシイに、リボンのようなおしゃれとネズミのようなすばしっこさをそなえている。ラリーは現世的なガチャガチャさわぎでしかなかったアメリカ喜劇に、一つの人形的な新領土を開こうとしているのだと僕は解釈したい。そのはかないほどの上品はロイドと比較にならず、超人情性はチャップリンよりはるかに新らしい。いつか「ラリー以上」という評判のあるフイルムを見たが、運動はラリーよりはげしいところもあったが、俗っぽくあかぬけしていないことでまるで別物であった。ラリー最初の長巻だというこんどの「オズの魔法使」が、脚本や撮影法としてどうだなどいう批評は、フイルムと云ったらすぐに監督や会社や世評をもち出す他には、何ら自分自身をもってした意見をのべられないこと、なお現今うるさい文壇雀にも類する凡庸のやることである。僕はかなり無駄も多いと見かけられるあのフイルムも、それはちょうど編輯者や読者を頭におかねばならぬ吾々の仕事のごとく、じつは何もかもわかっているラリーにとってまたやむを得ざりしことであったとしたい。一つには彼がなお多く開拓の余地をもっていることにもよろう。そう云いながらも目ある人は見よ！　しずかな牧場の片すみから加速的にわき起った雷、火事、嵐、飛行機をとりまぜた大乱痴気、オズ宮殿地下室の魔法合戦における樽のお化けの虚々実々は、アメリカ映画にはめずらしい童話でないか。偽案山子のラリーが、思う姫君をよき王子に渡すことも格別かなしまず、さらに敵にヤグラの上に追いあげられて大砲で撃たれる、——命中の間一髪にとび移ったとなりのヤグラにも砲弾があたり、危くのりうつったヒコーキからさがったロップもついに切断して墜落する——と同時に、月と星の壁紙を張った子供部屋のテーブルからラリーのかたちをした人形が落ちる結末は、女と男のくっつくことでしかなかった従来にくらべ、何とすっきりしていることか。材料と仕組の如何は別に問わなくてもよかろう。それは費用と手間とをふんぱつしたら何人にだって可能である。重大なのはその筋書と意匠を完全に生かす個性である——ある場合それは無性格でもあろう。が、注目したいのは無性格の性格である。

ともかく、活動役者の写真がほしいという心持を、僕はこんどの場合ではじめて知った。ねがわくば僕に日本語が英語の位置にあるなら、さっそく、この流行児になるか、あるいは特異性によってそれは思うほどでないかもしれない――しかしそのことはちゃんと頭に入れているようなところのあるラリーのところへかけつける。合同作品のムーンシャインコメディはすべてセットとトリックと花火応用である。その空間時間のない国の街と野と山に運動する人間人形によって展開される荒唐無稽が、「タルホと虚空」「彗星捕獲」「二十世紀須弥山」――着色のみじかいハバナタバコのファントムのようなものをこしらえ、世界映画界改新の一歩をふみ出したい――と、そんなことまで僕は、その晩ムービィ街の色電気の下をあるきながら考えていたのである。

ラリイシモン小論

あの長い耳をした男はゆうべ月から落ちてきたのだ

"MIDNIGHT CABARET"（旋風ラリイ）
"THE BARNYARD"（突貫ラリイ）
"THE GIRL IN THE LIMOUSINE"（豪傑ラリイ）

この三つを最近見た。はじめのは真夜中のキャバレの騒動を仕組んで二巻物だが、風船玉のなかでブランコをしている踊子と、ハゲ頭や婆さんにかこまれたテーブルがラリイ式の童話化をされ、大きなゴシック字のタイトルうつりも、この形式として完成したものと思われた。例によってボーイとラリイと踊子がかけよる青い街のしぼりでおしまいだが、ラリイにはこんな人形のような女こそ似合え、七巻物である「リムジンのなかの娘」に出るような人間くさいお嬢さんはまるで調和しない。次の「小舎のなか」も二巻物である。「オズの魔法使い」にあったと同じようなヒコーキ応用のトリックが、あっさりしてさすがに独自な奇術的エフェクトを出している。ラリイという人は、以前にそんなことと関係があったのか、こんな田舎をバックとしたものにも奇妙にふさわしい。

カンツリーというのが、僕にはラリイ気分にひきつけられた風景人物とりまぜて、マダムグレゴリイの芝居を想わせるのだが、といってアイルランドでもなければむろんアメリカとも思われぬどこかの遊離した農園のハイカラな小唄をふくめ、まずくうまく活躍するニワトリと驢馬と羊がまたおしゃれネズミのようなシモン氏をぴったりひき立たせる。そういうと、大ていのものに失恋が取り入れてあるのも面白い。ラリイにそんな経験があったかどうか、ともかく恋人をとられても案外平気で、その人や自分のものでない女のために、いじめられながら、なげきながら一生懸命にうごく「リムジンのなかの娘」もそうだ。そして、自動車のなかにいた女――じつは女装した強盗に裸にされるところへ、本人はかなりよろこんでいるとも見える「あの鼻と耳とは畸形児めいている」と僕が云うと、「性慾がないようじゃないか」と友だちが云ったが、このヒョイとつき出される一千一秒物語の人間人形は、まさしくマゾヒズムのかたむきがある。いやそんな一つ言葉であらわされぬさまざまな心持を、とんでもない方へ超えようとする近代人形のかなしい逆説をふくめているのでないか。コールタールやソースをぶっかけられ紙屑のようにクシャクシャにもまれ、高い窓からけり落とされた末、またもはねかえって風船玉運動（活動とは云いたくない）にうつる、この白粉をぬった二十世紀ピエロの顔を見ると、これはマクセンネットやチャップリンに見えそめたものが、未来の世界へ、展開しようとするたしかな点の一つであるとさえ僕には思えてくる。――一たい僕が、このオールヒュマニティーの革命期における芸術運動の要素と考える「フェアリー化」

とは芸術を遊戯に落とそうというのでなく、今日まで遊戯という言葉に片づけられていたものを芸術にまでひきあげよう、――即ち、それはまだ若々しい原始状態のまま吾々の奥ふかく眠っているものをよび醒そうという冒険を意味しているのだ。ここにおいてはじめてかのゲーテにもシェクスピアにもその他のいずれにも見られなかったジャズマニアの重大な意義があるのでないかと、傑作のできぬことをもって、ほこりとする現代の友だちに問いかけたいのである。むろん、今後いよいよ複雑になって行くもののなかで、僕の素質にかんじられる一つについての注意だが、しかも、ある人には反感を抱かせるまでに淡くあざやかなラリイシモンの童話とは、正しく桃太郎アンデルセンに逆行するもの、いやその一部分にあらわれていたかもしれぬものをもって全部を律しようとする意味のもの、けだし今や人間であることに行きづまろうとする吾々を救う唯一のエレメントと云うべき、「超自然」につうじた一線を暗示するものでなければならぬ。

――「リムジンの娘」は、主演者が他の役であったら全くのぶちこわしと思えるものでラリイはやとわれてやったのだろう。と云いながら、ガスのともった街を自動車を追って走る警官隊の夢幻と、おしまいのラリイ式場面に示される第一義のまえには、かのいたずらな犬がかりの下に何の価値もない役者をうごかし意匠まけした様な退屈な連続を見せるシーホーク十二巻のようなものこそ、何ら生ける意識につうじない俗人のお伽噺であるとしたい。フィルム芸術の特権はコメディーから出発しようとしている。吾々の求めるオモチャは、浅見者流のために本然の意義をかくまわれていたスクリーンの街に今はじめて見つけられた天才ラリイシモンによってあたえられようとしている。いかにそれがくり返されひろまって行くか、一時間まえにさしたコカインのもたらすファントムのうらに見ているようでないか。人間人形の可能性、荒唐無稽の社会的価値については、日を改めて説くつもりである。

つけ髭

少年は、すでに中学生なのに、マッチを擦るのがおッかなくてなりません。まるで発火させるのか、それとも軸木を投げすてるのか、そのどっちだか判らないくらいでした。だから、サムライ同志が衝突して刀を抜くと、もうかお上げてスクリーンを見ていることができませんでした。そのくせ、密集したり馬に跨ったりして現われる一団がパッと散らばって、手に手に夢幻的な白煙をあげる小銃とかピストルとかを射ちはじめると、有頂天になってしまうのです。——こんな少年の頭の片すみに、ふと或る時観たシーンが喚び起されました。

それは山ふところの平地に天幕を張っている騎兵隊が、インディアンの包囲攻撃を受けるところでした。天幕を中心にぐるっと大きな輪形に取りかこんで、走りながら銃火を集注する執拗な乗馬隊に対抗して、バタリバタリたおれて行った兵隊と、そこに危急を告げるように、白煙の裡にひらめいていた星条旗とが、何に云わんかたのない美しさをもって、いまさらに眼の前にえがかれるのでした。しかしその時、少年の心を本当に捉えたのは、その次に映ったほんの短かい場面です。

襲撃のあとです。旗竿や天幕はひき倒され、踏みにじられて、めちゃくちゃになっていました。そして事知らぬげな月に照らされた、――というのは青く着色されたフィルムでしたから――その山腹の平地には、るいるいとして、そうです、いったい何であるか最初の瞬間は途惑ったくらいの乱雑さにおいて、真裸の、一糸もつけていない兵士の死体が盛上っているのでした。それだとみとめられて、少年は、こんなものが映されてよいのだろうかとおどろきの瞳を張りました。が、さて次には、それら気味悪く積上った柔らかな白いものの、どれがどの部分にあたるのであろうか、手がどうなって、足がいかようにおかれ、胴体とのあいだにどのように繋っているのであろうかと、それぞれ出来るだけ速く見きわめようとする方へ、努力を注いだのでした。真裸の死体はそんなに取乱れ、ごちゃごちゃになっていました。むろん当方は焦り気味で、一方、眼前に瞬きながら映っている情景が余りにこんがらかっているので、見当がつきません。けれどもそのような数秒間がたつと、やっと、そのなまなましい山の一等左のはしにある白いかたまりが、実は、その頭部を他の者の折りかさなりの中へ突ッ込み、したがって全身の三分の二を露出させて、うつ伏せに、ちょうどきゅうくつにお辞儀している恰好になった兵士だ、ということが判りました。スクリーンの青い月夜であっただけに、ナマナマしくきれいな、そのひときわむき出しになっているおしりの曲線が、救援隊出発の場面に変っても、フィルムが終って明るくなった時にも、更に帰り途でも、少年の頭から離れませんでした。

それにしても、せっかく思い出しはしたものの、こんどの題目は、レールに縛りつけられた探偵や、箱詰にされた令嬢や、粉砕した飛行機の下じきになった飛行家や……そんな真似事のように、いくら一人で留守居している時であっても、おいそれと実演できるとは思えないのでした。なぜなら、先のたぐいは云わば心理を働かせるだけでも事は足りますが、こんどは場面を想像して、そしてただきゅうくつにおじぎをしている姿勢をとるだけでは満足でありません。真ッ裸はともかく、少くとも半身は肌を出して、山中の寒い夜気にさらされている感じをともなわせなければ、何にもならないのです。若しそんなへんなことをやっていて、ふいに人がくるけはいがしたら何としよう？――しかし少年は、間もなく、寝床の中では、殊に電灯を消してからは裸になってもよい、ということに気が付きました。そしてその夜さっそくにその通りに事が運ばれましたが、何やら物足りません。或る夕暮のこと、階段のよこにはめこまれている姿見に気づきました。山の中腹で月光を浴びて死んでいる兵士の真似は、すでに夜具から匍い出た、つめたい畳の上でも二、三回試みられていました。――少年は、この時刻にはここへは出てこない家人のけはいに耳を澄ませて、大丈夫なことをたしかめると、次には念のために、すぐ向い合った、カンフルの香がただよっている暗い部屋の内部をも、注意してうかがってみました。むろん人がいるわけはなく、只窓ワクの区切る屋外のトワイライトを受けて、室内のニッケルやガラスの器具が物憂く微かに光っているだけです。廊下の、灯がついている所と反対側は、両方にひらく磨ガラスのはまった戸になっていました。この戸が開くためには、その先にある玄関のドアがあく音がするはずですから、身づくろいをする暇は十分にあるわけです。といって、さすがにここで真裸にはなれません。着物をまくし上げて、腰から下だけ裸になり、脱いだものは懐ろにねじこみました。――こうしたならば、あの淋しい、荒れはてた禿山の中腹で全滅して、身につけたものをすっかり剝ぎ取られ、そのまま打っちゃられた兵隊の感覚の半分は味えるかも知れない。少年は床の上に両膝をつくと、手を背中に廻して組んで、前のめりにおしりを突き出し、ちょうどあの、頭に鳥の羽根をつけたインディアンらのために散々おもちゃにされたあげく、そこにおッ放り出されたように、かおをよこにして、どしんと思い切って両肩を床のおもてにぶち当てました。そこはリノリューム張になっていて、したがってその固い敷物特有の冷ややかさが出来るだけからだに伝わるように……と、頰ッぺたも床にすりつけました。そしてどんなふうにこの姿が見えるかを、壁面にはめられた大鏡によってしらべようとしましたが、こんな低い位置では姿見が覗かれないのです。かおを上げて、自分の腰周りからふとももにかけての白さと、そこがあの兵士のような曲線になっているかどうかを辛うじて、――というのは下半身は動かしてはならず、瞬時非常に苦しい姿勢になったからです――あんなふうなカーヴがそこに構成されているかどうかを、やっと見定めてから、再び頰をリノリュームの上におしつけて、からだをもじらせながら、ふと上方に首をねじました。少年の足元からすぐ曲り階段になっていましたが、その二階の手すりから、かれがじっと見下しているのでした。

ドキッとして動けなくなり、それから自分が真赤になっていることを意識しながら、少年は立上りました。——かれというのは、少年の父の国から出てきて、優等生として此地の医学校で勉強していたのです。ところがことしの春、もう卒業間ぎわになって、——少年はその始終を看護婦からきかされておどろいたのでしたが——よその奥さんといっしょに寝ている所を、急に帰ってきたそこの主人に見つけられました。大騒ぎになって、先方は告訴するといきまき、新聞ダネになるところでしたが、少年のお父さんらがやっとおさえたのでした。かれはしかし退校処分を受け、復校運動がうまく運ぶまでという名目で、少年の家で目下謹慎中の身分なのでした。二年ばかり前までは、折々遊びにやってくるかれと公園や活動などへ出かけたことがありますが、そのころは未だ少年も幼かったし、よく判らないことの方が多かったのです。そして印象といえば、口数の少ない、指先がいつも磨いたようにきれいな、格別好きでもきらいでもない人になっていました。けれどもこのたびかおを合せた時は、何だかきまり悪く、かれだって二階に引きこもりがちでしたから、少年は極くまれにその部屋へ行って、顕微鏡で、色のついた奇妙奇天烈なかけらを覗いたり、コバルト色や褐色の、共口の小壜を貰ったりするくらいのものでした。

それにしてもかれは階段を下りようとしていたのでしょう。先刻からあんなにきまりの悪い、弁解の仕様もない自分の仕ぐさをじっと見ていたのです。少年は当惑して泣き出したくなりました。いっそ逃げようかとも思いました。といって、そんな一時逃れをやったところで何にもなりませんし、事はよけいに縺れるでしょう。立ち上ったはずみに、その時少し笑っていたかれを見上げて、自分も笑いながら、階段を登って行きました。おのずからそんな動作になってしまったのです。だってその他にどんな方法が採られましょうか。少年はかれのわきを素通りして、トットッとかれの部屋へ先にはいってしまいました。

マホガニーの机上には青い傘のついたスタンドが点って、分厚い独逸語の書物の上にまるい影が落されていました。少年は机に寄りそって坐ると、本のページにある紅と青の色彩がついた解剖図を、我にもあらぬ心持で見つめていました。それは、数刻前の状態を受けつぐ、どうしていいか判らぬ気まずい数分間でした。少年の脳裡には、思いがけない昔のことが喚び出され、直ぐ次のものと入れ代ったりしていました。ちょっとあきれたふうをして階段の降り口に佇んでいたかれは、しばらくして部屋へ戻ってくると、そばにならんで坐りました。それから少年の肩先に、いやに柔かい手をかけました。

「面白い？」

「何――これ？」

少年は云いましたが、その声はかすれています。

「どうしたの」

かれはそう云いながら向きを変えて、少年を抱き寄せました。そして何事でもないように頰擦りして、それからかおを覗き込むようにして、両手で挟んで自分の方へねじ向けると、くちびるを吸いました。少年が何ともできずにいると、階段の下から看護婦の呼び声がしました。青年はハーイと元気な返事をしましたが、下りて行くまえに、久留米絣の袂の袖で素早く少年の唇を拭いました。同時に、二階にひとり取残された少年は、これで関所は抜けたという安堵を覚えましたが、机の上の小さな円鏡のおもてに映っている自分のかおが、その両方のまぶたがきつく二重になっていることに気が付きました。そしてどんなに瞬きしても、指でこすっても、元通りになりそうもないので、別な、新らしい心配が湧きはじめていました。

二階から音もなしに下りてきたかれが、姉の鏡台から刷毛を取出して、粉白粉をいっぱいくッつけて、少年の頰を叩いたのは、あれから一週間ほど経った夜のことでした。その時少年は、うしろに懸けてあったボーイスカウトの服が外され、それと着換えるように命じられたことにたいしても、階段の中途や廊下のまがりかどでつかまえられた時のように、青年のする通りに、かれの云うように、したがうのほかはありませんでした。というのは、あの最初の夜、少年をうしろ抱きに両膝の上に載っけたかれは、次の日は少年を差し向いに膝にのせ、更に翌日には同様な仕ぐさが畳の上に寝ころびながら為されて、少年はすでに自分の方からくちびるを突き出して、笑いかけるようになっていたからです。そんな或る時でした。ハッと二人は坐り直しましたから、相手は只瞬時へんなかおしていただけであるとは云いながら、階段の上にやにわに足音がして、かれの学友がはいってきたことがあります。また、かれが少年を両手に抱き上げたまま階段を下りて行ったとき、腕の中でハラハラしている少年の気遣いどおりに、薬局のドアから、ひょっくりと白いかおが出て、

「まあ、みなさんがお留守だと思ったら何をしていらっしゃるの」

と云いかけたこともあります。

しかし青年は落付き払って、

「お嬢さんだったらたいへんだね」

そう云いすてたまま、構わずどしんどしんと下りて、洗面所の前まで行ってから、少年を下しました。――ちょうど場所がよかったから、かれの手が当っていた箇所は電灯の影になって、看護婦には気付かれなかったはずです。

少年の方では、学校から帰ってくるなり二階へ上って、夏の日のような裸になってしまったことがあります。それなのに、かれはただ角力を取ろうかと云ったまま立上ろうともしなかったので、もう二階へはやってこまいとさえ少年は思いました。こんな暗黙の遊戯が二人のあいだに進行して、一週間後のみんなが留守の晩、かれに云いつけられたとおり、ボーイスカウトの制服に着換えねばならなかった少年の前には、すっかり忘れていた、あの、きまりの悪い当初の晩の件が持ち出されたではありませんか。

――が、階段の上から見ていただけの人にとって、その仕ぐさが何事を意味していたかは判っていないはずです。ただ二階へ行くなり、ここへ射たれたように倒れてごらん、

と云われて少年はぎくりとしたのです。けれどもかれはもう少年を抱きかかえて、その場へうつ伏せに寝転ばせました。そして両の膝を立てさせて、先夜自分が階段の下に見たのと同じ姿勢にしました。卓上の電球はいち早く天井につけ換えられ、青いシェードがあべこべにかむせてありましたから、この六畳じゅうには恰も舞台面の夜景のように、青い、ほのぐらい光が漲っていました。かれは更に玄関わきの履物箱の中から靴を持ってきて、少年にはかせて、自身の手で叮寧にヒモを結びました。かれ自身といえば、空色に赤すじ入りのどこか外国の軍服をまとうて、ぴかぴかした赤革の長靴を穿いていました。おまけにかたえにほうり出されていた、ヘルメット帽まで取上げたのでした。それはてっぺんに短かい槍のついた正銘品でした。このめずらしい品物は、近ごろ独逸から帰ってきた友人のみやげだと云って、かれが持っているもので、この鬼の頭のようなものをかむって夜遅く帰ってきた時、玄関口をあけた看護婦が、鼻の先にぬっと突立っていた異形の人影に仰天して、ピシャン！　と泡をくって戸を閉めたことによって、評判の代物になっていました。けれどもそのヘルメットに合せて、こんな軍服やサーベルまで取揃えているのは、いつどこでどうしたものやら、少年にはてんで見当がつかないのでした。只そんなよそおいをして青い光の下に突立ったかれは、よく似合って、本当の外国士官のように見え出していました。それと共に、こんな普段とは異った改まった雰囲気を前に、もう止そうかという不安を覚えていた少年自身にも、だれか自分ではない他の者が、こんなふしぎな遊びをやり始めているかのような気がしてきました。この遊戯がどう運ばれるのか、終りまで見ていたいという好奇心が、別に湧き上ってくるのでした。

「お月様の光が当っている北仏戦線の堤に少年義勇兵が倒れています。頭の上にはサーチライトの縞が入れ違って、そこらじゅうには榴散弾の白煙が立昇っていますが、それは花火を使わないことにはダメです。いつか研究してやってみましょうよ……」

そんな口上を説明者のように述べて、ハンカチで少年に目隠しをしてからも、ヘルメットの士官は、少年の帽子を外したり、冠せたり、あご紐を下して外れかかっているように直したり、ネッカチーフを引っぱったり、靴先をねじらせたり、股をもう少し開かせたり、おしりをもっと突き出すように腰を持ち上げたり……まるで乱暴な体格検査のように諸々方々をいじくり廻しました。そしていったん遠退いて、かなり永いあいだ、じッとそのままにしている少年の方を眺めているけはいでしたが、やがてがちゃがちゃいうサーベルと長靴のきしむ音が、部屋のそと、たぶん階段の途中辺りに起って、それが匍い寄るような忍びやかさで再び迫ってくると、ドキドキと速い左胸の音をきいている少年の肩にぐっと頑丈な靴先が当って、そこをゆっくりと、しかし蹴るように押したので、きゃしゃなからだは横の方へ転がりました。それから上向きになりました。半ズボンの股に相手の膝がしらが差し入れられて、革と羅紗とが入りまじった兵隊の匂いがおおいかぶさってくると同時に、肩の下へ片腕が廻されました。抱き上げられた十四歳の花嫁は、少し顫えながらも、本当に人事不省になった少年兵のようにぐったりしていました。けれども、青い電気の月をまぶたに覚えて、締めつけられながら、嗅ぐように足の方から上ってきた敵国将校の接吻を脣の上に感じた時、この上にあるもしゃもしゃしたものは最初からついていたか知ら？　ということにも、ちょっとの間考えを向けずにおられませんでした。

サギ香水

何でもそれは私が海べの町の小学校で三年生になった春の雨がふっている夕ぐれでした。私は、ともったばかりの灯がうつっているとある街かどで、同級のKが、私たちよりは少し大きい男の子とふたり一つの傘に入ってとおって行くのを見ました。

「ゆうべ僕と一しょにあるいた子を見たかい」とKはあくる朝学校で私に云いました。

「――あれこんどこの学校へ転校してくるんだ」

それで私はその少年もやはり自分やKが生れた都会からくるのだということを察して、よく見なかった子についてちょっと好奇心を起しかけましたが、もったいぶったKの云い方にきかされたそのF・Iというのが、私たちの学校に姿を見せるようになったとき、どっちかと云うと、それにつきそって二三日間廊下や運動場の片すみに見かけられたお母さんの方が私の気を引きました。うすい藤いろの着物をきて大へんいい香りをさせたひとは、ベルが鳴って教室から出てきたF・Iにハンカチを渡したり、袴のすそをはらったり、またそばにいるKにほほ笑みながら話しかけているのでしたが、私はこちらから、何かそれが物語のきれはしであるかのように見ていました。そして、学校から帰るなり白たびをはき扇子をもって仕舞の稽古にかよわされているような自身にくらべて、こんな若いきれいないつも香水でプンプンしているお母さんをもった子の幸福を、ねたみ心地に考えていました。

F・Iはまた実際にハイカラでした。ケンブリッジ型の白い帽子（その頃はまだ誰もそんなものはかむっていませんでした）をかむり、カバンのかわりには黒いしゅすの手提のようなものへ教科書を入れたりしていたのですから。しかも、それが眉のほそい色白い顔や、どこにいるのかわからぬようなおとなしい姿によく似合っていることに、私は（むろん一つには彼が私たちよりは一つ上の級であったことや、そのことになるとなぜか改まったようになるKのくせがつづけられていたこともあるのですが）Kと自分との間のように近づくことができないのにいらいらと思わされていました。またうすいあたまの髪が眼につく近くまで行くことはあっても、何か胸がせまるような気がして、どうしても、他の者より友だちになれるという特権——私たちの生れた都会についての話なんかもち出せずに終ってしまうのでした。そんなF・Iと私の教室とは隣り合せでした。それにとなりの教室のまえの廊下がちょっと見える位置に私は坐っていましたから、ベルが鳴ってもまだ書取りがつづけられている折など、どやどやと出てゆく四年級の生徒の方へ胸をときめかせたり、そんな時間にならないときにも、やはりそんなことについての切ないような、とりとめない思いにふけったりしていたものです。そんなあるときでした。自分の授業の方を早く終えた私は、となりの教室のまえをとおりぬけ乍ら、ガラス越しに二列目のなかごろに教科書を片づけているF・Iの姿を見ました。その次に四年生が出てきたとき、同じ場所へ私は引き返したのですが、すれちがったF・Iの首すじを私はハッとふり返らずにおられませんでした。その少年のくちびるになやましいような感じをそそってエンピツの鉛がくろくついていたばかりでなく、この間のお母さんの場合のような香水がふっと私の鼻を打ったからです。今までこのときのように近づいたことはありませんでしたから、それはどうしてもこの色の白い子も香水をつけているのだということにならねばなりません。しかもそんなことが学校では叱られぬかということも、ハイカラなケンブリッジ型の帽子と一しょに、口では云えないおん密なものの消息からきていると、私は女の子めいた絶望感のうちに考えるほかはないのでした。

　そう云えばここにも一つのふしぎは、そんなF・Iは私たちとは一つ齢ちがいのはずなのに、なぜかもっとませているようにかんじさせ、そのくせ決して兄さんらしいのではないこともかかっていました。私は五年生になったとき折々思い出すのでしたが、その今日の自分から見るときあのときのF・Iが一級下であったというようなことはどうしても考えられないのでした。そしておしまいには、そのこともやはり、あの何をするのもいやにさせてしまうような香水の匂いや、それに関してはいつもあらたまるKの口ぶりや、同じように何のうわさもしなかった学友や、それから、この次に話そうとする事柄にも関係している口で云うことのむずかしい或るもののせいだと考えるのでした。

……

香水をつけた少年に、思うともない思いがそそられはじめて世はいつか螢の季節になり、やがて夏休みも来ようとしていた土曜日の午後でした。友だちと小径を歩いていた私はふと自分を呼んでいる声に気がついて、むこうの一茂りの木の下の方へ眼を向けました。そこから呼んでいるのはKでしたが、それをまねする別の声がまた私を呼びました。それはKのならんだもうひとりの白い顔でした。しかし何事にも気のうつりがちなこんな時代、私は、そこはいつもここを通る自分が何回もふり返ってみる窓であると万べんも承知していながら、ハッキリと見ようともせず、ふり向いたほかは二三歩近よってみたにすぎませんでした。そこにはとび超えるにはむずかしい小流れがあったし、私たちの手には、やわらかくなってしまうことをおそれてあそびの帰りまでどこか日かげにかくしてもらいたがっている青いパラピン細工の人形がにぎられていたからです。

私たちがもう帽子から白いおおいをとってしまった頃、私はあの土曜日以来見かけられないF・Iについての質問を、やっと思い切って口に出しました。Kは何か病院に入っているというような返事をこのときも改まりながら云いました。それからその晩秋であったか、次の年の早春であったか、ある朝、校長さんは運動場でみんなの呼吸体操が終ったとき、「きょうは大へん可哀相なことをおつたえしなければなりません」と云いました。

私はその後、ちいさな草の花や桐の葉の画をかいたり、白い雲の行方を見守ったりするような少年が出てくる物語をよむと、きっとF・Iと一しょにしていましたが、そのときには別にこれという感想も起しませんでした。ただそんな報告のあった午後、代表して葬式に行く級長たちが運動場に集っているのを見たほかは、お線香のけむりに包まれた柩のなかにこんなような白眼、（級長はそれを自分で見たのか人からきかされたのか、そんなF・Iの死顔について私にまねして教えてくれたのです）をして眠っているもう再び見られない少年のことを本箱のすみから出した香水瓶の口をとりながら考えてみたくらいでした。――云いわすれましたが、そのちいさい瓶は、ぶらぶらしていた女の人を見るとそわそわする近所のある息子さんからすててくれと云って渡されたものなのですが、ヨーロッパの字と一しょに、サギの絵がついたきれいなガラスのなかにまだのこっているのをかぐとF・Iの姿がハッキリうかんでくるので、私にはすてる事ができずにいるものでした。そう云えば、そこについたリボンの色もあせてそれが全くからっぽになり、しかしなおうっすりとF・Iのかおりをとどめていたある日、私が白楊のあるながれにそうた家のまえをとおると、門のまえにどこからのお客さまらしい盛装した女の子と男の子があそんでいました。その両側には夕日にてりはえるレンゲ草が今をさかりと咲いていました。

……ふと目をさましたとき、どこからともなく匂ってきたサギ香水（私はなぜかそう思わずにおられませんでした）が、とうとうこんなとりとめもないことを思い出させてしまいました。しかし、こんなお話にふさわしい云い方をするなら、それは全くいつになく心が澄んで、何かとおい星にかよっているような気を起させる夜半でした。それで私の考えは、この思いがけないものが一たいどこからきたかということより、どういう種類にぞくしているのか知らないが、ともかく世のなかを今はすでに杳（はる）かなまぼろしと観じさせるような香りにもされるものの方へと走っていました。この忘れているものはお寺のどこかで見出すような気がするし、またあの青白い暁方のドミトリーの窓べにおけるおののきと恍惚、はじめて知らされた身も心もとけてゆくような神秘な世界にも、どこかに似かよっていると云ったらあなたはお笑いでしょうが。

……そう云えば、そんな学窓の寝苦しい夜、私の夢に十一月の墓場があらわれて、「お月さまは雲にかくれたと思ったら、髪の毛の一本もこれよりハッキリかぞえられぬくらい冴え渡った」とつぶやいて笑った首なし幽霊モーリッツの小わきにかかえた白い首に私はF・Iの顔を見たかも知れません。

ちょいちょい日記

「君の家、黒谷だろう」

「うん」

「昔よく岡崎公園へ遊びに行ったろう」

「よう知っとるな」

「これおくない、と云ってお菓子を買いに行く」

「来やはったことあるの」

「僕もあんたとこの傍に居たんだよ」

「ふーん」と泣いているような顔をした少年は、云った。

「君の名、何と云う名？」

「云わへん」

私は、少年の下駄の後ろのふちに墨で書いてある頭文字に思い当った。

「カが付くの？」

「違う」

首を横に振る。

「キ?」

「ク?」

矢張り同じ。

「ケ?」も同じ、「コ?」も同じ。

「じゃ何もないじゃないか」

「名前はないねん」

「本当に云えよ」

「また教える機会もあるやろ」

と少年は云ったが、後刻、松林を歩いている時、「まるで奉公人みたいな名をつけやがんねん」と洩したので、京吉だと判った。


京吉は、水に濡れると透ける程に薄いパンツを、用心して家からはいてくる上に、天幕を離れた松の蔭で着物を脱ぐ。細い右腕に、種痘の痕にまじって、梅の花の形をした紫斑があるのを、何だと訊ねると、

「吸いよったらこないになってしもうて、癒らへんね」

「今でも吸うの」

「お父さんに叱られとら」と京吉は云った。

「天国みたいか？」

「それは知らん」

「森蘭丸もそうか」

「熊谷と敦盛も、牛若丸と弁慶も、酒呑童子と頼光もそうだ」

「毒じゃ……」と京吉は云った。「けんど一しょに出てしまうさかい構へんな」

夜、波が打寄せているセメントの胸壁の上で、飛行機の話をもっと云うて云うてとねだって、仲々止させない。「乗りたいか」と云うと、首を横に振った。

「兵隊になったらいやでも乗らされるよ」

「そんなら錐で一方の目を突いてしまうワ」

と京吉は云った。

「女、きらいや」砂の塔を作りながら、京吉が云う。

「何故？」

「ぼくの顔ばかり見るさかい」

朝、電車の中で自分の手を握ったまま暫く離さなかった、余所の女の人のことを告げた。それから、「誰にも云うならいかんぞ」とつけ加えた。

歩きながら不意に云い掛ける。「家では一体何をしよんのかとみんながたずねるが、そんなら、自分は家で何をしよるのか、それと同じこっちゃ」

夕方、笛のような呼声がしたので、出てみると、京吉とその近所のIという少年が立っていた。京吉は道を歩く時、辺りに目を配り、知っている人がやってくると帽子で顔を隠す。

公会堂の絨毯の上へ坐る時、京吉は流し目で私を見た。明りが消えると共に、右側のIに知られぬように手を握ると、京吉は「あんたもいやらしいな」と云った。

京吉の持っている小型扇子は、今晩は花と鳥の図案がついていた。

「一体いくつ扇子を持っているの」とたずねると、Iが、

「みんなマイナスに貰ろたんや」

京吉は憤(おこ)って、「そんなこと云うなら帰ってしまうぞ」と云った。

「香水をつけないのか」

「たかいやろ」

「買ってやるよ」

「学校で叱られる」

「学校へつけて行くつもりか」

「隠しといたら判らへんな」と京吉は云った。

京吉は時々裾前から手を入れて、パンツの端を引張るような仕ぐさを見せる。これは汗をすかせる為らしい。

前後に揺れながら野山を越えて進んで行く海軍飛行船が映った時、「好きやな！」と声を挙げた。外へ出た時、京吉は流し目をして、「明日、扇子一本あんたにあげるワ」と云った。

京吉の告白。永いあいだ馬がお父さんで、牛がお母さんだと思い込んでいた。「そんなら犬は男で猫は女か」本当にそう思っとったワ。又、お酒を飲んで踊っている大人ほど阿呆に見えるものはない。あんなことが何で面白いのか。

京吉は足が立つほどの所で水中眼鏡をつけて潜り、砂ばかり摑んでいる。

「風呂へ行こうか」と口に出すと、Ｉが「銜えられんぞ」と京吉に警告した。

「そんなら、昼寝をしている時につかまえる」

「さるまたを十枚はいて寝る」と京吉が云った。「何百枚も重ねて蒲団のようにしといたら、一つ一つ外すうちに目が醒める」

「鋏があったら一ぺんやないか」

Ｉが云うと、京吉は暫くしてから、「それは革製にして、トゲをつけておく」と答えた。

夜、道ばたに隠れていた京吉が矢庭に飛び出して、私の腹の下方をコツンと突いた。追っかけると、腰揚げの後ろまでおし込んであるハモニカを上下に動かしながら、逃げた。Ｉも一緒に、漁師町の方にある小さなお宮の祭に出かけたが、帰る頃から京吉は急に無口になり、どんどん先へ帰ってしまった。

「あの子は運動の話をしないね」

「からだが弱いもん」Ｉが云う。

「友達はどんな連中？」

「余り友だちあらへん。一人で家にばかり引っこんどるから顔色が悪いのや。それにませとんぞ」

「君は」

「ぼくらベースボールしているから、そんなことを考える閑あるもんか。いい、しんどうて直ぐ寝てしまう」

「あの子は画がうまい相じゃないか」

「うまい云うたって、桐の葉の影や白い花のついた草や……そんなもんばかり描いとる」

「ゆうべは怒ったの」

「何でもあらへん」

「君の癖やな」

「そうや」と京吉は云ったが、暫くしてから馬乗りになろうとすると踠(もが)いて飛び起き、つーと出て行った。

「あとから来るやろ」とIが云ったので待っていたが、仲々来ない。京吉の家の近くまで出向いて、暗い塀の所で待っていた。Iが出て来た。

「どう？」

「行くと云ったり、止めると云うたりして判らへんのや。小父さんは行けと云ってのに、下へ降りかけてまたうちらへはいったまま出て来やへん。お祭に行くと云うて出てきかけたので、そうやないと云うと、あわてて手を振って、云うなと云うのや。もうあしたから行かへんと云うとった」

松の蔭に隠れていると、三つほど年下の男の子と連立った京吉が、海水浴用品を包んだタオルをかかえて、堤を下りてきた。三回呼んだが振向かないので、追っかけて肩を掴えた。

「怒っているの？」と云うと、
首を横に振る。

「じゃまたいらっしゃいね」

「はあ」と京吉は気の無い返事をした。

一度帰って、再び海へ出掛け、一哩ほどの磯際を二回探してみたが、京吉の姿はない。夕方、京吉は京都からきた子とトランプをしていて出てこない、と云ってIひとりがやって来た。一緒に海岸を歩いていると、昼間の子と連立った京吉が見えたので、あとを蹤けた。お祭の紅行燈が並んだ小路で、お詣りをすませて帰ってくる京吉と行き違ったが、京吉は壁にくッつくようにして擦り抜けて行った。

ボートに乗っていたら出てくるに相違ないと、オールをゆっくり漕ぎながら探したが、京吉は居ない。夕方、何処かへ出掛けようとすると、向うからニコニコしながらやってくる。

「何処へ行くの？」

「あんたとこへ」

「京都の人と遊ばないの」

「今おらへん」

「君、あんなことぐらいに気を悪くするのか」

「いいや」と京吉は首を横に振った。「頭がクシャクシャしてくるので、あんなことをしたら外へ出たらすっとするのや。いつでも出てきてから後悔するのや」

「夜出たら叱られないの？」

「この間お父さんが見て、あんな遅くぶらぶらしてゴロツキみたいやと怒りやがんねん。

けんどこたえへん」

「僕の居たことも知っている？」

「知らへん。姉さんは、どこへ遊びに行くか知っているが、云いつけへんからいいわ。あんた、きょうぼくの傍を通りはったやろ。ぼく浮標（うき）の蔭に隠れたってん。あんたのオール、あての頭へ当りかけた」

Iと海へはいっていると、あとからやってきた京吉は、チラッと此方を見てから、向うの方の砂上に坐ってしまった。いくら呼びに行ってもこちらへ来ない。やがて見えなくなったと思ったら、着物を着ようとしたちょうど前につっ立っていた。

「見たってん、森林地帯や」

「君は？」手を伸ばすと、京吉は逃げた。

「きのう、ぼくをほっといて行きやがんねん」

と云って、京吉ひとりがお午過ぎにやってきた。

京吉と水の掛合いをしていると、遅れてやってきたIが、向うの方へ坐ってしまった。手を挙げて呼んでも来ない。

「見苦しいな」うつ向けになった京吉が、両手で砂を胸元へかき寄せながら云う。「僕もう怒らへんわ。三べん怒ったたな。もうおこらないよ。女みたいだとあんたが云ったさかい」

俯向けになっているお臀へ熱く灼けた石を挟むと、京吉は暫くしてからふるい落した。着物をきた時、砂のついたパンツをゆすいでくれと云って差し出した。

夜、「そんなことが怖いような勉強した所で碌な奴にはならない」と口に出したら、京吉は、「怒(おこ)ってるのか」とたずねて、マッチを取って巻煙草につけてくれた。

「Iがかどの所で見張っているので、仲々こられへんねや」と京吉は顔を合わすなり、云った。

汁粉を食べ終ると、京吉は「ぼくが云い出したのやから」と云って、腰揚げの奥からレースの巾着を出しかけた。人ごみの中で京吉は又屈んだ。それを探し出さなければ、京吉にはそのまま半泣きになって帰ってしまう癖がある。紅いランターンで飾った舟がセメントの下を通ると、京吉は隅へ寄って帽子で顔を隠した。岸の涼み客の中にお父さんが見えると云うのである。

今晩、京吉はレース編の巾着からお金を出して、五銭の袋入り花の種子と、廿銭の水瓜とを買った。水瓜は明るい街を抜ける時私に持たせた。そして一たん行き過ぎて戻ってきた京吉は、

「その水瓜どうしたの、呉れるの、有難う」

辺りに聞えるような声を出し、流し目をしながら暗がりへ消えて行った。

サイレンを吹くと、水色縮緬の紐がついた帷子半纏をまとった京吉が出て来た。「そうや思とってん」と云いかけた途端、土塀にからだをくッつけた。「あいつがじきに喋りやがんねん」

そのまま橋の欄干に凭れていると、京吉の妹は怪訝な顔をして突立っている。京吉は門の前でうろうろしていたが、そのうちに隠れてしまった。此方から赤いパラソルを少しかしげて、姉さんが帰ってきたからである。

「あの子いけずか」と花ちゃんが訊ねる。

「じっきに怒るの、じっきに泣くのや」

「ちょっと何ぞ云うてもか」

「ちょっと何ぞ云うても泣く」

「ワアワア云うて？」

「そう」

「大きな口あけてか」

「そうや」

「おかしいな」

「足が遅いな」立止っていた京吉が云う。

「その中から鳩が出るの」

「これでお酒を混ぜるのや」

カシャカシャと振った錫の筒を花ちゃんの頬っぺに当てると、「おおつめた！」と吃驚した。

グラスに移したのを花ちゃんは麦藁の先につけて舐め、京吉は辺りを気遣いながら、そっと舌をおろした。

「坊ン、酔うてでッせ」

と向う側に先刻から坐っていた船大工さんが、口を入れた。


「あいつ何処で寝るのやろ」

京吉は、沖の方にたくさん入れ違って動いているものを見ながら、云った。

「波の上ですやろ」と船大工さんが答えた。

「波の上なら朝、目がさめたら遠い所まで流されきているやありまへんか」

私が口を挟むと、

「お城の松の木に巣しとんのと違いまっか」

「城内へ帰っていますか知ら？」

「帰りよらへん」と京吉が云った。

「見たことおまへんな。けんどきっとそうだっせ」船大工さんは横目で沖を睨み、「取ったろ思うけんど此方へ来やしまへん」

「鉄砲では？」

「罰金じゃ」京吉が云う。「あれは白やと云うが、僕には鼠色に見えるがな」と私。

「鼠や銀や、藍がかったのや、いろいろおります」

「お日さんの具合で……？」

「そうらしおまんな。お日さんやその折々の波の色によっていろいろに見えます。一匹、茶色のがまじっていまはな。きっとそれが居ります。ほかの奴よりも大きおまッさかい、あれが大将やろと思いまんが。──茶色の奴についてみんなが動いてまっさかいに」

「あれが集まると、海の上いっぱいに花が咲いたようだんな」

「あんなもん取っても食えへんぞ」と京吉が云った。


……電車道を歩いていると、京吉が、お腹が痛くなり出したからクスリを買うて来て、と云った。遠い所にやっと見付けた家へ私は飛び込んだが、散々に呶鳴ってから出てきたお婆さんは耳が遠いらしく、草の根を乾したようなものばかりを出す。おしまいに、「何でもいい、腹痛のクスリや」と大声を出して、やっと埃の積んだ日本紙の袋に入った黒い丸薬を受取り、探していると、傍の仕立屋の中から、京吉が青くなって出てきた。

「どう？」

「もうええやね──この家で為た」

「紙は？」

「さるまたを捨てた」と京吉は答えた。急な石段を降りようとして、危いぞ！　と後ろから京吉の肩を抱くと、二人はそのまま繋がった蜻蛉になって街の上を飛んでいた……ところで目が醒めた。

或る倶楽部の話

「君あれを知ってるかい」ドイツ少年悲劇の言葉

——赤い土耳古(トルコ)帽の螢に、青い帷子(かたびら)のトンボと云えば、汗ばむ肌にセルの着物が快いこの頃の、げにたわいなききれっぱしでござんした。ミルク色の大空はお姉さまの胸のようになやましく、ゴムマリをもった私がそれを見上げて、さてどこへゆこうかとたたずんだ日曜の屋外のひととき、いつのまにきたかすっとまえをゆきすぎようとしたBちゃんというのが、チラッとあたりをうかがってから手をあげてまねいたのでございました。Bちゃんとは云うもののとしは私より四つばかし上、しかもよそ目にはそれだけのちがいと思わせぬおとなのようないでたちをつけ、合わしては学校へも行かず、お金をたくさん費って女のひとのところへも行くということさえ耳にはいっていたのに、何ともうかぶことのなかったこのとき、さそわれるままにしたがったのも、じつはまえまえからこのひととあそんでいたらしい学友から紹介されたこの間、それはうっとりするほどなハーモニカをきかされたにあったからでございました。

が、さてきょうのようにほかに誰もいないとなると、なれそめぬ心には何を云っていいかわからず、この間みんなと活動へ行ったときはあんなに落ちついていたBちゃんも、さすが合わぬばつに、ただ学校やゴムをまいてとばすヒコーキについての質問をとぎれに話すのを、うつむいた私は足にてり返す緑と紫のまじった若葉のかげを見つめながら、みじかく答え、彩点のできたまぶしくくらい小径を半丁あまりもあるいてきたでござんしょうか、その間にもいくどか云い出されようとしてためらわれているのが私にもわかったBちゃんのきり出しはとうとう、いいことを教えようかというさりげなさに落ちてきたのでござんした。僕こんど倶楽部をこしらえたの、みんなはいってるのだから君もはいりたまえな、Bちゃんはそう云い、私が学校であそんでいる五人ばかりの友だちの名をあげるのでございました。その倶楽部へはいると人に好かれるんだよ、今よりもっともっとみんなに好かれるようになるのだからいいだろう、おしつけるように云いかけられるのを、私は生垣のむこうの噴きあげ井戸の風車が光っているのを見ながらきいていましたが、その次には、一たいどんなことをするのと口に出してふり返ったのでございました。それはねとBちゃんは行きづまり、あれを知ってるだろうと云うのでございましたが、私は首をよこにふったのでございます、うそ云ってるんだろう、ほんとうにしらない、うそ云え、見当もつかぬことをあまりしつこく云われることに私がすこしいやになりかけたときでござんした。Bちゃんは一年生の子が読本をよむように仮名の一字を口早に云い、むろんそれにも私の首がまえのようにふられたことに次を云い、その次を加え、さらにおしまいの二字を云い、私には日本語にはちがいなくそれにしては意味のとりにくい奇妙な五字のつながりをもって、もうわかったろうとうながせるのでございます。が、私がやっぱり首をよこにふると、これは僕の英語の字引の中ほどにあって赤インキですじがひいてある、二三日中にそれを手紙にかいて君の家へほうりこんでおくと申しましたが、私たちがもう、イバラの垣に黒い大きな蝶などがたわむれているほそい道を行きつくしていたので、きょうのことを誰にも云っちゃいけない、云ったらなぐってしまうよ、Bちゃんは云ってそれから、君を信用するよ、誰がなぐったりするものか、云ってからなぐっても仕方がないからね、こわいような顔をしてそうダメをおすと、さよならと若葉を渡ってきた風にたもとをひるがえし、歯の間でひくい口笛を吹きながらひろい路のむこうへ行ってしまったのでございます。

打ちあけて云えば、困ったことになったと思いかけたように、また私は、その言葉を何かなしに放課後の教室や公園の草むらにひき合わしてみるくらいの程度にわかりかけらせていたのでございます。けれども一方、それによって人に好かれるようにさせられている友だち（大きなBちゃんまでが一しょにそうなろうとしているとはさすが考えられませんでしたから）がいずれも男の小学生であることに思いあたると、また何が何だか見当を失ってくるのでござんした。さりとて全くのうそともきめられぬのは、元より月曜日の朝会うなりうかがってみた容子には、先生から可愛がられているのも一つにそれによるのだろうかとしいてつけ加えられぬでもなかったほかは格別かわったところのなかった友だちのひとりが、二三日立ったある日、ベルが鳴って教室へかけ出そうとしたときに云いかけた言葉にあったのでございます。あれねと耳にきこえて何とふり向くなり、そらと云われ、うんうんとうなずいた私は、ほかの友だちがきたので中止されたその二つ三つをやっとごまかせたのでございましたが、さらに二週間ほどたった土曜日の午後、五六マイルへだてた別荘地からかよっている友だちの家の離れに集っていたときには、私ははからずも、しかもいつのまにか自分も名義からはメンバーに加えられているのだと知られたBちゃんの倶楽部をたしかめることができたのでござんした。

鍵をかけてしまうとどんなにさわいでもきこえぬ小松林のなかの洋館は、友だちの外国にいるお兄さまがお嫁さまと住んでいたところで、天井までとび上るバネのついたベッドや、いろんなかたちのふとんや、姿見や、まるはだかの西洋の踊子のしゃしんをはりつけたアルバムもあるクルクルまわる書棚などが、そのときのままにあったのでございますが、この緑いろのカーテンをひくと夕ぐれのようにくらく、しかも廊下をへだてたガラス張一さんにさす日ざしにはまた温室のようにむっとするところへ集った四人の間に、いつとはなしにそんなひそひそ話がはじめられていたのでございました。が、私はもうあわてることもなく、こんなことを知らない先生や他の連中に対するへんにほこりやかな心もちにおいてさえ、あきらかに自分もそうであると思いこんでいる友だちの言葉に合わしていたなら、いつどこにあるかはわからぬ倶楽部というのも一どはたしかにここであったということまで、Bちゃんらしい人物のからだのうごかし方についても云われているというほかは何を話しているのだかわからぬ口ぶりのなかに洞察したのでございますし、それともなく見つめるベッドの上に組んだ両脚をかかえるようにして睫毛をふせてきいているこの家の小主人の、はずれた紺飛白（こんがすり）のすそのむこうにある女の子のようなふとももところからは、このTがお母さんお母さんと云ったのはどれくらい以前でどこであったろうかと、そんなことまでうかがおうとしていたのでございました。と云ったからとて、心まちにしていたBちゃんからの五字の説明文がとどいたところをはぶいたのではございません。ただそれをきいてこの世のすべてはどこまでわるく仕組んであるのだろうと首くくりをしようかと思わせたくらいな五字の意味を、ニッポンの少年英雄からギリシアの神話にまでさかのぼる引例と児童心理に対するこの上ない気づかいをもって、うそだと云いはる六年生のまえにといてきかせたメヒストフェレスはBちゃんではなかったから、モスの帯をむこうの手にのこしたままハダシで縁側から逃げた話は、また次の折にしたいというだけなんでございます。

樅の木にかこまれたカレジの芝生に剣をぬき合う人々の心意気にあこがれた中学生活の後半期、けし咲く狂わしい夜の夢にうかんだあの白粉と紅をつけた少年たちが集るウィーンにあるという家のことを、へんにかなしい目ざめてのちに追う心地に、私はふと昔のBちゃんの倶楽部を思い起したことがございました。そんなまぼろしにつけ加えた鈴とリボンでかざった服や、キラキラする赤や紫の星をちりばめたパンツや、さては三つ葉あおいの縫紋のついた着物も、考える要がなくなるほどえらくなったあるとき、私は、あの当時にあんなにまで秘密が守られ、それゆえある程度までは経営されていたにちがいないBちゃんの倶楽部を、またちがった意味で思い起し、見なおされたそのひとを、むらさきの袴やパラソルなどとはちがった多くの考えを必要とする冒険事業の上からちょっと感服しかかったのでございます。それならそれは果たしてどれくらいの程度においてであったか、ふり返ってあの頃の私、駆逐艦やフィルムについても涙ぐんだ学友たちの眉のかげと少女めく物ごしとに、今一つの観察をゆるされなかったのは口惜しいことでございますが、何にしてもそれに近いものが行なわれていたことは、いなみ得ぬ事実としなければならなかったのでございます。そう云えばとて、あのときからも思いあたったにごった顔いろにぶくぶくしたBちゃんが、鍵をおろした広間のなかに女たちをハダカにし、それぞれにもたせた花束をえらんで止る一ぴきの蝶をはなした、その後ふとした折に耳にした一つの家もかたむけたそんなかずかずをのこした末、馬の上手なところも十九のとしも、あのローマの天子さまと一致してこの世から去ったのだというロマンチックをもち出したいからばかりではございません。白い腕にうすくむらさきの静脈にはつい私もうつくしいと見ていたTも、私とはちがってはいった中学校の三年生の秋に、水兵服のポケットにいつも入れていた絹ハンカチの紅のような血をはいて大理石のちいさいお墓になってしまったし、それが世によどみなきものに対するいましめとなげきとするべくお前はまだ何かに求めていると云われるなら、洋画家の弟子からよからぬ群にはいり、今は海洋生活におもむいているSが帰省したときにはやせると云っている野球のチャンピオンが、またBちゃんのなくなるすぐまえで一方ならぬ仲よしであったのだと、——そんなことも私はBちゃんの妹であるひとから、公園の夏の夜に耳にしているのでございます。

ちんば靴

——太平洋岸ヴェニスにて——

仏蘭西のノルマンヂーという所は、これまでにも多くの名飛行家を出した土地だと聞いていたが、やはり其処の生まれだという人は、三十四、五のようには見えず、顔には小じわがたくさん寄って、如何にも空中征服の困難さを語っているような所があった。しゅろのように縮れた頭髪と、どこかゴリラに似た怪偉な容貌が、またかねて耳にしていた「スカイ・ドラゴン」としての彼のふさわしさを想わせるのだった。かれには五歳とかの娘さんがあるとも耳にしていた。砂塵の舞上る道をドライヴして、私たちが格納庫をおとずれた時、機械油のしみがついた、荒い格子縞の背広をまとった飛行家は、恰(あたか)もつよい近視のように、技師らしい男と顔を真正面にくっつけ合って、緑色の眼を光らせて何事かを呶鳴っていた。ケンカのように見えたので、実は機械のことを話していたに過ぎない。これは直ぐあとで、彼が気軽に口笛を吹いて歩き廻り出したことによって、私には判ったのである。

機械は二台あった。アート・スミスが使用していた複葉で、エンジンはさすがに立派なものだったが、赤ペンキを塗った鉋目のついた支柱や、乱暴なワイヤのつけ方なんかが、まあこんな機械で曲芸がやれるのか知らと、私をして不安がらせたものだ。その人はいっこう頓着しないらしい。次の日私たちは飛ぶ所に立会ったが、彼は格子縞サックコートの上に白いオーバーオールをひっかけただけで、眼鏡もつけずに飛上って行った。新規に据えつけたエンジンの調子を見るためだったから、二、三回の横転が示されたに過ぎないが、それでも、ナイルスやスミスやペテイロシィにくらべて、こちらは天空の韋駄天走りだ、とも喩えたい放胆な操縦振りが、さすが突如この地に現われてみんなの度胆を抜いていた、彼独特の低空宙返りがどんなものであるかを、十分に察せさせたのであった。

面白いのは、前方座席についた人が、着陸した時に気付いたのであるが、左足に白ズック、右足に普通の黒の短靴を穿いていたことだ。私たちとのつながりは以上に尽き、怖ろしい気がするとまで人気があった夜間演技も、私は、狂い舞う火竜として撮られた絵葉書によって想像するより他はなかった。何故なら、彼は飛行術は僅か三カ月前に習得したとあるのに、その秋には、すでにメキシコ国境近いサンディエゴで墜死してしまったからである。

ヴェニスで伴って行ってくれた武井氏からずっとあとで私は聞いたが、その人が招聘されていた博覧会で契約期限を終えて、いよいよお名残飛行を見せた日、このマーベラス・フライヤーは空中に煙の絲で Farewell と書き綴った。風が全くなかったので演技は成功に近いものだった、と武井氏は私に申し伝えたが、その八字をかき終えるなり直ぐに墜ちたのである。それも初めは見事な錐揉だと思ったそうだ。絹絲のように縒れる二条の煙の尾を曳いてくるくる廻りながら落ちてくる飛行機の、赤い裏側の翼と、上面の黒地に記された彼の名前の金文字とが、こもごも夕陽に反映して、なんとも云えず美しかったが、飛行機はそのまま恢復するところなく、カロリナ橋というのの北端に墜落してしまったのである。会場には別に何とかキャニョンというのがあって、思うにこの窪地へいったん隠れ、再び飛び出してみんなをおどろかせるつもりだったのであろう……原因について、陸軍の専門家らは目まいだと云っているが、それよりむしろ、風圧のためにエキステンション（張出翼）が壊れたのでないかと考える、――着陸するなり、「曾てサンディエゴが迎えた最大の飛行家」の胸間に飾ろうとして、博覧会総裁が手にしていた金メダルも、そんなわけで徒になってしまったということと合わせて――以上は武井氏が話してくれたのである。

　私は、あのホテルやカジノが建ちつらなっている所から、太平洋の波頭が順次におしよせてくる辺までいっぱいに埋まった海水浴客や、埃と汗と安香水とがごっちゃになった雰囲気や、荒々しい潮風に翻って頰っぺたにねばりつくネクタイや、紅いサボテンの花や、夜々のサーチライトと電飾や……こんなことのほかは何のまとまった印象もない、一九一〇年代におけるサウスの一週間と云えば、奇妙に、めったに笑わぬゴリラのような相貌と、赤黒半々に塗り分けられた飛行機の鼻がしらに腰をおろし、窮屈げに折り曲げた両足のあいだにハンドルの輪を無造作に握って滑走停止したさまが、まるで飛行機を腰に結びつけているようだった頑丈な身体つきとを、思い出さずにおられない。今日でも映画にサンタモニカが出てきたり、夏の宵、ロマンキャンドルと呼ばれる花火の筒を見たりすると、きっと以上の次第が浮かんできて、それと共に、あの白黒半々の靴に何か意味があったように思われ、むろん何か操縦上の便宜であろうとは見当づけられるものの、そのことを確めないでかの飛行家を失ってしまった残念さを覚えるのであった。

——彼の名は Joe Beauquel である。

Ⅲ　宇宙論入門

私の宇宙文学

――Rose like an exhalation

これは『失楽園』の初めの方にある名句で、以来キーツやワーズワースらが真似たり捩ったりしてみたが、結局原案者ミルトンには及ばなかった。――堕天使らが、諸処から地下の金属を導く樋を作って、材料を一ケ所に溜めた。そして妙なる合奏と美くしい声々のハーモニーに応じて、忽然と霧立昇る如くに、荘麗無比な PANDEMONIUM がそそり立った、と云うのである。彼らは至上者に向って反逆を企て、為に永劫の罪に定められる運命を控えている。即ち悪魔となる者共であるが、この行末を思い遣る時、寂寞境に音も無く、幻の如く突立った大議事堂は何か云い得ぬ哀感と美観とをわれわれにもたらせる。われわれ誰しもが包蔵している築造への自負と、訴える所を知らぬ宇宙的悔恨は、既にこの瞬間に兆したものでなかろうか？　其後の話は聞かないけれど、曾て独逸に、Otto zur Linde, Rudolf Paulsen, Paul Scheerbart, 等々の宇宙論的詩人並びに作家がいることを知らされた。リンデは地球哲学を説き、シェールバルトは天体動物と友人になり、パウルゼンは元来地球を愛したが遂に自ら宇宙を遍歴して、『宇宙入門書』を書いた。其処には彗星ダンスが見られ、世界海象が出てくる……然し私は未だその何れをも読んでいない。私は只此処に、人工衛星時代を迎え、天体ブーム再燃の折柄、自家のささやかな宇宙文学（若しそう呼んでよいなら）への試みの一端を洩して、諸氏の清閑を攪そうとする者に他ならない。

1　ポン彗星の寂光土

ポン彗星とは、ポンス゠ウィンネッケ彗星のことである。周期六年余の木星族小彗星であるが、こんな対象も時にはジャーナリズムが取上げるものだ。ポン彗星が地球に接近して来る六月二十四、五日頃には流星群の雨下が見られるだろう、という新聞記事を読んだ時、私は映画館の機械室の小窓から射している光束を連想した。あんな工合に箒星の尻尾が当った所に一つの美しい都会の姿が映じるというのはどうであろうか？　これより前に、パナマ太平洋万国大博覧会の夜景画の絵葉書を知っていた。それは会場で呼物の宝玉塔から五彩のサーチライトが、夜空を蔽うて放射している原色版だった。これを「ポン彗星の都」の見本にしようと考えた。

　級友の一人が、お昼休み教室のボールドに円錐体を描いた。この円錐中の円及び楕円が地球の軌道で、彗星は抛物線に属する——この特殊天体が何処から来て何方へ去るかが不明なのは実にこの理由に依る、と彼は説くのだった。ところで、円錐の底面はどの辺まで拡がっているのか。或る所までだとすると、箒星の軌道も当然行止りになるから、改めて別な広袤（こうぼう）をつぎ足さねばならない。然し、只それだけの話としても面白く思われた。何故なら私は、或る納涼催し物の会場で目に止めたカルデア人の宇宙——それは太陽が大地の西端にある隧道へ潜り込んで、地下道を抜け、次の朝東端の出口に現われる模型だったが、そういうもの以外に、この種の何物をも知っていなかったからだ。

「空間の歪み」を初めて聞いたのも、同じ友人からであった。大質量の周りでは空間がいびつになっている。だから、この曲った空間中を測地線的に進行する諸天体は、当然大質量（太陽）の周囲を旋ることになる。その頃アインシュタインの名は未だ拡まっていなかった。N君が一体何処で材料を得たかは不明だったが、マイケルソン、モーレーの両人による光速度に関する実験のことも、矢張り同君に教えられた。——魔女が箒の柄に跨って向うを横切った。すると月夜の空中にその箒の馬が辷って行った跡に、空気のみおが微かに揺れながら、リボンを縫ったように残っている——これが判るかい？とひっこく念を押すような生徒だった。だから、「歯が立たぬ胡桃」の相対性理論も、例えそれがどんな断片的紹介であったところで、彼は直観的に真意を摑んだのであろう。ポンス＝ウィンネッケ周期彗星から抽出した自分のポン彗星に就いて、学友Nから借用したのは円錐宇宙であったが、それだけでは十分でない。又彗星の尾が地球に触れて其処に蜃気楼が現われるとしても、それを只一回に限定するのは、どうかと思われた。抛物線は実は楕円であって、彗星は何回も帰来するのでなければならない。そこには一つの目的がある筈だ。妖美な都はポン彗星が円錐宇宙の頂点に描いている夢で、このユートピアを目指して、ポン自体が円錐面を運動している……そうなると地球にだって、同じ所ばかりを廻らせて置くわけに行かない。地球はその楕円軌道を徐々に傾斜させ、抛物線に近付きつつあるのでなければならない。これもまた、地球が円錐頂点に自らの夢を托している証拠である。だから、その楕円が引伸ばされた極限に地球が抛物線軌道に飛び込むとすれば、此処に、一般の星が彗星に変化する可能性が認められる。但しそれには条件がある、と私は頭の中で探し求めた。そして、聞き噛りのジョルジュ・ソレルの「神話の信仰」を導入することにした。革命促進の為には一種の夢を信じなければならぬと云うのであるが、ちょうどそのように、星々は退屈した時、何らかの刺戟を与えられた時、内省によって奮起した時に、正規の軌道から飛躍して抛物線軌道に飛び移る。あとは無窮遠線の彼方へ落ちてしまうか、舵取が効いて円錐の頂点へ飛び込むか、その何れかである。

さて、ポン彗星が円錐体の頂点に描いている夢が「美しい都」であり、これを目宛の活動であると決めても、箒星の核に含有された夢が地球上に投影され、これを一般人が目睹(もくと)したというのは可笑しい。その幻影は特別装置を通して、限定された人々に見られたとしなければならない。そしてこの為に引張り出したのが、交霊会である。これより先、神戸の山手通りのＹＭＣＡの裏にある石造館で、木曜日の夜毎に、不思議な深更集会があるとの噂があった。

宛(さなが)ら連続活劇映画の怪人に似た黒頭巾の人物によって、秘密倶楽部は主宰され、或る種の性能試験通過者のみが、甲冑姿の騎士に案内されて、真黒に塗られた正六面体の部屋に導かれ、中央の円卓上に載っている誓約簿に署名する。その本の巻頭には、「吾等は赤色彗星のモデルを作製して、六月の夜の都会の上空に打揚げることを要望する」「遊星の楕円に反逆する抛物線は月に対して如何なる恋愛的関連を有するか」「吾々は大鏡に向って何も書いてない童話を読もうとする」「大都の真昼の刹那に起った夢とキネマの幻を結びつける平行線間の架橋は硝子製の星を連ねた月夜の無限軌道である」「一本のビール壜中に何尾の彗星を収容することが出来るか」等々が並べられているが、毎木曜夜半の広間には、東洋の古代偶像群や中世の海賊旗や陶土製のアストラルハンド（予言の手首）などが、ピタゴラスの魔の方陣に配置され、此処では前衛的な現代魔術家の舞台や霊媒実験に見られるような現象が頻々と発生する。この結社は、六甲山天文台のQ博士によって組織されたもので、夏至の直後地球に接近するポン彗星の波動を誘導して、これと人間五官とをコレスポンデンスさせようとする意図を持っている。

私はその夏じゅう、ホフマン気取りに宵には飲酒し、夜半過ぎからペンを採って一気に難関を突破しようとしたが、推理小説的雰囲気と天文学とがどうしても結合しない。結局諦める他はなかった。それから三年目の夏、今度は嫌々ながら一字ずつ刻み込むように綴って、やっと二十四枚を書き上げた。これは「自分」が、事件審査員から訊問される形式である。

都会背後の山頂にある天文台の円屋根が、或る夜半、美麗な火花を吹いて爆発した。当該時刻に望遠鏡室に集合していた人々が消え去せて、只一人、クークラックスクランめく異装の人物が谷向うの岩上に気を失って倒れていた――これが他ならぬ「自分」であって、県庁に呼び出されて、一部始終の説明を求められる――

真相は「自分」にも不明だ。当日の夕刻、一友に誘われ、ケイブルカーに乗って山頂に赴いた。そしてあの頭巾のついた白ガウンを着せられた。趣向の変った月光園遊会にでも飛び入りするのか、と解していたところ、仮装の一講師から奇抜な天文学講話を聴かされ、引続いて実験に立合った時に事故が突発した。模型宇宙の頂点で彗星が破裂したので、このモデルコメットの寿命は百秒間、頂点到達前に燃え尽きるとあったのに、ねっからそのような衰えを示さず、豆彗星はその楕円軌道を上下に細長く引伸して行って、円錐塔の尖端に飛び込んだ!

次に「自分」の一友を呼び出す必要があった。「彼」は然し到底出頭しないであろう、と「自分」は答える。――何故なら、円錐の頂点とは無である。無何有郷に於いて彗星自身の慌しい旅路が終ったのだから、従って実験立合人もその捲添えを食った。即ち該彗星に殉じたのであろうことは推察に困難ではない。勿論それらの人々は何処かには居る筈だが、然しこの現実界に探し求めようとするのは徒労であろうと。

当夜の学術講演の台にした宇宙論は、何時か海水浴にやってきたNをステーションに送った時、頭の片隅に浮んだものである。円錐が最初から在ったというのは不都合なので、私は、哲学の始祖たちの宇宙論に例外なく窺えるところの「円」を、担ぎ出した。この円が廻転して「時間」が発生し、遠心力のために無数の弧に分裂したのが、それぞれ円の中心点に落下し、互いに鉢合せをした結果、おのおのが円錐体になったというのであるが、こんな経過は、私はいち早く画面にして、『カイネ博士に依って語られしもの』という題をつけ、三科インディペンデント第二回展覧会（上野山下、青陽軒）に出品した。

其後、ポオの『ユレーカ』を読み、更にスエーデンボルグの太陽系創造説を知って、先の円は球にした方がよいと考え直し、更に十年後、序曲の不要に気がついた。「一定点を過ぎる直線が円周上を回って生じる曲面と、その円とのかこむ立体」が円錐に他ならぬのであるから、何時だって同種の円錐が二個向い合せになっているわけだ。で、そんな一対の円錐をいくつも頂点を中心に組合せることにした。こうすると、その一組宛に揃いの双曲線が得られる。こんな円錐群の中心に、たとえばポン彗星の場合には Red comet city が存し、このような放射状宇宙は、その中心点に向って螺旋を描きながらせり上りつつあるものなのである――曾てはそうであった。が、今は確率が逆方向になった。

通常の天体が螺旋径路を採っているに反し、彗星は捷径を選ぶが、彼らはその旅路の終りに円錐頂点附近で楕円軌道を双曲線化し、目的地とは正反対側へ果も知らずにおしやられてしまう。このような逸脱はその対蹠点でも起るわけだから、常に一対の箒星が前例のない加速度で奈落へ走り去ることになる。——これは大天体系の上に及して差支えない。即ち或る星雲が円錐頂点附近で双曲線上に跨ってしまうことがあり得る。この稀有の例が次から次に伝播して、大勢を支配するようになる。そして今では宇宙内の天体を挙げて、円錐系中心とは正反対側への滅法界な逸出となった。このような遁走群の先方にあるものほど、此方から観測すると、そのスペクトルに著しい赤偏が認められ、彼処では既に光速度を突破していることが推定される。

一旦、こんな拡散宇宙が成立すると、先のユートピアとは縁が切れて、模型彗星を破裂させるわけに行かない。で、この双曲線宇宙は別な創作『似而非物語』の枕として使用することにした。

Red comet club とは、中山手通の石造館に於ける深夜の会合のことで、Red comet city とは、該倶楽部員が、ポン彗星の尻尾が地球に触れた夜に、特定の装置によって目睹した幻影を指す。後者について、私は「自分」をして語らせた。この部分は、一友がやや詳しく語ったからである。「自分」は、先夜発生した事件に対する臆測として、そのことを審査員らに聞かせる。赤色彗星倶楽部内に、日常の経験範囲を超える事柄が夜々を追うて頻発するようになり、黒頭巾の主宰者によってその解説が為される。これが六甲山天文台の集合である。ところで六月二十四日の夜半、倶楽部員が見た幻影とはどんなものであったか？　その装置が催眠術及びそれに類するものでなかったことは確かだ。多分、暗室中のスクリーン上か、大きな硝子壜の中に顕現したもののように思われる。

――先ずエボナイト盤に似た真暗な海上の闇に浮上った都市の横顔として、そのものは彼らに認識された。阿片常用者の夢では、総ての自然物が現実のそれよりも約二十倍に拡大していると云われるが、そのような、或いはより以上に膨脹した都市の側面図である。それは又、複雑な多岐な尖塔円蓋胸壁アーチ等々を立連ねた立体派の回教寺院として受取られた。全体は何ら燈火に綴られていないし、むしろ無人の廃墟のようであるのが、何処からか照明を受けて、それぞれの幾何的形象の投影をまちまちにさせて、漆黒中にひっそり閑と浮き出している。注意すべきは、この巨大な積木細工を載せたテーブルの表面で、これがレコード盤の滑らかさでありながら、炭素紙のように光を吸取って何の反映も見せていない。平面全体が無底の暗黒に置かれている。……常闇に浮び出た都市は、肉眼では見るに適しない程の巨きいものであるに拘らず、手を伸ばして摑み得る玩具のような印象を与える。なおこの累積の背後からは、蜘蛛の糸のような無数の光条が放射して、矢車になって廻っていたが、これが滅入るばかりの寂寥感をそそり立て、同時に、或る種の毒虫にもたらされた幻覚か、それとも邪悪な花の香気に似た眩暈を催させる。それぞれに陰影を伴った幾何形象の織出す無韻の詩を聴いているうちに数世紀が流れた。物の気配がして、矢車の綾だけが微かに、しかも忙しげに動いている寂寞境が、恰もカーテンに描かれた風景のように揺らいだ。すると、中天を蔽うた孔雀の尾羽の間を縫って、こんな水槽中を游泳する熱帯魚のように、一個の赤熱した砲弾が、その形が判別出来るほどの緩やかな速度でもって弧線を曳いて何処からか舞い上ってきた。真紅色に灼けたタマは、サーチライトの放射点の真上で、操り糸に吊られたもののように停止した。赤、緑、紫、黄の破片が飛んで、炸裂した。その中から別な、一層活発な赤い砲弾が誕生して、足場を求めるような運動を示し始めた。右往左往した末に、視界の向って左側下端から反転して、その先端でもって、既に疎らに消え残ったサーチライト縞を背景に――其処が硝子絵の表面であるかのように――斜め上方にかけて紅く輝く空中文字を綴って行った。互いに縺れ絡んだ、或る種の蘭科植物の開花に似た花文字は「The Red Comet City」と読まれた。――なお都市が城壁のように全水平線上を囲繞し、只矢車の軸の部分がより明るいのだとした時には、ネオンサインは目睹者の周辺にかけて張りめぐらされねばならない。

――都市が或る瞬間に、其処に寝そべっているそんな途轍もない巨大な骸骨に見えた、ということを書き加えようと思ったが、それは見せ物じみているので、止した。その代りに、約十年経ってから思い付いたのが、弥勒菩薩である。これは、現在「賢劫」千仏中の第五仏で、第四仏釈迦牟尼の滅後五十六億七千万年の後に出現する。5,670,000,000という数字は、この未来仏が目下諸天衆を勧化しつつある兜率天に於ける命数である。(われわれ人間界の四百年が、かの天では一昼夜に相応し、この割合の定命四千歳を換算したもの)――時期が来ないから彼には起立が許されていない。弥勒像は総て坐しているか、横になっているかである。そうだ、これが良い。サーチライトの綾を織り出す抽象派の帆立貝の中に寝ているアフロディトは実は弥勒菩薩であった。このように訂正して、私はこれを自伝的作品『弥勒』の中へ——時計艦隊（二十四時間毎に出会する、互いに交叉する大円を描いて航行している両船列）と一緒に——取入れた。これで、二十五年間も憑かれてきた「ポンから来た夢」からやっと解放された。

日本の仏教では大旨、大日如来、阿弥陀仏、また釈迦牟尼仏が本尊として祀られているが、ラマ教では弥勒菩薩である。サ・イシュ・カ・テ師とは、ダライ・ラマから任命されて紐育にアメリカ仏教協会を作り、南北両米に布教を開始したロバート・ディックホフ氏のことで、戦前には来日したことがある。同師の著書の内容に就いて、近ごろ羅府在住の関口野薔薇博士が語っているところを次に紹介してみよう。堕天使たちのパンデモニアム、鞍馬寺のウェーサカ祭でお馴染の魔王尊（六百五十万年前に金星からやって来たというサナート・クメラ）更に又、シカゴ大学のモリス博士唱導の Maitreyan way（弥勒の道）此等に何らかの繋りがあるように思えるからだ。

……世界各地に、大仕掛な網状地下隧道があるが、これらを連ねる中心地点に数カ所の大都市があり、その何れもが五色の大理石をもって築かれていたので、「虹の都」と呼ばれた。その一つの旧跡が中国のサングポウ平原に発見された。「アダルタの町」と人々は云っている。此町に通じるトンネルの出入口の一つは、タルタリ国のチィエンシャン山に在り、もう一つはアフガニスタンにある。又ブラジルのマテオグロッソーの沼地にも、アリゾナ州のインディアン地域にも見付かっている。エジプトには数ケ所、マケドニア、ギリシァ地方にも、既に発見されている。これら大仕掛なトンネルは、一、交通。二、貨物の運搬。三、特殊の貴金属の採掘。貴金属というのは航空機の動力に用いたものである。

さて、Rosi-crucian, Theosophy, Triangle, Astra, 等々、オッカルトサイエンティストと呼ばれる団体の史学に於いて、大体共通したところを繋いでみると、約百万年前から一万二千年前に亙ったアトランティス期に、前後四回の海陸大変動が起り、この第四期即ち今から約八万年前の機会に、人類の施設の九十七パーセントは水中に葬られ、其後七万年近く経過した時に、やっと現今の文化に繋る新種がスタートを切ったことになる。此処に到るまでには、実に七百万年の人類生活とその文化があった。「ノアの洪水」とは、この八万年前の大変動の云い伝えが各地に残っていた頃、バビロニア地方の伝説となっていたのが、たまたま旧約聖書中に紛れ込んだものである。ところで地下トンネルを穿った人々は地球生えぬきの人間では無い。火星乃至木星から移住して来た者らであった。それは一種の霊人であり、「空気がなければ生きて居られぬ」ような存在でなかった。旧約創世記第六章には、星界よりの移住者を「神の子」と呼び、地球生え抜きの人間を「人の子」と呼んでいる。――この星界から来た人々の総指導者がマイトレア即ち弥勒菩薩である。ラマ教ではこのマイトレアが政治的には天皇であり、宗教的には第一代の法主である。火星及び木星からは、多分「虚空船」に乗って渡来したのだろうが、其後金星から移住してきた者もあり、後者は前者に比べて多少劣った人種だった。でも、地球生えぬきの人間よりも、その智慧に於いて遥かに優れていた。金星からの人間は、その手足こそ地上の人間に似ていたが、顔の形は蛇に似た所があり、又鰐に似ていた。旧約ではこれをサーペントと呼んでいるがこれは現今のいわゆる蛇ではなく、智慧も力も地球人以上の霊人で、「地上人間のアダムとエバを誘惑した者」と旧約に記されている。なお堕天使の首領「ルシフル」は光り輝くもの、即ち金星の意味であることも、考え合わさるべきであろう。

火星人と金星人が、互いに地上の覇権を独占しようと抗争した。双方が航空機を飛ばし、原爆を用いて相戦ったことは勿論であるが、その頃、両者は、彼らの人種的系統の純潔を保ち得ず、地球人と混血した為、霊人は俗人と化して、戦争によって自らの文化を破壊し尽してしまった。エジプト及びチベットには火星系の神人が住んでいた形跡が明かであり、ラサの博物館にはレムリア期の遺物が沢山残っている。日本の神社にもそれが多く見られるが、日本人自身レムリア族で、火星系の人々である。釈尊は自ら新宗教を樹立したのではなく、古くからあった火星人の信仰即ち弥勒の教えを新規に発見したのである。日本の月本神道もまた、「お助けを乞う宗教」でなく、人間自らが神であり仏だと悟るところの宗教である。基督教も例に洩れない。キリストが降誕した当時、カルデアから訪れた三人の博士は仏教の信奉者だった。イエスは若年にしてカルデアに遊び、この三人の博士に従って、各自の心に神を内観することを教えられた。彼は「自覚の宗教」を説き、「我と父とは一つなり」と云ったのがユダヤ人の間に誤解されて、十字架につけられ、その地上の生涯を終ったのである。

即ちラマ教に依ると、仏教、神道、基督教は曾て弥勒菩薩が唱えた宗教で、別に釈迦、天照大神、イエスの独創ではないのである。であるのに今日の人間は未だ迷夢から醒めず、火星人系統と金星族が人類を二分にし、互に自己の奉ずるイデオロギーを以て他を支配しようと冷戦を続けている。こんな次第ではやがて熱戦となり、放射能物質による大気の汚染は、地表の随所に大風、大雨、地震、津波、火山爆発、海流移動を惹き起して、「第二の洪水」が到来するであろう。火金両星系の葛藤は、また基督教に多くの分派を生ぜしめている。彼らは口には平和を説いても、彼ら同志が互いに憎み合っているから、どうなるものでも無い。だがこんな分裂も今後五十年間のうちには解消し、総ての基督教徒は仏教に帰依する。これが弥勒の世であり、又基督の再臨である。

なお「空飛ぶ皿（フライングソーサー）」に就いて、米国航空省が数年に亘る調査の結果は次のようにある。一、空中には、非常に迅い速度を以て飛行しつつある何物かが在る。二、それは航空機でなく、勿論鳥類であろう筈はなく、一種の白色光を放つ光状物質である。三、それは人間の手で造ったものでない。――従ってそれを、天外の霊人が地球人へ何か警告にやってくるのだと解し、特殊の霊能力でフライングソーサーを眼前にし且つその搭乗者と相語ったと自称する一群が、カナダ、南米、オーストラリア、イタリア、フランス、スウェーデン、アフリカ、ニュージーランドの広範囲に跨っているが、彼らは星界からの航空機について、云っている。それは時速数万哩（マイル）に達するものだから地上及び普通の飛行機上から目撃した場合は、只の光状物としか認められない。又、こんな装置が飛行しつつある際は、機体も搭乗員も共にトランスフィギュレーションに置かれ、もはや物質的構造を持つ機械だとは云えないし、肉体を備えた人間だとも云えないと。ところで、先方が口を揃えて云う事柄は次のようにある。「地球上の人類は数万年以前までは、吾々星界人と同程度の文化を持っていたのであるが、タイタン族とアトラン族との戦争の結果、地球人の九十九％は滅亡してしまった。同時に大地変が起ってレムリア及びアトランティス大陸は海中に陥没してしまったのだ」と。この先方というのは、何も金星、火星、土星、木星等に限られていない。太陽系に属さない世界からの来訪者もあり、彼らは、地球上の施設、工場、研究所、原爆材料の所在地埋蔵量、諸機関の指導階級、企図、行為、何一つとして隠されているものはないほどに詳しく調査しているが、これは地球人に圧迫を加えようとしているからでは無い。只友情をもって勧告し、彼らの思想を伝えるところに目的を持っているらしい。地球が形成され人類が発生してから、此種の来訪は何千回何万回に及んでいるし、特に地上に大天変地異が起ろうとするに当って、一層屢々先方の訪れがあったが、それを見、その声を聞いた少数の先覚者にも、世人がそれを信じない為に、教える術がなかったままでの話である。今日の地球人で星界からの飛行機を見た者は未だ極めて数少いが、数年後にはそれは大多数の人々の目に映じるであろう。そしてやがて南北両アメリカ、オーストラリア、アフリカ、ニュージーランドに新種族が住まうことになり、其時、地球人は、「人間とは今日の地球上に在るような肉体人のみの謂ではない」という事実を学び知るに到るであろう。

2 果して月へ行けたか？

一体、私がこの種の創作に病付いたのは、何もポン彗星が最初でない。その以前に、『小さいソフィスト』という百数十枚の自叙伝風の原稿があったが、これは間もなく失われてしまった。只私の別な天体物『一千一秒物語』は、前の自伝の終りの部分が自ら展開したものなのである。――真の闇の向うから青っぽい光ったものが唸りをあげて飛んできて、自分はそれに突き倒された。気がつくと頭上に月が照って、彼方の木立の中でハーモニカを吹いている者があった……こんな感覚が、アスファルト街上の児童心理学と発条仕掛のメカニズムに結びついたまでだ。傍に置いていた坪内博士訳『真夏の夜の夢』、このページに見た幾つかの雅致あるペン画の影響もある。「お月様と喧嘩した話」「流星にやられた話」「彗星の尾を切った話」は、こうして次々に生れた。

次に大正八年前半期のアメリカの通俗科学雑誌に、日本へ来て洲崎で宙返りを見せた閨秀飛行家ルス・ローの兄、ロードマン・ロー氏というのが月へ行こうと企てた……そんな見出しだったと憶えているが、実はロケット実験の失敗記で、現場の写真が載っていた。これにヒントを得て、未来の都会の公園で月への出発者を見送る話を、私は書いた。十数枚のものだったが、この散文詩風の草稿も失われ、どんなふうに綴ったかさえ忘れてしまった。その頃、別に、『果して月へ行けたか？』を計画し、八十余枚に書き上げた。——夏の一夕、郊外の天文台に月世界納涼会が催される。話は当日午後に始まり、自動車に揺られて行く高台からの展望、折しも差昇った月を眺めての感想、天文台の庭や建物の描写など、この書き出しの部分を、婦人公論記者が佐藤先生の原稿を待つ時間に目を通して、「あなたらしい夏の宵です。此方の気持まで変になってきますよ」と云ったから、どうやらそのまま運べそうであったが、実はあとが続かず、放棄しなければならなかった。この話の中で取上げるべきものがあるとしたら、矢張り「月へ行く方法」であろう。

Q博士が現われて、彼の発明の「エーテルスコープ」を紹介する。凡そ現実世界には吾人の肉眼にとまらない薄板が、縦の存在として無数に連っている。これは吾人の夢想の故里、一切の可能性の出所である。この媒質を利用して、諸君を今夜月へ御案内しようと思う。月に限らない。其処に可能性が認められる限り、どんな界域にも旅立つことが出来るが、プログラムの筆頭に先ず月世界を選んだ。少時の圧迫感を辛抱されたいが、其後に於いて、ぎらつく大山脈と恐ろしい暗黒の谿谷が展開するか、それとも気球冒険家ハンス・プファール氏が吊籠の中で夢みたような、花々のさゆらぐ曠野、寂寞の真昼、奈落への音なき瀑布、歳月と共に黝ずみ次第に憂鬱の度を増して行く湖底に沈んだ樹木が現われるか、それは各自の心情と立琴に似たエーテルスコープの共鳴に委ねられねばならない。——その機械は携帯用蓄音機を拡大したようなもので、只廻転板の軸が長く天井の方に延びている。この垂直軸の周囲に何やら蜉蝣の翅のように微かな光彩が認められた。其処には眼には見えない幾十枚の羽がつき、それに依って人体が漉される。肉体は浸透されて次第に薄くなり、薄板と同程度の厚さになった途端、縦の存在に吸い寄せられる。そして事実、自分より先に台上に立った組は、微かな音を立てて軸が廻り出すと、明方の亡霊のように薄らいで、完全に一同の視野から姿を没してしまった。何回目かに自分は盤上に登った。始動を与えられたプロペラーの後方に立っている気持がして、時空外へ吸出される快感を覚えると同時に、意識を失った。

鷗外訳の独逸作家の短篇に、不思議な館に誘われて、その内部に廻転している金属製プロペラーに吸い寄せられる話がある。然しこれに気がついたのは数年後だからエーテルスコープの種本ではない。私が考えた発信装置以外に、元の人体への復元がなければならぬが、其処までは手が及ばなかった。「ぼんやり光った月らしいものが、頭上に拡大されてきた……」これをお終いにするのが勢一杯だった。私は佐藤春夫先生の前に持出して、意見を聴くことにした。「それでよかろう」と気むずかし屋が頷いた。「——気が付くと自分の部屋のベッドの上に寝ていた、とするんだね。然し卓上には招待状が載っているので、昨夕天文台へ出向いたのは夢では無い。そうだとすれば、たとえ今回の実験はうまく行かなかったにしろ、自分は博士を信頼した。彼はエーテルスコープに改良を加え、今度こそ、虹の入江や危難の海の絶景を眼の前に見せてくれるだろうと信じた」

それにしても、執筆の動機、夏の都会の夕方に瞥見された未来的な或物とは既に縁遠いものになったことを、私は覚らずに居られない。

3　タルホと虚空

薄板界は、月世界旅行の為に脳裡に浮べたものでない。読者の中の好事家は、古本屋の棚に、『彩色ある夢』と題された、木炭紙の表紙にダダ好みの蝦茶色の破片をばら蒔いた詩集を、見付けられたことがあるかも知れない。この装幀は私で、佐藤春夫の序文が付いている。著者ＳＩは学校では私の下級生で、美少年として知られていた。然し共に文学を語るようになったのは卒業後の話であり、彼は私にかぶれたと思われる節がある。何故なら、或る時彼の机上にウィンデルバントが載っていたから。哲学及び科学を私が振廻す。しかもこのような題目は、それまでは教会と音楽会の一点張で、「お嬢さん」という渾名があった彼にとっては、途方にくれる始末である。けれども哲学と科学が何か素敵なものであるらしいことは、彼は生来の敏感性によって知ったことに相違ない。で、先ず眼に留った哲学書を身辺に供えたわけだ。このＳＩが一時頻りに「タルホと虚空」を持ち廻った。それは彼が最近見た夜の夢に自ら付した命名である。

私がロケットか砲弾かに乗込んで、宇宙旅行に出発した。その円筒は煙の尾を曳いて素晴らしい速力で一直線に飛んで行った。アレアレと云う間に星の一箇に衝突した。胆を消した途端、ロケットの姿は其処に見られなかった。星が欠けたようでもない。よく考えてみると星々だと見ていたものは、否、星空とは実はそんな星形の孔を一杯あけた壁なので、その一面の星形の孔々から、箱の外側の光が洩れているのだった。ロケットはその突抜けの孔を抜けて、宇宙の外へ出てしまった。これによって「タルホと虚空」と称するのであると。――作り話でないと受取られた。何故なら、私がロケットに搭乗したまま星形の孔があいた箱の外へ飛び出してしまった時覚えず吹き出した、と彼は附加えたが、そのように伝える度毎にも、真白い歯並を見せて、お嬢さんのように笑い崩れるのであったから。

「タルホと虚空」は、吾々が遊びに行く客間に於ける宣伝ばかりで、文章としてはついに示されなかった。私にはまた、――四角いボール箱の内部に地球が宙ぶらりんになり、お月様は壁面に刳りぬいた円い孔で、星々は錐の孔であるということが、何かクリスマスの童話のように考えられた。只後になって、SI氏宇宙箱でお日様には遠慮をお願いするとしたところで、又、月の位相の変化は、アナクシマンデル流に孔の開閉によるものときめても、その月の星座間移行はどうすればよいだろう？　と今度は自分の問題として考え始めていた。――箱の構造を複雑にする必要があったが、序に普通の正六面体では面白くないので、その隅々は直角とは限らない、直角に足りない糸巻き形が適当である、と考えた。――師匠の前に持ち出すと、「それは二人の神々という短かいドラマにするんだね」と云われたが、この頃、佐藤先生と私はダンセーニ卿の作品を語ることが屢々だったからである。――二人の神々が宇宙箱を前に燈火を捧げ、半身を闇中に浮び上らせながら、地球の廻転軸に油を差したり、機械のゼンマイを巻いたりしている。「時の流れ」をいま少し速めようとか、そろそろ箱を修繕せねばならぬとか、あの恋人同志には同情すべき節があるとか、あすこの魚屋は腐った代物を売りつけているとか、どこそこのお婆さんは心掛けがよいとか、四方山ばなしの折柄、舞台が急に明るくなる。其処は応接間らしい所でドアの傍のスイッチがひねられたのだ。二人の神々の姉が顔を出して、お前達は齢はいくつだ。まあ何時までこんな玩具遊びを続けるつもりでしょう、と云って歎く。一等上の兄がつかつかとはいってくるなり、宇宙箱を卓上から突落し、神々の衣裳を剝ぎ取って呶鳴りつける。母親も加わって、折角育て上げた男の子が二人揃って時計屋志願とは何の因果でしょう。と云って泣く。此春も停級通知が学校から届いた。幕。――さすが師匠だけあって世態人情の取入れに抜目がない。そう思ったが、それだけに自分の手に負えない仕事だ。寧ろ先生が暫くして口に出したことの方が採用されそうだった。「いつか君は云ったね。夜更けの街角で瓦斯燈同志が話をしているって……」佐藤先生は、その日銀座で購った百本入りの鑵からトルコ紙巻を取って、マッチの火を移しながら、極めて上機嫌に先を続けた。「あの話の中に入れたらよかろう。きょうだいの瓦斯燈が深夜、退屈の余り世間話をする。その話題に四角い、それも菱形にゆがんだ箱である宇宙のことを語らせばよい。――鯨の背中に町を建設した話も、土星の内部に住んで、ときどき環の上を散歩している哲学者のことも、序でにほうり込めばよい」

その土星の中には誰かが住んでいるそうだ、とは私の考えである。これに附加して、その土星住人が折々鍔の上を歩いているのが望遠鏡で見えるとは、何か種があるとうまい附け足しをする先生の何時もの手なのである。「瓦斯燈同志の対話」は書かなかったけれど、一体あのマントルが青く燃えている硝子函の中には、赤い円錐帽を横っちょにかむった哲学者が棲んでいる。ずっと以前から私はそう思っている。これに反して電球の中には不思議な工場がある。諸君は……霧の夜などに街角で痙攣している電燈を見る時に……そんな気がしないであろうか？

「タルホと虚空」に見られる思想は、其後、別な作中の人物に語らせることにした。混血児の友人が、瓦斯燈住人が留守であるような深い霧の晩に、自分と連立って、様々な迷路と坂道がある神戸の山手界域を突切りながら、箱形宇宙論を説くのである。薄板界はこのついでに持出される。

「僕が考えるのに、この現実界には無数の黒い板が縦に重っている」とわが友オットーが語った。「――その板は真直に行く者には見えないが、横を向いたら見える。もっともその角度は非常に微妙な限界に置かれているから、大抵の者は、この空間中に、そんな別箇な存在があることを知らない。でも自然科学は近いうちにこのものを捉えるだろう。その薄板界では、われわれの頭に浮ぶ綺麗なこと、善いことでさえあれば、何だって可能である。ねえ、だから、僕が計画した月への旅は、シラノ・ド・ベルジュラックの遣り方でない。ジュール・ヴェルヌの大砲でもない。ロードマン・ローの火箭でもない。それはもう直ぐお隣り！　雨の海や虹の入江は其処に、この白い霧の中に橙色の窓を滲ませた建物と入り雑って、――灯の点った室内が、硝子戸の外の青い夕景の庭先にもひろがっているように――其処に、見える筈だ」

こう云って、予めポケット中に用意された、一本の斜線を挟んで月と地球とを描いた紙片を、真中から折り返して、月と地球を重ね合わした。

薄板界の着想は、其後、『童話の天文学者』という主題に取入れられた。

4 THE SPIRAL CITY

傍らに円錐体への執着が残っていた。このものにミルトンのパンデモニアムを加味して、カクテル調合筒の中で氷片と共に振ったならば、忽ち眼前に、二十世紀須弥山（しゅみせん）がそそり立つように考えられた。

谷崎潤一郎の『ハッサンカンの妖術』というのは、上野の図書館でミスラというインド紳士と知合う。一夜、大森山王にあるこの新らしい友人の仮寓で、一種の催眠術を施される。それはこの地球上の現代文明以外に、三千世界の実在を信じる一派があり、ミスラ氏自身、その教義の秘伝を受けていたことによる。こうして主人公はひとまず時空の外なる非々想天にまで揚げられ、其処から徐々に沈下して、自らの色身を取戻し、やがて眼下に極彩色の曼陀羅を打ちひろげている須弥山を捉え、此処に降立って遊行するうち、肩にとまった鳩が亡き母の現在の姿であることを知って、曾ての不孝に悔恨の泪を流すというお終いである。ところがこの、南は玻璃、東は黄金、北は瑪惱、西は白銀をもって張りめぐらされた「そめいろの山」と、自分の円錐体とが混合してしまった。パルという理論物理学者が建設した大円錐塔の頂点に、善見城が在る。その辺りには、天竜八部衆の代りに様々な天体のお化けが群れ遊んでいる。箒星に空中ボートを牽かせる。何時かこの岬に土星が接近した時、滞在中の冒険家ロードマン・ロー氏が、発光装置で土星を誘き寄せて、オートバイに跨って跳躍台から先方の鍔の上に飛移って、その上を数周することに成功した。又、この附近では、色とりどりの星が栽培されている。「お星様は如何ですか?　黄色はレモン、紅はストローベリー、青いのはペパーミントの味がいたします。何方のお口にも合って、悪酔など決してするものでありません。お土産に壜入りのお星様は如何でございます」——然しこの星を嗜むことは身心を惰弱に導くとあって、近来とかくの批判がある。そうだとしても星は食べられるばかりで無い。カンテラの中に入れて燈火の代用になるし、そもそもこの観光都市が宝玉細工のように輝いているのは、そして町全体の算盤が立って行くのは、総てお星様のお蔭なのである。

——此処にも問題があった。大円錐がどうして造られたかを、少くとも暗示する要があった。そこで、食用蝸牛に注射する特殊強精剤を、前記のパル教授が、南溟産の法螺貝に施して途方途轍もない螺旋塔にまで膨らませた、ということにする。脇道へ逸れるが、余り名を知られていない米国作家の短篇に、アリゾナ砂漠の辺鄙で、各種爆弾の製造に余念のない亡命ロシアの父と娘を取扱ったのがある。其処を訪れた主人公が驚くべき煙火術を見せられ、その火焔で作られた古代戦車や英雄美姫等々が絵巻物になって昇って行く有様が、即ち題名の“The spiral road”である。これをもじって、私は今回のユートピア「螺旋境」の着想を得た。――パル教授は、然しそのスパイラルシティの礎石を、どの程度に育て上げたのであろうか？　この篦棒な貝殻の頂上まで赴くのに梯子などでは及びもつかない。飛行船に拠る。それは淋しい淋しい、例えば親しき者らに告別してひとり冥府への道を辿る亡者たちが経験するような、いつ果てるともない薄明中の旅路である。船室の窓の遥か下方には、凍てついた森林や、湖水や、夢に見るとても行けない場所に似た荒涼とした原野山岳が動いて行く。若し現実の地球上に幾分これに似かよった場所があるとすれば、それはチリの首都サンチャゴから世界最南端の町プンタアレナスへの道、アンデスの雪の峰々と氷河と岩、氷結した湖及び密林を見下す空路七時間が比較されるばかり……こうして行手を遮った大岩壁の割れ目に飛行船は吸いこまれ、一刻が数千夜と受取れる退屈と陰気臭さを辛抱しなければならぬ。やっと間道を抜け出ると、今度は鋸の歯のように立連った高山が、続々と繰出されてくる。既に大旅行は終りに近付いた。飛行船の進行方向に直角となって道を阻むと窺われた山脈の横縞は、著しく下方へ弓形に捩曲げられて、恰も左右から懸垂されたような外貌を呈してくる。実はその両端は更に彎曲して上方で繋っている。巨大な怪獣の顎に似た峰々の円環である。云い換えると、空間は吾人の周辺につぼまったのである。風景は上下左右に展開して、只前後に通路があるだけなのだ。筒中の旅行である。最初からこの通りであったが、いまになって初めて気付いたまでに過ぎない。と思う間もなく解放された。円錐の頂点から吐き出され、周囲には別箇な空間があった。滅法界な螢合戦が始まったような、また花火工場の火災に似た、七彩の火光の乱舞である。天体国パル都の繋留塔めがけて我等が飛行船は急角度に降って行く……

抑々第一次大戦直後、ヨーロッパの片隅から伝えられた「パルの都」は、忽ち魔語のように人心に伝播した。それはスカンディナヴィアの辺域にある温泉地のことだ、と云う者がある。秘密結社のモットーだから、客体は何処にあるわけでもない、と主張する人がある。又選ばれた少数者が White Moon Line と称する航路によって行き得る所なのだとの噂もあったところ、一夏、フランス学士院の若干名がその夢幻境に招待されたということがあって、パリー警視庁の重大問題として取上げられた。これは然し「パルの都」の所在を突き止めることよりも、この題目に関する賭事を取締る為らしい。パルの都は何処にあるか？ 当時ドイツの前衛芸術家らの手に成った映画“Cabinet of Dr. Caligary”が、他ならぬパル都即ち City of Upside-down に意匠を採ったと云われるが、何にせよ、「左の手袋を裏返しにしてもそれが矢張り左の手袋として使用される」場所に、その都市は在る。――現に、私は絵葉書で見た。最近三鷹の東京天文台へ届いたオランダからの定期郵便物中にあった資料で、それを差し示したT技師は、私の質問に答えて、「未知の函数を発見した時は事実の方がそれに慕い寄る傾向がある」などとお茶を濁し、物好きな天文学者の余技のように解している風だったが、然し、その数葉に窺われる、南海の珍奇な巻貝のような、空間を游戈する磯巾着、海月(くらげ)、宿借りに似た発光体が、仮初にも心霊写真や映画のトリックに類する工作だなどと、どの点を捉えて彼は主張するのか？　更に、大円錐の尖端だと受取れる奇峭な岩肌を埋めて、恰も水晶の群簇のように、磁石に密着した鉄粉さながらに、紛糾錯綜した建物が、北ドイツ、オーステンオールの紙細工の町と類似していると云うのだろうか？　一旦こんなものを受納したならば、吾々の日常世界が取るにも足らぬ見窄らしいものに一変してしまうことを知って、私は奇妙な憂愁に捉われた。

これが改造誌に発表した『現代物理学とパル教授の錯覚』である。後日書き直して、『P博士の貝殻状宇宙に就いて』（科学画報）になった。その全文が更に訂正されて、『似而非物語』となった。――これには、前に述べたように、枕として円錐宇宙が使われているが、その序でに貝殻宇宙論も書き入れた。

巣鴨郊外の舞踏教習所の一室に起居していた折で、晩飯は大抵十二時過ぎであった。夏の夜、お隣りの音楽とステップの音が止まるには未だ四時間もあり、所在なさに手枕をして寝転んでいる時に、頭の片隅に浮んだ。その数時間はいつになく高揚状態に置かれたことを憶えているが、実は現代の天文学上でもこれに似た説があったのである。曾てアンドロメダ星雲（M31）が見える所とちょうど正反対の天の一角に、二箇の微小星雲が望見され、それは裏側から眺めた同じM31と、その近傍の三角座のM33でないかと騒がれたことがあるからだ。勿論そんなことは当時知る筈もなく、私は、球状空間に於ける光の周回を考え、望遠鏡の能力に比例して空間も拡がるが、それには限界がなければならぬとした。望遠鏡の進歩は空間の補充を乗り超えて、現在では球的宇宙を一周してなお行き過ぎている。だからこの次第に気が付かないで眼鏡の倍率を増して行くならば、既に目にとめた天体を、二重三重に見て行く勘定になる。従って現に見えている最遠方の天体の幾割かは幽霊像として整理されねばならないと云うのだが、同じことはわれわれの認識構造上についても云える。この場合望遠鏡の有効距離が「意識線」となり、その延長部分が「無意識線」となる。

他に、『Astromagic に就いて』がある。現代文明社会から隔絶したヒマラヤの奥に、高さの知れない絶壁があって、この中間に石の街の入口がある。近来英国政府が力瘤を入れているカンチェンジャンカ登攀の企ても、目的の一半はこの「世界秘密」を突き止めようとする点にある。何故なら其処は、人為によって虹の橋が懸け渡され、雷電、閃光、嵐が呼ばれ、豪雨が招かれる界域だからである。シクハードというドイツ人が或る奇縁からこの石の街に入りこんで、其処に集っている妖術者の一人から、「星遣いの術」を修得したが、この童話的技術がヨーロッパに紹介され、カイネ博士は彼が夙に唱導する Stellismus への裏付けを与えられた……というようなことが、作中に綴られているが、記述の初めに私は次のような言葉を置いた。

「吾々は一秒間毎に孤独であり、存在は只何時終るとも知れぬ転化である。未来派の色彩と運動が交錯した世界、キュービズムの幾何学教科書の世界、さては青い月夜に影のうつらぬ大鏡に向って何も書いてない童話の頁を読むダダイズムの世界……けれども吾々は更に更に奇抜な世界を要求する。この欠伸に充ちた遊星上の人生を、荘麗無類な尾を曳いた双曲線的大彗星の上に移したいのだ」この様に書きつけ、これは、E. C. Moore 著、“The red comet club and its movement”の序文に依る、とした。兼常清佐氏がこれを改造誌上に読んで、早速丸善に注文されたところ、無い。調べさせたが判らない。ついに店員が、「一体どこで知られたのか」と問うた。実はこれこれである。笑われた。そりゃ出鱈目ですよ。――本文は又、武者小路実篤氏が驚くべきニュースとして日向の新らしい村の会合の席で読んで聞かせたのだそうである。「あれにはやられた。終りになって谷崎、芥川の名が出てきたので、やっと嘘だと判ったがね」当人が私に向って述懐された。無理も無い。それが載ったのは創作欄でなかったから。一時、猟奇的シリーズが梅原北明氏に依って刊行されたことがあるが、この叢書の執筆者の一人が、前記の私の創作から引例していた。「既に欧米では、権威ある天文家らが、星の光線によって地上の物象間に特異な現象の生じることに注目している云々」

他に、『星を造る人』『星を売る店』がある。前者は先のシクハード氏が、インドからの帰途に立寄った神戸市で人工星を打ち揚げる話で、後者は、正銘の星屑がアビシニア高原の天から採集され、企業家連が我も我もと押しかけた為に、該地の夜天は近頃とみに物淋しくなった。けれど、未だパミール台地、天山、ヤブロノイ山系、アルタイ、ヒマラヤ、コンロン、アンデスという工合に候補地は続々と発見されている。ひょっとして富士山頂からも星取りが可能かも知れない。——これは、震災前年の秋、早稲田鶴巻町を矢来下の方へ歩いていて、ふと近付いた時計商の窓の余りの煌びやかさに思い付いたものである。

ポン彗星の都は、ジャック・マルホール並にワニタ・ハンセン主演の連続活劇映画の毎回の初めに現われたタイトルに拠るところが多い。それは都市の夜景の上天に一箇の弾丸が飛出して、The Brass bullet と字を書き付けるのだった。同様に、須弥山頂の土星乗りも映画のアートタイトルの意匠に暗示されたものである。連続センセーショナルドラマには何時も「赤環」だとか、「的の黒星」とか、「半片の金貨」だとか、「真鍮の銃弾」とか、テーマを象徴する品目が伴っている。ルス・ローランド主演のフィルムでは「三叉の鉾」だった。ニューメキシコ州サンタフェが舞台で、土埃りや、泥塗の家屋から突出た丸太棒などが印象に残っているが、ひょっくり現われたタイトルの、背景絵に何よりも驚いた。岩だらけの大谿谷へ紛れ込んできた土星の図案だったから。——なんの事はない。チタンとかヒペリオンだとか云う衛星上から眺めた土星、そんな天体画が利用されていたに過ぎない。然しそのことに気が付かなかったものだから、アイディアに驚嘆させられたわけだ。この素晴らしい効果を何とかしてやろうと考えて、土星乗りの冒険を思いついた。ポン彗星の都がウィスキィの広告画だとしたら、廿世紀須弥頂上の土星乗りはさしずめ、機械油かタイアのポスターであろう。曾て芥川龍之介が、ピーター・パンの作者の言葉として、「将来の映画はタイトルばかりになってしまうだろう」

と私に洩らしたことがあるが、その兆候は今日、予告篇という形式中に読み取れる。若し私が有力なスポンサーであれば、特殊撮影の赤色彗星都市と螺旋境を観せるであろう。それは卓上のウィスキイグラスの底か、土耳古巻の紫煙の縺れの中に展開する。それとも街上で逢った見知らぬ紳士が、差し出したステッキの一端に目を当てるということにしてもよい。――でも、それは何なのか？　私が此処まで綴ってきたようなものは、私がこれほど熱を揚げて取組んできたような、総てこんな題目は一体何だと云うのか？『夏至の夜の夢』第四幕に出てくるボトムの台詞を借りて答える他はあるまい。「おら、よんべ奇態な夢を見ただ。何でもその、おらが思ったにゃあ、何を、その何をしているちうと……が、とても人間で判るこんじゃねえ。おらが何をしていたか、それ云おうとしている様なら、おら、アゼンス人たあ云えねえからな。さしずめボトムの夢とでも名づけるべえ。何故っておらが夢は底無し(ボトムレス)だもの！」

ロバチェフスキー空間を旋りて

1

“Gi, Gigem, Gim Gam Prrr, Gim Gem”という前衛的美術詩文雑誌が、日本画家玉村方久斗が出資、野川隆が編輯で、大正十三年頃に出ていた。創刊号は一九二四・六で、立体派、未来派、表現派の海外作品が紹介され、カラーがついて、金、銀も使われていたが、あとではクラフト紙印刷になったりして、途切れがちながら数年間は持ちこたえたようである。神戸三宮の生田神社前の本屋で、私は大型二つ折のＧＧＰＧ（略してそのように呼ばれていた）が軒にぶら下っているのを見たことがある。このように、全国的に相当にひろまっていたのである。ＧＧＰＧの名付け親の野川は、私に説明して云った。「都会の街をうごく機械で出来た人間的動物人形には、Ｇの発音と震動数と波形が気に入ったのである」

神戸東郊原田の森にあった旧関西学院普通部で、私の一つ級下だった平岩多計雄が、東洋大学で野川といっしょだった。この関係から、いまの尖端的定期刊行物が自分に知らされたわけである。

私は大正九年度の二科に、『空中世界』（あるいは飛行家の夢）という未来派張りの大きな水彩を出して、落選。翌十年には同じテーマを油彩で描き、他に『月の散文詩』と題した小さなペン画と共に、日本第一回未来派美術展覧会へ応募した。後者が入選したが、額縁が適当でないとの注意があったので、千駄木町の未来派協会の事務所近くの白山界隈に下宿していた平岩の助力を求めて、最寄の指物屋さんで大いそぎで真四角に作り直して貰った。一方、油絵の額縁は不用になったので、平岩の許へたびたび飯を食いにやってくる江森盛弥（彼も私の下級生であった）に担がせて、其辺の額縁屋に買って貰った。

翌年、第二回展覧会が、「三科インデペンデント」と改名して、前年と同じ上野山下の青陽軒で開かれた。こんどは先方からの勧誘で、『カイネ博士に語られしもの』という大きなパステル画を出品したのだった。

こういう因縁で、私はＧＧＰＧに文章を寄せるようになったが、何を書いたのか一向に憶えていない。只、自分の短篇集『ヰタ・マキニカリス』中に収録されている『タルホと虚空』が、そのうちの一つであったことは確かである。

一度、代々木穏田、方久斗画伯宅に、そこに寄寓している野川をたずねたことがある。主人は大きな声を出す人で、ちょっとバセドー氏病患者を想わせる仰々しさがあった。彼は目下進行中の絵巻物、『雨月物語』の青頭巾を見せてくれた。赤紫をふんだんに使った、ーべた塗にたじろいだが、それよりも初めて逢った野川隆の顔付きに、私はおどろいた。「稚児さんづら」という言葉があるが、そんなものでもない。もっと時代がかっていて、さしずめ御所人形か、平安朝の童子かと云いたいところであった。GPGが代表する彼の抽象癖と、この子供のような相貌のあいだに何か関連があるように思われるのだった。彼は其後左傾して、あの日われわれが語っているところへ鮨を運んできた美女（玉村夫人）が、こんどは野川の細君として、ひと頃、拘留中の野川に差入れしていたことを私は知っている。既に彼の人柄はシニックになり、以前のルバシュカにサボをひっかけていた頃の坊っちゃんらしいういしさが喪われてしまった、と云って平岩などは頻りに残念がっていたが、私は、ルイ・アラゴンの場合などを考え合わせて、これはご当人も持て余していた負数文学趣味の当然の仕上げかも知れないと思うのであった。先に『バードマン氏の冒険飛行』という作品が彼にあって、それはアルファベットとアラビア数字とが一頁を埋めて赤で印刷されているだけのものであったが、作者がいったんマルキシズムの傘下に参じて、鼻下に短かい口髭を蓄えると、こんどは、何処かの巡業曲芸飛行団のエンジニヤーにこんな人物がいるような気がするのだった。山吹か梅の枝の代りに、油まみれの白いオーバーオールと電気のコードが彼に似合うように思われた。

野川隆の透明な、些か臭素加里くさい詩の中で、私は初めて「ロバチェフスキー空間」を知った。そういう術語があちらこちらに使われていたのである。では彼はこれを何処で見付けたのであろう？　客相手の方久斗の大声が襖越しに聞えてくる二階で、隆君は数冊の数学書を持ち出し、その頁にあるマトリックス的配列を示しながら、「こうして只見ているだけでも気持ちがいいでないか」と私に同意を促したが、多分そんな書物の中に見付け出したのであろう。しかし彼は「ロバチェフスキー空間」を自らの詩の中に取入れ、『√－1劇場に於て』とか、"Pseud-sphärischer Raum"とか並べながらも、それが何者かは知っていないのだと取れるふしがあった。何故なら「ロバチェフスキー空間」について具体的なことは何一つも洩らさなかったからだ。彼はいわばハイブラウな語感に魅せられ、憑かれているのであって、それも一つに、「お前らはこんなことは知るまい」の道具になっていたのだと思われる。

「リーマン空間」については、私はすでに知っていた。このテーマは、人にむかってもひと通りの説明は出来るつもりであった。私のいくつかの半自伝的作品のところで顔を出す級友Nとは、上野の芸大で、美術学校時代からずっと解剖美学の教鞭を取ってきている西田正秋教授のことである。このN君が、アインシュタインの名が漸くひろまりかけていた大正六、七年頃に、「リーマン空間」を私の前に持ち出したのである。いや、そう云うのは当っていない。

あれは中学時代の三回か四回目の夏休みが終った時であった。近江の田舎へ帰省していたというN君は、休暇中に考えたと云って、地球面の平行線は総て両極で相交わっていることについて、私の注意を促した。二本の経線と赤道とのあいだには既に二直角が作られている。この二本が北極で交わっている所にも微角が得られる。故にこの細長い二等辺三角形では内角の和は二直角を超えていると、彼は云うのだった。「――でも、緯度の方は平行しているのではないか」と私が反問すると、「君の云うのはメルカトル図法だ。あれでは経度も平行している。グード氏投影や舟形地図でも緯度は平行している。じゃ、こんどは地球を横倒しにすればいい。赤道を垂直に置いたら、先の緯度が経度になって、やはり新規の両極で、すべての平行線が交わってしまうではないか」

私は中学生の時に、極く短い期間だったが、髪を伸ばしてポマードをこて塗りしていたことがある。関西学院の生徒は以前はみんな頭を分けていたと聞いていたので、叱られはしないだろうと思ったのである。その通りであった。級友が驚いたばかりで、先生は別に何とも云わなかった。教室外では帽子をかむっているから判らない。地理受持の高野先生は生徒監であった。週に一回の地理の時間がやってきて、先生は私の頭に初めて気がついた。「君の頭は少しはやすぎはしませんか」と彼は口に出した。再び地理の日がめぐってきて、こんどは自分の名が呼び捨てに呶鳴られた。「先日は床屋へ行ったばかりでしたから」と弁解すると、「この次は何日に髪をつむのか」と問い返されて、その日のうちに刈らねばならなくなったのである。この高野先生が、ある時、黒板に大きな丸を描いた――「たとえば宇宙はこれだけのものだときめます。ではその外側はどうなっているのかとの問いが出ます。外側があるのでは宇宙とは云えない。そこでひと廻り大きくする」

と云って先生は、いっそう大きな円を描いて、先の丸を消してしまった。

「この大宇宙の外側には何があるのか？　エッヘン！」

彼は持前の大きな咳払いをして、続けた。

「そこで宇宙を更に拡大する。これで総てである。しかしこの途方もなく大きな宇宙はどんな場所にひっかかっているのだろう？　こうしてどこ迄も何処までもおし拡げて行くことが出来ます。無限とはつまり、どんな大きな部分を考えてみても、いつでもそれ以外に残りがあるということです」

――N君に依ると、おし拡げて行くよりも先に、出発点へ帰ってくると云うのだった。彼は以前にも、お昼休みの黒板に、一つの円錐形をチョークで描いたことがあった。宇宙はこんな形のもので、地球は基底の円にそうてめぐっているが、箒星はこんなふうに動いていると云って、円錐の母線と平行したカット即ち抛物線を彼は附け加えた。この童話宇宙の理論拡張がこんどの平行線だ、というべきであった。――しかし、この「平行線が必ず相交わるところの世界」とは、取りも直さず、アインシュタインが球状宇宙の台として取上げた「リーマン空間」であることに気付くためには、向こう二十年の歳月を必要としたのである。「リーマン空間」について私への最初の質問者は、昭和の初め頃に慶応医学生だった私の甥である。

何か参考書はないかと云うのだ。先方は、私がその頃、「改造」に載せた『近代物理学とパル教授の錯覚』及び「科学画報」に発表した『P教授の貝殻状宇宙』（この二篇を合わして書き直したのが、『キタ・マキニカリス』収録の『似而非物語』である）を読んだのであろう。しかし自分は、聞きかじりのリーマンを先の作品のどこかに使ったのかも知れないが、それだけの話であったから、返答の仕様がなかった。

戦時中に私は『星の学者』（日本天文学史）を書いて、芝山教育出版社から刊行したが、このことがきっかけになって、兼常清佐博士から、この次には二十世紀宇宙論をやって貰いたいと唆かされたのである。こうして二回目に書き上げたのが『宇宙論入門』で、これは、名古屋から出ている「作家」誌に載せた『遠方では時計が遅れる』の初稿に当るものである。兼常氏は夙くからの私の読者で、ドイツで私の『一千一秒物語』のことを吹聴してくれた由である。先年亡くなられるまで、私は数回、雑司ケ谷奥に彼をたずね、また有名な「猫がキーを踏んでも名演奏家の指先が触れても、その音色に変りはない」を研究し続けておられる椎名町のラボラトリーへもお邪魔した。お住いの枯芝ばかりの庭をひかえた軒場には乾いた蔓草が見られたが、研究所の庇からも真赤な烏瓜をつけた蔓が下がっていた。ビールの「ホップ」を連想するせいか、兼常博士はどうもつる草がお好きなように見受けられた。彼は、私と顔を合わすたびに「リーマン面」を持ち出した。一つに彼の学究癖によるのだろうが、やはり彼も、パル教授と地球の突端に建設されたパルシティが気に入っていたのであろう。でもリーマン面に関して具体的なことは、われわれは何も語り合わなかった。博士も自分も、野川君の場合と同じであって、只リーマンをして我流の進歩主義に一役をつとめさせていたまでに過ぎない。

兼常博士が特有のせかせかした調子で、逢うたび毎に私から具体的に聞き出そうとしたのは、赤城山に埋もれている金塊についてであった。それというのも初対面の折、埋蔵軍用金は北斗七星形に配置された七箇の大石の劒先に在るのだが、人々はそのうち五箇だけを取上げて騒いでいるのだ、と私が喋ったからであろう。私は、実地に出向いて、調査したという人から、彼が作製した地図によって説明されていたので、自分自身も、これは根拠があることかも知れないと思いかけていたのである。

兼常氏はいつもリーマン面を口に上したが、ついにそこ迄であって、ついに「ロバチェフスキー面」へは展開しなかった。高橋新吉は逆であった。彼も私の口から洩れるところを自由選択して、（しかしリーマンはおきざりに）ロバチェフスキーをしばしばひっぱり出した。「負数空間」は彼の野狐禅にとっては打ってつけの題目だったからであろう。辻潤に到っては、顔を合わせるなり、「相変らず Out of Space かね」の一点張りだった。こんなのは最初からユークリッド平坦空間を出ていない！

既に二十年前にN君が、（球状宇宙ではなく）「球状天体」を捉えて、云っていた。「ここに地球がある。もしこれがある日突然に消滅したとすれば、そこに何が残るであろう。先に地球が占めていた空間はマイナスの空間になるのではないか」と。

なんでも、われわれの前に未来派彫刻の複製版があって、その裸女の両方のお乳が（盛り上っているのでなしに）あべこべに半球に刳り抜かれていることについて、二人で語り合っていた時であった。

空間の歪みもN君によって提出された。太陽のような大質量の近ぺんでは、空間が歪んでいる。だから皆既日蝕の黒い太陽のふちとすれすれの所に見える星は、実は太陽のふちよりも内側に存する。それが空間の屈折のために外側へずらされるのだと。しかしこれがリーマンの空間に結び付いたわけでないのは、先に述べた通りである。又、N君のマイナスの空間云々には、「物の存在が空間というケイスの形を条件付けている」という考えがほのめいている。かと云って、未だロバチェフスキーには繫りがなかった。ロバチェフスキーの名は、それから五、六年後になって、野川隆の詩によって自分は初めて知ったのであるから。

――「あなたには、荒唐無稽には涅槃を過ぎざるを得なかった未来人の悲しい逆説があるということが判っているか。それはバネ仕掛の黒猫であり、硝子製の星であり、紙袋の空っぽなウイスキー壜である。そこにはいつも世の常ならぬ高踏と非ユークリッド幾何学式の哲学がある」

これは、『わたしの耽美主義』（大一三、前半期の新潮）というエッセーにあるチックタックク氏公開状の文句で、トリスタン・ツァラの『アンチピリーヌ氏最初の天上冒険』の向こうを張って書いたものである。自分の文章における非ユークリッド幾何学の初登場である。遡って大正八年六月頃の「スピード」という月刊誌に、『スピードと芸術』という私の短文が載っている。この枕の部分に、「ミンコフスキー」が初めて使用されている。京浜蒲田の停留所前に日本自動車学校の事務所があって、ここが「スピード」の発行所であった。私は近くの菖蒲園の門前に下宿して、毎日、穴守稲荷西側にあった自動車練習所へ通っていたが、ある日、東京時事の科学欄に簡単な量子論紹介を読んで、「この故に、ミンコフスキーの世界線は連続的でなく、飛躍することが判った云々」を鵜呑みにして、その名前だけを借りたわけである。非ユークリッド幾何学を自分に意識させたのは、N君ではなく、I（猪原太郎）という別な同級生であった。しかし前記ミンコフスキーの業績と合わして、新幾何学の正しい意味を知るには、宇宙論のペンを執ろうとした時まで待たねばならなかった。

――『一千一秒物語』の巻頭の「芸術とはココア色の遊戯である」これは、やはりアンチピリーヌ氏の天上冒険にある「芸術は榛（はしばみ）の実の色をした遊戯であった」を取り違えた結果である。ハシバミがココアに入れ代ったのは、我ながら不思議である。この理由はどんな所にあったのか何回も考えてみたが、判らず仕舞である。それにI君がこの文句を真に受け取ったこともあって、思いがけぬシンデレラの硝子の靴と、芭蕉の水取りの句にある氷の僧の効果が出ることになった。（前者は写字生か印刷工が Vernie を Verre と取違えたことから、エナメル靴が硝子の靴として世に伝わってしまったのである。後者は、二月堂のこもりの僧がこおりの僧に読み違えられたのである）

2

麻布飯倉一丁目から赤羽橋まで行く電車道の向って右側に、鼻眼鏡の修繕や製作についての特別の便宜をはかってくれる眼鏡屋さんがあった。私は年に二度はそこへ出かけていたが、なるほど、虎の門からの電車が登り切った所は、坂上であって同時に坂下であった。明石に帰省していた時、私は竹内時男博士の物理学夜話で、「飯倉一丁目の路面はマイナスの符合が付いている面の模型である」と知らされていたのである。

この本には、ヘルムホルツが、われわれの肉眼に映じる事物の配置について、いろいろと生理学的実験をやったことが、紹介されていた。

地球面は「リーマン空間」のモデルだと云うべきであるから、両眼間のへだたりを底辺にした三角測量によってその奥行を知ろうとする時には、この世界の全長即ち円周の四分の一の所に達すると、視差はゼロとなり、あとは無限として映じる。実際には前方わずか二十メートルくらいで、風景は一様にひらべったい画面になってしまう。しかしこれにかまうことなく真直に歩を進めたら、元の所へ帰ってくる。即ち、この世界はふちを持っていないが、一点を離れるには限度があることをわれわれは知るのである。「ロバチェフスキー空間」はこれに反して、視角は先方へ行くほど拡大する。世界の果はすぐそこに見えているに拘らず、いくら進んでも進んでも限界に到達することが出来ない。

では、われわれが学校で習った「ユークリッド空間」はどうか？　これが曲率がゼロの世界で、行っても来ても何の変化とて認められない。われわれがユークリッド的だと思い込んでいる身の辺りは、本当はリーマン面であるから、あらゆるレールは遠方で相合し、大洋に浮んだならば、自分が巨大な暗緑色の盆上に置かれているように思われる。それは、そこがユークリッド世界ではない証拠である。本当の「ユークリッド空間」を知るには、リーマン的図形とロバチェフスキー的図形を重ね合わして、双方の曲率を相殺させる必要がある。この点に関して私は、当時九州大学にいた吉岡修一郎氏へ手紙を書いたことがある。彼の訳したベルグソンの『道徳宗教の二源泉について』が出版された時であったし、且つ彼は東北大理学部の出身で、非ユークリッド幾何学について理解を持つ人のように受取られていたからだ。丁寧な、五、六枚にわたる返事を頂いたが、要領は次のようであった。「物理学者の考える空間と数学者の取扱う空間とは、おのずから異っています。自分は空間としてはむしろユークリッド空間を支持する」と。では、アインシュタインが採用した曲率空間の発見者リーマンは、その師ガウスと共に、純粋な数学者ではなかったのであろうか？　ガウスは、一八一八年に、天文学的観測によって、遠方では三角形の内角の和が百八十度になるかどうかを決定しようとしたことがある。只彼は、「野蛮人どもの喚き声」を惧れる余り、折角探し当てた非ユークリッド幾何学の発表を思いとどまったのである。吉岡氏はあるいは、「空間の本質として天体を持ってくるのは存在的な見方であって、存在学的には逆に空間の本質によって天体の問題も考え得る」（身体があるから空間が考えられるのでなくて、現存の規定である空間性から身体性が考えられる）立場かも知れない。そうだとすれば、なかなか手紙の返事などでは説明できないだろう。多分こちらの期待が大きすぎたのである。ところで、先のプラス、ゼロ、マイナス、この三種類の面及び立体の関係は、一般的には次のようになるのではなかろうか？

一、一定ノ位置ニ於イテ、ヨリ小ナル曲率ヲ有スル「リーマン空間」ハ、ヨリ大ナル曲率ヲ持ツアラユル「リーマン空間」ヲ包含シテイルガ、「ユークリッド空間」乃至如何ナル程度ノ「ロバチェフスキー空間」ヲモ、ソノ内部ニ収容スルコトハ出来ナイ。

一、「ユークリッド空間」ハ一切ノ「リーマン空間」ヲ摂取シ得ルガ、然シ如何ナル「ロバチェフスキー空間」ヲモ拒否スル。ソレハ恰モ一本の麦酒壜ニハ常ニ一本の麦酒壜ノ内容シカ入ラナイノト同様デアル。

一、或ル「ロバチェフスキー空間」ハ、「ユークリッド空間」及ビアラユル「リーマン空間」ヲモ包含シテイルガ、ヨリ曲率ノ大ナル「ロバチェフスキー空間」ヲ入レルコトハ不可能デアル。

　こうして「ロバチェフスキー空間」は、その曲率の値を増すにつれて、いよいよ大慈大悲の境地に近付くかのようである。それはちょうどコシキの孔が車全体を支えているのに喩えられる。又、究極的負債が無限の財産に通じているのに似ている。

　先日のＴＶに、アメリカの魔術師が、星模様の幕が垂れ、星をつけたポールが立並んでいる舞台で、ピエロの月旅行にそなえて、旅行者の荷物を縮小してやる演技があった。途中の退屈しのぎのトランプもなるべく小型なのがよかろうと、それを両手で揉みほぐして豆カードに変えてしまう。飲料容器も縮小するが、この小壜の中に水差し一杯分の水がはいってしまうのである。この手品は昔からあるものだが、当世向きの衣裳を着せたのがミソである。水差しの水がコップの中に収まってしまうのは、云う迄もなくそのグラスが極端な、それとも漫画的な、ロバチェフスキー的構造に置かれているためである。この分ならば瓢簞の中へ駒を入れることが出来る。又、東叡山の前の五条天神辺りで薬を売っているおじいさんが、夕方がくると道具一切と我身を小さな壺の中へしまい込んで、常陸の国は南台城という山のてっぺんまで飛んで帰るということも起り得るであろう。——もしもあべこべに、ワングラスの葡萄酒を水差しにあけて、それが満ち溢れたならば、この水瓶は極端なリーマン的構造にあるのでなければならない。

ポオの小説の中に、ロバチェフスキー的模型があったことに、私は気がついた。ロッテルダムのふいご直し職人ハンス・プァアール君は、月をめざして昇騰を開始した特大気球の吊籃の中から、おのれを取巻く地平線が恰も城壁のようにせり上って、自分の眼の水平視線と同じ高さになっているのを知った。これについて作者ポオの説明は次のようにある。——吊籃、気球の直下点、地平線上の任意の一点、この三点を結びつけて、そこには直角三角形が描ける筈だ。この三角形では底辺と斜辺は、垂線にくらべて非常に長い。言い換えると、底辺と斜辺は互いに平行していると見なしてよい。こうして、あらゆる気球家にとって、彼を取り巻く地平線はいつだって自分が乗っている吊籃と同じ高さに望見される。しかし気球の直下点は事実として遥か下方にあるから、大地は巨大な凹面として眼に映じるのだと。

私は少年時代にもこの種の曲率相反を読んだことがある。それは、パナマ運河開通祝賀の万国大博覧会がサンフランシスコで開かれて、会場で宙返りを見せていた曲芸飛行家アート・スミスが、彼の自叙伝を現地のブルメン紙に連載し、それが日本の雑誌に紹介されていた時のことであった。草刈飛行の域を脱して、初めて舵を引いて高く昇ってみた時、大地は眼下に灰緑色の巨大なお鉢の底を見るように窪んでいて、地平線は眼の高さにあり、いま数呎（フイート）を昇ったら地平の壁の向こう側が覗けそうであったと。近頃の空の旅客は、この素朴な現象に気付いているかどうかは知らないが、自分は、高山植物採集や冬のスケートで用があった六甲山頂からも、スミスと同様な経験が得られるかしらと思いながら、ついそのままに過ごしてしまった。この現象はなにもポオの怪しげな幾何学原理に拠るものではない。実は大気の密度が上空へかけて薄らいでいる結果、反射光線が屈折して起るので、風呂に浸っている時、お湯を通して見る湯槽のふしがせり上っているのと同じわけである。

　馬込の衣巻省三の近くに、以前倉田百三が住んでいたという家があった。ここへ越してきた萩原朔太郎をおとずれた日、彼は初対面の私を二階へ招じ上げた。室生犀星が、「おどろいたね、萩原は宛のない原稿をせっせと書いているよ」と云ったあの二階だが、朔太郎はその時『詩の原理』を書き直していたらしいのである。――白秋が歩くうしろから鴉が従いて行くとか、彼が部屋に居ると軒端から雀が頭を下げて覗き込むそうだとかいう話を私に聞かせてから、朔太郎は、近頃凝っているという立体カメラとその附属品を持ち出した。二、三の見本を覗かせて、「面白いことを見付けたよ」と云って、口に銜えた巻煙草をべたべたに濡らしながら、二枚続きの小さな写真を左右あべこべにして、スライド枠に嵌めた。山を背にした神社を真正面から撮ったものだったが、いまのように入れかえて覗いてみると、うしろの山並が廂のようにせり出し、その向うに社殿があり、更に遠方に鳥居があり、つい眼の前の参詣道の石だたみが一等奥へひっ込んでしまうのだった。配置はそのままで、只奥行だけが裏返しになっている。前々からあるpseudoscopeを知らないのだとすれば、これは確かに朔太郎の新発見である。私もめずらしく思って、即席のロバチェフスキー空間の実験のような気がしたのである。

名古屋の「作家」同人の野川友喜君が、先頃私の作品について書いた文章中に、歌わざるオルゴールという表現があった。これは明治末年に売り出され、戦前まであった巻煙草「エアシップ」五十本入り丸缶を云う。アルプスの山岳や赤屋根のバンガローが散在する斜面を縫って、形さまざまの飛行機や飛行船が飛び交うている意匠なので、野川君は「沈黙のオルゴール」に喩えたのであろう。ところで、その愉しい風景画が円筒の外側をぐるりとひと旋りしているパノラマだから、これも相反する曲率の並存ということになる。又、あの日、萩原さんが私に遠近顚倒を見せようとして、あわてふためいた恰好で写真を左右に取り変えながら、ぐしゃぐしゃに唾で濡らして口元から落してしまったのは、「朝日」であった。この朝日二十本入り袋の意匠の旭日は、よく見ると、かすみ型の向こうにあるのでなく、山桜を嵌め込んだ雲形の手前まではみ出している。云い換えると、二見ケ浦の日の出が、恰も夫婦岩を股にかけて行われているような事態になっている。

ゴヤの絵にあるマヤ夫人のように、ソファに寝そべっている裸女の脇腹はどうであろう？　ここには極めて優美なロバチェフスキー面が織出されている。何故なら、その脇腹のなだらかな起伏の上に一点をきめて、これを中心にぐるっとコンパスを廻すならば、円周率を上廻りする円が描ける筈であるからだ。もしも三角形ならば、内角の和は二直角に不足する。彼女に両股をひらかせ、その中心部からふとももにかけてコンパスを廻したならば、この円の面積は、ちょうど蓮の葉の直径と周辺との関係に倣って、同じ半径の正規の円のそれに較べて遥かに広いものでなければならない。しかし、選集『ヰタ・マキニカリス』を編成した頃、私はここまではっきりと事柄が判っていなかった。自分の文章にロバチェフスキーが出てくるのは、未だやっと戦後の話である。

3

兼常清佐氏のすすめで、私は二十世紀宇宙論の執筆に取りかかったが、この仕事の半ばに、鶴見海岸のいすゞ自動車工場へ徴用された。その最初の日、私は襟元や肱の部分が光っている黒サージの上着に、人に借りた古ズボン、このいでたちに便所用の竹皮草履をひっかけて出頭したが、やがて新らしい工員服とズック靴が与えられ、食事も保証されたから、まことに危機一髪で救われたわけである。宇宙論に関するノート類は、十年近い間の巣になっていた牛込横寺町の数学塾に残してあったが、あの界隈が火の海になった夜はちょうど鶴見から帰っていた時で、危うく焼失をまぬがれた。この嵩高い風呂敷包みをかかえて、戦後にうろうろしていた時に、たまたま鷺宮の一隅にロゴス大学の看板を掲げて、地方青年相手の哲学科学講座を出していた上田光雄によって、身柄をひろわれることになった。名義は天文学部主任である。昭和二十一年十二月のことであった。赤屋根洋館の二階に一室を当てがわれて、宇宙論の続きに取りかかることになったが、この折、階下の主人が参考書として、ガモフ博士の『不思議国のトムキンス』を貸してくれたのだった。

科学者のあいだには、それが未だ確定したわけでもないのに、原理だとか法則だとか名をつける癖がある。ホイル（英、天文学者）によると、それは「伝統に重味をつけるためだ」そうである。では彼らの奥歯に物が挟まったような云い方も、それに準じるのであろうか？　私には次のような理由がそこにあるように思われる。即ち、気取っているのか、（自信欠如）誤解を惧れて用心しているのか、気が利かなすぎるのか（つまり頭の悪さ）あるいは事柄が本人にもよく呑みこめていないせいか、この四つである。今日までどの本をあけても、「カーヴが背反している」「正負の曲率をそなえている」とあるだけで、何とも釈然とし得なかった消息が、ガモフ博士の率直な云い方と、一種飄逸の趣きがある自筆の挿絵とによって、いっぺんに氷解した。

「ロバチェフスキー面」とは何のことはない。両側に山をひかえた峠なのである。この鞍状空間は私には特に印象的である。あれは中学二年の夏で、場所は垂水の奥であった。そういう地形が更に極端化された、つまりVの字にひらいた指の股に当る部分へ、私は植物採集胴乱を背に一友をうしろにしたがえて、下方の谷間から匍い上っていた。いまひと息で登り切ろうとした矢先に、芝山の茂みをおしひろげる物凄い音が頭上に起って、右側の高所からイノシシがこちらめがけて一直線に、怖ろしいスピードで降りて来たのだった。あわてる暇もなかった。友だちを巻添えに、風を起して当方も頭を下に谷間へ突ッ込んだ。実は、薪の束を順々に落している現場へ行き合わしたわけであるが、あのまま気を失えば、それはショック死であったろうとあとで思ったくらいの驚愕であった。

峠とは山並の最も低い所につけられた横断路である。そこでは凹と凸とが直角に組み合わされている。もしこういう地勢が開墾されて、杉の苗が一様に植わっていたとすれば、ある半径の円内にある苗は平地にある同じ半径の円内にかぞえられる苗よりも数が多い筈である。ガモフ博士は別な著書で、鞍状空間を次のように説明している。「もし当方が物質にみちみちているならば、そこにはリーマン曲率が形成される。物質が向こうの方に多量に存する場合には、空間はロバチェフスキー的とならざるを得ない」と。この曲率というものを具体的に頭に浮べようとするには、磁石を考えよ。磁石の磁場のようなものがそこに生じているのだと思えばよい。このように教えてくれたのはアインシュタインの「空間の屈折」を、自らの率ゆる英国日蝕観測隊員と共に確認し得たアーサー・エディントンである。モグラの堤をはじめ、畑のうねや山や谷があるけれど、ひっくるめて地球の面という大彎曲の中に解消しているように、宇宙は、各所に無数の星雲団を持っていても、その全体としてはリーマン的に、あるいはロバチェフスキー的に展開していることであろう。膨脹宇宙論に依ると、遠方へ行けば行くほど天体に詰っていることになる。ついに限界に達すると、たとえば月ほどの面積を取上げても、その中に無量の星雲が存在すると云う。

　私は愛宕山へは未だ登ったことがないが、この京都の西北隅に聳えている標高千メートル弱の山の上に立つと、向う側に大江山の主峯や伯耆の大山が見える。それより先に丹波の山々が重り合っているのに、こちらが吸い込まれそうな気がすると。此処には、気分的なロバチェフスキー空間が織り出されているのだ、と考えてよかろう。又、「年を取ると、遠くへ去ったものはいよいよ近くに、間近に迫ったことはますます遠くへ結びつけられる」（中山義秀）これは心理的な双曲線空間である。西洋の宗教画に、天がひらいてそこに諸聖者が群がっているのがあるが、これは一種のロバチェフスキー的技法である。ちょうど日本画で、霞の棚の上に遠景を順次に載っけるのと同じやり方だ。私は子供の頃、絵巻物などで見る御殿の部屋々々の枡目が先へ行くほどひらいているのに、これは遠近法を知っていないな、と思ったものだが、実は日本画独特の立体表現法だったわけである。西本願寺の大広間上段まんなかに、狩野探幽筆で、張良が四賢人を案内して幼ない恵帝に拝謁している壁画がある。その前を離れるほどに画中の人物が浮き上がってくることで有名であるが、これがやはり平行線が先方へ拡がるように描かれている。これに似たことが、しばしばＴＶの野球放送で起っている。手前にいる捕手よりもマウンド上の投手の方が大きく、そのピッチャーよりも、ぼやけてはいるが外野席の観客の方が大きいのである。

ガモフ博士の絵解きにもとづいて、負数空間の箇所を訂正、『宇宙論入門』の原稿は印刷に廻されることになった。序文をお願いするために、私は東大天文学教室に鏑木政岐博士をたずねた。自分は旧知の辻光之助博士を煩わして、鏑木氏を紹介して貰ったのである。辻氏の専門は子午線天文学で、鏑木氏の方は銀河宇宙だったからである。二度目に出掛けた時、鏑木博士は、先に手渡したゲラ刷を読んだからであろう、彼は、「飯倉一丁目がそうなっていますか、へーエ」と感心したように云った。すると彼は東大出ではなかったのだろうか。麻布飯倉の天文台について、かつて辻博士が私に次のように聞かせていた。「天文科も二年になり、初めて実地観測に当ることになって、先輩から道順を教えられましたが、彼はこう云うのです。虎の門から行くと電車は飯倉三丁目から登りになって、三田行はプラスの曲面を登り切ってすぐ下って行くが、君が乗った六本木行は坂上から右へ曲って、マイナスの曲率面を再び登ることになる。つまり天文台への道は、ハイパラボリックパラボロイドの曲面に置かれているわけだ」

4

次に自分の非ユークリッド幾何学入門の顚末について――

それは遠い大陸の一角で、三勇士が爆薬筒を小わきに敵の鉄条網へ躍り込む数時間前のことであった。昭和七年二月十二日の夜も十二時をすぎて、私は一少年と肩を組んで、冷たいレモン形の月の下、おそろしく凍てついた坂路を影法師と共に、明石の北郊から町の方へ帰っていた。われわれは町の背後の高台にあるさる別荘へ夕方から招待されたのであったが、私はひとりでウィスキー一本をあけてしまったくらいだから、そんな時刻になったわけだ。

少年は、三年生までの半ズボン制度を脱して、やっとロングパンツになったばかりの中学生であったが、学課とは別に、ひとりで解析幾何に凝って、日曜日でも雨戸をとざして蠟燭の明りの下で計算用紙に向っていた。ピタゴラスの定理や「三体問題」が折に触れて彼の方から口に出され、私も我流で相手になることが出来た。しかし自分は、リーマンもロバチェフスキーも彼の前に持ち出さなかった。藪蛇の惧れがあったからだ。あとで彼が遺した日記帳を披いて、そこに私の数学癖に対する相当に、辛辣な批評を見付け、これ以上何が出てくるかも知れないと、青い革表紙のついた日記帳を、そのまま風呂の焚口へほうり込んでしまったのだった。彼との友誼は一年八カ月しか続かなかった。正確には二月に始まり、夏休みを挟んで十一月中旬までであって、あとは彼の病床への日々の見舞ということになっている。

昭和八年もすでに九月に入っていた。その頃私は、町の西外れにある浄土宗のお寺の庫裡に寝泊りして、夕方にはいったんステーション近くの我家へ顔を出し、改めて少し東へ隔たった少年の許をたずねる例であった。彼は兵庫県もずっと奥の西脇に父と弟と三人で暮してきたが、今は、私の住いの裏手にあって、以前には無数の巨きな紅玉を秋の日射しに光らせる石榴の木があった家の離れの二階から、高台のずっと向こうの県立中学校へ通学していた。その「石榴の家」は、彼の早くに亡くなった母の里であった。ところで昭和七年の秋、運動会から間もない日の午後おそく、疲れて帰って風呂から上がったとたんに喀血した。そのまま一カ月半を床に就き、年が改まってから、町の東方の真空地帯になった旧街道すじに、錠をかけたままになっていた持家へ移ったのだった。

彼がまだ丈夫だった頃、私はいっしょにこの蜘蛛の巣だらけの空家に赴いて、ぬりごめ窓の付いた薄暗い、天井の低い二階で、埃まみれの長持をあけて、色褪せてはいるがそれぞれに黒や茜や紫の下げ緒のついた刀を選んで、その中の数本を持ってきたことがある。鰻の寝床の呼名通りの細長い古家の、中庭に面した奥の間で、彼は傭い婆さんと二人で日を送っていた。庭の向うには納屋があって、そこを抜けると元は窯場であった空地があった。その先は老松がならんだ海岸の堤防である。維新のさいに禄を失った家臣らは茶碗焼に転業したと聞いているが、少年の祖先もまた此処で茶碗や瓦を焼いていたのである。私は小学生の頃、毎日この家の前を通って、少し東寄りにある謡の先生の許へ仕舞の稽古にかよっていたが、その途次に、こんな家々の表の格子越しに、廻転している轆轤を覗き込んだことを憶えている。いまはその家は置き去りにされて、田舎からたまにお父さんが見舞にやってくる以外は、訪れる者はお医者と私だけであった。

縁側に晩夏の夕日が射していた。板敷の一端に置かれた本棚から、五、六冊がくずれ落ちているのを直そうとして、私は内田老鶴圃の出版カタログを見付けた。冊子の頁を繰っているうちに、梶島二郎著『非ゆうくりつど幾何学』が眼にとまった。ちょうどこの時、病床から声がかかって、「星座を憶えることについてはどんな意見か」とたずねられた。「日記をつけるのと同じで、どうということもなかろう」と答えたことをよく憶えている。待望の非ユークリッド幾何学の本にめぐり合ったことは、別に飛び付く思いでもなかった。そのうち出版元へ葉書を出してみようという程度であった。

お寺では私は毎日、風呂焚きを受持っていた。これが水道栓をひねるの、スイッチを入れるのというのでない。まず釣瓶を上下させて深い井戸から汲み上げたのを一回ずつバケツで運ばねばならないのだった。次に裏の墓地から運ばれて積上げてある樒や供華の束を焚口へくべるが、枯草だから、十束や二十束燃したところでらちはあかない。二、三時間は附き切りなのだ。ある午後、湯かげんを見るために何回目かに裏口を出てみると、そこの黒光りのした広縁の上に、A2型、白クロース張、天金の『非ゆうくりつど幾何学』がほうり出されているでないか！

表紙の麻布は少しよごれていたが、学術書特有のがっちりした造本にはゆるぎもなかった。和尚が檀家廻りの途中でこの本を見付けたのだと解釈した。彼は白樺びいきで、且つ柳宗悦ばりの民芸品に凝っていたから、古物商の店先に注意するならわしだった。きょうはからずも歩きながら視線を向けた屑屋の表に、そこに投げ出されていた古本の束の中に、かねて名前を聞いていた非ユークリッドを見付けて、どんなものだろうという好奇心を起して、手を出したものに相違なかった。私がかつて数学少年のために買って贈った訳本『カジョリー初等数学史』が、他の見覚えがある数十冊の数学書と共に、駅前横丁の古本屋の棚に並んでいるのを見付けたことがあるが、この非ユークリッドも、そのような、故人の処理品のように思われた。和尚の弟がやはりはたちそこそこで亡くなっていたが、彼が生前に下手くそな墨の字で、時間、空間、永遠、真理などと書き付けた小形の屏風が残っていた。「あの年頃にはこんなことを云うのが好きなものやが、それが申し合わしたように成っとらんわい」と和尚は洩らしていた。

和尚は本を片手にして帰ってくるなり、当分は外気と日光に晒して消毒するつもりで、縁側へほうり出したのに相違なかった。しかし古皿や徳利などとは異って、平行線定理の疑問から誕生した新幾何学の解説書など、いったん手にして凡そどんなものか見当がつくと、あとは用の無いものになる。和尚はいつだったか、私の手から天文年鑑を取上げ、パラパラと頁を繰ってから、「天文学とは淋しいもんだな」と嗟嘆しながら返したことがある。総クロース張の数学書はおのずから私の所有に帰した。和尚はとうとう一度も手にしなかったのである。少年は既に前年の十一月下旬に、即ち彼が床に就いてから丸一年と三日目に亡くなっていたのだから、私は、この本はひょっとして故人の手引きなのかも知れないと思うのであった。

「追跡の曲線」というのは、一定直線gにそうて一方へ動いている者がある時、その線外の一点から、例えば犬なり猫なりが先方を捕えようとして追っかける場合に、この追跡者によって描かれる曲線kのことである。漸近線gから見ると、kは、「牽引線」（トラクトリックス）である。「曲線k上ノ動点PガkニHウテ原点カラ無限大ノ距離ヲ行ク場合ニ、Pカラノ距離ガ無限小トナル様ナ定直線gガ存在スル時、gヲkノ漸近線ト云ウ。コレハ無限遠デノ接線トシテ定義スルコトモ出来ル」（広辞苑）

次に「懸垂線」（カテナリ）とは、糸の両端を固定し、中間を自由にたれ下げた時に糸の形作る曲線を云う。格子塔によって支えられた高圧線、電車道の架線、胸の紐飾りがそれである。このカテナリに鎖を巻きつけ、このまんなかの原点からある条件の下に左右へ徐々に解きほぐして行かれるものと仮定すると、そこには互いに反対方向へ向うそれぞれの追跡の曲線が得られる。

懸垂線の中心点から左右へ無限遠に向って走っているkを、gを軸として回転させると、旧式蓄音機のラッパを二つ、向い合わせにくっつけたようなものが出来る。——鉛筆を削ろうとする時には、指先に力を入れてナイフの刃をくいこませ、次に鉛筆の芯とは接線的に持って行こうとするから、そこにはおのずからの追跡線が描かれる。だから、鉛筆をまんなかから両方へ細長く丁寧に削り上げたような形だと云っても差支えない。これが「ベルトラミの擬球」で、ロバチェフスキー面のユークリッド的模型である。但し、先のラッパの吹き口が無限遠に届いているように、この鉛筆も限りなく長いのである。

こんな工作に鉛筆削りを使うことは無用である。それでは只の円錐になってしまう。是非とも丸軸の鉛筆のまんなかにすじをつけ、これをさかいに互いに反対側に向かって、ナイフか切出しかで、滑らかな表面を保ちながら削って行く必要がある。私には、ベルトラミが鉛筆を削っている時に、彼の奇妙な魚釣りのウキのような数学模型を思い付いたもののような気がしてならない。元よりそこには無理がある。即ちkに直角な方向は閉じている。一周することが出来るから、この部分はリーマン面である。しかしkにそうた方向は、無限遠におけるgとの接線であるから、「直線外ノ一点ヲ通ル平行線ハ二本カ、或ハ無数ニ引クコトガ出来ル。ソレラハ先ノ直線ニ交ルカ、交ラナイカデアル」を示している。

——梶島氏の好著の中では、まずこの「擬球」pseudosphere の説明が面白かった。又、単楕円の模型「メービウスの帯」（表裏のない面）は原始オブジェと云うべきであった。「ケッサリーの仮説とルジャルドルの定理」の一章は、例えば神戸三宮の山ぎわの塔のような家に住んで、昼間も部屋を真暗にして蠟燭の下で能面の研究に余念のないバチェラーが、ある日の客を前に説く題目のように思われた。それで私は短篇『フェヴァリット』の中に取り入れたが、いまになって気がつくと、この小説に出てくる「私」は小学生である。次のような断りが必要である。「たびたびタイタスさんの口に出るので、題目だけは頭にこびりついてしまったが、その内容については、たぶん大学へ上がるようになってから習うと聞いている微分積分に近いものだろうと思うより他はなかった」

　こうして、三、四年が経過した。小学一年の二学期から向う二十五年間にわたって馴染んできた海峡の町明石に訣別を告げた日にも、唯一の持物として『非ゆうくりつど幾何学』が残っていた。最後の上京の第一日に、まず下北沢におたずねした萩原さんを前に、早速「擬球」を語ってみたが、彼には理屈などはどうでもよいらしく、「擬球とは面白いね。これは本の題に使われるよ。久しぶりに新宿へでもお伴しようか」

　朔太郎にはこういう類いが好きそうでいて、どうもいま一歩の憾みがあった。卓上用ハーシェル＝ニュートン式反射望遠鏡について明石から知らせてやった時にも、（期待に反して）「それよりか僕は室内のベッドに横たわっていて、窓を通して遠くで遊んでいる子供たちが見えるようなのが一つほしい」と興醒しの返事をくれたにすぎない。恩地孝四郎は我国のアブストラクトの先駆だということになっている。この画家が描いた挿絵を萩原は自著に使用して、「これがつまり陽根で、これが精液を表わしている。こちらは胎内だ」などと私の前で得意げに説明してくれたことである。「生粋な日本前衛絵画は、竹久夢二の精神面を受け継いだ恩地が、大正三年九月に出した版画詩集月映をもって嚆矢とする。東郷青児はこの辺の影響を受けたのである」そうでもあろうが、私は恩地の絵は前時代的な象徴趣味を出でず、二十世紀の抽象には到らないものだと信じている。それはなおジャン・コクトーの絵が呪符の一種であって、シュールレアリスムでないのと一般である。

　明石時代にもう一冊、同名の『非ゆうくりつど幾何学』というやや厚目の本を、私は持っていた。共立社の目録で見付けて注文して届いたが、頁に赤インキで数ヵ所のアンダーラインがあったので、別なのと取換えて貰ったのであった。内容は非ユークリッド幾何学の其後における分岐を取扱ったもので、ボリアイやロバチェフスキーは出てこない。その代りに図形や数学模型の写真がふんだんに挟まれていた。私はこの本によって、「絶対円」だの、「クレモナ変換」だの、「リー氏高等球幾何学」だのの概念を教えられ、アインシュタインの次のような言を思い合わした。「自分は、いわゆる数学ぎらいが彼の無能に依るのかどうか甚だ疑問に思っている」

特に「線球変換」(Linear-sphere complex)の発見者S・リーが、ヘルムホルツと同じようにおしまいに自殺したとあったことの上に、多大の文学的興味を掻き立てられた。リーマンがn箇の幾何学が可能だと発表した時、その数はしかし有限であることを注意したのがリーで、それによってアインシュタインが、リーマン的幾何学を自らの理論の台に応用したのだった。Lieとは何と洒落た名前であろうか！　このノルウェーの数学者について、自分はいま少し詳しいことが知りたかった。

しかしどっちかと云うと、私は梶島氏の基礎的な、含蓄の深い記述の方に、より多く心を惹かれていた。二千年間疑われてきた平行線定理が、ついに十九世紀中葉になって、ヨハン・ボリアイ、ニコライ・ロバチェフスキー、ベルンハルト・リーマンらに依って書き換えられるに到った顚末は、その経過を一応辿ってみるだけでもまさに懦夫をして起たしめるものがあった。私はこの片仮名横書き、西洋びらきの本を懐ろに突っこんで、牛込横寺町の、松井須磨子ゆかりの旧芸術倶楽部に隣合った飯塚縄のれんで、焼酎をひっかけていた。「この本があれば怖いものはない」など口に出すので、「それはどういうわけか」と衣巻省三が質問したことがある。人間の抽象能力について一席ぶとうとして、つい面倒臭くなり、「純粋理性批判っていうのをキミは知っているだろう」とまでしか返事が出来なかった。一月か二月のおそろしく寒い夜更けに、『非ゆうくりっど幾何学』を懐ろに酔払って、馬込の衣巻省三宅の門前に辿りついたまま、そこにぶっ倒れて明方まで眠ってしまったことがあった。自分は日中戦争が始まった頃から昭和二十五年の節分に京都へ移る迄、足かけ十五年間を夜具なしに過ごしてきて、この間の事柄を「尼乾陀」あるいは「自餓外道」の題で書いてみたいと思っていたくらいだが、それでも戸外に寝たというのは、(本など身につけて持ち廻ったことと合わせて)あの時が一回きりである。

しかしこの夜懐ろにしていたのは明石以来の本でなかった。自分も同人に加入していた「カルトブランシュ」の若い連中が、私が余りに吹聴するものだから、神田の古本屋の棚に見付け出し、無量光寺の和尚と同様に持てあまして、灰皿と枕しかない私の畳の上に置いて行ったものなのである。ところがこのたった一冊の数学書が、五十銭か一円の抵当としてしょっちゅう質屋へ出入し始めたから、それが煩わしくなって、折を見て人にくれてしまった。入れ代って、神戸の旧友が、「もう大丈夫だと思うからお預りの品を返そう」と云って、小さな革ケイスを小包で送ってきた。この革箱は初めはどこかの芸者の持物であった筈である。彼女が、小鼓の皮の二組分を、しらべの緒を付けたまま収まるように自ら設計して、作らせたものらしい。これが質流れとして私の父の手に入り、最初の持主と同じ用向きに使われていた。自分の明石脱出の折の唯一の荷物で、なかには数冊のノートと、丸めた原稿と、梶島本の『非ゆうくりつど幾何学』がはいっていた。十年振りに我手に帰ってきた革箱の中には、しかし数学書はなく、ノートと原稿があったばかりだった。父のかたみの鼓ケイスは、それから間もなく、昭和二十年四月十五日の夜半の空襲に、法正寺墓畔の東京高等数学塾の建物と共に灰になってしまった。この古い館のあるじの八十三になる老数学者は、かつて陸士で蔣介石を教えたことがあるそうで、梶島二郎氏のこともよく知っていた。関口台町の反骨の士だという話であった。

5

——「息子よ、新発見というものは春の菫のように各所に萌え出ずるものであるから、早くおんみの今回の着想を発表するように」

これは、ハンガリーの若い陸軍士官、ヨハン・ボリアイに対する彼の父の手紙の中の文句として、梶島本の中で憶えているものである。ボリアイはロバチェフスキーと時を同じうして、「双曲線的空間」の存在に気付いたのである。ボリアイがどんな風貌の人であるかは知ることが出来なかったが、帝政ロシアの官服の幅広い襟の下に勲章をつけたロバチェフスキーの肖像は梶島本に載っていた。Lovachevskyの綴りに幾通りもあることも記されていた。数年前のアメリカーナ誌に、先にサイエンティフィックアメリカン所載のガモフ博士の文章が再録され、モダンコスモロギーの功績者として、アインシュタイン、ド・ジッター、ルメートル、リーマンと並んで、ロバチェフスキーのポートレートが出ていた。Bernarda Brysonという人が描いたペン画である。ロバチェフスキーは此処でも胸元に三箇の勲章を光らせ、山猫のような眼ざしで一方を睥睨していた。この高邁の気が私にエベレスト・ガロアを連想させた。我がニコライ・ロバチェフスキーも、運命的な決闘に追い込まれて、短かい生涯を終えたように思われて仕方がないのだった。

本当は彼は十八世紀末（一七九三）に下級官吏の息子として生れ、二十三歳で母校のカザン大学の教授になり、あとでは同大学の総長になった。この時期に、若いトルストイがカザン大学東洋語科に在学していた（一八四四―四七）。ロバチェフスキーの新学説は、彼の三十五、六歳の頃（一八二九―三〇）に発表されたが、誰も顧る者はなかった。死後（一八五六）になって、初めて「幾何学のコペルニクス」の栄誉を与えられることになった。ある時、外国の名士がカザン大学視察にやってきたが、案内役の門番らしい男が実によく大学の隅々まで知っていることに感服して、別れぎわにいくらかのチップを手渡そうとしたところ、憤然として拒絶された。その門番がロバチェフスキー総長だったのである。

ソビエトのルーニク3号が初めてもたらした月の裏面の写真に、ソビエッキー山脈の左側に「ロバチェフスキー」という地名が与えられている。しかしこれに先立つ約四十年前、このロシア人の名を初めて日本の文学の中に取入れたのが野川隆であることを忘れてはならない。従来のユークリッドを「抛物線的幾何学」リーマンのそれを「楕円的幾何学」ボリアイ及びロバチェフスキーのそれを「双曲線的幾何学」と名付けたのは、リーの親友のクラインである。彼が二十三歳の時、エルランゲン大学就任挨拶の講演のために大急ぎで取りまとめたのが、有名な『エルランゲン目録』である。これによってあらゆる幾何学には、整然とした系譜が与えられることになった。此処にペンを擱こうとして気付いたが、あらゆる仕立屋さんもまた、常にプラス、ゼロ、マイナスの曲率が付いた面積を向うに廻して、型紙と鋏とミシンを武器にして格闘しているのであるまいか?

僕の〝ユリーカ〟

緒言　彼らはいかにあったか

僕は大阪城の天主閣内、郷土博物館に陳列されている天体観測器具を見たことがあります。江戸中期に「大阪派」と呼ばれた学術グループ、すなわち、麻田、間（はざま）、高橋の諸家に使用されていた器械ですが、たとえば金属製円筒が只の突きぬけで、そこにレンズが嵌っていないことを、僕は甚だ奇異に受取ったものです。師匠の麻田剛立は自らレンズを磨いています。又、彼の高弟の間重富は、金属鏡を用いたグレゴリー式反射鏡を作っていますが、これらは公には出来ないことでした。望遠鏡は光学兵器として、幕府によって厳重に取締られていたからです。それに考えてみると、日本の天文学は、何も宇宙探究などを名目にしたものでなく、暦法修正を目標に発達してきたので、天球面における恒星の子牛線通過及び日月蝕の測定以上に出る必要はなかったわけです。だから、その視野にたてに数本の細線を渡した窺管で事は足りました。覗き管の内部に井の字の視準糸（レチクル）を入れたのは、アマチュア天文家の八代将軍吉宗です。この測午儀にはレンズがはいっていた筈で、視野に十字を入れた天体望遠鏡の舶来に先立つ十数年前のお話です。しかし、西洋の古い木版画やエッチングで見受けますが、円錐帽をかむった天文博士が、魔法道具めく累積中に埋もれて、窓から天外へ筒口を向けている情景があります。これなんかも、ガリレオ以前の話だとすれば、レンズなどそこに付いていませんでした。一般には象限儀すなわち円を四等分した、たてになった扇形の目盛で、この外縁にそうて移動する小孔を中心点から覗くようにしたものです。ここに要求されるのは観測技術の熟達でした。ハレー彗星で有名なエドマンド・ハレーは、昔流の観測法を検討するために、イギリス王立学会の命を受けて、ダンチヒの保守観測家ヘーベルの許へ派遣されました。「一体、レンズ付き観測器具が実際の役に立つのだろうか」というわけで、議論に勝負がつかなかった折のことです。当時の望遠鏡は、色収差が除かれていない、極めて不完全な代物であったからです。望遠鏡を初めて作り上げたガリレオだって、土星の環を、土星の耳としてしか捉えることが出来ませんでした。

　星を仰ぎながら歩いていて、空井戸に落っこちたミレトス生れのターレスのお話は、みんなが知っています。「肝腎の足許に気がつかない」と云って、彼は笑いものになったというのです。しかし、いやしくもギリシァ七賢の一人ともあろう人士が、洗濯婆さんのそしりなどは受けなかった筈です。「偉いもんだ！　われわれの配慮は身の周りを出ないのに、先生は、広い、高い、星々の世界を究めようとなさっている」と云って、驚嘆の的になったというのが、真相ではないでしょうか？

　シバの女王から去って、櫓の上にこもったバルタザールだって、ターレスと同様に、素目で星の研究に耽った筈です。なにもご両所に限りません。天文家はたれでも、渾天儀、窺管、象限儀があれば、それで十分に間に合ったのです。彼らは宇宙の構造についてどんなに考えていたのでしょう？　ターレスは、「大地はずっと先まで平らかで、水に浮んでいる」と申しました。「水に浮ぶくらいならば、凧のように空中にひっかかっていても差支えない」とつけ加えたのが、アナクサゴラスです。この範囲の意見なら別に異とするに当りませんが、大昔に事があって、南の方は果実がよく実り人口も稠密になった、その重味によって大地が南へ傾斜してしまった、それで天の中心（北極星のある処）が北へずれたのだとか、二箇のお椀のように互いにかぶさり合った天の半球の継目が不完全なので、その隙間から外側の光が洩れているのが即ち天の河であるとか、あの仄白い光の帯は実は太陽の通る道であるとか、――こういう想像を逞しうしたのは、むしろ例外の天文学者だったのでしょう。彼らがそのうちに観測器械を取揃えて、独立した天文台のあるじになったとしても、この種のロマンチックな天文学者はせいぜい、コロンブスの船出にそなえて航海暦を編み、かつ運河沿いの美しい都市ニュールンベルグにドイツ最初の天文台を建てたレギオ・モンタヌス、即ちヨハン・ミュラー辺りでおしまいになります。では、あの版画などに見る中世の天文学者たちは何であるかとの問いが出るかも知れません。童話の天文博士は、僕らが子供の頃に観た、ジョルジュ・メリエス作の「月世界旅行」のフィルムにも残っていましたが、あの種の天文学者は画家の誇張だ、とするのが澁澤龍彦君です。当時の天文学者は天体観測の傍らに、星占いと錬金術に従事していたので、そこにつけ込んで、あんな魔法的な雰囲気が導入されたのだと。

さてレギオ・モンタヌスからは約一世紀下ります。月面の見事な火口（クレイタ）にその名をとどめているティコ・ブラーエまで持ってきましょう。彼はコペルニクスの死後三年目にデンマークに生れました。当時の研究心旺盛な人士にならって、彼も星占いと錬金術に凝っていました。ある時、大彗星を占って、「これはトルコの王様が亡くなる前兆だ」と予言したところ、当の君主はすでに他界していたことが判って、大味噌をつけました。多少はしょげて錬金術に励んでいたところ、たまたまカシオペイア座に出現した新星が彼をおどろかせ、元のように星追いにカムバックさせることになりました。今度はしかし星占いでありません。コペルニクスの新説にも耳を藉さず、ギリシァ゠アラビアの天文学を鵜呑みにもせず、ひたすらに実地観測に当ってみようと彼は決心したのです。その熱心さがデンマーク王フレデリック二世に買われて、ティコは北海にフヴェン島という小さな島を貰い、ここにウラニボルグという天文台を造営することになりました。やがて王様の代が変って、ティコが莫大な観測資料を背負って諸国流浪に出なければならなくなった時、ちょうどボヘミアのアドルフ二世の請があって、彼はプラーグへ招かれました。ちょうどこの頃、オーストリアのグラーツの州立学校の教授であったヨハン・

ケプラーが、新教徒だとの理由で椅子を追われ、ティコの許に逃げてきて、計算助手に傭われました。「正多面体は五種類に限る」という幾何学上の定理を太陽系内の五つの惑星に結びつけたことで、ケプラーは有名でした。即ち諸惑星の配置は、正四面体、正六面体、正八面体、正十二面体、正二十面体と順次ひろがって行く割合と同じだと云うのです。この折の立体図形の計算法は微分の萌芽だと云われています。それで、ティコもガリレオも、ケプラーのことはよく知っていました。

ティコの十六年間にわたったデータを前にして、さすがのケプラーも手も足も出ませんでした。二年後に先生は重い病いの床に就き、再起不能を知ってケプラーを枕辺に呼びました。自分の観測材料を元として惑星運動を解明する表を作り、恩人ボヘミア王を記念して、それにアドフィンテーブルと名をつけて貰うように、くれぐれも依頼して亡くなりました。十七世紀第一年の十一月のことです。

ケプラー以外にも、ティコが残した資料に手をつけた人がいましたが、天動説上の惑星運動とティコの観測結果は一致しないので、これはティコの腕のまずさだと勝手にきめて、仕事を打ちやってしまいました。それから約二百年経って、ヘルムホルツがいろいろと生理学的実験をやって、肉眼で識別される星の位置は、角度にして三十秒の限界に置かれていることを注意しました。お月様の直径は約半度ですから、これによって想像して下さい。しかしティコの記載は二十五秒の程度でそれぞれに決められています。このすばらしさをケプラーは見抜きました。ティコ及びケプラーはガリレオと同時代ですから、彼らに望遠鏡への野心はなかったのであろうか、と疑われます。ティコは生涯、天動説を棄てなかった保守派で、自らの観測技術には自信を持っていましたから、「いったい、レンズを通して初めて見えるものを星と名付けてよいかどうか」の立場にあったようです。ケプラーの方は貧乏でレンズが買えなかったのであろう、と僕は思っていました。ところが其後、野尻抱影氏が教えてくれたところによると、ケプラーは実は生れつき視力が薄弱だったのだそうです。しかしこの事情が彼をして望遠鏡に走らしめる代りに、大先輩の遺した火星観測の資料を正しく評価し、綿密な統計処理をこれに施して、「惑星運動三法則」を発見させることになりました。まず「惑星ハ太陽ヲ焦点トスル楕円軌道ヲ描ク」が発表され、「太陽カラ惑星ニ至ル直線ハ等時間ニ等面積ヲ描ク」は、師の没後八年目に、「惑星ノ公転周期ノ自乗ト楕円ノ長軸ノ三乗トノ比ハ、各惑星ニツイテ同値デアル」が更に十年後に公表されました。彼は数学及び天文学をチュービンゲンの神学校で習ったのですが、これにはどうしてもアストロジー（占星術）が附きまとわないわけに行きませんでした。そこで、ザクセン公の年金が不渡手形だったり戦争が起ったりして困った時には、自ら星占いを編み込んだ暦を作って売って、生活費に当てました。そんなことから彼の老母が、当時欧州を吹き荒れていた魔女狩りの飛ばっちりを受けて、嫌疑を蒙り、すったもんだの末に釈放されるという事件があり、貧窮と失望のうちに、ヨハン・ケプラーは五十年弱の一生を終えました。

月島のすぐ沖を巨きなアカエイが泳いでいたとか、隅田川をシラスの大群が遡っているとか伝えられていた頃のことです。何しろ外国からの資料は絶え、文献は疎開させ、先生がたは山奥に姿を消しました。天文台の円屋根には黒白だんだらの迷彩が施され、大型の機械やレンズは地下室に移され、こうして広大な構内には少数の人々が留守居して、小さな望遠鏡で細々と仕事を続けていた時期こそ、微光星観測家にとってはこたえられぬものがあったそうです。何故って全関東平野の空には透明度が高まり、月の無い夜は文字通りの真の闇なのですから。

観測家の仕事は少なくとも五年、長い仕事になると生涯かかっても足りません。続けているうちに、最初のプランはそっちのけ、観測そのものの面白さに夢中になってしまいます。外出すると帽子や傘を置き忘れたり、受持区域にあってすら鏡筒の蓋を取らなかったり、ドームの窓をあけるのを失念したりして、そのつどに「星が見えぬ見えぬ」と大騒ぎをする……アメリカのブラウンが二十年間、月の動きと取組んで、運動方程式をサイン、コサインの級数として解いたのも、元々いえばその仕事が面白くて面白くて堪らなかったからに相違ありません。四十年以前のある秋の日の午後、三鷹村東京天文台の一室の大テーブルの上に、大きな、ひとかかえもある、赤いクロース張の表紙の本が積み上げてありました。その一等上の一冊を取りおろしてページをひらいた途端、僕は、経緯度の碁盤縞を、まるで砂をぶち撒いたように真黒に蔽うている大小の点々にびっくりしたものです。有名な「ボンの星表」であったらしいことが、あとで判りました。ベートーヴェンの生地、ボン天文台長のアルゲランダーは、毎晩、晴れだったら望遠鏡に取りついて、予定の位置に筒口を向けると、星を一つ見てその赤経と赤緯と光度とを、下方の部屋にひかえている弟子に伝える。シェーンフェルト助手はそれを書き留める。こんなことを十二年間続けて、都合324196箇の星を記入したカタログを作り上げました。シェーンフェルトがあとを継いで、続く十五年間に120000箇を加えました。(星は全天で、素目では八千三百箇、双眼鏡では五万箇、望遠鏡を用いると約一億箇捉ります。理論的には一千億箇です)

南半球では、アルゼンチンのコルドバ天文台のトームが、二十三年かかって、南天総ざらい490000箇を書き入れた星の戸籍簿を仕上げました。アルゲランダーからトームまで五十八年間で、仕事は一九〇六年(明治三九)に片付いています。

三人で百万箇も取扱うとなると、どうしても精度について満足だとは云えません。それで別に、全世界二十一カ所の天文台協力の下に、全天に選んだ三十万箇の位置を出来るだけ正確に捉えようとの企てが、一八六三年に始められて、一九〇五年に完了しています。

第三回目は普仏戦争後(一八八七)、パリで天文学者国際会議をひらいて、写真測量が定められました。全天を虱つぶしに撮影して、そのおびただしい乾板の中から数千の星像を選び取って、一つ一つ顕微鏡下に測定して行こうとの申し合せです。それからは半世紀以上経ちましたが、この仕事は未だ完成していません。

アメリカは大望遠鏡を自慢にしていますが、「子午線望遠鏡」になると、いまだにレンズの直径八吋以上のものが作れないのだそうです。というのは、望遠鏡自体の重みによる微細な歪みをも惧れなければならないからです。先に述べた三十万箇の恒星を記入したＡＧ星表は、アウエルスが当座のプログラムとして提案したものでしたが、彼はその時、子午線天文学のために、百箇の標準星を書き入れたＦＫ表をも企画しました。第一次大戦後、ドイツを除いた国際天文会議で、アメリカは、万国共通の標準星表として「アイケルバーカー星表」を用いることを提案し、イギリスはしぶしぶながらこれに賛成しましたが、このアングロサクソン系の目録は、ワシントン及び喜望峰天文台の観測のみに拠ったもので、十年足らずのうちに果して欠点が指摘されました。各国は国暦編纂のために、再びＦＫ星表を採用するに到りました。もっともこれまでに、ドイツの編暦局では絶えず各国の子午線観測の成果に眼を配っていて、一九三六年になるとＦＫ表の改訂三版が出来上がりました。当初からは約百年の歳月が経過しています。一方、ワシントンの海軍天文台では、「ニューカム星表」を元にして黄道帯星表を作製していましたが、ＦＫ３のことを聞くに及んで、在ベルリン米大使館に電話をかけ、辞を低うしてＦＫ３の草稿を貸して貰うように手配をしました。これに基いて再計算に取りかかり、それが終った頃に両国は二度目の交戦状態にはいったのです。第二次大戦後アメリカは、天頂群についてはしっかりした星表を作っていましたが、全天的標準星表としては、いまでは全世界がＦＫ３を使用しています。（以上、子午線天文学に関する部分は、東京天文台の辻光之助博士に教えて頂きました）

ティコの天の城には、印刷局まで備わっていました。銅版画に残っている彼のラボラトリーは、まるでお伽噺の魔法館です。主人のティコの鼻がまた銀細工の鼻でした。これは決闘で本当の鼻を殺がれたことによるのでした。しかも、その災難の日は、彼が占星学上から定めていた厄日だったのだそうです。事の起りは数学上の議論とか、女出入りとか。彼の天文台の入口には、「こはウラニアへの門出なり。低き憂いは蔑（さげ）しまる」と彫りつけてあったと云いますから、真相は案外、地上的ウラニアの方にあったのかも知れません。

ケプラーは、自身でアストロロジャーとアストロノマーとを兼ねていました。星占いはともかくとして、天文学及び天文学者への憧れは、何人の少年時代にもあった筈です。天文学的一群は、世俗的事柄とは没交渉で、だからこそ、非人間的な題目の上にも没頭出来るというものです。その点、天文学者はどこか芸術家と共通しています。二十世紀最大の数学者とも云われているヒルベルトは、ある時、人から「彼はどうして数学者にならずに、詩人になってしまったのでしょうか」と訊ねられて、「たぶん数学者になるには想像力が欠けていたのでしょう」と答えたと云います。もともとギリシア人は、数学的な美しさに惹かれて「楕円」を研究したのでしょうが、それは一千年後に、ケプラーによって天体運動を説明する基台に利用されました。非ユークリッド幾何学の発見者らも、ただ純粋数学上の興味によって、彼らの地上のものならぬ幾何学を組織した筈です。しかもその特殊幾何学は約五十年を経て続々と提供された近代的宇宙模型の上に重大な役割をつとめることになりました。凡そ現世的な事柄に対して、常に不幸な、かつきわめて贅沢な関係に置かれているのでなければ、何人も、ある対象を一般人とは全く別様に眺めるなどいうことは出来ません。ましてそれを美的に、抽象的に、それともアイロニカリーに表現するなんて思いもよらない話でしょう。この作業に携わるための資格としては、世俗的な意味における貧しさと寂寥、一般現実性への失格、迎合的な自己再編成への断念等々が要請されます。こうして自ら悲惨でないための手段は、さしあたり芸術に没頭することです。しかし、現実としての芸術の営みは、その長所よりもむしろ欠点の方が目立ち易い。これに我慢出来なくて彼らは、敢て自ら選んだ「人なき道」にあっても、詩歌にはたよらないで、数学的記号を採用したのだと考えられます。気取り即ちダンディのたねとして数学ほどに恰好なものは他にありません。日蝕観測隊員を載せて一路南へ南へ走っている軍艦「春日」の中で、みんなの談話にも玉突きにも加わることなく、只一人、甲板上を行ったり来たりしながら時々ポケットから対数表を出して調べている外国学者など、貴女は素敵だとは思いませんか。数学は、このように世間をして容易に接近せしめないための防塁なのです。

天体を相手にするのは、各自の選択及び決意性にもとづくことであり、これによって彼は、天文学以外の諸可能性を排除して、あえて自身を宿命の下に置きます。日常性に対して虚無的であるほど人は童話の天文学者になりがちです。シバの女王から去ったバルタザールが櫓にこもって、星の研究に耽るではありませんか！　でも彼は、以後では、酒盃など手にしなかったことでしょう。

　近代では喫煙が加わりますが、天文学者がワインやシガーを嗜むようでは、それこそ沽券にかかわるというものです。真の選手たちにあっては、空虚との格闘が限界状況に達していて、これがために、彼らは慰安を必要としません。「時に親しい友とブリッジに興じることがある」なども、彼が未だ本当に抽象的ではない証拠です。ところで、バートランド・ラッセル曰く、「数学とは、それがいったい何事を語っているのか、お互いの云うところが果して真であるかどうかも判っていないところの学問である」また現代における指導的数学者のひとりワイルに依ると、「数学とは無限を研究する科学である」

　ここに初めて、息抜きのために、彼らには占星術の十二宮図（ホロスコープ）が必要だったのでないでしょうか。星占いは天文学の消極面です。けれども一般芸術が、その長所よりもむしろ短所にもとづいて命脈を保ってきたように、天文学の近代的有効性は、天文学の中世的閑暇を基礎としているものに相違ありません。

　ウィリアム・ハーシェルは、自ら会得した鏡みがきのこつは公開しないで、注文に応じて大小の反射鏡を作っては、売って儲けました。事の起りは彼が十八歳の時、軍楽隊の楽士として十年戦争に従軍、一夜、塹壕から星の夜ぞらを見上げたのがきっかけです。戦場から脱走して、教会のオルガン奏きをやりながら、数学と天文学とを勉強しました。望遠鏡を買うお金がないので、止むを得ずに錫銅合金の円盤を磨いて鏡を作り、我流の反射鏡を組立てたのでした。これが評判になって、次から次へと注文客が付くようになったわけです。ある時、妹のカロリンと共に大型反射鏡で見付けた新彗星と思われるものが、第七惑星天王星の発見になりました。ジョージ三世は、二十五年前の戦線放棄の罪を赦したばかりか、もはやアルバイトをしなくてもよい恩典を与えました。そうなるとハーシェル卿は、おしかける紳士淑女のお客様にそなえて、雨天用の銀紙細工の土星や木星を遠い木立の梢に用意しなければなりませんでした。紙製の土星と天王星には、主人が本物の土星と天王星の上に発見した衛星が、それぞれに二箇くっつけられていました。

　ラランドは、水星及び彗星の運動、各惑星間の摂動の値を計算したので有名です。彼の名誉『天文学通論』に対して、我が江戸幕府の天文方高橋至時（よしとき）がおどろくべき判読振りを示しました。寛政十年の月蝕に予告とは半刻の差が起ったので至時は自らの学力の不足を感じ、ラランドのオランダ訳九冊二千九百四十三頁に取組み、半年間に読破して、『西暦管見』十一冊を書き上げ、四十年後の天保暦作成の基礎にしたのです。ところで高名なフランス天文家ラランドは、「わたしは猫が好きだ。何とかして猫を星座の中に加えてやってくれ」と云って、自ら「猫座」を設けました。彼は他にも、「彗星番人メシエ」なんて、お伽劇の登場人物のような星座も作っています。もっとも、この二つの新星座は現今では取り消されています。

　至時の先生の麻田剛立は九州の杵築藩の典医でした。殿様が暇をくれそうにありませんでしたから、自ら藩を抜け出して大阪に出て、本町三丁目で医者をしながら、独立独行に天文暦法を究めました。彼はお弟子らの月謝の包み紙に酒肴料とあると、必ずその金で魚を買い、決して他の用向きには費いませんでした。

現行の海豚座にヨブの柩という可愛らしい菱形があります。これを形成している四箇の星のうちの二箇を、それぞれに「スロアキン」及び「ロドネヴ」と申します。一体何のことだろうと考え悩んだ人がありましたが、実は人名なのです。それもイタリアの天文学者で、小遊星第一号の発見者ピアジーのお弟子 Nicholus Vendor を引き離して、綴りを逆にしたものです。小遊星と云えば、国際天文学連盟ベルリン中央計算局のシェトラッケ博士、この人は小遊星部門の委員長でもありますが、彼は身長四呎（フィート）の小男だそうです。これは、渋谷の五島プラネタリウムの草下英明君に教わったのです。

僕の少年時代に、『ミラの秘密』という連続冒険映画がありました。これに少し遅れて、表現派フィルム『アルゴール』が来ました。そのどちらかに、氷河の盛上りのような、地獄の針の山そっくりの星の世界が出てきました。中米のマヤ族が、捕虜の生肝を供えて拝んでいた死神とは、他ならぬ蠍座のアンタレスだったと申します。しかし無気味さの点では、鯨座で赤く光り出したり薄れたりしているミラ星ではないでしょうか。ペルセウス座の妖星アルゴールについて、その変光が先方のぐるりを旋っている別な暗黒星の食によると予言したのは、グドリクという唖でつんぼのアマチュア天文家でした。ミラは、これより約半世紀前に、ダヴィド・ファブリチウスが注意して変光星観測の端緒を作りました。

ファブリチウスはケプラーと同時代のドイツの牧師で、お医者を兼ね、占星術でも有名でした。彼もティコ・ブラーエの場合に似て、自ら占って外出しないことにきめていた凶日に、思わぬ用事が出来てちょっと外へ出て歩いていた時に、他人の鋤で以て頭を割られて殺されてしまいました。彼が教会で訓戒を与えた農夫の逆恨みを買ったので、五月七日のことです。こんな宿命を背負うているせいか、僕は、広袖の服を着たファブリチウスが、象限儀を背にして坐っている版画を見ると、あのイギリスの子供たちが十一月五日に歌い囃しながら焼くという奇怪な藁人形のことを思い合わします。火薬事件の首謀ガイ・フォークスです。僕が西洋演劇通であったならば、このQの感じを持つものの系譜を云い当てられることでしょう。いまは只、旧来のお芝居味がたっぷりに残っていた初期の劇フィルムに、ファブリチウス的な人物がよく立現われたことが指摘されるだけです。聖書に出てくる魔法遣いシモンが余りに古代だというのならば、肖像画に残っているデカルトなんか、十分にQの雰囲気です。このQとは、ある人の意見に依ると、quixotism でもあるが、同時に「耳無し鼠」あるいは「尻尾を生やした玉子」なのだそうです。カタロニア風の衣裳を纏って、香油で固めたネズミ髭を撥ね上げて画架に向っている我がサルヴァドール・ダリもまた、Q派のおん大将だと云わねばなりません。

女性は各時代を通じてのスターです。もとより何事を持ちかけても受け容れてくれる彼女たちの深淵的な優しさに、それは依るものでしょう。ところで天文学はいったい人気があるのか、ないのか？　しかし僕には、疾くに廃れているようで一向にそうでないのが天文学であり、これが最後まで残るような気がしてなりません。では一種の人気をいつも持ち続けているのかと云うと、そうではない。「そりゃ君、余りに天文学的だよ」「何しろあいつは天を相手にしておればいいんだから」などは何処でも耳にする言葉です。ところでこちらの相手はお星様であるだけに、何事をおっかぶせようと、女性と同じに、先方は一向に汚染を蒙りません。だから申します。「地上の星を花と云い、御空の花を星と云う」

　天文学は女性と相ならんで、幻想を托すのに最も手頃な相手です。女性は曾て十年間にわたるトロイ攻防戦の元になりましたが、天文学がそれにも劣らぬ夢の台であることは、古代、中世、近世、現代を通じて少しも変りません。ティコ・ブラーエの天の城が、フレデリック二世のための占星術研究を名目にしていたように、二十世紀のアメリカの諸天文台も、星占いに気があるウォール街族の寄進に俟つものが多いと云われています。現にあちらで、星占い欄が無い新聞は二つぐらいだそうです。

　出資者というものは、いつの世でもニューヨークの相場師と似たり寄ったりのものではないでしょうか。古典音楽だってもともと云えば、当時の貴族たちが食事の折に聴くために、お抱えの作曲者に作らせたのが残っているまでの話です。物々しい題目よりか、星占のためだと云っておく方が気が利いているのかも知れませんね。ともかく金力に任して、装置でも人材でも世界中から選り抜くことが出来るので、アメリカ天文学は世界最優位だということになっています。天文台経営にはお金がかかります。だから、これが国家の見栄だとか、個人や団体の宣伝に利用されがちなことは当り前で、従って大天文学者と云われる程の者には、何処かに山師的な、それとも土木監督の大ボスと云った面影があると云うのも、嘘ではないでしょう。何故かと云うと、まずお金を引出すことが上手でなければならない。途方もない大工事を貫徹する意志とねばりを備えていなければならないからです。

それに、天文学とはもともと極めて曖昧な学問だということも考えてみる必要があります。浅見者流を踊らせて世間を瞞着するために、更に識者の関心を促すために、天文学ほどに適当なものは他にありません。これがまた、人工衛星と月ロケットとを唯一の内容とする宇宙馬鹿輩出の所以にもなっています。——で、志願者の多い方面はあきらめなければならぬ学生が、天文学に志すということも、大いに有り得るでしょう。教室に生徒が五、六名しか居ないような部門ならば、ここに飛び込みさえすればともかく大丈夫であろうからです。十年二十年と辛抱を続けるならば、親きょうだいが安堵する程度には、世間に名を売ることが出来ます。研究と云ったところで、ある仮定の下にデータを集めて、それを整理すればよい。材料は他から提供してくれます。観測の結果について並べられている数字を見ると、怖い気もするが、こんなものはなんでもない。平均を見ればよいのだから。「スペクトル線の偏倚による遠方天体の距離測定には二十五パーセントの狂いを覚悟しなければならない」僕がハッブル博士の著書で憶えていた処を、東大天文学教室の鏑木博士に向って改めてうかがってみたところ、「五十パーセントまでは覚悟する必要がある」との返事でした。七桁以上の数値については素人はとかくむつかしく考えがちだが、最初の二、三桁を四捨五入して、あとは0の連続で差支えなし！ さてデータを元に、順送りに表を作ってみる。晩酌のあととでも云うような機嫌の良い折に、それらのノートを眺めていたら、なんとか考えが纏まろうというものです。それがつまらない事柄であったところが、一般にとってはちんぷんかんぷんです。何しろ、論戦を交わしている敵も身方も共に大学者だと世間では思い込んでいるのですから、心配無用です。編暦にしても只組合せの手間で、内容なんか無いと云えば、まあそんなものでもあります。禁酒禁煙は理想論であって、実際問題としてはそうも行きますまい。モーツァルトは、作曲のための条件をゲーテから質問されて、「程良いごちそうの夕食後の散策」を挙げています。Z項で有名な木村栄博士は、晩酌と宝生流の謡曲を愉しんでおられたと聞いています。天文学には、このように何か無政府的性格があります。神経質でもいい、やりッ放しでもいい。只欠くことの出来ないのは根気でしょう。これが貿易で巨富を作り、自ら極東に関する著述を書いたローウェル氏が、アリゾナに天文台を経営して火星学の権威となった所以です。フーカの寄附した大反射鏡が、第三次宇宙の星雲界を発見したり、毎朝夜明けに屋根に登って手持望遠鏡で東天を覗いている人が、数日後には、世界じゅうの新聞に、新彗星発見者として伝えられるのも、同じ事情に依っています。――この辺で持ち出さないと折を失いそうなので、例のガリレオの“eppur si muove”（それでも地球は廻っている）にちょっと触れておきたいと思います。

彼は、故郷のピサ及びパドワの大学で数学と物理学を講義していました。手製の望遠鏡で発見したところを書いた『星界の使者』に対して、聖書の解説とは相容れぬという非難が起ったのです。ガリレオが教会の意見を求めたので、法王庁は審査を始めました。「いかがわしく思われる用語が二、三あるが、それは善意に解し得られる」というのでした。ガリレオは更にローマに乗り込んで、あらゆる手蔓にたよって自家の意見を通そうと運動を始めたのです。折から彼の潮汐問題に関する論文が刊行され、その説が他人の著作の中に取り入れられるようになってきたので、法王庁は根本的に調査しなければならなくなり、まず太陽が世界の中心であるかどうかについて、二十四名の神学者らが審査討議した結果、パウロ五世は、「ガリレオを召喚してその説を棄てるように忠告せよ。棄てられないと云うなら、公証人の前で、地動説をとなえることを差控える旨を約束させよ。でなければ投獄されるであろう。その旨を通達すべし」と命令しました。ガリレオは承服を約束しましたが、この審査の件が反対党に利用されるところとなったので、彼は事の真相を明らかにした証明書を請い受けました。パウロ五世は彼を引見して、「足下の志の純正は承知している。今後反対者から難題を持ちかけられるようなことがあっても、心配するに及ばない。自分が保証するから」と慰めた。

五、六年後、彼の弟子が、彗星に関する論争に掛り合いになりましたが、この折に自分の書いた本が好評を博したので、ガリレオは時節到来とばかり再びローマに出て、公然と地動説を説き出しました。教会側はこれを見過していましたが、ガリレオはその後六年あまりかかって本を書き、その出版許可を求めるためにローマへ出向きました。書籍の監督官リッカルディ司教は原稿を見て、十四年前の約束がいっこう守られていないことを知りました。で、「コペルニクス説は科学上の一家言に過ぎぬこと」「トレミーの天動説に反対しているのは対人的立論にすぎないこと」を、序文乃至結論中に明記させることにし、校正刷にはこちらが眼を通すことをも承知させました。ガリレオはフィレンツェへ帰るなり、同地で印刷することを許されたいと願い出ました。それが拒絶されたので、今度はトスカナ大公を通して再び願い出ました。それで一切は、フィレンツェの宗教裁判に委任されることになりました。『世界についての二大体系たるトレミー説とコペルニクス説とに関する問答』は公刊されました。それにはフィレンツェの裁判官や司教代理の許可のみか、リッカルディ司教認可と麗々しく記入してあります。先の条件は一つも果されていません。司教も教皇も一杯くわされたと思えば快くありません。ガリレオは宗教裁判へ出頭を命じられました。彼はフィレンツェにおいて審査されるように運動しました。第二召喚状に対しては、健康問題を口実に延期を願い出ました。年の終りに、教皇ウルバヌス八世は医者と検察官をつかわし、身体の具合が悪いのなら延期を許す、でなければ綱にかけても引致する旨を、フィレンツェの判事にまで通告させました。

翌一六三三年二月、ガリレオはトスカナ公の乗物でローマに着いて、トスカナ大使の邸宅に入りました。訊問開始になって聖務所内へ移されましたが、審問の結果ガリレオは、「地動説は只仮定として述べたまでだ」と答えましたが、審査に当った神学者らは三人とも、ガリレオがその著述中に地動説をはっきり断言していると認めることに一致し、判事もそれを是認しました。ガリレオは続いて、コペルニクス説を真理だと信じていない旨を答えました。「しかし貴下の著作は明らかに、その反対を物語っている。ありのままを白状なさい。でないと拷問に掛けられますぞ」（これはガリレオがあくまで否定するので、教皇の明らかな命令に背かないために、只のおどかしに止まった、とヴァチカン図書館に保存されている一件書類に見える）

ガリレオはしかし、自らの善意を主張して止みません。異端者とは断定出来ないが、嫌疑は争われないというので、①著作『問答』は公に禁止すること。②著者は監禁さるべきこと。③向う三年間にわたって、毎週一回ずつ懺悔の詩篇を読むこと。以上の判決文を読み聞かせられてから、ガリレオは署名しました。この時、彼が片足で床を蹴り、「でもやはり動いている」もしもそんなことを呟いたならば、判事の前で宣誓を破ったことになります。この言葉は十八世紀以来の作り事だ、というのが真相でしょう。

ガリレオは、その翌日からトスカナ公の邸に住いを移し、月末にはシェナの友人の司教の館に転居して、五カ月間は貴紳らに慰められました。あとではフィレンツェ近郊アルチェトリの自宅に帰ることを許されて、友人や弟子らに取り囲まれました。健康をそこね、失明してからも数学問題に取組み、『新科学対話』を書き、信仰上の務めも守って、一六四二年一月八日に教皇の祝福の下に世を去りました。七十八歳です。

一三七七年に、フランスのリジュウの司教ニコラ・オレスムは、シャルル五世の請いに応じて、アリストテレスの『天と世界』を翻訳したが、その註釈中に地球の日周運動を説いた箇所があり、これが、コペルニクスの先駆だと見られている。

コペルニクスその人も紫衣をまとった司教であって、ローマ教会の参事会員として、祭典のための暦法研究から天文学へ足を踏み入れた。彼の『諸天体運動の仮定に関する註解』は冊子に刷られ、又、ヴァチカン宮で講演された。その後ショーンベルヒ僧正の勧めがあって、六十七歳になって漸く主著『天体の運動に就いて』のペンを執り、彼はこの校正刷を胸に抱いたまま世を去ったのであるが、この晩年の所説についてはさすがの出版担当者も、「この仮定は只計算上、観測に裏付けられたならそれで十分なのである」との一句を序文中に加えねばならなかった。しかし公刊されてからも殆ど問題にされなかった。七十余年後、ガリレオ事件が発生するに及んで、即ち一六一六年になって、初めてコペルニクスの著作は禁止された。

ガリレオの歿後二年目、一六四四年に、ドイツのローマ教会枢機卿で人文学派の碩学ニコラス・デ・クースは、アリストタルクスを読んで感心し、地動説を述べた一書を刊行した。教皇エウゼニウス四世は、個人としてはその説に賛成していたと伝えられている。

もし教会がなかったら、ギリシァ＝ローマについての知識は、埃及のピラミッド程度のものであったろうと云われている。ゲルマン族やサラセン人の侵入の前に、教会の坊様連が古い本を守ったことを指している。だから、トレミー宇宙系を修正しようとしたのはむしろローマ教会側であり、地動説に反対したのは新教側だと云えぬこともないわけである。ルーテルはコペルニクスに対して、「大馬鹿野郎が天と地をあべこべにしようとしている」と云ったし、その弟子らは「猿の道化芝居だ」と云って嘲笑している。たまたま新教徒のとなえる聖書の自由研究熱がイタリアへはいろうとし、警戒されている矢先であった為に、ガリレオ事件は意外に大きくなってしまった。ケプラーが書いた『コペルニクス天文概念』は、長崎の通詞の本木良永が寛政五年に訳出した『星術本源太陽窮理了解説』の原本に当るものであるが、この地動説が祟ってケプラーは、新教徒だとの理由で椅子を追われ、プラーグのティコの許まで逃げ出さねばならなかった。ガリレオがやはり、「ケプラーは新教徒だ」というので、その惑星運動の法則を顧みなかった。当時の地動説は未だきわめて不完全なものであった。それは、ティコ、ケプラー、ニュートンを経て次第に固められ、一方、トレミー説は薄れてしまったのである。

現代は芸術家が職人に見え、学者が技師の印象を与えている時代です。云い換えると、技術が指導的な位置にのし上って、基礎的なものが閑却されているということです。ですから、純粋なアストロノームと云えば、どうしてもコペルニクス以前まで遡らねばなりません。といって、アレキサンドリア学派や、そのあとを継いだアラビアの天文家らにはわれわれは不案内です。で、ひとつ赤い円錐帽をかむって古塔の上で天測器具に取付いている人物に、モダン・アストロスコープを与えることにしましょう。

ケプラーは貧乏のために望遠鏡が買えなかったのでないかと、僕は思っていましたが、考えてみると、望遠鏡の接眼部に凸レンズを用いることに思い付いたのは彼です。生れ付き視力が薄弱であっただけに、望遠鏡を大いに利用したであろうことも、また十分に考え得られます。蛇遣い座の蛇つかいの足許近くに、赤くちらついているアンタレスの左側に、「ケプラーの星」というのがあります。この名称は、一六〇四年の九月三十日を皮きりに、ケプラーが十五カ月にわたって観測を続けて、「銀河の星雲物質の凝固して成ったもの」と解釈したことによっています。現在は只強烈な電波を発する暗黒星として残っているばかりですが、これなんかは望遠鏡によって捉えられたものに相違ありません。ともかく僕は、ひだ襟付きの服を纏ったケプラー教授が、コンパス片手に天球儀と相対している絵を見てからは、彼をして望遠鏡を覗かせないでおられなくなりました。というのも、この肖像画に心を惹かれるのは何故だろうと考えて、それは暗色の背景の前に立っている彼の、いずれかの瞼に火星の赤い反映が読み取れるからだ、と気付いたからです。

勿論それは只の複製写真版なので、カラーではありません。けれどもいったん今のような理由をつけてみると十七世紀初頭のある夜半、一心に望遠鏡で火星を覗いていたであろう、彼の片方のまぶたに射している天外からの赤い翳りが覚えられ、僕はそこに、遠い遠い未来に向って瞳を凝らしている大天文学者の面目を感じないではおられませんでした。実は、卓上用のニュートン＝ハーシェル式の反射鏡でしたが、僕はこの玩具に近いメガネでお月様を覗いている少女の傍らに立っていたことがあります。白塗の円筒内に射し込む月光が底部の凹面鏡に反映して、その光束が上縁近くに取付けられたプリズムに当るように、自分は鏡筒を支える役目をつとめていたわけです。場所が物干場でしたから、望遠鏡は絶えず細かく震動しています。それに彼女ったら、のし上がって、片膝をテーブルの上に載っけているのでしたから、この不安定な姿勢は彼女をしてともすると鏡筒につかまろうとさせます。どうしても傍に立って筒を正しい位置に保っていなければなりません。二十四万哩の天外からやってきて、小さな抛物面で折り返された物柔らかな光束は、更に豆プリズムによって曲げられ、彼女の右眼の瞼に幻燈のようなまんまるい影を落して、普段は全く気付かなかった一面の細かな雀斑を照らし出していました。おや、こんなものがあったかな、と僕は思ったものです。

――この青い光束を、こんどは赤い翳りに置きかえようというわけです。その同じ赤い反映は、ティコ・ブラーエが遺した観測記録の一枚一枚にも染み込んでいた筈です。何故って彼は、三百年後のイタリアのスキャパレリーの火星に関する論文をいち早く仏訳して、世界中のアマチュア天文家間に火星観測の気運を促した功績者であるからです。この折、只の溝の意に用いられていたcanalが、英訳では、人工運河と間違えられてしまいました。ルーメンという超人が、ワーテルロー会戦の当日に、地球から光速度を超えて飛び去りながら、眼下に縮まって行く戦場にあって、飛び交うている砲弾が砲身にまで逆戻りし、敵味方は共に砂塵を立ててあとずさりして行くのを眺めた。(ウェリントン将軍もナポレオンも昔に帰って、おしまいにそれぞれお母さんのお腹の中へ納まってしまう) これはフラマリオンの別な著書の中に書いてあります。また彼には、人間の皮膚で装釘した本があるのだそうです。フラマリオンのファンだった一貴婦人が亡くなる前に、どうか自分の膚を貴著の表紙に使って下さいと遺言したことに依ります。その数は五冊だったと聞いていますから、彼女の全身の皮膚を使ったわけでないことが判ります。ではどの部分だったのか? お臀に決まっているじゃありませんか。こんな話は別として、フラマリオンが漸く勃興しかけていた心霊学に深い関心を寄せていたことや、ルーメンの体験談などを顧みる時に、僕は、彼のまぶたの上にもまた、天来の赤いかげりを与えたくなるのです。

天文学者にはどこかに山師的なものがほのめいているにしても、彼らにおける夜々は、確かに、僕がケプラーの肖像画に覚えたような、澄徹した三昧境にあったことでしょう。このための条件としては、先にも述べたように、ある種の人生的不幸です。内務大臣で、宮中顧問官であり、おべっかと裏切で侯爵をかち得て、「無限を扱う数学者のくせに、無限小の政治の仕事を持ち込んだ愚物だ」とののしられたラプラスとても、彼の惑星潮汐論に関する限りでは、そうは云えない筈です。キケロ訳のアトラスの天文詩にもとづいて、ローマの貴婦人のあいだでは豪華なタペストリーに星座を刺繍することが流行したと言います。――サラセン好みの宮廷の塔上から夜毎に月世界へ望遠鏡を向けて、先方の山々にキリスト教聖者たちの名をつけたゼスイット会のファン・ラングルニュ、更に詳細な月面図を企てて、アルプス、アペニン、コーカサス等の名称を先方に与えたダンチヒのヨハネス・ヘヴェリウス、天の城のあるじのティコ・ブラーエ、これらの人々は、疑いもなく、星模様の緞帳の彼方に畏怖すべき或者を凝視したものに相違ありません。近代では、周期千九百年の大彗星を発見したドナチがいます。これは舞台がイタリアであったせいか、僕には映画『カリガリ博士』に出てきた奇怪な町が連想されます。僕はある時、天文年鑑を披いていて、各国の彗星発見者が申し合わしたように夭折していることを知って、不思議な気持に襲われました。しかしそれは当方の誤りでした。つまり彼らがスカイハントに従事した期間を以って、彼らの生涯だと早合点したことに依るのでした。そうは言いながらも、京大天文学科助手の佐々木哲夫氏は、長いあいだ迷子になっていたフィンレー彗星の帰来をいち早くキャッチして、日本最初の彗星発見者としてその名を「フィンレー＝ササキ彗星」の上にとどめましたが、当人はその翌年に亡くなっています。同じ京大天文台の中村要氏は、名観測家でかつ天体写真のヴェテランでしたが、ある夜何を思ったのか自ら縊れてしまいました。いつだったかマレー方面に出張した日本の日蝕観測隊は理想的な写真を撮りましたが、次回の皆既日蝕の折には、先の一行中での残存者は早乙女博士只一人だったように記憶しています。これらは一体何事でしょう。初めて望遠鏡を天体に向けたガリレオの晩年の失明と合わせて、すべてこれらは、許されざる界域を敢て窺ったがための懲罰でしょうか？　僕は次のようにみたいのです。天文学者のある者には、常人が夢にも知らない遼遠な消息に触れることがあるのだと。――そういうわけだから、もしも彼らの生涯が何かオッドな、不幸な、孤立したものだと考える者がいたとすれば、それは飛んでもないことだ。天文学者らがそれを意識していたかどうかは別として、ともかくある恵まれた短時間中にあっては、未来的な、言説に絶した或物への凝視のために、彼らの心境は澄んで、悠々たるものがあったのでなければならない。「それは偉い学者か哲人の耳にしか聞えない」とピタゴラス派が言っている天体の諧音を、彼らは聴いたのです。ケプラーは生涯アストロロジーを離れることが出来ませんでしたが、現代の天文学者にとっては、星占いは方便だと考えられている筈です。しかし天体が地球上の各人の運勢に影響しないということは、影響するということと合わせて、何人にも証明不可能です。僕は只、占星家にしても天文学者にしても、それらの中のある者は確かに天体の音楽を聴いていたのだ、と信じる者であります。こんな意味の天文学者の中に、長野県諏訪町の床屋さんで、流星及び変光星の観測家でもある五味一明氏、広島県でお百姓をしながら新彗星を発見した本田実氏らも加わっていることは云う迄もありません、詩人の尾崎喜八氏が云っておられました。

曾て夜中すぎの紫天鵞絨の円天井にアルゴール星を観測していて、先方の光が近くの四等星ピーくらいに衰えた瞬間、視野に寂寞の気が漲って無情が霧のように拡がる思いがしたと。「関彗星」で有名な関勉氏も、非周期彗星を天涯に見送る時の堪らない悲しさと哀切さについて語っておられました。共に何と羨やましい、素晴らしい経験であることでしょう！

秋になると毎年々々、同じような写真と記事をならべた通俗科学雑誌の天文特輯号が本屋の店頭に出ます。最近には季節に関係のない宇宙趣味が加わったようです。記事はともかくとして、ジョン・W・ウッド氏やチェズリー・ボンステール氏が描くところの精緻なタッチの天体想像画を見て、更にまた、怪物のような大鏡筒がのしかかっている大ドーム内部の写真を前にして、人々は恰も『真夏の夜の夢』に出てくるエルフ宛らに、その辺りに飛び交っている未来たちの翅音を感じます。

東京天文台が麻布飯倉から三鷹へ引越した当初でした。僕はある午後そこを訪れて、一戸方々を案内されてから、構内の片隅にあった小さな円屋根の内部に導かれました。一戸直蔵博士が月を観測していたという屈折望遠鏡が据えられ、円蓋は手動ハンドルによって廻されるようになっていました。僕は手摺りの付いたバルコニーに立って、周囲の木立をわざと払いのけ、その代りに、自分の眼下に、物柔らかな灯影を零した北欧風小都市の夜景を描こうとしたものです。他でもありません。現に立っている場所が、なんだかアンドレーフの『星の世界』の舞台面のような気がしたからです。あのドラマでは、私設天文台の内部における父子の対立が取扱われていました。老天文学者は、久し振りに帰ってきた革命家の息子を前に、次のように云います。「広大な宇宙ではこの瞬間にも多くの世界が生れ、多くの世界が亡んでいる。わたしは単なる地球上の問題なんかに気を配っている暇はないのだ」

——あの日からは既に四十五年。あらゆる童話は意匠化され、すべてのファンタジーは本来の香気を喪失してしまいました。それらはなおウォルト・ディズニーの商品映画におけるような、空々しい贋物でしかあり得ません。しかし、ひとり天文学及び天文台はそうではない！　現今の天文台は、行為への過信からくる空しい残像なんかではなく、確乎としたフォルムに対する絶対的信頼がもたらしたアブストラクトです。此処に出演する俳優らは、すでに「肉眼で追う影」でなくて、写真術と電波による第二次的な影を追跡して、そうして相も変らず彼らの誤差の裡に、実相の怪しき目じるしを索めて彷徨しています。しかしながら、百噸（トン）の大重圧が軸承に加わり、そのため中空になった軸部が水銀槽の中に浮んでいるような鏡筒の操作にあっては、おのずから巨艦の砲塔上の指揮に似たものがあって、そこには、微かな電流の唸りについて、以前には無かった冷酷無比な、ドライな大夢がのさばっています。個人的な題目としては、例えばカール・ツァイス光学機械会社のカタログに見るアマチュア用、円屋根付きのテレスコープなんかどんなものでしょう？　光学機械特有の冷たい匂いが鼻を打って、その非情の夢心地の凝結に対しては、「玩具此処に窮まる」の感を懐かずにおられません。僕らの子供の頃にあったシネマトグラフの「月世界旅行」はムーンロケットの先駆ですが、こういう夢見心地の大展開が、ヘール二百吋反映鏡であり、またカール・ツァイス会社製の豆天文台でもありましょう。

あれは多分、トリック撮影の元祖、技師で俳優で、かつ漫画家で、舞台装置家でもあったジョルジュ・メリエス氏辺りの功績と云うところでしょうが、しかし雄鶏のマークが出たものがあったことを顧みると、パテェ兄弟の作品もまじっていたのかも知れません。僕が憶えているのは、①酔払いがパリの広場から煙突のきれはしに摑まって、月へ向ってフワフワ昇って行く。②天文博士が蝙蝠傘（これは帰途にはパラシュートの代用になります）をたずさえ、特大シャボン玉の内部に坐り込んで出発する。③一団の学者が巨きな砲弾の中へはいって月めがけて射ち出される。以上の三種がありました。ところで、これらの雅致ある着色フィルムは、ポオ、ジュール・ヴェルヌ、ウェルズらによって書かれてきた月世界探検談を受け継ぐものでしょうが、擬科学文芸作品群は、たぶんメトラーやハンゼン教授の説が元になって、全ヨーロッパを風靡した月騒ぎの余波によるものに相違ありません。

明治の終り頃、『パック』という大型二つ折の滑稽絵入り雑誌がステーションで売られていて、汽車旅行者を慰めていましたが、毎年、棚機の七月号とお月見の九月号には、きっとそのページに、目鼻の付いたお星様や笑顔のお月様が見られたものです。いったい人間の顔をした天体など日本の伝統にはなかったのではないでしょうか？　花王石鹼の三日月様はやはり西洋の月ブームの影響だと僕は思っています。ところで此種の流れはそもそもどの辺まで遡られるか？　急にしゃっくりが止まったような、月明りの夜道で不意に声高な話声を聴くような、それとも、気持が妙に浮き浮きすると思ったら向うに満月が差し昇っていたとでも云うような、この変な感じは一体どこから流れ出ているのでしょう？

サモサタのルキアノスの月世界旅行では、当時における世界の涯だった「ヘラクレスの柱」すなわちジブラルタル海峡で、帆船が颶風のために外洋に向かって吹き飛ばされます。それから七日間の蒼穹の旅を続けて、第八日目に舟人らは光り輝く島に上陸します。時代は千年以上降って、ヨハン・ケプラーが書いた月旅行記では、天文学の精霊が月蝕時に出来る円錐形の影の懸橋を利用して、天文学者を月にまで導きます。同趣向の『天使に抱かれての月への飛行』が、一八一三年にジョージ・ファウラーによって書かれているそうです。こんな道中ならば、わずか数分間で先方へ到着してしまいます。貴女は草下英明君を知っておられるでしょう。同君はマラルメの朗吟家で、かつ宮沢賢治の研究家でもあります。「内側の星ぞらよりも外側の真白いドームの方がよっぽど宇宙的に見える」勤め先の渋谷の五島プラネタリウムについて、同君は曾て洩らしましたが、近ごろは『銀河鉄道の夜』の色彩音楽映画化を考えている様子です。このストーリーの着想は、賢治が泊りがけの遠足をやって、山の上で星ぞらを仰いでいた時に、傍にいた彼の生徒が、「天の河の星座を順々に汽車が訪れて行くというのはどうでしょう」と洩らしたのがきっかけだと聞いています。僕はジュール・ヴェルヌの挿絵に、星間をポッポッと煙を吐いて走っている車輪のない移民列車「コロンビアッド」を見たことがあります。さて草下君が云うには、まず最初に少年カンパネルラが溺れる場面は、その河下の地平線上に白鳥座が大きく落ちかかっているように仕組むべきで、つまり小舟から落ちて魚になり、ついで星に化した酔李白の場合のように、ジョバンニは、押し流されて行く友を追って、いつの間にやら銀河の中へ泳ぎ入ってしまう……深味を帯びた濃藍のバックには一面に星々が燦き、天の河は五彩の光の流れで、そのあいだを縫って、透明単色の細長い硝子函をつないだような汽車が駛って行く……。

お馴染のシラノ・ド・ベルジュラックでは、ある満月の晩、パリの郊外からの帰りに、彼は数人の友だちと月明りの夜道を辿りながら、天外に輝くサフラン色の球体について議論するところから始まります。道ばたの人家の内部で時計が九時を打っていました。ある者は「あれは天の明り取りの窓で、自分らは天の向う側に居る至福者たちの栄華のさまを垣間見ているわけだ」と云う。「否、あれはバッカスが経営している酒場の看板に相違ない」と主張する。「そうでない。あれはダイアナがアポロの胸飾りを伸ばす火熨斗だよ」と断言する。他の者は、「あれは、自分の不在中に下界では何事が起っているかと、そーッと孔からこちらを覗いているお日様自身の姿に他ならんさ」と言い張る。シラノは、「そうじゃないね。あれはやはりこの世界と同じようなものに相違ない。先方でもいま頃、この地球を見てそれが一つの世界だと主張する誰かを、その友だちが嘲笑しているかも知れないよ」彼の見解は、一同の反駁を受けて却って強固になります。帰宅すると部屋のテーブルの上に、出した覚えもないカルダンの著述が載っていました。しかもページがひらかれていて、そこは、この本の著者がある晩、蠟燭の光で勉強していると、閉まっている扉を抜けてふたりの丈の高い老人がはいってきたと思うと、「自分らは月の住人である」と告げて姿を消してしまう箇所なのです。このことがきっかけになって、シラノは一夜、沢山な硝子壜の中に夜露を集めます。それらの壜を使って、まるでダリ画伯のオブジェのようなもの、つまり身体じゅうを壜だらけにして待機しました。そのうちに太陽が昇って強く照り出すにつれて、露を吸い寄せ、従って露入り硝子壜をも引きつけることになって、シラノの身体は地面を離れて高く登り出しましたが、その隙に肝腎のお月様が次第に遠のいて行くので、壜のいくつかを毀しました。すると身体はどんどん下降して、「新フランス」即ちカナダのセントローレンス河の入口に着陸しました。そこでこの地に滞在することになりましたが、彼は今度はバネ仕掛でうごく羽根がついた機械を製作して、岩のてっぺんから飛び立ったところ忽ち谷間に顚落した。方々に打撲傷を負うたので、牛の髄を身体じゅうに塗りつけた。それから跡片づけに元の場所へ戻ってみると、ちょうどヨハネ祭の焚火のために伐木にやってきた兵士らが、自分の飛行機を持ち去ったことが判った。機械はケベックの広場で見付かったが、今しも火箭を取付けて飛ばそうとしている時であった。取返そうと両足を踏み入れたとたん、ロケット諸共に雲表高く運ばれてしまった。火薬は燃え尽きて機械は地上指して墜ちて行ったが、不思議にもシラノ自身の上昇は続いている。身体じゅうに塗っていた牛の脂のせいだった。月は折から下弦だったので、このクオーターにはお月様は地上の動物の精気を吸って太るならわしであった。お月様は先方から近付いてきた髄をよし来た！　とばかりに吸い出したのである。一直線に引き寄せられ、月の表面にぶっつかって潰れたのは、しかしシラノでなかった。それは生命の樹の実であった。楽園の林檎の木の枝をへし折って、ベルジュラックの顔は、つぶれた果実の汁だらけになります。

経過がどうも馬鹿々々しいと云うのなら、ポオの『ハンス・プファールという男の冒険』はどうでしょう？　これは地球大気は月にまで連続しているとの仮定の下に、特大軽気球の吊籠の中へはいって出発します。従って途中で、あべこべに月の方へぶら下ることになり、あとは徐ろにガスを抜くだけでよいという旅行法なのです。ポオよりも先に、やはり気球を用いる月探険記（一七九三）が、アトラスという匿名作家によって書かれ、又、ケプラーと同趣向の『天使に抱かれての月への飛行』（一八一三）があることは先刻申し上げました。ところで首尾よく憧れの月面に立ってからはどうなるのか？　シラノにしろ、ロッテルダムの鞴直し職人のハンス君にしろ、古来からの月への旅行者は、目的地到着以後は、どうもその道中ほどに芳しくはないようです。

「月なり火星なり、その他の天体なりへ飛んで行くまではいいが、人間関係がどこ迄もついて廻るのが気に食わない」僕の親しい一青年が、空想科学映画について批評しました。けだし当然であって、天体にも生活があるならば、地球上の経験を先方へ持って行くより他の手はありません。向うを一箇の世界と見立てる限り、地上的通俗を持ってくる以外にどんな方法がありましょう。ましてこの場合は、常に観客の最低線を狙わなければ採算がとれない娯楽映画なのです。そういうわけで、此種の文芸作品にしても、いったん目的地へ到着すると同時に、ひとつに執筆動機でもあるところの寓意と諷刺が俄に露骨になってきます。僕がもしプロデューサーであったら、ケプラーかファブリチウスの一代記を選びます。一夜、星屑に詰った夜空をゆうらりゆうらり大海月（くらげ）のように舞い降りてきた怪物が、円屋根におおい被さり、大蛸に似た触手をやおら観測窓から差し入れて、折から望遠鏡覗きに余念のない天文学者をひっ摑んで、否応なしに月の法廷に召し出し、各遊星の代表者の前で公判にかける場面を、是非とも差挟むつもりです。折柄、月人（ゼレニート）のあいだに戦乱が勃発、被告は危いところで処刑を免れたばかりか、いずれか一方への加担によって、山田長政流の武勲を樹てます。

一八二二年七月十二日は満月の夜になりました。この夜半のことです。東経二十度北緯四十八度と云えば、これは、年輩の人には学校時代に記憶がある筈の、あのナイフで削ると甘い香りのする赤い脆い粉が零れる「コピエル・ロオト」でお馴染のJ・S・ステッドレル鉛筆会社の所在地です。月じるし鉛筆の広告画にあるような、湖水を囲んだ山々が、水面もろともに銀めっきになっていた刻限だったのでしょう。ミュンヘンの天文家グルイトウィゼンは、折しも子午線上に差しかかったまんまるな銀盤に望遠鏡を差し向けて、その中央部、「ヒギヌス条溝」と呼ばれている箇所の傍らに、恰も泥土乃至タール様の物質に半ば埋れた、巨大な、平べったい巻貝の背に似たものを見付けました。早速これが「シュネッケンベルグ」（かたつむり山）として、ドイツの月面図に登録されました。発見者にはそれが古い城塞として解釈されたので、彼は別に、月界の砦及び都市の廃墟の想像図を描いて出版しました。蝸牛山攻防戦のシーンなどはどうでしょうか？

由来、時計工というものは、ホフマン式の童話に好んで取扱われます。それも一つに、時計工の上には何か裏口から悪魔と附合っているような点があるからだ、と僕は考えています。中世の時計工はいわば精密機械工と同意語だったのですから、顧客の難題や自らの趣味のためには、どうしても魔法遣いか悪魔の智慧を借りる必要があったのではないでしょうか。我がペーテル・アンドレァス・ハンゼン氏も時計工で、その傍らデンマーク測量局の助手を務めていました。のちには彼はエルベ河畔の都市に出来た天文台と関係を持つようになり、一八二五年にはゴータ大学に招聘され、続いてゼーベルグ天文台長にまでのし上がりました。彼は先に箒星に関する論文を書いて、パリ学士院賞を貰いましたし、又、月の運動表によって王立天文協会から金メダルを贈られています。先方の専門家が、「観測時の秒読みはどうしていなさるのか」と訊ねたところ、時計工ハンゼンはポケットから紐付きの鉛の玉を取り出し、「この振子で大抵は間に合います」と答えたのだそうです。このような実績があったので、彼は、かたつむり山の発見者フランツ・フォン・グルイトウィゼン教授とならんで、月騒ぎの張本人にされてしまったわけです。

十七世紀の中頃（一六四七）に、ダンチヒのヘヴェリウスは月の地図を公刊して、地球面との類似性を強調しましたが、この時彼は月球の裏側に月の住民（ゼレニート）の遺跡を想像しました。これから百八十年後にグルイトウィゼンは、月面に古い城砦を発見したと信じました。ところが同国人のメトラーは、「ゼレニートの要塞」なんか信じまいとしました。グルイトウィゼンが月世界の要塞と都市の趾の有様を絵にして刊行したのに対し、メトラーは、尾根が互いに交叉している不規則な山々の図面を描いて世に出しました。このために、月人有無がヨーロッパじゅうのどの家の食卓でも盛んに論議されるようになりました。ハンゼンは、月人は居るのかも知れないが、それならきっと月の裏側だと主張しました。この意見は、彼が月の運動の特異性から導き出した「月は球体に非ず」にもとづいています。この仮定の下に彼は超山岳説をとなえました。月は玉子形で、その尖った方を地球に向けていると云うのです。こんな里芋的とんがりは当然月の気圏の上に突出している筈だから、山頂部に空気は無い。すべての水は反対側の半球上に集っている。大気もそこに存し、従って、動、植物、ゼレニートも住んで居るだろう。

再び遡って、十七世紀の前半期に、スペインの宮廷に二十年間ほど仕えて、沢山の月の図を残しているブリッセル生れのラングルニュ、この人がセレノグラフィー即ち月理学の開祖です。続いてダンチヒのヨハネス・ヘヴェリウスが、月の山谷二百五十箇に対して、コペルニクス山だのカスピ海だの、プラトー湖等々の地理的名称をかむせました。更にボロニアの僧リチオリがラングルニュの考えを発展させ、その弟子のグルマンディに到って、初めてあの白銀のメダリオンの表面に記入された古典人名群の基礎が出来上ったのです。その後は名づけ競争になって、天文学者、物理学者、数学者、神話の主人公、アレキサンダー大公、南極にはアムンゼンやスコットの名が用いられ、時には同じ火口に二重に命名されたりしました。一九一三年にはその数は四千八百箇に届き、次に国際天文同盟で整理した時は六千箇。ムーア＝ウィルソン共著の直径七・五メートルの大月面図では、月の山々は三万二千、固有名詞は六七二で、そのうち人名は六〇二です。これじゃ百科辞典的圧力となって、とても彼らのめいめいと膝をまじえて相語ろうというわけにまいりません。ボロニアには、ピサの斜塔をわざと真似たのだという鐘楼が立っているそうですが、これを耳にしたせいか、僕にはその昔のボロニアの月光派の仕事が、なんだか月夜にそそり立った、少し傾斜している塔上で進められていたような気がしてなりません。

花王石鹸は顔石鹸の転化です。明治時代に、それ迄にあった洗濯シャボンと区別するために、そのように呼ばれたのが受け継がれてきているのだそうです。ジョイスの『ユリシーズ』の中に、新らしい清潔なレモン石鹸が、光と香を撒き散らしながら東から昇ってきます。「あたしと彼とはすてきな夫婦、ブルームとこのあたし、彼は地上を輝かし、あたしはお空を磨きます」と歌がはいって、薬種商スウィニイの雀斑顔がレモン石鹼のおもてに現われてきて、「三シリング一ペニイ頂戴いたします」――これはまさにTVコマーシャルの先駆ですが、お月様と石鹼との結び付きは、多分、グリニチ天文台二代目の台長エドマンド・ハレーが、ロンドンのシャボン屋さんに生れた時に始まっているのではないでしょうか？　ハレーとは有名なハレー彗星の発見者のことです。シャボン屋だと云っても彼の生家は大金持でした。天文学研究のための費用はみんなお父さんが出してくれましたし、名が揚がってからは王様個人や国庫による十分な支弁があって、彼は生涯を通じてティコやケプラーにおけるような貧乏を知りませんでした。これというのも、英国では海洋政策のためには、何より先に確実な航海暦を編纂する必要があり、天文学者を大切にしなければならなかったからです。ニュートンの名著『プリンキピア』についても、ハレーは資料蒐集や計算を手伝った以外に、印刷の費用まで引受けています。この大ハレーもさすがにお月様の運動の不規則性に梃子ずって、彼の晩年の十八年間をあげてその研究に投じました。

次はお月様と鉛筆との関係です。年配のかたには憶えがあることでしょう。日本に今日のような良質の鉛筆が生産されなかった頃、どんな片田舎の文房具店を覗いても、そこには、赤と紫の二種の細軸色鉛筆を、ゴム紐でもってその頰ぺったに並べている厚紙製の半月がぶら下っていたものです。下縁にそってMADE IN BAVARIAと記された紙の月は、向って右方を向いていました。花王の三日月はご存じのように左を向いています。同じ月じるしが東西でどうしてこんなに違うのか、僕は些か不審を懐いていましたが、ある夜明け方に気が付きました。それは午前三、四時頃に東方にあがってくるマイナスの三日月では、彼女の明暗境界線のジグザグが、宵月のそれに較べていっそう人間の横顔に似ているという一事でした。

僕は又、西洋で云われている月美人を月面に読み取ろうとして、その廂髪がどうしても見当づけられなかったものです。月桂冠をかむったローマ婦人のように見えぬでもないが、それも少し無理だと思っていたところ、ある年のお月見の夜に、それもすでに明方近く西方へ廻った名月を仰いでいて、初めてそこに、ふさふさした髪を持った西欧佳人の横顔を捉え得たのでした。こういうわけで、晩方、東に差し昇った月の中にムーンレディーをつかまえようとするならば、どうしても股覗きをしなければなりません。――暁の半月は、四辺が最も静まり返っている時刻であるだけにいっそう印象的だ。これも僕は併せて知ることが出来ました。なるほど！　あの鉛筆の軸木に使われる香り高い針葉樹が立連らなっているバヴァリア台地の黎明に、こんな月を仰いだならば、捨ててはおけぬことだろうな。その月を見たのは、たまたま窓辺に立った夜っぴての従業員のひとりかも知れない。それとも情人の裏口から忍び出た若者だったろうか？　風流な、絵心のある夜盗であったのだろうか？

ダンセーニ卿の小品の一つに、沙漠を行き過ぎる自動車の中で、アメリカの商人らが向うに古塔を望んで、ああ、あの塔が広告に使えたら……と云って泪を零すというのがあります。澄明なあかとき頃のバヴァリアの半月は、鉛筆王ステッドレル氏をして涙を催させ、こうして商標が生れたのではないでしょうか？　この鉛筆のマークのお月様は、よく見ると女か男か、子供か年寄か判らないような貌をしていました。はて、これは何事であろうと思っていたところ、つい先日やっと、フランス語及び英語ではお月様は女性名詞だが、ドイツ語では男性であるということに思い当ったのです。いまはこれだけの鍵をお渡しして、あとはみなさんの方で適当に考えていただきたいと存じます。

「ロンバルディー平原の幻燈画のお月夜に、リチオリやグルマンディらが、僧院の廻廊に射し込む水のような光線に濡れながら、丸い影絵の国土のスケッチに余念なかった時、月の山々はそれぞれにいにしえの聖者や哲人のイメージと連結されていました。今日われわれが双眼鏡や小口径望遠鏡を使用して、ガス星雲や球状星団をつかまえた時に持つのと同種の感動を、彼らも月界写生の筆の運びにつれて経験したことに相違ありません。ジュール・ラフォルグの『月の出前の対話』だの、『お月様の嘆き節』だのを読むと、その解熱の効力ある光に自分らまでが浴しているようです。これも一つに訳者上田敏博士の腕に依るのでしょうが、何より先に、原作者が、「夏八月のあたら夜に、雲の真黒けな崖下を転げて行くお月様に心魂を蕩かされ、その剣呑至極な灯台に近付いて墜っこちた哀れなイカルス」だったことによるのではないでしょうか？　それとも、プロシァ皇后様の若い図書係、シルクハットに蝙蝠傘の慢性孤独病患者の、「なら、いっそう月の方へ行っちまおう！」に依るのでしょうか？

ジュール・ラフォルグの月夜は、アゼンス郊外の森の月夜ではありません。また、ボロニア風の月明でなく、田舎みちで路ばたの家の内部に九時が鳴るのを聴く月夜でなく、アイルランドの密造者らが警官隊と鉄砲を射ち合う月夜でもなく、月光養育院（ルナティックアサイラム）の月夜でもありません。彼の月夜はローデンバッハのかわたれに、トランペットの音に連れてふらふらと昇り出す赤い月の月夜です。ラフォルグ張りのお月夜とは、静かな夜風に風車が各自に生あるもののように廻っているオランダ製のお月夜です。——二十世紀の未来派はそうではありません。これは、「カフェのひらく途端に昇った月」の月こよいです。

　よし諸々の星が火であることを疑い
　太陽が動くことを疑い
　真理の嘘つきであることを疑うとも
　我がそなたを愛することをゆめ疑い給うな

ハムレットがオフェリアに書き送ったわけも、一つにシェークスピアの時代には、地球及びその近辺の空間の真相が追々に知られてきたことが、それぞれに大ニュースだったからです。それは、人々がその内部で永いあいだ無事平穏に過してきたトレミー的球殻宇宙が粉砕されてしまった時期でもあります。「身はたとい胡桃の殻に閉じ込められていようとも、無辺際の宇宙のあるじとは思おうずるものを」このハムレットの台詞が証しているように、無限宇宙という怖ろしい概念がこの時に導入されることになりました。その後三世紀を経て再び宇宙論的大革命が起りました。膨脹宇宙と人間との関係が新たな関心の的になってきて、十八世紀には此世が出来たのは約六千年前だと信じられていたのが、二千万年になり、それがいまや数十億年に引き伸ばされようとしていたからです。ここに初めて我がウィリアム・ド・ジッター博士が登場します。

彼はしかしデンマークの時計工ではありません。といって、シュベンシュタイン・ドンネルウェッター公爵三等秘書官補の執事でもなく、彼は一八七二年に生れて一九三四年に亡くなっていますが、一九一八年から由緒あるオランダのライデン大学の天文台長だった人です。彼はアインシュタインの重力法則をいち早く検討し、それが天文学上に及すところのものに興味を懐いて、次のような意見を述べました——

「遠方なるにつれて、時計の針の進みは次第に遅れて行き、宇宙の水平線まで到達すると、振子の動きは停止してしまうであろう。原子の振動も同様に遅くなるわけだから、従って非常に遠方の天体のスペクトル線には著しい赤偏が認められるに相違ない」

ド・ジッター博士が提供した宇宙模型は、先にあったアインシュタイン宇宙式の修正を促し、傍ら、宇宙に対する驚くべき新解釈の先駆という栄誉をかち獲たのですが、僕がこのオランダ天文学者に惹かれるわけは、しかしそんなことの上にあるのではありません。ライデン大学の天文台長が時計を持ち出している点が、甚だ自分の気に入るのです。

まず「遠方では時計が遅れる」――なるほど、これはありそうです。何故なら、「あちらでは時計が遅れているよ」とか、「また何時か、時計の振子が止りかかっているような遠方でお逢い致しましょう」とかは、われわれの折にふれての詩想の中に差し挟んでも、少しも可笑しくはないからです。ところで、こんな云い方の中に、何かしらの皮肉なものが感じられるのは何故でしょうか？

いったい時のきざみとは人を馬鹿にした云い方です。「時を速める」「時を遅らせる」「時が滞(とどこお)っている」「時がなくなった」「時を稼ぐ」あるいは近頃流行の「タイミング」に到るまで、これらの「時」は本当の時だとは云いがたいようです。それは、ベルグソンが夙に指摘している通り、「時」の物体化です。本当の時にかかわり合っているのでなく、「時」を映画のフィルムのように空間化して、この「贋物の時」をこちらの意のままに扱おうとすることです。

秒針の動きを一コマに見立てて、この前後に無数のコマが一直線に繋っていると考えてみますと、こんなフィルムはいくらでも速く動かせるし、逆行もさせ得るし、止めることも可能だということになります。しかしこの場合の、例えば逆行にしても、決して本当の逆行ではありません。時間的に順々に記録された映像がこんどは逆にならべ合わされるだけの話であって、こんな次第に興じるわれわれは依然として、フッサールのいわゆる経験流の上に乗っています。もしも時間が止ったならば、路上に落ちた蝙蝠の影を巾着だと間違えて手を伸ばすようなことも起り得るが、これだって蝙蝠の方の時間は停止していても、こちらの時間は止っていないからこそ手を伸ばすことが可能なのです。H・G・ウェルズの航時機（タイムマシン）を操縦して過去へ向って飛ぶとは何事でしょうか？　やはり「今」においてそれが為されるのでありませんか。光人ルーメンの場合にしても、ワーテルロー戦場の逆行現象を見るためには当人が「今」（経験流）に乗っている必要があります。又、寂光土やキリスト教的天国の無時間（永遠）をさとるのも、やはり「今」の上に立っていてこそです。

「最遠方では何の変化も起っていない、従って時間は永久に停止している」これもこちらで刻々に移動しつつある「今」に比較しての話です。「向うの方では時計が遅れている」は、当方の時計を台にして初めて云えることです。しかもこちら側の「今」は何によって決めるのでしょうか？　秒針がどの点にあるかを知った瞬間には、すでに若干の時間が経過して正しい「今」ではありません。新規の「今」をきめようとするあいだに、お次の「今」を追加しなければなりません。これじゃ亀を追っかけているアキレスです。こういう詮議は『存在と時間』の著者に任せることにして、われわれは先へ進まねばなりませんが、只その前に、自分らが平常口に出している時間というのは、公共的、計量的に配置された嘘の時間だということを心得ておく必要があります。アインシュタインが「ベルグソン的時間」にてんで取り合わなかったのも当り前で、純粋持続などというものを持ち出せば、科学は成立しないし、第一、日常の用事達成にも支障を来すでしょう。当のベルグソンが某日グリニチ天文台を訪れて思わず時間を費し、（電車も自動車も普及していなかった一九一〇年代のことですから）「ロンドン行の最終列車に間に合うかな」と云いながら、時計を出して見たというお話が伝わっています。でなくてさえ、物理学者のあいだには「虚時間」というものが使用されています。これは、四次元座標においても時間軸のtは、他の三つの空間軸x y zと同資格を持っているが、この互いに交叉している三軸のいずれに対してもtは更に直角だけ廻転されなければならないという記号で、$\sqrt{-1}$を以て表わされます。でも今回ド・ジッター博士が持ち出したのは、そんな数学的記号ではありません。只の時計です。計量的時間の中で一等簡単素朴な、昔ながらのチックタック先生です。しかもそれは唐草だの小天使だのの飾りが付いた古風な八角時計のような気がしてなりません。

――「そうれ見ろ、やっぱり時計屋が顔を出したじゃないか」などという言葉を、僕は待ちかまえていたわけでありません。僕はこんな時計を以て、ちょうどあの航空機の黎明期に見られた魚形気嚢や鳥型の翼と同様な、つまり心情の形而上学的所産だと解したいのです。これは分散しようとするエネルギーをひとまず集めるためのレンズの役目をしているもので、芸術家における補充性の働きに他なりません。従って、この時計云々が彼の方程式中から無理に引っぱり出された、むしろ余計なものであり、遠方で停止するよりも先に、ルメートルらによって研究された「宇宙斥力」の中に溶解してしまったというのも、ちょうど原始飛行機に見受けられた蜻蛉だの鳩だのが、流体力学的形態の中に解消してしまったのと同じいきさつだと、僕は見るものであります。

では、これから少時、なお重ねて貴女を退屈にさせるであろうことについて、御了承下さい。分光学には既に貴女に了解があることにします。恒星の大多数はそのスペクトル中に暗線を示す。従って恒星の大集団である星雲（小宇宙）のスペクトルにも暗線が見られる。そこで、カルシウムが出すH線とK線とを物差に使用して、星雲のスペクトルにおける暗線のずれを査べるが、スペクトルの赤偏といっても何もその全列が赤くなるわけでない。例えば菫色部が緑の位置まで引っぱられたところで、こんどは菫外線がスミレ色の箇所を占めるという具合だ、ということだけを附記します。

第一部　ド・ジッター宇宙模型

十九世紀の中葉に、ドイツの数学者ベルンハルト・リーマンは、ゲッチンゲン大学における彼の有名な就職演説の中で、つぎのように述べました。

「従来の三次元空間は、一般的な三次元幾何学の特別な場合に他ならない」

二次元幾何学には、平面幾何学ならびに球面幾何学があることをわれわれは知っています。他に、玉子の表面のような面を取扱う二次元幾何学がありますが、これは曲率が一定でないために相当複雑なものになる筈です。紙上に任意の図形を描いて、次にこの紙片をどのように巻いてみたところで、図形の円や三角形の性質は変りません。ところでこの紙片を、たとえば球のおもてに無理に圧し付けてみると、三角形の内角の和は二直角よりも大となり、円では円周率の値が減じて、今度は球面幾何学に頼らねばならないことになります。先の場合は、「その面の曲率はゼロだ」と云い、あとの場合は「その面はプラスの曲率を持つ」ということになります。リーマンは、一定の位置において、長さ、幅、厚さの三種の拡がりを持つ空間は、それぞれに曲率を伴っていなければならぬということからして、「一般的な三次元幾何学」と云いました。

彼は又注意しています。「一般的な三次元幾何学において、曲率がゼロならざるところの空間は、その境い目が無くてしかも有限である」

——この問題について、アンリ・ポアンカレの有名な比喩があります。「もし、厚さのない扁平動物が、われわれのいわゆる球面上に棲息していたならば、自分の世界はどこまでも一直線に進むことが出来るけれど、有限であることをさとるであろう。彼らが十分に賢こければ、地上に描いた任意の円が、それを大きくするにつれて円周率の値を減少させ、ついにゼロに帰した場合の円の直径が、即ち彼らの住む世界の全長であることを知るに相違ない」と。

球の表面や玉子のおもてでは、或る点から離れるには限度があって、そこを超えて進むと出発点に帰ってきます。即ち閉じている面であって、このような性質を持つ世界はこれという「辺」はないが、しかも有限だということになります。われわれが普通に空間だと信じているのは、実は曲率がゼロの「ユークリッド平坦空間」、リーマンのいわゆる「従来の三次元空間」に他なりません。だから、この世界では真直に進むにつれて出発点も遠ざかって行きます。しかしリーマンに依ると、此種の空間は只われわれの身辺の極く狭少な範囲にのみ成立するので、もしもいったん遼遠な宇宙空間にまで手を伸ばすことが出来たならば、そこでは三角形や円や平行線の性質が著しく変化していることが判るであろうと。リーマンよりやや遅れて、ロシアのロバチェフスキー、ならびにオーストリアのヨハン・ボリアイによって発見された新幾何学が、その初めにAstral-geometryと呼ばれたのも、一つに人類が将来、宇宙的空間において立証し得るところの幾何学だと見なされたからでしょう。

ロバチェフスキー的幾何学が取扱う空間では、リーマン的幾何学とはあべこべに、その曲率が外向きになっています。麻布飯倉一丁目だったか、赤羽橋へ続く都電軌道が六本木の方へ分岐している箇所、あそこの路面は、恰もそこが坂上であって同時に坂下でもあるかのように互いにカーブを背反させて、そのまま「ロバチェフスキー面に対するユークリッド的模型」になっています。

ここに自動車のタイアのチューブに似た円環があるとして、この環と同じくらいの円い紙片をチューブの表面にぴったり貼り付けようとする時、もしも環の外側に置くと、紙片の円周にはたるみが生じます。裏側に置くと円周に不足を来します。このあとの場合を「マイナスの曲率」と云うのです。雨の夜、街の灯を反射している蝙蝠傘の外側が、やはり相反する曲面から成立っています。細い鉄骨間に引張られている黒絹が、その直角方向にもつよく引き曲げられているために、そこにおのずからなる優美な双曲面が織出されています。これは現実情景よりもむしろフランス劇映画の雨夜の場面などで、貴女に覚えがあることに相違ありません。

貴女ご自身の上にも同様な曲面が沢山あります。その代表的なのは、ふくらんだ胸の辺りから背を包んで下りてきた曲面が、いったんお腹の周辺で引緊められて再びヒップの方へ盛上っている部分です。何故なら、貴女の脇腹から腰周りにかけて三角形を描いてみると、その内角の和は二直角よりも小となる筈だからです。円の場合では直径に較べて円周が割長となります。ヘルムホルツは、リーマンと同時代のドイツの物理学者ですが、彼は、われわれの肉眼に映じる事物の配置について生理学的実験をやって、リーマン的世界が有限のくせに何故に肉眼には無限に映じるのか？　又、ロバチェフスキー的世界は無限にひらいているにも拘らず、どうして眼には有限に感じられるのか？　等々に関して意見を述べています。

われわれは、両眼間の距りを底辺とした三角視差にもとづいて、先方までの距離を識別します。で、この二等辺三角形の頂角がもはや感じ取られないくらいの微角になると、距離感は失われ、目指す相手は無限の彼方に移されたように見えます。そこでは只幕のように平べったい風景中に、人影も自動車も縮まっているか、膨れあがっているだけになります。でも、そんなことに頓着せずにどんどん歩を進めたならば目標に到着出来ますし、なお先を続けて世界を一周して帰ってくることも可能です。われわれが現に住んでいる場所は、引力が働いているリーマン楕円世界に他ならないからです。此処では各物体は眼前二十メートルそこいらで奥行のない画面に化します。鉄道及びこれに類する平行線が地平線上で合してしまうことを、われわれはよく知っています。このような界域では、たとい両眼同志がどんなに離れ合っていようと、その世界の全長の四分の一の処で「極」になりますから、その先は無限の領土にはいってしまいます。

ロバチェフスキー的世界は遠心力が働いている場所で、ここでは当方の視線の延長につれて視覚の増大が招かれます。従って遠方にある物体ほど近くに見えるわけです。世界の涯はすぐそこに見えているのに、いくら進んでも進んでも行きつくすことが出来ません。未来永劫に亙って進んでも到達は不可能です――「ポアンカレの宇宙」がやはりこの種の双曲線的界域です。此処では物体の長さが温度に比例して変るものと仮定されています。この宇宙の周辺部は絶対0度で、そこでは物体の幅も長さも0にまで収縮してしまう。だから、この宇宙の住人が境界に向って歩き出すと、次第にその大きさが縮まり歩幅も収縮して行くが、彼自身がゼロに帰さない限りその境いに到達することは出来ません。

京都の西本願寺の大広間に、その前を離れるほどに画中の人物が浮き上ってくることで有名な壁画があります。これは画面を構成しているきざはしだの、板目だの、鴨居だの、すべて視線方向に準じた平行線が末広に描かれているせいです。TVカメラが野球場の選手溜りを捉えた時などにも、この平行線の先拡がりが起ります。こうしてマウンド上の投手よりも、その向うの外野席にいる人々の方が巨きいということになったりします。

日本画で、霞の棚の上へ遠景を順々に載っけるやり方がやはりロバチェフスキー的効果を狙ったものだと思われます。又、同じ物体でも赤系統のものはこちらに近付き、青系統は遠のきます。広重風景の地平線や山の端に茜乃至紅のぼかしが施してあるのは、遠景を引立てるためでしょう。遠くの白衣の人や雪景の上に下りた一羽の鴉も、そこに局部的なロバチェフスキー空間を構成するかのようです。

靄の朝歩いていると、物象や人影が立ち現われては薄れて行くので、恰もロシアの小説を読んでいるような、リーマン的孤独感に導かれますが、埠頭に横付けられた巨船に向って立っているような場合には、ロバチェフスキー的な吸引を身に感じて、自己喪失の不安に襲われます。山上に立つのはツァラトゥストラの寂寥でしょう。でも彼が、自分の周囲に果てもなく打ち連っている山々に気がつくならば、その方へ引き寄せられるような目まいを覚えて、些か慌てずにはおられないことだろうと思います。

アクセントが遠い「青」の上に移されて、その青硝子製の円天井が何かのはずみに割れそうだという場合があります。夏期の南極大陸では明るさが蓄積されて、かつ空気がおそろしく澄明なため、遠方の山々がすぐそこに見えるので、実際の距離は地図の上によって確かめなければならない。こんな折には、頭の上に澄んだ、青い、静かな空が、何かちょっと物音を立てたことで墜ちてきはすまいかと案じられます。夜はまた、手を伸ばしさえすれば、色とりどりに輝く小石が両手一杯につかめそうに、星ぞらが近い。

これもしかし次の場面には及びません。真黒い空に、紅焔とコロナの怖ろしい衣裳を纏った太陽が爛々と輝き、星は十二、三等星に到るまで隙間もなくぎっしりと詰って、地平を区切る山脈は、恰も映画撮影所のセットででもあるかのように眼前に迫って、そればかりか、こちらから眺める月の五十倍ほどもある巨きな地球が向うにひっかかって、眼まぐるしいみち欠けを繰返している……。

　星を星形人面に見立てて「お星様」を仕あげるというのも、つまりは太虚の彼方に散在するそれぞれの独立した質量が、そこから当方までを曲率半径にした双曲線空間を形成しているからではないのでしょうか？

　さて、リーマンやボリアイやロバチェフスキーらは、別に、空間とはその内部に物質を収容している空虚な枠組ではなくて、却って物質の存在が空間という額縁の形を条件づけているのではあるまいか？　など考えなかった筈です。彼らは純粋な数学者であって、それぞれに前提を変更することによって生れる新幾何学を確立しようと努めた迄のことでしょう。ところで例えば、「太陽の周囲の空間は曲っている」ということが、イギリスの日蝕観測隊によって確認されたとなると、先の非地上的な幾何学は、俄かに物理学的吟味の対象とならないわけに行きません。

「太陽の重力場では空間は歪んでいる筈だ」このアインシュタインの予見が、光線の屈折という確証を俟って的中したのは、一九一九年のことでした。これより先、一九〇五年の特殊相対論を継ぐ一般相対論（一九一六）を発表したアインシュタインは、――現にわれわれの周辺に見られる大小無数の土地の起伏が、つまりは地表という総合的大彎曲によって均らされているように、宇宙空間の各所における多様な曲率も結局は一つの大カーブに包摂され、全空間がそれによってひっくるめられているような宇宙模型が、そこから誘導されるような方程式を書きました。これにはリーマン幾何学が採用されています。相対性原理とは、一口に云えば、「ある小範囲に得られた知識は余所にも当てはまる」つまり貴女が何処に居られようとも、貴女自身の観測結果を、常に同じ形の数式を用いて表わすことが出来るという意味です。

アインシュタインに依ると、重力の作用は、リーマン的構造にある空間中における物体の自由運動の変化と同義になります。これは要するに、従来の論理的幾何学を修正するか、あるいは新らしい経験的幾何学を採用するかという問題になりますが、前者の手続きは少なからず面倒なので後者が導入されたわけです。すなわち「地球は太陽の引力にひかれて太陽の周囲を旋っている」という従来の云い方が、「地球は太陽の重力場で自由運動をしている」と云い直さねばなりません。彼はその重力法則を全宇宙に適用しようとしました。これが有名な球状宇宙です。しかしなにも宇宙はバスケットボールのような形をしていると云うのではありません。もし宇宙がそんな普通の意味のまん丸いものであったならば、「ではそのボールの外側には何があるのか？」ということになるでしょう。そうすると、先の球宇宙だったものは未だ空間の全部でなかったということになります。そこで、更に巨きな球を置いたところで、それがまんまるだと云う限りでは当然その外側がなければならないことになって、前と同様の質問が生まれます。——いいえそうではなく、アインシュタインが云うのは、ボールそのものでなく、ちょうどボールの表面のように空間自体は閉じている筈だ。

ところでこれから一年後に、アインシュタインは先の重力法則を修正して、宇宙項λというのを新たに附け加えました。このギリシア文字は、引力に対抗する斥力の存在を示しています。重力だけの宇宙はその形を永く保持することが出来ないと考え直されたからです。先の球宇宙は収縮に傾くであろう。で、空間中には、「距離の自乗に反比例して働く引力」以外に、「距離の自乗に正比例する斥力」が働いている。太陽系の近辺や我が銀河系内ではこの拡散力は問題にはならない。けれども遠方になるにつれて、斥力の影響は漸く著しくなり、一方、引力は弱まって、ついに無視してよい状態になってしまうであろう。

この第二回目の重力法則を、オランダのド・ジッター博士が検討吟味して、彼自身の宇宙方程式を別に書きあげたのです。アインシュタイン宇宙を図に表わそうとすれば、さしずめ円筒です。空間は円筒の截口に、時間は円筒の高さに相当します。従って時間経過はこの円筒が刻々に伸びて行くことによって示されるわけです。そうすると、截口（空間）は閉じているが、高さ（宇宙時間）は無限だということになります。——ド・ジッター宇宙では空間も時間も共に有限です。「時間の流れが一方的であるのは、狭少な経験範囲内のことであって、宇宙的未来は宇宙的過去と繫っていなければならない」と博士は云います。で、彼の宇宙模型は完全な時空四次元対称となる筈ですが、実際はいま少し複雑です。

円錐とは、「一直線ガ定点ヲ通ッテ、ソノ定点ト同一ノ平面上ニ無イ定面ノ円周上ノ各点ヲ通過スルヨウニ動ク時ニ生ジル面」ですから、そこには常に頂点を一つにした二箇の同形の円錐体が置かれています。「ミンコフスキー円錐」の場合では、一方の円錐を過去圏と云い、他方の円錐を未来圏と称します。何故ならこれはミンコフスキー四次元時空の模型であるからです。ド・ジッター博士は、このミンコフスキー的デアボロを、鼓の胴のようにまんなかがくびれた単片双曲面に置き換えました。これは云わば女性のボディを抽象したような形で、資生堂のヘアトニックの壜などは、単片双曲面を平べったくしたものだと云えましょう。ところで、単片双曲面には無数の直線が含まれているというのは何の謂でしょうか?

同形の二つの円を数十本の直線でつないで円筒を作ります。次に、この格子細工の円筒を、棒ねじの要領で百八十度ねじると、そこには「ミンコフスキー円錐」が出来上ります。ねじれを百八十度から少しずつゆるめて行くにつれて、さまざまな単片双曲面が得られることになります。神戸埠頭にそそり立っている「神戸タワー」も、そんな一例です。ド・ジッター博士は以上の関係を応用して、彼の模型を作ったので、まず宇宙が莫大な時間を費して過去圏を通して収縮してきて、今は未来圏を上昇の中途にあることが示されています。この単片双曲面の母線は四十五度に傾いていて、これが光量子の世界線となっています。各粒子の運動経路もまた双曲線ですが、もしもその速度が光速よりも小であった場合は、この世界線はやや鉛直面上にあるので、従って光量子の世界線と一般粒子の世界線との出会いは只一回である。つまり、「ド・ジッター単片双曲面」には宇宙的時間と現在点との二者が托されていることになります。

さて、空間が双曲線状になっているとは、物理的に云うと、先方へ行くほど物質が詰っているということです。アインシュタインによると、曲率は物質によって生じるが、同時に空間本来の性質でもあります。ド・ジッター博士では、「物質が曲率を作ると云っても、宇宙の現状はいまや非常に稀薄なもので、密度はゼロに近い有様だから、物質に起因する曲率などは問題にならない」この場合の曲率は時空そのものの形式だということになります。――僕ならばこう云うでしょう。「空間とは点在性に他ならないから、各点の相互排除は当然空間自体の膨脹を招く筈だ」と。

そもそもある大きさの宇宙には、そのものを維持するだけの材料が必要です。あべこべに、ある質量はそれが支えるに足るだけの空間を要求します。云い換えると、宇宙半径はその平均密度の平方根に反比例します。で、材料が多ければそれだけ大形の宇宙となって、密度は小になります。物質が比較的少ない場合は宇宙は小さくなりますが、その代りに密度の方は大となります。ところでド・ジッター宇宙ではこの密度の値が不明なのです。博士は只「密度はゼロに近い」と云っているだけですから。従って、時間空間ともに有限だとの要請にも拘らず、ド・ジッター宇宙は無限大だということになります。

観測可能の範囲に散在している星雲の一切を融かして、これらが占めている空間中に平均に均らしたならば、その密度の値は、ひとつぶの砂を粉状にして地球ほどの容積中に振り撒いた値に等しい、とハッブル博士が云っています。又、局部星雲群中の大物は我が銀河系とM31（アンドロメダ星雲）ですが、この二箇の大星雲には太陽の質量の約四千億倍の物質があります。これだけの物質を局部星雲群内に均らしたならば、空間密度は水の百億分の一の、その百億分の一の、更にその十億分の六だそうです。――これを以て「空間稀薄」の証拠とするか、それとも「空間とは案外に濃いものだな」と感心するかは人によって異るでしょう。ド・ジッター博士の場合では、物体同志がある程度に離れ合ってしまえば引力作用はゼロになるということが、物質無視を招きました。そもそも彼は、アインシュタイン式中のλを見て、この拡散しようとする一般的傾向は、当然遠隔天体のスペクトル線に赤偏を惹き起すだろうと考えました。λの価が距離の自乗に比例して増大するものならば、空間もずっと遠方では双曲線的特徴を顕著ならしめるであろう。その証拠は先方からのスペクトルの上に読み取れる筈だ、と彼はしたのです。――中心が外部にあって、その方へ彎曲しているような球面といえば、さしずめ円丘のてっぺんではなく、擂鉢の底に喩えたらよいでしょうか。しかもこの擂鉢の壁は無限に伸びています。擂鉢の斜面を匍い登るにつれて時計の進みが遅くなって、擂鉢のふちに到ると針の動きが止ってしまう。ド・ジッター博士は、この遠心力的効果を検出する手がかりとして赤偏を持ってきたのであって、だからそれが天体そのものの後退を意味すると迄は未だ気が付きませんでした。

ところで原型のアインシュタイン宇宙は、その修正にも拘らず、その後の天文学的観測とは一致しないという事態になりました。アインシュタイン宇宙式は、遠隔天体のスペクトル線に赤へのずれが認められる以前に書かれたので、そのため引力と張合う斥力が導入されたのですが、このアインシュタイン宇宙は静的であるばかりか、何より先に小さ過ぎたのです。一方、ド・ジッター宇宙は動的です。けれども、その高速運動を証明するためのどんな天体をも素粒子をも持ち合わしません。この宇宙は空っぽで、只物質皆無の場合にのみ成立するという矛盾が指摘されることになりました。

ド・ジッター博士の論文発表があってから五年目、一九二二年に、ソヴェートの数学者アレキサンダー・フリードマンが、先のアインシュタイン宇宙式における計算の誤りに気がついて、それを修正し、時間経過につれて変化する宇宙模型が得られるような新らしい解を発見しました。その後一九二七年になって、ベルギーの坊様、アッベ・G・ルメートルによって、現在知られているような膨脹宇宙理論が書きあげられたのです。この数学詩にも喩えたい論文中には、アメリカにおけるハッブル及びヒューメーソンの観測結果である「速度距離関係式」が巧妙に結び付けられ、観測者をへだてるにつれて空間自体が伸び始め、遠方星雲の後退が生じる次第が見事に説明されていました。

こんな中間模型は、アメリカのロバートソン博士によっても独立に研究されました。

貴女は、あのハイデッガーの主著中において、ディルタイとのあいだに交わされたヨーク伯の書簡が引用してある章句を以て、「此処は、ベルグソンが薔薇の香になぞらえて幼時の記憶を分析している箇所に匹敵するハイカラーさだ」と僕が評したことに、同意されました。続けて貴女は、ヨーク伯の、特に逆説と心理性についての注目を天晴れだとし、立派な男子であるにも拘らず、なにか居城の人目のない裏庭に隠れて精巧な玩具ヨットを沼か池かに浮かべて一日じゅう遊んでいるような人柄に見受けられる、と洩らされました。――「肉体という老朽物を避けて遊ぶためには思想しかないようですね」とも貴女は附加えられました。云わばそのヨーク伯に通じるものを、僕は、竹箒のような、この心当りとしてはさしずめ長岡外史将軍の髭しかないような長髭を蓄えた、ウィリアム・ド・ジッター博士の上に感じるものです。

博士は多分、アインシュタイン式を調べて、散じようとする一般的傾向「斥力」を興味深く覚えた。この力の影響を受けた遠い空間中に配布された天体は観測者に対して赤偏したスペクトルを示す筈だと考え、この現象は原子振動の遅れをも意味するから、従って時計の振子が停止してしまう「宇宙の水平線」の着想を得たのでしょう。ところで、その視博士の論文が発表されたのは一九一七年十一月で、当時アメリカの大天文台で、その視線速度が観測された白色星雲はわずか数箇でした。ド・ジッター模型における赤偏は二対一で支持されたにすぎません。それから四年目になると、ローウェル天文台のスライファー博士が手をつけた遠方星雲四十箇の中で、その九割までに赤偏が読み取られました。ド・ジッターの立場は急に有利になった筈なのに、この当時の博士は、先の赤偏云々を単なる見せかけのものだと訂正するか、あるいは空間密度のゼロを撤回するかの羽目に追いやられていたのです。

——貴女は先だって、このうしろの山吹橋の上から向うに志津川発電所を見て、何時やってきても人影のないこの種の大きな建物に、子供の頃から妙に心を惹かれていた由をお語りになりました。そこで僕が、「なにか仕掛がありそうなので毀してみると、空気ばかりが詰っている暗箱が、それと同系統じゃないでしょうか」とお答えしたのでした。僕はその後もっと好例があったことに気付きました。それは天文台の大ドームです。パロマー山の大円屋根の内部をはじめて近所の人々に公開した時、おかみさん達は、「日頃から何の容れ物かと思っていましたが、中身はこんなものだったのですか」と云って、ヘール二百吋反射鏡に対して却って物足りなげな様子であったと。彼女たちには、驚くべき望遠鏡よりも、その内部の大部分ががらんどうだったのが気に食わなかったのです。——他には撮影所や原子炉やロケット基地などが同じ部類に属します。こんなオブジェ的構築物にいち早く注目したのは立体派の連中だったのでしょうが、東洋ではすでに二千五百年の昔に、空っぽな容れものとか、車輪のコシキの孔とか、呼べば谺が答える谷間とか、すべてネガティヴなものが有している魅力を説いた哲人がいます。老子です。彼は、「空間とは大いなるフイゴである」と喝破しました。それに彼の抽象癖はいかなる固有名詞をも拒絶するかのようです。おそらく越王勾践時代の地獄相が道徳五千言のモチーフになっていると考えられるにも拘らず、王子朝、敬王、伍子胥等々の名は、老子流の唐草模様の中に埋没して、その痕跡すらわれわれに摑ませないのです。

またいつでしたか貴女と、神戸大学の谷口陸男氏が彼の『アンブローズ・ビアス論』の中で述べていた事柄について語り合いました。僕は喘息持でありませんから、それがどんな症状であるかは存じません。只、喘息気質の一般文学者について谷口教授が云っておられたようなことが、我がド・ジッター博士にも当嵌るのでないかと思われたまま、ここに持ち出しているにすぎません。すなわち彼らは、社会の進歩というような題目にはもともと無関心で、総じて己が道を往く人々であり、孤立的存在であり、何も無い空間中に自らの世界を独力で打ち樹てようとする傾向が顕著である。彼らは「現状維持的秩序には従い得ない存在」として、除かれたる者であるにも拘らず、なお彼らは、自己の位置への反省計算等を他者に倍して行なわずにおられない。我がド・ジッター博士にあっても、その宇宙模型がアブストラクトの傑作であり、しかもそれが余りにも未来的だという点において、喘息気質の芸術家に通じるものがあるのではないでしょうか？

ベルギーの坊様のアッベ・ゲオルグ・ルメートルがやはりそうです。彼の論文は整然としたものでしたが、余り有名でない雑誌に掲載されたために注目されないでいたところ、一九三〇年になって、ド・ジッター博士ならびにイギリスのエディントンによって見出されました。独創が辿るべき当然の道筋ながら、同時にこれは、彼が、一般的情勢を顧慮したり、「隙がない隙がない」など云って日を送っているのでなく、実に境位が自己に課することを為すための「時」を有っていた人士であることを、信じさせるに十分であります。

われわれが或る新規な見解を脳裡に浮べ、次にそのことには客観的妥当性があるかどうかを、例を取って吟味するように、科学者にもまず最初にインスピレーションがあって、一組の方程式が書かれ、その次に式中の記号が測定可能の物理量と関連させられます。こんな仕事は何ら実験観測の結果によるものではありません。「自然」を以てそのように存在性へ投企すること、即ち見通しに他なりません。アインシュタインも初めはそのようにやったのであって、彼が、「相対論の完全な理解者は全世界で一ダースを出まい」と口外し、世間からも「なかなかに割れない胡桃だ」と評されていた頃は、未だそこに理論物理学の純粋性を保持していました。当時、彼のチューリヒ工科大学時代の先生だったというヘルマン・ミンコフスキーは、「そんな学生が居たことは一向に憶えがない」と云っていましたが、現に騒がれている当人については「あれは愚物だ」と評していました。

ミンコフスキーは、一九〇八年の秋、ケルンで開かれた万国科学者大会の講演で、有名な次のような言を吐きました。「今日以後、時間そのもの、空間そのものは蔭の下に没し去り、ひとりこの両者を結合したものだけが独自性を保つであろう」と。実にこの時から、物理学は四次元幾何学の第一章になってしまったのです。ミンコフスキーはその翌年に世を去りましたが、このような偉人から「愚者だ」と云われたなんて素敵な話でありませんか？　ところがその後にあってアインシュタインの魅力は漸減して行きました。彼の物理学に思弁的要素がはいり過ぎたからでしょうか？　否、社会の進歩に関与して、空談的な世界政府などを提唱した為に、彼の孤立性が曖昧になったからです。もはや灯台守に憧がれたり、「光」を追っかけたり、落下するエレベーターの内部に閉じこめられたりする夢に悩まされるところの、「彼」ではなくなったことに依ります。

「アインシュタインよりもド・ジッター」という意味で、僕には「ピカソよりもピカビア」です。ピカソが好んで取扱う蟷螂のお化けのような人物にも十分に魅力はありますが、ピカソは翼を持っていません。ピカビアには透明な翅があります。これは理性ばかりの、しかも気狂いになった昆虫です。アインシュタインの名が一般に喧伝されていた頃、僕はこのフランシス・ピカビアの感想文を読んだことがあります。

――自分は少年時代に、お父さんから天秤を買って貰ったことがある。それは玩具でありながら、一匹の蠅や一本の髪の毛の重さも測れるほど精巧な道具だったので、ある時思い付いて、その天秤を窓辺に持ち出し、一方の皿に日光を当て、片方の皿はついたてで囲うて、つまりその皿の上に闇を載っけた。こうして明暗両者を秤にかけてみたところ、闇の方がほんの少うし重かった。アインシュタインの名を聞いた時、自分はこの幼少の折の実験のことを思い合わしたが、又別な考えが浮かんだ。それは、この二十世紀物理学の立役者に向って、もし、「無限」について質問したならば、次のように答えられるのではなかろうかということであった。「よろしい！ 貴君が無限を知りたいと希望されるならば、双眼鏡を取上げてずっと前方を窺ってごらんなさい。しかしひょっとして貴君は、そこに貴君ご自身の後頭部以外の何物をも見ないかも知れませんよ」と。

曾てアンドロメダ星雲（M31）及びその隣りの星雲M33が在る所との対蹠点、即ちこの二つの星雲が見えている箇所と向い合った天球上に、微小な双子の星雲が存することが判って、その二つは、M31とM33とを裏側から眺めているのではなかろうかと疑われたことがあります。われわれに最も近いその二箇の星雲から発して（こちら側へではなく）向う側へ出た光が、球状空間をひと巡りして、帰ってきているのでないかと云うのです。そうだとしても、「光は、宇宙周回旅行に著しく波長を伸ばしてしまう筈だから、それは著しく赤くなっていなければならない」と夙にド・ジッター博士が注意していました。ところでその後、大そう赤変した星雲が他に発見されたので、先の折角の大幻想も成立しないことが判りました。（星雲番号のMは、ラランドのいわゆる彗星番人メシェが作製したカタログのことです）

双眼鏡の比喩は別にピカビア氏に限らず、当時よく持ち出されたものです。アインシユタインは先の返答に合わして、更に次のように附け加えねばならない筈です。「但し、貴君はご自身の後頭部を遠方に見るためには、六十七億年前から同じ場所に坐り続けているのでなければなりませんよ」と。貴女がロルニエットを通して、ご自身の著しく赤茶けた背中を前方遥かに望見するためには、貴女は約六十七億年前から同じ椅子に坐り込んでいなければならないというのです。この数字は原始アインシュタイン宇宙の周辺の値なのです。ところで地球上に生命が発生してから約八億年、人類が出現して以来百万年、地球自身の年齢がだいたい二、三十億と推定されているのですから、どうして貴女が同じ場所に六十億年も坐っておられる道理がありましょう？

では花火に見立てます。宇宙内のある点で炸裂した超大花火は、六十七億年ぶりに同じ位置で前回と同様な炸裂の様を見せ、その光は再び八方に散じて行って六十七億年振りに帰ってきて、第三回目に昔の光景を展開する……こんなわけならば、広漠たる宇宙空間には、現存の天体以外に、すでに遠い遠い過去に属する無量の天体の幽霊にみち満ちて、それらは互いにひしめき合っているのであるまいか？　赤い奴は一応疑われてよい、ということになります。——宇宙が完全無欠な光学機械だったら、そういうことも起り得るかも知れません。けれどもこの巨大なレンズには、無数の星雲による無量の疵が付いています。焦点が狂う筈です。たといそうでなかったにしても、興味ある実験の手蔓はとっくの昔に断たれています。レンズそのものが刻々に膨らんでいるからです。われわれの世界一周旅行のあいだに、日本が日本から途方途轍もない速さで後ずさりしつつあるからです。

引力と斥力とでつり合ったアインシュタイン宇宙も、引力だけの場合と同様に、到底その状態を保つことは出来ない。この点について、ルメートルやゼン教授らがいろいろと研究をしました。

シャボン玉に電気を通じると、その与えられた電気量だけシャボン玉は膨らみます。さらに電気を通じるとその分だけふくれます。もう少し電気を通じるとパチン！

次にシャボン玉の表面に極く微量の物質をのっけてみると、その間に引力が働いて、シャボン玉はきわめて不安定なものになります。ルメートルはここに、シャボン玉と原始アインシュタイン宇宙との類似を読み取りました。静的球状宇宙はそのままで居られない。重力のために凝縮するか、それとも拡散力によって膨張するかのどちらかである。ところで、電子とプロトンがかち合って互いに消し合う場合とか、水素原子からヘリウムが形成されるような時には輻射が起るから、重力が勝って宇宙は縮まるであろう。で、どうしても粒子が所々に集合体となった結果、それらの中間地帯に真空が出来た。こうして、それぞれの尨大なガス塊の内部に沈滞してしまったエネルギーが、真空部にもなお若干残留しているであろう極微量の物質を媒介として、八方へばら撒かれる……ガス同志のあいだに押し合いが生じて、宇宙は全体として徐々に膨らみ始めたのだとしなければならない。各ガス球は更にきれぎれなものになって、原星雲の集団に変じた。お互いが離隔するにつれて、おのおのの重力はいよいよ弱まる。あべこべに斥力は勢を増して行く。こうしてシャボン玉が最初の大きさの数倍にまでふくれ上った時、重力にはもう膨脹をくい止めることが絶望となった——ド・ジッター博士の計算に依ると、宇宙半径が元の半径の〇・三だけ伸びた時には、現に周回コースを走っている「光」の選手だけが一周可能だということになります。半径が、最初の半径の七パーセントに伸びた時には、選手らには半周の見込みだけが与えられる。これ以後では、全コースの十分の一の所に達するにも無限時間が必要となります。——なお同博士は、光量子の波長が伸びることによってその分だけ削られる輻射エネルギーは、もはや星々による供給では補われなくなっていることを注意しました。ルメートルも、競争者の足並（波長）がスタジアムの膨脹につれて伸びることを取上げて、「現在著しく赤くなっている組は菫組としてスタートした筈だし、いまの青組は出発時には眼に見えない軟エックス線だった。もしも赤襯衣か橙色のユニホームで走り出した者があれば、いまは赤外線になっているから、熱量計に頼らなければ所在は確められないであろう」と云っています。

こうなると、先のド・ジッター模型が何を意味するかが明らかになってきます。即ちそれは、宇宙の自己抽象が極限に達した場合を示しています。空間の膨脹が加速度を加えていまは密度も輻射も無限小となり、この上ふくれようにも何も無い、仏教で云う無色界の最高所「非々想天」とでも云うべき状態なのです。

ところでこんなながらんどうの、宇宙かどうかも判らないような空虚に向って、外部からちょっぴり物質をほうり込んだと仮定します。すると忽ち物質間に重力が働いて斥力に抵抗しますから、空廻りの度合は心持減じるでしょう。なおも物質を追加して行って、斥力を抑えるに足るだけの密度が恢復されたとたん、宇宙の運動はぴったりと停止してしまう。これがアインシュタイン宇宙なのです。——実験を中止しないで、物質を注ぎ込んで行けば、宇宙はだんだん縮まって、その極限では水素原子一箇大のものに凝縮してしまうでしょう。

『不思議国のトムキンス』の著者ジョージ・ガモフ博士は云います。

「宇宙が極度に凝縮していた時は、殆ど完全な輻射で充たされ、たとい粒子が原子核を作ったところで、それと同時に分解しなければならなかった。やや温度が下がるにつれて、重水素やヘリウムが形成された。従って凡ゆる化学元素は最初の三十分間以内に創成されたものに相違ない」と。ところで、この重大な、閃光的黎明期の三十分が経過して、現今に到るまでの時間経過は、地質学者や天文学者によって見積られたところは約五十億年です。この点についてガモフ博士は説明して曰く、——現にネヴァダの某所に、数年前の実験のさいの核分裂生成物が残っていて、今日でもなお熱い。さて原子爆発が百万分の一秒間に行なわれたことを思うならば、三十分対五十億年の比率と、百万分の一秒対数年間との割合が等しくなる。熱輻射中に融けていた物質がいったん優位に立つと、各粒子間に働く重力作用で不均一性が生じ、粒子ガスが其処此処で巨大な雲となった。これらが膨脹を続けるうちに原銀河（プロトガラクシィ）として分裂するが、ここに到るまでには約二億五千万年が必要であった。輻射及び空間密度は現在の星間空間とほぼ同じ程度で、宇宙は暗くなったが、やがておのおの原銀河の中に数千億の星々の灯が点るに及んで、宇宙は再び明るくなった……。

ガモフ派に依ると、生れたての宇宙では物質及び輻射が最高度に凝縮されて、ここでは原子は取るに足りぬ役目しか果し得ませんでした。そうすると、「原始アトムの大爆発」というルメートルの仮定には修正を要することになります。では次のようにすればどうでしょう？　宇宙は現在の膨脹率と同じ速さで、無限に稀薄なド・ジッター状態から収縮を続けていたが、今から約五十億年前に、すべての物質の密度が原子核内の粒子ほどの大きさにおしつめられ、更にこの状態から跳ね反って、いまや無限に薄いド・ジッター状態に向って逆戻りしつつあるのだと。ド・ジッター博士は事実そのような見解を取って、先にも述べたように、「宇宙はいったん無限時間を費して収縮し、再び拡り始めたのが現在の情況である」としていました。彼の模型が完全な四次元球対称に置かれていたならば、そういう伸び悩みが周期的に繰返されたところで、一向に差支えありません。しかしガモフ博士に依ると、空間はすでに双曲線的に開いていることが判明しているから、このような宇宙の運動は、無限遠から到来して、太陽の近傍をかすめて再び無辺際へと去ってしまう大彗星の動きに喩えられる。変化は一方的で、収縮にしろ膨脹にしろ、その時にあったままの状態で行くより他は無い！

ポオは『ユレーカ』の中で、「無限とは或る観念を示したものでなく、或る観念への努力を表わしているものに過ぎない」と述べています。即ちそれは、有限宇宙が考え得られないことによって、それ以上に考えにくい無限宇宙を証明しようとするものであり、凡そ天文学的妄想の中でも最も支持しがたいものだ、と彼は云うのです。なるほど、

「科学的無限」とは、科学的有限と相ならんで、ともかく測量的対象でなければならない筈です。非ユークリッド幾何学誕生以前におけるアラン・ポオのいまの言葉はさすがに卓見だと云うべきです。ところで貴女は、マーブルとか呼ばれている砂糖玉をご存じでしょうか？　口の中で転がしているうちに、外側から融けて順々に色が変って行きます。ちょうどあんなぐあいに、巨大な灼熱したガス球が冷え縮まって行く時に、表皮を順次に、しかも非連続的に脱ぎ棄てて、遺留された球殻がそれぞれ大小の遊星として固まり、中心部は太陽として今なお灼熱状態のままに残存している。これが彼のいわゆる“EUREKA”（我れ発見せり！）の意らしいのですが、こんな構造論的思い付きよりも、僕はむしろそこに、夙くも「放射宇宙」ならびに「収縮宇宙」の予想が見られる点を買うものです。

まず原始放射によって、各原子が限りなく広大な、しかし無限とは云えない範囲の球域にぶち撒かれる。やがて反作用が起って、先の球的展開がたたみ込まれるが、この際、随所に集合しようとする原子運動の法則が即ち万有引力に相応する。一方、電気的反撥力は、物質をして当初の放射状態にまで配置するのに必要なエネルギーなのである。本源的単一体の中に、万物の第二次原因及びその不可避な滅亡の萌芽が存している。だから、放射状態から一転して元始単一に復帰した時、創造された物質は消滅することになり、そこには神のみが一切として残るであろう。ここまではよいとして、いったんそのような始末になれば、再放射を食い止める理由は別にないわけです。第二次展開がたたまれて再び無に帰し、更に放射が起り、無に戻り、こうして神の心臓の鼓動のままに生滅する振動宇宙を、彼は持ってこなければなりませんでした。

第二部　ハッブル＝ヒューメーソン速度距離関係

アンドロメダ大星雲は、肉眼でその全容を見ることが出来る唯一の「遠方銀河系」です。この特種な天体は、すでに十世紀のアラビアの天文家アル・スフィの本に記載されているそうですが、星図に現われたのは十六世紀の終り頃で、これを望遠鏡裡に捉え得たシモン・マイヤーはつくづくと眺めて、「薄い角質(ケラチン)を透して見た灯火のようだ」と評したと伝えられています。カントはさすがにこの天体に注意し、範例をそこに取って、彼の「島宇宙説」を唱えたのです。ところが、大哲学者が予想したこの小宇宙に対しては勿論のこと、カントの島宇宙説に数年遅れて、ウィリアム・ハーシェルが発表した我が銀河系の構造に関しても、より以上に探索を進めようとする者はなかったのです。この頃、天文学者らは恒星までの距離を測ろうとして躍起になっていたからです。

いまのアンドロメダ星雲に似た、ぼやけた天体は、天球のそこやここやにあって、ガリレオが蟹座に見えるものに手製の望遠鏡を向けて、それが星々の集合体であることを突きとめて以来、それぞれに、球状星団、散開星団、ガス星雲、惑星状星雲というぐあいに区別されていました。これらどの種類も五百箇を経過しません。ところが、アンドロメダ星雲が代表しているような「白色星雲」は、望遠鏡の発達につれて数を加える一方です。殊に写真術が利用されるようになってからは、夥しい数に上ってきました。すでに十九世紀末にケラーによる概算で十二万箇に達し、二十世紀に入っても数は増えるばかりでしたが、そのうちにアメリカの大天文台の望遠鏡が、アンドロメダ星雲の内部に星像らしいものを検出するに到りました。それでも、「相手は我が銀河系外の天体である」ということは、未だなかなかに決められなかったのでした。何故なら、銀河系の外側には何も無いということになっていたからです。

十九世紀の後半期に、問題のアンドロメダ星雲中に素晴らしく光る新星が出現したことがあります。この新星の写真にかこつけて、ハーヴァード大学の天文台長シャプレー教授が批評しました。「M31が島宇宙だって？　飛んでもない！　万一、そうだとしてみると、例の新星は、我々の銀河系内に現われる新星の二十万倍も強い光を放ったことになる。そんな馬鹿なことがあるもんじゃない。M31はむしろ、物質が多量に過ぎて星団になれなかった原始ガス塊で、それが我々の銀河系内の輻射のために辺陬に吹きやられたのだと考えるのが至当である」

新星とは、ヘリウムを次々と重い元素に変えてエネルギーを引き出した結果、つまり浪費家の悲劇的最期を云います。かいつまんで説明すると、まず水素が星として固まる。もしこんな星が比較的ゆっくり廻転していたならば、星の中心ですでにヘリウムになっている部分と周囲とは混合しないで、核融合（フュージョン）が一時停止する。星は重力のためにおのずから収縮する。これが中心部の温度を再び昇騰させて核融合が始まり、重い元素が形成されて行くが、同時に星は不安定となり、脈動星として危急を告げ、ついにぺちゃんこに潰れて空間中に飛散してしまう。こんな時には我が銀河系内にある総ての星の輻射にも匹敵する光が数日間に亙って放たれます。「蟹星雲」と呼ばれているのは、十一世紀（一〇五四）に爆発した超新星の名残りですが、現時なお一千キロ秒の速度で八方へ拡りつつある白熱ガスが観測されます。

二十世紀に入って十年余りしてから、やっとM31のスペクトルが撮影されました。ローウェル天文台のスライファー博士が、特別製のカメラと分光器を使って成功したのです。そのスペクトル線は菫色へのずれで、約二十キロ秒の接近を示していました。自転速度の方は数百キロ秒です。前者の運動速度は、その現象が我が銀河系の勢力範囲内のことだとは到底考えさせません。これに反して後者の自転速度は、二千二百光年以上遠方のものだと決めることを拒むのでした。

ちょうど此頃、ずっと以前に撮ったM31の写真の中に、二箇の新星があることが見付けられました。十年後に初めて気付いたことが証しているように、その二箇の新星は極めて微かなものでした。ところで他の沢山な写真と較べて究明してみると、光こそ弱いけれど、突然爆発して其後だらだらと減光している有様が、同じM31の中で先に爛々とした光を出して天文学者らを驚かせた新星と同一のタイプです。つまりM31の中に前後して同型の新星が発見され、その前者は後者の数千倍も強い光を放ったことになります。で、双方のうちのどちらかが、すでに我が銀河系内にあって距離が判明している新星と同種のものだと決定することが出来たならば、「光度は距離の自乗に反比例して減じる」という原則からして、M31への距離が推定されるわけです。

そうこうするうちに、ウィルソン山天文台の百吋反射望遠鏡の、足掛七年間に亘る組立作業が完了しました。直径二メートル半の抛物面が集め得る光は、肉眼によるところのものの十八万倍、M31は満月の十倍大のものとして眼前に打ち拡げられました。この大望遠鏡を用いてM31の核の部分を短時間露出に、外側部を長時間の露出にかけて写真を撮ってみると、果して点々と、紛うべくもない星像が現われました。同時に再び問題が起りました。いったい恒星の像が大きくなったり、十字になったり、環をつけたりするのは、光学機械の欠点です。どんな大望遠鏡を用いても恒星は光点であって、面積を示さないものです。だから、今回M31の上に検出されたのは単なる星像の滲みであろうか？ それとも事実ある面積を示しているだろうか？ これが議論の的となったわけです。（われわれの近辺にある星と、銀河系外の天体とは区別が付きにくいものです。一般として銀河系内の星々は、はっきりした丸い輪郭を持っている。これに反して、遠方の小宇宙は丸くはなく、ぼやけているものです。いまはそのぼやけた大きな天体の内部にある若干の星を相手にしています）

――もしそんなぼやけた天体が、事実M31の中に存在しているのだとすれば、像の大きさから推して、百万光年の彼方ではそれは二・五光年の直径を持ったものになります。従って星だとすれば、よほどの大集合でなければなりません。ところがそれら星像中の或者が、どうやら「ケフェイド型変光星」らしいことに気が付きました。

貴女は多分マジェラン雲についてお聴きでしょう。南半球の天に、銀河の外れに、恰も灰白い光の道からちぎれたもののようにひっ懸っている大小の奇妙な天体です。この霧のかたまりのある部分が星々から成っていることは、従来の望遠鏡が教えていました。ハーヴァード大学天文台のリヴェット嬢が、小マジェラン雲の写真を点検中に気付いたことがあります。それは、この奇異な天体中にうかがえる幾つかの「ケフェイド型変光星」が、その明るいものほどゆっくり脈を打っているという一事でした。此種の星は、急に光度を増し、それから追々に減光して、また急に光り出すさまがまるで光を呼吸しているかのようです。これには約三百種あって、大旨は一日から十日にわたる規則正しい光の増減を示しますが、ある者にとっては、秒の分数まで正確にその周期を云い当てることが出来るのです。

リヴェット嬢は、小マジェラン雲中に見付けたケフェイド変光星数十種を元にして、それらの光度と周期との関係を曲線表に作り上げました。これらの類別された変光星は共に小マジェラン雲の中にありますから、われわれからは等距離にあると見なしてよろしい。そこで、我が銀河系内にあって既に距離が判明している同種の星と較べ合わしたならば、光方の明るさ加減がそこまでの距離を知らせてくれる筈です。こうして同天文台のシャプレー教授は、リヴェット表を手蔓にして、小マジェラン雲へは九万五千光年、大マジェラン雲へは八万五千光年あることを、推定しました。

――球状星団はそれぞれに約十万箇の星を含み、中心部ほどぴっしり詰っています。これらは別々に固まり合った部分で、銀河系内に吸収されてしまわなかったものだと見られていますが、なるほど総数約百箇は、天の河の両岸及びそこを離れた所、即ち銀河の円盤を嵌め込んだ球状空間に散らばっています。これに反して散開集団（疎集体系）の約二百箇は、いずれも天の河の内部に、それも射手座を中心とする九十度の範囲に散在しています。この事実は、つまり球状星団らは銀河系の円盤部分に対する衛星のようなものだということを教えます。この衛星的存在の分布状態を調査して、その中心を求めたならば、そこが即ち銀河系の中心である。この仮定の下にシャプレーは、やはりケフェイド変光星を足場にして球状星団の配置を探り、射手座方向……夏の宵、南天から銀河が地平線に向ってなだれ落ちている所の左がわ、大星小星、ぼやけた散開星団だの暗黒物質だのが群がって何となく怪しげに見える区域、あそこに我が銀河系の中心があることを突きとめました。李白の「月ハ斗牛ノ間ヲ徘徊ス」とあるのは、この射手座南斗六星のことです。この辺りではM20（Y字形の暗黒物質によって三分されているので、三裂星とも云う）と、M8（黒い帯をつけているので干潟星雲と呼ばれる）が特に明るく見えます。

さて問題のM31の中に星々が認められ、それに脈動星がまじっていることが判りました。ところで、もし非常に遠方の星団の中で、ケフェイド星だけが特に目立って変光しているならば、その星団全体としての光りぐあいはケフェイド一箇だけが変光しているようでは決してないであろう。即ち変化状態は曖昧でなければならない。にも拘らず、先方の変光状態は確実で、正規のものでした。それぞれにまさしく独立した星なのです。乾板に現われている面積は光像のにじみに過ぎないということになりました。これらケフェイド星の光度にもとづいて、M31までの距離を求めると、六十八万光年！　この値はウィルソン山天文台のハッブル博士が、やはりM31中に見付けた百箇以上の新星の平均光度を物差にして推定した距離と一致しました。先の自転運動速度はなにか観測上の手違いだったと決めてよいことになりました。アンドロメダ星雲及びこれに類する白色星雲は、その一つ一つが紛う方もない「小宇宙」なのです。一九二四年のことです。

其後M31の中に、更に十数箇のケフェイド星が発見されたので、遠隔星雲の距離測定は完全に手に入りました。われわれの銀河系は大小のマジェラン雲を伴って、他の三箇の星雲と組になっていますが、これにさらに別組が参加し、都合三組から成る「局部星雲群」を形成していることが判ってきました。別組は南半球の天の河近辺に存在しているので、この辺りに群がっている暗黒物質に遮られている仲間があるのかも知れないが、ともかく局部群は九箇の星雲から成り、此処に存する様々なタイプが、更に遠方の様子を探るためのサンプルになります。（其後、局部星雲群のメンバーは合計十九箇に増えました。それと共に、この直径二百万光年の小体系は、乙女座星雲群を主要部分とする大星雲群に隷属することが判明しました。乙女座大体系の直径は一千五百万光年乃至二千万光年、その厚さは四百万光年、われわれの所からこの全体系の中心部までは六百万光年。また南半球には別な大星雲群で、直径約八百万光年、幅約百六十万光年、われわれからは一千万光年離れたものが存在する）

ケフェイド星はなにも島宇宙の中で、一等明るい星ではありません。新星、不規則変光星、ある種の星団、青色巨星、その他にガス星雲や球状星団が最もよく眼にとまります。なお先方の所々にある黒い斑点は、われわれの銀河系内に存する「星間物質」に相応します。塵雲が散在する円盤面を離れた所には高速度星（星種Ⅱ、後述）が散らばっています。貴女は、露玉を一杯くっつけた蜘蛛の巣が秋風に吹かれて縺れているような、それとも海底に沈んだ大戦艦を空中から俯瞰したかのような、M31やM33の望遠写真をごらんになったことがあるでしょう。それは、われわれの銀河を彼方へ移したならば、こうもあろうかと思われるような姿です。殊に三角座のM33などは全体の形が崩れて、見るからに怖ろしい様相を呈しています。

ケフェイド星が見えない相手に対しては、超巨星を目じるしにして、距離を測定します。こうして望遠鏡の焦点を伸ばすにつれて、ケフェイド星、新星、青色巨星、球状星団、不規則星団、ガス星雲の順に取残されて行きます。おしまいには、五百年間に一箇の割合だという超新星でも見付からない限りは何の星としても認められない、星雲自体のぼーッとした明るさだけになってしまいます。これらの光度が、望遠鏡の焦点に光電池を置くことによって査べられ、等級をつけて、これを、すでに距離が判っている星雲の光度等級と比較されます。いっそう遠方にあるのは、いずれも平均して約五百箇の星雲から成立っている群団だと解されますが、これらはどれも似たものだとの仮定の下に、その見かけの大きさで距離を推測します。六百万光年彼方の乙女座星雲群の中にこの種のものがあって、ここに認められる種々な群団の型が、もっと遠方のものを探るための足場になります。

こうして、M31のお隣りのM33が七十万光年、ペガスス座星雲団が二千四百万光年、髪毛座星雲団が四千五百万光年、大熊座星雲団が七千二百万光年、獅子座星雲団が一億四千万光年、双子座星雲団が一億五千万光年、再び大熊座の大密集が二億五千万光年……これらの奥底には約六千万箇の星雲が存在している勘定になりますが、そこまでが約四億光年です。しかし大反射鏡の能力のぎりぎりの所では、良夜に長時間の露出にかけてみると、一般恒星とは区別される像が、殊に天の河付近では無数に撮れてきます。此辺までが五億光年で、これだけの距離を半径にした球の内部は、約一億箇の星雲が含まれていることになりました。この一億箇はハッブル博士に依ると、平均して相互に百万光年以上の間隔を保ちながら、二十カ所に及ぶ大集合もさして問題にならず、一様に分布しています。あらたに参加した二百吋反射鏡の有効範囲内では、星雲数は一億箇から十億箇までです。――距離測定にはいま一つ、スペクトルを用いる方法があります。

ローウェル天文台のスライファー博士は、特別に小さなカメラと分光器を設計して、M31のスペクトルの中に、吸収線の位置をやっと読み取りました。連続スペクトルの列中に現われる暗線は、そのすじが出る箇所に相当する低温ガスが光源に存して、本来ならばそこに示されねばならない輝線を吸い取っていることに起因します。

ところで、どんな大望遠鏡を用いても、星雲はいっこうに明るくなりません。そのために、スペクトル中の吸収線の位置など見きわめることが、出来なかったのです。

M31のスペクトル中に暗線の位置を捉え得て、その結果、菫色へのずれだと判り、前述のように、先方は、我が銀河系の自転による影響を差引いても、なお約二十キロ秒の速度でこちらに向って接近しつつあるということになりました。局部星雲群中ではどの星雲も菫色偏位を示しましたが、より遠方へ手を伸ばすにつれて、星雲らのスペクトル線は申し合わしたように、逆に、赤色の方へずれ始めたのです。しかもわれわれの銀河系内では天体固有の速力は十キロ秒から、せいぜい五百キロ秒が止りであるのに、スライファー博士が手がけた四十箇の星雲の中で、秒速八百キロから千八百キロに及ぶものが、二十箇もありました。不思議なことになってきたので、今度は、ウィルソン山天文台のミルトン・ヒューメーソンが、焦点距離二センチの豆カメラを用意して、なお続けて百数十箇の星雲スペクトルの吸収線を査べてみたところ、やはり夥しい赤偏です。乙女座星雲団が存在する六百万光年を超えて、さらに数十倍の深淵に探索の手を及ぼすと、吸収線のずれは、物差にした正規のスペクトルの列を飛び越え始めました。

望遠鏡の焦点距離を伸ばせば伸ばすほど相手を引寄せることが出来ますが、その代りに視野が明るくなって、微かな天体は却って見失われてしまいます。ヒューメーソン博士は分光器の間隙（スリット）を目指す相手の近傍にある星に向け、天体写真と照合しながら、眼に見えない目的物の上に持って行くと云う、甚だ面倒な操作をしなければなりませんでした。鉄骨製の大鏡筒は、分厚いコンクリート造りの土台の内部にある時計室へ連絡され、秒針の動きに伴う歯車の刻みが、地球の自転とは反射方向にうごいて行く天体を同じ位置に保持しながら、追っかける仕組になっています。良夜々々を選んで同じ作業が繰返され、こうしてやっと捉えたスペクトルは、まるで乾板の疵かとも紛う掠（かす）れ線です。吸収線のずれは、ゼラチン膜のゆがみとも受取れるもの、これが顕微鏡下に判読されて、重大な結論が導き出されることになります。

一億五千万光年かなたの双子座星雲団に得られた値は、二万二千キロ秒。最遠の大熊座第二星雲団では四万二千キロ秒、これはもう光速の七分の一です。でも、秒速数万キロの天体が存し、しかもそれらの天体系がいずれもわれわれの所から逃げ去りつつあるなんて、そんなことは到底考えられませんでした。なるほど、「遠方の天体のスペクトル線には著しい赤偏が認められる筈だ」と夙にド・ジッター博士が指摘していました。けれどもスライファー報告は、折から第一次大戦中のこととて、オランダの当の博士の許へは届きませんでした。それにフリードマンの理論が余りに数学的であったこともあって、ルメートルの「中間模型」が提供される一九二七年頃までは、学者らは、アインシュタイン宇宙とド・ジッター宇宙と、そのいずれを基礎とすべきかについて迷っていたのです。スペクトルの赤偏について、彼らは次のように考えました。「眼につく星雲とはつまり明るい星雲に他ならない。明るいというのは、それだけ物質に詰っている証拠である。それ故、濃い星雲は、すでに渦が伸び切って薄れた星雲に較べて、よりいっそうスペクトルを赤偏せしめるのであろう」と。（この頃は、楕円星雲、渦巻星雲、不規則星雲は、それぞれに進化の順序を示すものと考えられていました。いまではどの星雲もマジェラン雲のような疎らな構造であったが、沢山に星を持っているものが凝縮作用のために渦巻星雲になるのだと考えられています）

ある種の巨星に対して、われわれの太陽系の運動を定める場合に、「キャンベル項」という常数を計算中に加えることになっています。というのは、相手の巨星から得られたスペクトル線のずれの中から、太陽系運動に依る影響及び巨星の固有運動によるところの結果を差引いても、なおいくらかのずれが残ります。これは先方の大質量とか重い大気とかのために、即ち光はその重力に抵抗して飛び出してこなければならないのですから、そのさいに波長が伸びることによります。この弱められた量を計算中に見積らねばなりません。――ちょうどそれと同様なことが、質量に詰った大星雲の上にも云えるのではないか？　と天文学者らは考えたのです。それで、スペクトル線の赤偏は速力とは無関係だと見なされ、ド・ジッター博士の見込みとは全く異るということになりました。（では反対に、光が地球に近付く折には地球の重力のために菫色偏倚を起さないの

か？　起しますが、その分量は無視してよいほど微弱なのです）
そのうちに、いっそう遠方の星雲の距離推定が可能になってきて、ここで初めて学者らは気付いたのです。そもそも赤偏は距離と共に変化するのであるまいか？「赤偏は距離につれて変化する」と仮定してみると、万事が都合よく行くようでした。あらゆる星雲の後退速度は、百万光年について約百七十キロ秒の割合で増加することが明らかになってきたからです。この距離に依る影響を計算中に入れて、星雲らに対する太陽の運動を測定してみると、我が太陽は各惑星を伴って、琴座のヴェガの方向へ数百キロ秒の速度で進みつつあることになります。その速度は、太陽系が銀河系の中心の周囲を旋っている運動速度と一致しました。この太陽運動及び先の距離に由来する影響を、観測された星雲スペクトルに示されたずれから差引いた残りが、その星雲の固有の速度ですが、これらの値は極めて小さく、近付くもの、遠ざかるもの、平均して双方は数は等しくなりました。以上の関係が成立すると、スペクトル線のずれが調べられた総ての遠方星雲の距離が推定されることになります。この新規な方法は、星の見えない星雲の上にも応用されました。その結果は、変光星や新星や巨星を手蔓に測った距離と一致しました。二億四千万光年の遠方に及ぼしてみても、両者の結果はぴったり合ったのです。——但し、我が局部系だけは例外で、ここにある星雲らは、どんなに修正しても依然として菫色偏倚が優位でした。
ハッブル及びヒューメーソン博士は、こうして実地観測の上から、彼らの有名な「速度距離関係式」を発見しました。距離が二倍になれば後退速度も二倍になるということは、空間の膨脹が直線的に起っていることを示しています。しかし彼らは未だこの現象をもって後退とまでは考えませんでした。ド・ジッター理論とは独立にやった仕事なので、彼らは、「赤偏を速度の単位で表わすことは極めて便宜である」の立場に留っていました。当時は赤偏の原因が何事に依るのか、未だ何人にも説明することが出来なかったからです。では、空間構造の研究の方はどんな模様だったでしょうか?

望遠鏡の焦点を中心にして、そのぐるりの空間にかけて、べらぼうに巨きな球を順次に拡げて行くことが出来ます。探索はそのつど伸ばされた半径を有する球内の星雲の数を意味しますから、奥底の様子は、先の半径に追加した分だけの球殻内にある天体数を、すでに判明している天体の数と比較することに依って見当づけることが出来ます。半径を伸ばして行くにつれて、星雲の数がどのように増加するかを調査したならば、空間そのものの性質が判るわけです。ユークリッド平坦空間では、ある球の半径を二倍にすれば体積は半径の三乗に比例して増大しますが、リーマン楕円空間では三乗ほどに増大しません。いったんロバチェフスキー双曲線的空間になると、半径の三乗以上の急激な率で増大します。前後約二十年間に亙って、エドウィン・ハッブルはウィルソン゠パロマー天文台で、数千枚の乾板にもとづいて繰返し勘定をやってみましたが、甚だ不明瞭な結果しかもたらしませんでした。というのも、余りにも遠方の事情を探ろうとするからです。

ハッブル博士は、五十箇の電動装置がついた大反射鏡を操作して、天の奥底を丹念に写真に撮りました。これら数千枚の乾板に対して、地球大気の影響だの、空間中に瀰漫している稀薄物質による減光だのが修正され、各部分が比較考察されました。観測者を中心にして球の半径を二倍にする度に、撮影される星雲の数も八倍になって行く……としか最初のうちは云えなかったのですが、其後になると、天体の増加率が次第に減じるように窺われました。これはリーマン的構造のせいでしょうか？　よもやそんな馬鹿な話はないでしょう。なら、光度の減少が、「距離の自乗に反比例する」よりも急速に行われているからなのか？　そもそも赤偏とは光のピッチが伸びたことです。するとその伸びた分だけエネルギーの方が削られます。「光量子の持つエネルギーとその波長の積は常に一定である」からです。従ってこんな場合には相手の光は弱まり、そのために微かな星雲が実際よりも広い界域にばら撒かれているような印象を与える筈だ。――この考えにもとづいて写真を修正してみると、星雲の分布は一様になります。これは即ち赤偏を以て「後退に非ず」とした立場で、ここには静的な無限宇宙が得られます。

次にこういうことが云えます。後退しつつある天体は、そこに静止している天体に較べると、より長い道中に光量子をふり撒くことになるから、それだけ減光して小さく見えなければならない。もっともこの次第は光速の何分の一というような大速力に達しないと認められませんが、ともかく望遠鏡能力のぎりぎりの所では観測が可能である。この場合は、地球大気による吸収とか、反射とか、乾板の感光度とか、先よりもいっそう面倒な修正を要しますが、そんな手続きを写真原板に施して、星雲の光度等級を定めてみると、この等級はスペクトル線のずれについて増加し、ちょうど無限にひらいている円形スタンドの観衆のように、先へ行くほど星雲が増加してくる。ここには負の大曲率を持つ密度の濃い宇宙が得られます。「ロバチェフスキー的空間は、ユークリッド空間と合わして、果なき宇宙として除かれねばならない」トルマン教授の注意にも拘らず、此種の宇宙はすでに一九三三年に、イギリスのミルンによって要請されました。

ミルン教授は、重力に頼らないで、全く運動学的に宇宙を解釈しようとしました。彼は、各星雲をそれぞれに質点と見なし、宇宙とはそのおのおのが観測者を持っているような無数の質点の集合だ、と考えます。で、彼が「各質点の世界線は特定のイヴェントに向っている」と云うのは、各星雲が一カ所から出発して、八方へ拡がりつつあることを意味します。

——この次第について、夙くからゴム風船の比喩が行われています。星雲らが一カ所にあったとは、ゴム風船が最も縮まっていた状態を指します。それが徐ろに膨らみ始めた。すると、各星雲らは、互いに自分から離れて行く他の仲間を見ることになります。これはつまり無数のポツポツのついたゴム風船が、限りも知らずにふくれ上って行く状態です。ゴム風船の半径が即ち時間経過で、ゴム風船の表面が空間に相応します。ポツポツ自身は変化しないのかというと、宇宙斥力は勿論ポツポツの上にも働いていますが、そこでは斥力に何十万倍もする引力によって打ち消されています。従ってポツポツ即ち星雲も、各星雲を構成している星々も、星々に附随している人間などは一向に膨脹しません。ルメートルは颱風の理論を打ち樹てたのであって、その大風のために箇々の果実や稲の茎がどうなるかは省略しています。

ミルンの宇宙論では収縮の方は取扱いませんから、遠隔天体のスペクトル線を査べて、それらの後退速度を定めることが出来ます。各星雲の後退速度は観測者からの距離に比例して増大しますが、これが観測に当っては光速を超えることは出来ない。そのための最大距離が即ち宇宙の半径である。この理由によって、各観測者はあたかも自身が巨大な球の中心に居るように感じます。星雲の数は先へ行くほど増加して、境界に近付くと無数になる。宇宙時間は空間の平均密度の減じ方によって測られますが、この関係から見ると、膨脹が始まってから二十億光年。この数字は宇宙の限界への距離に相当します。われわれが現在居る所を中心にして、どちらを向いても、二十億光年の彼方に壁があります。そこではどんな小さな面積を取上げても、その中に無数の星雲が含まれていることになります。如何なる物体もこの限界を突破して向う側へ移ることは不可能である。というのは、たといわれわれが素晴らしい性能のロケットを発明して、それによって星雲密集地帯の突破を企て、空間二十億光年の旅を続けてきても、目的地には何の変哲もないからです。却ってわれわれは二十億光年の向うに、即ち曾ての出発点が星雲に詰った壁になっているのを知るばかりでしょうから。

其後、広島文理大学の三村剛昂博士を中心にしたグループによって、波動幾何学を台にした宇宙論が提供されました。この模型にあっても、宇宙の限界は最遠の場合、観測者から十七億五千万光年と算出されています。この境域にあっては、密度は無限大。各星雲の速度はゼロ。光速もゼロ。あらゆる自然現象は停止しています。

ド・ジッター博士の「宇宙の水平線」について、僕はその初めに、すべての平行線が相交る所のことだろうかとか、楕円空間の全長の四分の一の箇所を指すのであろうかと か、いろいろ考えあぐんだものです。何のことはない！ それは、星雲の拡散速度が光速に届いている際どいさかい目のことだったのです。そうだとしても、「如何なる物体も光速度に到達することは出来ない」とアインシュタインが教えているところとは、矛盾しないのでしょうか？

まず、光速三十万キロ秒が物理的には無限速度になっているのは、比較的簡単な時空系を取扱う「特殊相対論」の立場だということに注意する必要があります。ところで、ここに云う遠隔天体の後退は、日頃われわれが口に出しているような意味での「運動」ではありません。雲々が駛っているのは、雲々を浮べた空気層の急速な移動に他なりません。星雲らがてんでに拡散しているのでなく、それら無数の金色のカタツムリを嵌め込んだ空間自体が伸びているのです。われわれから六百万光年をへだてた乙女座星雲群がある辺りでは、空間はすでに毎秒千二百キロの大速度で延びつつあります。海蛇座星雲群の辺りでは六万キロ秒、こうして、星雲らを捲添えにした大規模な拡散速度が光速に届いているような部分では、そこから光の使者がこちらへやってこようとしても、彼らの足並が絶えず後方へ掬われているために、踏み出しが不可能になります。それは昇っているエスカレーターを、その上昇速度と同じ歩調で降りようとするのに似ています。光たちが階段上で歯がゆい足踏みをしているように、観測者側からは受取れるでしょう。このどうかして降りつくそうとする踠きが、即ちスペクトルの赤偏に他なりません。足並が詰ってくるとは、云い換えると一定時間内に進み得る距離がだんだん伸びて行くことです。時計の振子のうごきも、原子の振動も、宛ら高速度撮影の映画のようにのろくなって行って、ついにその限界が来ます。膨脹宇宙論では、その限界は二十億光年の彼方だと教えます。

これならば、パロマー山天文台の二百吋反射望遠鏡の能力のたった二倍の所です。ところで其後、宇宙の大きさは従来の約二倍になりましたが、それは同時に、最大望遠鏡の有効範囲も同じく倍になったことを意味していますから、両者の関係は依然として同じです。われわれは現にパロマー山頂に持っている光学機械の二倍の能力のあるものを建造し得たならば、時空のフィナーレの大景観に接することが出来るでしょうか？

——もしも宇宙空間がリーマン的な楕円構造に置かれていたならば、こんな球的宇宙内に包蔵された天体をかぞえるには半球だけでよい、ということがあります。この見地に立つと、他の半球を加えたならばそれは星を二重に算えていることになるのです。

リーマン世界では、「二ツノ直線ハ必ズ相交ワル」になって、並行線などは一つも存在しません。こんな世界のモデルとして地球面がありますが、不都合なことに此処では、二直線の交点は反対側にも存します。「二直線ハ二点で交ワル」になって、重大な困難にぶっつかります。リーマンは単楕円というものを持ち出して、この難点を解決してしまいました。それは、対蹠点は二点でなく、一点だと見なすことでした。でもそんな模型は作れるでしょうか？　作れないことはありません。地球の南半球を白紙にして、そこへ北半球の地図を貼り付けるのです。貴女が南半球に在る新東京を訪問されたなら、何も彼もが東京都とそっくりなのに驚かれることでしょう。貴女ご自身と寸分も違わない人が向こうからやってきます。双方から手を差し伸べた時に、貴女は、自分は右手を出しているのに、もう一人の自分は左手を出していることにお気付きになるでしょう。右の次第は「メービウスの帯」を使って、手軽に実験することが出来ます。細長い紙片で作った環ですが、只一方の紙の端を一度ねじって、即ち百八十度廻転してから糊付けしたものです。それぞれの頂点に、品川、上野、新宿と記した小さな三角形を、このメービウスの帯の上に辷らせて、出発点へ帰ってくると、品川、上野、新宿の左廻りが、右廻りに変っているのを知ることでしょう。

其後宇宙が以前の大きさの二倍になったのは、次のようないきさつによってです。そもそも銀河系周辺部に散らばっている球状星団や遠方銀河系への距離が判明したのは、ケフェイド星の変光周期と光度等級のあいだに成立する関係が利用された結果です。

渦状星雲では、ケフェイド星はその周辺部に見付けられたのであって、この部分は、我が銀河系にあっても円盤状中核を外部からぐるっと包み込んでいる「星種Ⅰ」の星々が屯する所です。だから、物差として用いられたのは「星種Ⅰの脈動星」です。

傍ら、銀河系内部に円盤状に集合してゆっくりと中心を旋っている「星種Ⅱ」の星の中にも脈動星があります。これは、楕円星雲、球状星団の中にも多数に発見されるので、星団型脈動星と呼ばれています。ひと口に云うと、渦分枝の中に存在するのが「星種Ⅰ」で、中心部に存在するのが星種Ⅱです。ヘリウムを次々と重い元素に変えて不安定に陥った星がついにぺちゃんこになって潰れる。ここに到るまでを「星種Ⅱ」とします。新星現象によって周囲の空間中に撒きちらされた塵やガスが、次第に充満してきて、凝結して新らしい星になります。この第二次の、ヘリウム核を持っていない若い青星が星種Ⅰで、非常に明るい青色巨星、超巨星がその代表ですが、我が太陽もこの部類に属します。地球も太陽と共に「二世」であり、年齢は四十五億年くらい。更に若い星として「スバル」のような散開星団があります。これは数十箇から数千箇までの星が疎らに集まっているので、中には年齢わずか一億年に足りぬものがあります。

M31の周辺部が密集した星々であることを突きとめたのは、エドウィン・ハッブルです。彼は一九五三年に六十四歳で亡くなっていますが、何故このことを特に持ち出すのかというと、当時日本の新聞で、この大天文学者、星雲宇宙の開拓者の訃を報じたものが、一つもなかったからに他なりません。さて、ハッブルの死に先立つ約十年前に、ウィルソン゠パロマー山天文台の名観測者ワルター・バーデは、ハッブルの仕事のあとを継いで、M31の核部を星々にまで分解してみようと奮い立ちました。ウィルソン山の気象状態は秋が最良です。折から西部海岸は灯火管制のためにロサンゼルスの反映に禍されることがなかったので、思い切った長時間の露出が可能でした。それなのに、M31の中核部は依然として光の海です。次にパンクロの乾板に橙色のフィルターをつけてやってみると、今度は星像が顕われました。つまり橙色の星が一等明るい星だったわけですが、この次第から其後意外な結果が導かれました。M31までの距離は実は六十八万光年の二倍強の約百五十万光年。そこに含まれている星の数は約一千億箇。中核部は老齢で赤い星種Ⅱだが、渦巻の腕の部分で輝いているのは若くて青白い星種Ⅰである。

バーデはまず、M31の中心部に群がっている橙色の星々の中に、「星団型脈動星」を見付けようとしました。二百吋反射鏡が捉え得る最微の星の明るさと、先方に存在するであろう「星団型脈動星」の光度とは理論上一致しなければならないからです。ところが一向に見つかりません。これはしかしその星が先方に存在しないということにはなりません。何故なら、渦状星雲の中心部及び楕円星雲が星種Ⅱから成立っているのなら、それは球状星団と同じ性質のものでなければならないからです。球状星団はすでに述べたように、銀河の円盤を取巻いて分布していますが、これらは総て「古びた星の王国」で、青色巨星や太陽のような黄色星は殆ど発見されません。おそらく百億年にもなろうかという温度の低い、赤みがかった星ばかりです。

してみると、目指す脈動星が予想以上に暗いのか、当方からの距離が予期したところよりも遠いのか、このどちらかだということになります。もし先方の光度に間違があれば、「周期光度曲線表」の手ぬかりを意味します。距離に狂いがあるのなら、それもやはり「表」の誤りになります。曲線表が作製された時代には勿論星族の差異など判っている筈はありません。また距離測定も、三角視差ではなく、先方の視線速度及び固有運動にもとづいて、その値を推定して光度を等級づけたのです。三角測量は三十分の一秒くらいまでは読み取れます。距離にすると三十光年以内が確実であって、三百光年以上にはてんで通用しません。——こうして、星種Ⅱの脈動星の等級は従来通りでよいが、星種Ⅰの脈動星の等級づけの上に錯誤があったことが、判明しました。

星種Ⅰの脈動星は、星種Ⅱの脈動星に対して、一・五等級だけ明るい。これは変光周期が相等しい時、両者の明るさのあいだに四倍の差があることです。つまり今までは星種Ⅰの脈動星への距離を余りに近く見積っていたことになります。実際は約二倍の距離に持って行かねばならない。即ち星種Ⅰの脈動星にもとづいて距離を定めた星雲は、従来の二倍の所へ、また、これら近距離星雲の平均光量を基礎にして距離を求めた遠隔星雲も、二倍の彼方へ移さねばなりません。従って、二百吋反射鏡の有効範囲は十億光年だったのが、実は二十億光年。ウィルソン山の百吋鏡の方も、五億光年でなく、本当は十億光年の貫徹力がある。

但し我が銀河系の大きさは元通りでよい。これは、星種Ⅱの脈動星によって距離を定めた球状星団の分布状態にもとづいて算出したのであるから。いったい銀河系の直径十万光年とあるのは、銀河系の辺陬に疎在している球状星団を足場にしてきめた値です。そのため、もしも遠方からも見えるような明るい中心部にもとづいて測ってみれば、直径十万光年は、その半分か三分の一かになってしまうだろうとの反省がありました。これに反してM31は、其後、微光度計をつけたカメラで撮ってみると、直径は以前の二倍となりました。これが六万五千光年で、今回はその倍の十三万光年になったので、我が銀河系よりも却って巨大なものになりました。――星雲らの後退速度の割合も訂正されて、今から約十八億年前には総ての星雲が一カ所に在ったとされていたのが、「三十六億年以上」ということになりました。ガモフ博士は、岩石中に含まれたウラニウム崩壊の度を物差にして見積った地球の年齢、及び恒星の熱源を元に推定した星々の年と一致するように、二・八倍説を主張していますが、他の二・二倍説を採ったところで、ともかく星の年齢の四十億年、宇宙年齢として四十億年乃至五十億年が推定されている所と、膨脹宇宙論的要請の三十六億年とは、そんなにひらきがなくなりました。地球上のウラン二三五と二三八との比率から逆算しても、宇宙の年齢は九十億年になります。また球状星団中の重い元素の比率も詳しく判ってきました。それで、先年モスクワにおける第十回国際天文連合総会では、宇宙の歴史を六十億年乃至百億年に伸ばすことが決議されました。

「ボンディ゠ゴールド゠ホイル理論」というのは、無量の星雲が宇宙の涯に向って分散しつつある傍らに、その代償として絶えず新規な星雲が創成されていると説きます。空間のそこかしこに新星雲が続々と湧出しては、八方へ散じて行く……これを映画館に喩えてみると、椅子席で退屈のあまり居眠りを始め、その次に眼が醒めても、眼前のスクリーンには以前と少しも変らぬ光景が映っています。で、いっそ映写機の廻転を逆にしてくれないかと申し出ると、今度は遥か向うから、四方八方から陸続と星雲が際限もなく現われ、次第に大きくなって、間近に迫ると思うまもなく形を崩して蒸発してしまう。この情景もいついつまでも同じなのです。

ホイル博士に依ると、なにも総ての星雲がお互いの上に乗りかかって詰め込まれ、その密度には測り知れないものがあったなどというものでない。宇宙は釣合っていて、何らかの原因で収縮の代りに膨脹に向ったのである。この一般的な反撥と分散の局部にたまたま密度の濃い所が生じると、重力が星雲群を形成する。銀河系内に見ても、星々を作っている物質の総和よりも星間物質の総量の方が多い。宇宙空間に含まれている基本物質の量には、総ての星雲を集めた量の千倍を超えるものがあって、しかもその密度は常に一定に保たれている。即ち絶え間のない水素創成が空間中で進行し、この新物質は外向きの圧力をこしらえて宇宙を一様に膨脹させているが、その傍らには、基本物質を材料として、ひっきりなしに星雲が誕生しているのでなければならないと。――こういう宇宙はユークリッド的だと云えます。アインシュタインの方程式は、曲率と平均密度と宇宙常数λとの関係を示すもので、静的宇宙ではこのλ（斥力）を入れないと宇宙は縮まるだけです。現在の膨脹宇宙論では、曲率と平均密度と膨脹率とが結びつけられています。すでに膨脹と決まっておれば、λの値はゼロでもマイナスでも差支えありません。従ってユークリッド空間だって膨脹宇宙として十分に成立します。ホイル派はどうも、ボオが指摘している意味における「無限」と同様に、多くの「今」の配列をどこで制限すればよいか判らぬために、通俗的な「無始無終」の助力を仰ごうとしているかのようにに、ぼくには見受けられます。物理学は①ニュートンの時代。②ファラディ、マックスウェルの時代。③プランク、アインシュタイン、ラザフォード、ボアの時代になって、天文学を爆発的に飛躍させました。④は、一九三六年におけるアンダースンの新型粒子の発見に始まりますが、おそらくこの第四革命期に、曾てマックスウェルが峻別した波動と粒子が仲直りしたようなことが、天文学上にも起るような気がいたします。つまり極大と極小との握手です。しかし今のところ、超高密度か釣合いか、どっちを取るかと問われるならば、僕は前者を買う者です。凡そ宇宙論者は、ユニフォーミリタンとカタストロフィストとに大別出来ますが、ボンディやホイルは前者であり、ルメートルやガモフは後者に属します。僕自身もそうです。何故ならこちらは、宇宙がともかく一つのイヴェントに向っているということを信ずる者であるからです。星雲らが爆発的に誕生したにせよ、常に創造されつつあるものにせよ、それが進化の途である限りはその目標がなければなりません。ホイルばりの「定常宇宙」に拠ると宇宙起源の難問が避けられます。かつ滅亡から宇宙を救い出すことも可能です。しかしそれは永劫輪廻の悪夢の中に宇宙を見棄てることになるのではありませんか？

曾て（一八二六）ドイツの天文学者オルバースが云いました。

「無限宇宙では、そのいずれの点でも八方に輝いている天体の無限量の光を受けることになる。従って全天は眩しく輝き、太陽さえも目立たぬ程でなければならない。それなのに現に自分らが見ている夜ぞらのあの暗い背景は一体どういうわけか？」

――地球を中心にした仮想の透明な玉葱の皮の中に含まれている星の数は、半径の二乗に比例するが、それぞれの星から受ける光の強さは半径の二乗に反比例する。すると、ある皮の中に含まれている星からの光は、半径に全く無関係になる。一方の増加が他方の減少を打ち消すからである。しかし玉葱の星の数はいくらでも重ねて行けるから、中心部で受取る光の強さは（一つの星が遠くの星を隠しでもしない限り）いくらでも大きくされるわけだ。これでは、地球が全宇宙から受ける光と熱は全日光の約六十億倍となって、われわれはとっくに蒸発してしまっている筈だ。

オルバースと同様な疑問は、近年ボンディによって再び取上げられましたが、このパラドックスは、天体の均一分布ならびに曲率一様を仮定した上での話です。それに、二十世紀に入っても最初の二十年間は、大旨の天文学者らは、プロクターらが夙に提唱している「遮光効果」など信じようとしませんでした。彼らは天の河の平面には渦巻星雲が見付からないということから、白色星雲は銀河系内のものだと主張していたのです。一九二五年になって、オールトとリンドブラッドの研究があって、星間塵粒子の邪魔が今日まで無視されていたことが判ったのです。これに加えて、スライファー、ハッブル、ヒューメーソンらの発表が逃げ路をひらいてくれました。「空間それ自らの伸び」です。これを持ってくると、星の数の増加による光量と、距離による減光の相殺がもはや起らないことを教えます。われわれの受取る光の量には限界があります。例えばパロマー山の二百吋反射鏡が探り得る最遠の距離では、光量は膨脹が起っていない場合の三分の一になります。この距離が倍になると、距離の伸びの速さが光速に追い付いて、光量はゼロになってしまいます。だから、どんな大望遠鏡を建造しても、永久凍結の星雲壁なんか撮影することは出来ないのです！　夜ぞらが暗いのは実は宇宙が膨脹しているからです。

オルバースの背理にまず答えたのは、ストックホルム天文台長のシャリーエーでしたが、彼はいち早く天体の一様分布に疑いを懐き、かつ、「観測不可能な空間の向こう側はどうなっているか」についても、大いに示唆してくれるところがありました。

シャリーエー曰く、「各銀河系は、一銀河系内の星々の間隔よりも遥かに大きな割合で疎在しているから、たとい大望遠鏡に映じる範囲の十億箇の銀河系による全照度も、頭上の天の河からやってくる光量の数パーセントに過ぎない。更にそのような夥しい銀河の数にもおのずから制限があるだろう。われわれが現に居る所はおそらく銀河の大集団の一部分であって、この密集地帯を離れると、何物も存在しない空間があるに相違ない」

ルメートルとは独立に「中間模型」を研究したロバートソン博士に依りますと、光がそこでぐるぐる旋っているばかりの球宇宙が、一つぶの泡だと見なされます。彼は、荒漠たる暗黒の無限空間の中には、そんな無数の泡宇宙が互いに無縁に浮んでいるのだと考えました。しかしシャリーエーの幻想の方がもっと劇的です。即ち、他にも巨大な銀河集団が存し、これらが組合わされて超集団を形造っている。この超集団同志が組になって超々集団を構成し、こうして果もなく階段的に続いているのであろう……。

――でも、リーマンの次の言葉はいっそう徹底していやしませんか。曰く、「空間とは、一般的なn次元連続集合体の特別な場合である」

僕ならば……僕はこの「限界の彼方」という題目については、さしずめ『存在と時間』の著者が、「現存の可能的全体と死への存在」（第二編第一章四十九節）に述べているところに思い当ります。

……死が現存の「終末」即ち「世にあること」の終末と規定されるならば、それに依つて、「死後」も猶他の、もつと高い乃至はもつと低い存在が可能であるかどうか、又現存は「生き続けてゐる」か、それとも「いつ迄も続いて」「不死」でさへあるかどうか、等に関して何等の存在的決定が下されるのではない。死への態度の規準と法則が「信心」に迄導かれてゐるかの様な、「彼岸」とその可能性に対しては此岸と同様に存在的には何の決定もせられない。然し乍ら死の分析は、この分析が現象を、それがその時々の現存の存在可能性として現存の中へ入り込んで行く様態に基いて説明してゐる限りに於いては、純粋に「此岸的」である。死がその全き存在学的本質に於いて理解された時にのみ初めて、死後は何であるか、と云ふ事が方法的に確かな意味と正当の権利を以て一般に問はれる事が出来る。斯様な問ひが一般に可能な理論的問ひを現はしてゐるか否かは此処では決定されては居ない。死の此岸的な存在学的説明は凡ゆる存在的、彼岸的思弁に先んじてゐる。（寺島実仁氏訳文）

ところでわれわれは、何彼につけて口に出します。「どうしてそうなのか知ら?」と。これにはどんな根拠があるのでしょう。詮ずるところ、「何故にこの世界があって、むしろその代りに無が存在しないのか」ということではありませんか。総ての存在は無から生じていること、われわれ現存は自ら無の中に引入れる時にのみ存在者と関係することが出来るということ、又、一般に或る者がわれわれに驚異を喚び起し、この驚異を元にして「何故?」が発生する。――この点についてはすでに貴女に了解があるものとして、では次の云い方はどうでしょう。

「無は対象としての存在でない。有限な認識には全く知られないもの、ent-Standであり、存在者そのものである」「無は存在者でないが、或る者であるところのものを意味する。それは相反者、あるいは他者性である」――だから、「存在者は、無でない他者として、無の舞台からせり上げて見せられる」従って、「しかじかの存在者をこれまで現はれなかつた異様さにおいて余す所なく、全然他者として無に対して顕示する」——あるいは、「無が各個の現存の根拠において顕らかであればこそ、存在者の異様が余す所なくわれわれを襲ふ」——「無は全体において辷り去るものとしての存在者と共に、又その中に自らを示す」

例えば、暗い公園の木立の下とか、路次の奥から眺めた夜の大都のきらきらした大通りが、しばしば驚くべきものとして、眼に映じるようなことはありませんか。次の瞬間、そこにはさまざまな幾何学的破片が灯火の矢先に刺し貫かれ、相共に戯れ合っているのを見るばかりですが、たった今さっきの閃きこそ、「辷り行く全体」をこちらに向って提示し、かつ「何故に存在しているのか？」という、あらゆる問いの中での最も怖ろしい問いを、問いかけているものではなかったでしょうか？

「全体において辷り去る存在者を、全体において斥けながらなお指示する。これが無の本質であつて、これを否み（ニッヒツング）と名付ける」フライブルグの哲人が続けてこのように述べる時に、僕は、「ド・ジッター限界」を超えて刻々に背野（バックグラウンド）に没しつつある無量の星雲群の上に、彼のいわゆる「拒斥的指示」を当て嵌めないではおられません。

——観測された最大の後退速度が海蛇座星雲群の六万キロ秒であり、この距離十二億光年を六万キロ秒で割った七十億年（あるいは九十億年）が、いまや「ハッブル常数」として要請されていると云ってみたところで、——パロマー山の巨眼は約三十億箇の星雲を捉え得る筈だと云ったところで、——米海軍のパラボラアンテナを使うと壁の向こう側が探られ、そこには理論的には一千億のさらに一千億倍の天体が存在すると云ったところで、五十歩百歩です。今の状態で進むならば今後百億年も経たぬうちに、何も彼もがすっかり失くなってしまいます。空間中にわずかに残留しているであろう物質も、かくの如く語っている僕の言葉の如くに移ろい行き、融けて幻のような無に還元されてしまうことでしょう。

ごらんなさい！　灯火を鏤めた夜の都会の裳裾は、あえて鳶色の靄の中に縮まって行く紅いテールライトの点々に限らず、採光放電管の輝きを逆様に受取ったまま無限に深まっている、先刻の俄雨に濡れたアスファルトも、向うの交叉点を切紙細工になって行き違っている群衆も、自動車の列の縺れも、各自はそれ自ら永久に辷り去りながら、なおそのことによってこちらに向って迫って来ます。こんな宵の一刻こそ、そこに投げ出されているものとして、相互いに貫徹滲透している物象は、相互吸引の鎖を断ち切って、震動しながら、各自の終りに向って落下しつつある自覚に到達するものに相違ありません。――セックス及び快楽への惧れに堪えかねて、われわれは科学や宗教へ奔ろうとします。しかし、聖たちをも訝らしめる頭上に蜒々と亙った天の河は、更に宇宙方程式が示す時空の限界である星雲の壁は、もともとセックス乃至快楽としてわれわれには前了解があるところのものの客観化ではなかったのでしょうか？　しかもそのセックスは死と向い合って、恰も中米のマヤ族の建築基本様式のような凭れ合いを示し、快楽はまた苦痛と提携して、けじめもつかぬ迫持となって、われわれの頭上遥かにのしかかっているのです。僕が何時か貴女と語り合っていたのかも知れない遠いクレータ島の夜、やはりこうして語っているのであろう、月の破片が赤道の天に大円環となって懸っている未来の夜、同時にそれは何処か他の星の都会のことなのかも知れないところの夜とは実はたった今のこれだったのです、ねえ——。

Ⅳ　ヒコーキ野郎たち

空の美と芸術に就いて

天を慕うのは芸術家の個性である——ラスキン

前世紀の文明は或るかぎられた観念の上にきずかれたものであった。が、私たちの求めるのは、もっと高い、広い、自由な世界である。飛行機が来るべき文明の先駆のなかで、最もあざやかなものであるとは一般にみとめられていることだが、それは外形的な方面のみだけであろうか。空中飛行を一言に云うなら、私たちの平面の世界を立体にまでおしひろげようとする努力である。即ち、それによって土と水とに住むことができた私たちは、空中にも住むことができる自由な私たちになろうとするのである。単なるあそびではなく、長い間虫のように地球の表面をはいまわること以上に出なかった人類の生活を、思想の上にも、科学の上にも、芸術の上にも、よりひろく、より高く、より大いなるものにしようとする革命を意味する。

☆

太古から空は美の源泉であった。私たちは長い間空の下に住んでいたが、その美と偉大について知ることができたのは、ほんのわずかなものであったろう。とおい地平線に沈んでゆく夕日の方へとんで行きたいとファウストが云ったときに、弟子のワグネルが云った「私もずいぶん気まぐれなのぞみがわくが、まだ鳥の羽根がうらやましいなどとは思ったことがない。私はこの古文書をしらべて行くと一枚一枚に何とも云えぬたのしみがある」ファウストが云った「お前は人生のたった一つの欲望しか知らない。どうか生涯今一つの方を知らずにおらせたいものだ。おれの胸には二つのたましいが住んでいる。一つが一つからはなれようとしている。一つはむりに土をはなれて高い空をとびたがっている。この大気を支配している霊があったら、どうか金色のかすみのなかから下りてきて、おれをあたらしい色彩にとんだ生活へつれ出してくれ」ゲーテはさらに彼をして、飛行のつばさをもって帝王の冠より貴いと云わしめている。ファウストが人生最高の理想を象徴した詩篇だとしたら、空中飛行はたしかに人生最高のほまれにぞくするものでなければならぬ。

☆

こうして幾十世紀もの間さびしく鳥類のみにまかせたうつくしい空は、私たちにとって知られざる理想郷であった。だから今日、飛行機をとばせてこの別世界にはいった飛行家の胸のなかには云いしれぬ美的観念が生ずるであろう。空中にある飛行家にどうしてそんなひまがあろうと云う人もあるかしれない。けれどもそれはもはや昔のことで、今日の完全な機械と熟練した技術による自由飛行の場合には、飛行家は地の上のにごった空気をはなれて、高い空のすがすがしい気流と光のなかを駆ってうつくしい大地を見下したり、かがやかな青空をあたまにして羊毛のようにツヤツヤした銀いろの雲の裏地をかすめたり、さては数万フィートの鳥も住まない人類未知の高空におけるさびしさを味わったり、地上の人にはとても能わぬとおい地のはてに落ちてゆく夕陽を拝したりすることができる。

この空中感についてキャプテン・トクガワはこう云った「空中感と云って特別に簡単な言葉で説明するのは六つかしかろう。飛行家の頭脳を解剖してみて、そこに果たして特別の細胞が組織されているかどうかはわからぬが、三千年来の夢が今日やっと実現したまでのことだから、人間は一般に同じ空中感を頭脳にもっている。飛行家は他人のまだ味わい得られぬ或物を空中において得ているが、他人と云えどもまだ味わい得られぬだけで、エレメントはもっているにちがいない」と。「かぎりもしらぬ処女の空のみどりのふかみへ、快速力にとんでゆく快さは飛行家のみの特権である」とスチンソン嬢が云った。「花のあいだをとびまわる蝶のように空中にある自分はたのしみにみちている」とはヌーベルラタムの言葉だ。陸軍のある飛行家はかたって「ひとりではじめてのクロスカンツリーをしたときに、機上でゆかいなロマンチックを空想したり、すぎ往いた少年時代の生活や行末の理想などにふけっていて、きゅうに風にあおられたのでおどろいてハンドルをにぎりしめたことがある」

☆

ヨーロッパ大戦以前にモスコーの練兵場に起ったことである。ロシヤのニヒリストの青年飛行家が、ある皇族を同乗させ空中から突きおとす目的で飛行をはじめたのである。高空にのぼってゆく飛行機を見て、他の虚無党員は皇族の墜落を今か今かと待っていた。飛行機は春空に円をえがいてとんだが一こうにそんな模様もなく、やがて空中滑走によって着陸してしまった。党員はにわかに胸さわぎをおぼえた「あの飛行家は買収された」「速やかに彼を殺害すべし」と放言をはじめたとき、しおしおとしてきた青年飛行家は愛する妻に向って何事かを述べると、ひとりでまた飛行機に乗って二百メートルの空から、自分でハンドルをこわして墜落してしまった。彼が妻にあたえた遺言には「大空高く自分のとぶとき、発動機のひびきを除いては何の音もきかぬ。自分と同乗したのはわずかにして得たひとりの友である。どんな残忍な性質をもっていると云ってもこれを殺すには忍びない」

これにつづいて思い出されるのは、あのヨーロッパの空ではさかんに空中戦が行われたが、それにしたがっている飛行家は自分のちかくに爆発する敵弾の白煙や閃光に対しても一種の美をかんじ、きわめて客観的な心もちをもってつとめを遂行したということである。これらは空中にある人々の心もちを察するのにふさわしい材料でなかろうか。

☆

ふつうに芸術家のエレメントは感受性にあると云われているが、飛行家の第一要素もそれにかかっている。これまでの人間はただ水平の運動のみについてたしかな感覚をもっているが、飛行家は常に上下動や、宙返りや、インメルマン、トンノー、ピック、ブリル、などに代表されるあらゆる空間の複雑な運動に対して鋭敏な感覚力を養いつつあるのである。ときとして五官にはかんぜられぬ神秘なあるものに対する感覚、即ち第六官とも名づくべき働きを飛行中のかれらのある者がかんずるというのも、人類本能の進歩として注目さるべきことでなければならない。あのギネメル中尉のごときは志願兵になろうとして、体格がわるいために五度も失格した。ところが一たび飛行家として立つと、たちまちアスのなかのアスとして、かつて世界に生れた最も驚嘆すべき飛行家とたたえられるに至った。ヌーベルラタムは六度の近視にして豪放な飛行ぶりを示し、新興フランス青年の典型とうたわれ、蟄居とゆううつの所産として云われたデラグランジは、一たびハンドルをとるとかもめの水をおよぐような手腕のもち主であった。「デリケートな飛行機の操縦に却って強壮な人は無用に思う」と云ったカザリンスチンソンの言葉にも、ここに至ってある真理がみとめられよう。

こう考えてくると、飛行機そのものに芸術家の親しみ得られるたくさんな素質をみとめてくるが、事実、この科学的で冒険的な機械が芸術家みずからによって取扱われ、また取扱われつつあるであろうことは興味ある問題である。こころみに世界に有名なパイオニヤーのなかからあげてみると、アンリーファルマンはパリ美術学校の出身だし、同じ出身にボァザンがある。デラグランジがある。イギリスのグラハムホワイトは音楽家で、さきに云ったラタムは詩人であった。――古くはルネサンスの天才レオナルドダビンチは、人も知る偉大な先駆者であり、ちかくはストリンドベルヒなども飛行機に並ならぬ興味を抱いていた。

☆

フランス学士院のジャンダルゲー氏は「空中の将来」の序文において、「人間の高速運動に対する慾望は無常迅速な運命に根ざしている。不老不死は不可能である。かぎりある一生にかぎりのない事業をなし、かぎりのない快楽を得るにはどうしてもその運動速度を高めるのほかはない。飛行機の進歩はじつにこの本能的慾望に基づくものである」とのべている。ベルグソンによると停滞とは死である。飛行機も自己の速力によって浮力を得て前進するので、エンジンの停止はすぐに墜落を意味する。動は常に生きることだし、私たちは一秒間だにも同じ点に止ることはゆるされぬ。最大な危険が最大な躍進でないか。私たちは今やあまりに安全すぎる生活に不安を有し、精神のプロペラーを廻転させて、ベルグソンのいわゆる「エランヴイタル」をこころみるべく希って止まぬ者である。

この刹那主義者や快楽派の人々が、飛行機に多くの共鳴をかんじたと云われているが、私たちにとってさらに興味ふかいのは、「世界のかがやきは急速な運動の美によってゆたかにされる」と叫んだ未来派の青年たちが、この機械によってのみ、二点間の最短距離は直線であるとの原則をそのまま実行し、わずらわしきすべての地上舗行器を嘲笑しようとしたことである。

☆

が、私たちは何も飛行機に関する冒険小説をかこうとするのでない。イタリーの小説のヒーロは恋人の胸によりかかって海のひびきをきいた。ドストエフスキィは大地にキッスする人の心をえがいた。が、私たちはそれだけでは物足りない。私たちはすべてのものを愛さねばならぬ。ダビンチはなぜ大空を恋いしたったのだろうか？　私たちは空中、いや地上と空中とに常に生きようとする人々の気分を完全に知りたいのだ。もっと自由な高い生活をする人々の言葉に接したい。自分もそんな生活をしてみたいとのぞむ者である。大空に対して私たちがふるさとのような親しみをかんずるときはこないかもしれない。けれどもそれは私たちの理想郷として、私たちはそこから真にきよらかな新芸術の暗示を汲みとることができるだろう。

天には魔のごとくかける大商船がみちてゐる
亡霊のごとき露は雨とふる

テニソンはロックスレホールの章句でうたった。夕空のかなたへとんでゆく白い鳥を見たダビンチは、空中王たる力とほまれにみちた人類の将来を夢みた。これら芸術家の予言と努力を実現すべき責任は、じつに私たちの双肩にあるのでないか。

☆

この幼ない感想は、かつて中学時代にこころみた講演の記憶にもとづいたものである。

比較的昔のことによる引例も云おうとするところにかかわらないからそのままにした。新社会建設にあたって常に重大な意義をもつ芸術が、かぎられた世界をやぶってゆくようには、単なる遊戯品が軍用機関のように考えられがちな飛行機というような種類についても、人々が進んで内面的に考察されることをのぞむ。そんなことがやがて私たちのいよいよ多端な芸術の道をひらいてゆく一助ともなるなら、望外のよろこびとする。

滑走機

トンミイハミルトンが何を思いついてか、仕事をやすんでおとついから納屋のなかでせっせとこしらえているものを何かと見たら、これはしたり、針金と布と木のワクからできた大きな鳥ではないか。

七つの秋からためたお金も、これですっかり引き出してしまったのだそうだ。きょうもきょうとて牧師さまが、山羊ひげの村長さんと郵便局のまえで会い

「あれは気でもふれたのか」

と問えば、牧師さまが云うのに

「東の丘に前々週から立っている天幕をごろうじだろう」

「あれは何者じゃな」と目を光らせた山羊ひげどのをおさえつけ

「――道楽者の飛行機乗りが滑走機とやらの試験をやっているのじゃ。お月さまにあてられた可愛相なトンミイは、つまりそれにかぶれたのじゃと解釈するな」

さすが牧師さまは物知りとうなずいた村長さんは

「さあて親御は心配なことじゃろう」

「笑いものじゃ」と牧師さまはおっしゃったがすぐ眉をしかめ「――わしはそれよりトンミイが怪我でもせぬかと案じてな、政府はいやが上に税金をとって飛行隊ちうものを拡張せんといけんと力んでいるが、わしはどうもそれが間ちごうたことのように思えてならんのじゃ。人間が宙に浮くっちう法があるもんかねお前さん。石を投げて落ちてくりゃ、わしは飛行機が落ちるのは正に理の当然じゃと考えるのじゃ」

「じゃがあの鳥はな……」と理屈っぽい村長さんが、教会の塔の上をさしながら云いかけた。

「鳥は鳥じゃ、人は人じゃ。神さまがそのようにこしらえなされたのじゃ。それをあらためようとしたら天罰はてきめんじゃ、――ごろうじろ、けさの新聞によると、インデャナでは六人乗りの飛行機が落っこって、乗っていた者がみんなまっ黒焦げじゃとのっているじゃないかな。よいバカ者のお手本で国じゅう大評判じゃ」

「ほんにな、若い者があれでたんと命を隕すな、わしもあの音をきいたらもう気が気で何事も手につかんのじゃ」

「あんな危いものの各国の大臣方が相談して一どきに止すことにしたらよそうなものじゃが……どういうものじゃろうな」

「さあて――」

そこで二人は別れたが、村長さんが時計台の下をまわろうとすると、むこうのトンミイの家の裏手から、そのなかにぬっと突き出て大きいトンミイが子供たちを集めて、ようやく出来上ったらしい飛行機を引っぱり出しているのが見えた。村長さんはとおりかかった子供から、今夜丘へ運んで一晩ジムとアートが見張りをし、あしたの日の出まえにトンミイが風に乗ってとぶであろうということをきいたとき、またいそいで牧師さまの家の方へ引き返した。もう誰が何と云ってもきかぬトンミイをもう一ぺん説伏するようにしてもらわぬと、あすのお日さまが出るまでに村のひとりのいい若者の命は危いと考えたからだ。

その晩牧師さまがトンミイのところへ出かけたかどうか、とにかく試験は予定どおりに決行された。トンミイの飛行機の両はしについたつなを子供たちがひっぱり、トンミイが丘のてっぺんから風に向って走ろうとしたとちょうど同じ時刻に牧師さまはあわてて十字を切った。「主よ、この若きしもべの気まぐれを許させたまえ」

――が、また同じときにとなりの丘の天幕のまえからそれをうかがっていた道楽者の飛行機乗りは、こうつぶやいてすいさしのタバコをすてた。「この工合じゃ怪我をするのも六つかしかろうて」

即ち、トンミイの飛行機は、子供たちが頬っぺたを芝にくっつけてみなければわからぬそれほどの高さにおいてとんだからである。そのあとにはきれいに咲きみだれていた白い花がなぎ倒されていた。丘の上に息をこらしていた可愛らしいメリちゃんは、市場へおつかいに行く籠をかかえたまま飛行機のあとを追って、もはや折る世話のない花を籠に入れながら走った。

あえぎあえぎむこう側からやっと丘の上までのぼってきた牧師さまは、ベッコー縁のメガネをはずして、

「ふうん、これはしゃれた野菊刈りじゃわい」とおっしゃった。

逆転

思い出のスミスに

それは、あの湖水地方に有りがちな、暖い長い秋の夕暮でした。私は妻と航空界の未来の可能について議論を戦わしてから、双方共疲れて黙っていた時に、懸案であった曲芸飛行の計画を打ち開けたのでした。すると妻は直に私の考えに賛成して、若しも私が美しくイルミネートされた飛行機でもって、夜の空に様々な不可思議なカーヴを描くのであったらどんなにか素敵であろうと、半ばそんな彼女自身の言葉に魅せられたかのように云い添えました。

翌日から、私は新らしい逆転用の機械の製作に取掛りました。そしてそれが出来上った時、私は折よく私たちの地方へ巡業に来たロイド・ソムソンに見せたのでした。ソムソンは、その頃、ビーチーと並んで、この国ではたった二人しかいない曲芸飛行家として謳われていましたが、彼は私の機械を一応験べてから云うのです。「これは作り方が全然間違っている。こんなもので逆転を敢てしようとするのは自殺に等しい事だ」

しかし次の日、私はその機械に乗って上って行きました。それは下から見ると曇りがちの日でしたが、高く上ってみると、頭上には眼のように楽しい青空がひらけて、そして羊毛のようにつやつやしく輝いた雲は私の脚下に渦巻き乍ら流れていました。「雲はどれでも皆銀色の裏地を持っている」と云った人は、それを本当に見なかったでしょう。が、自分が何事を指しているかについてはよく知っていたでしょう。私は暫くその辺を飛廻ってから、何の懸念もなしにハンドルを圧しました。木と布と針金と、そこに据付けてある発動機とその前に結び付けられている私とを合わして、総体半噸ほどの重量は、小石のように雲を抜けて落ちて行きました。私は、今や逆転をするのに充分な動量に対したと思った時、再びハンドルを引きました。飛行機は美しい曲線を描いて一転したのでした。私は、平均を取返したと同時に快よげに唸り出したエンジンの力で、又雲を抜けて上って行って、幾回ともなくそれを繰返しました。こんな有様を地上では妻だけが見守っていたのでした。私がスルスルと牧場の上へ降りて行くと、妻は向うから小羊のように転げて来て、二人は互に抱合いました。この時ふいに人の気配を感じて私は振返りましたが、そこには坊様の着るようなフヤフヤした黒い服をひょろ高い身体にまとい付けた、若いのか年寄なのか見当が付かぬような人物が突立っているのです。私は何かなしにギョッとしました。頭の上一面には雲が閉ざして、夕暮のように薄暗いなかにそんな人物が音もなく立っていたからですが、一つには誰にも気付かれないで今日の飛行をやったと信じていた折柄でもあったからです。

「あんたはこんな事自惚れちゃいかんよ」

と、眼が窪んで歯を剝き出したひどくやせっぽちな、それでいてどこか昔馴染というような感じがする男は、存ざいな口の利き方で私に云い掛けました。

「自惚？」

私は、面くらってその言葉を継ぎました。が、これゃ空中飛行なんていう仕事は、いっその事各国の領主たちが相談して止して了えばいいなどと考えている手合だなと思い返しました。こんな田舎では珍らしいものではないのです。この男の遠い身内が何時か飛行機のために怪我をしたとか何とか云うのでしょう。それで私は

「いや、御注意はかたじけない。私は自惚れてなんかはいない——」

と、軽くあしらう心算で云いました。が、何しろソムソンの鼻を明かしてやった矢先とて、いつか昂然として云い加えました——

「そうとも、こんな事で満足するものか、仕事は未だ端緒に着いたばかりだ。そして私は多々益々戦い且つ打ち勝たん事を期しているのだ」

「本当ですわ」と、妻が傍から云いました。「この人は何でも自分でやると云った事は成し遂げる方です」

「ふふん」

と、件の男は、飛行機の部分を見詰めて陰気な笑を洩しました。

「それで、多々益々戦い打ち勝って行くとおっしゃるようじゃがそれは何に対してじゃな」

「この人の勝利は全人類の勝利です」

と妻が云いました。

「冗談じゃない。何に対しての人類の勝利じゃ。自然かな？　が、一体自然は人類に背きましたかな。いやはや御両所の云い草は子供偽しじゃ、この油まみれのオモチャと同様にな。それに第一、あんたは未だわしに負債を返してはおらん。万事はそれからじゃ――」

「何、負債とは？」

と、私は男の方へ近寄りました。よい加減にあしらうように妻に注意しようとした時でしたが、今の言葉は甚だ容易ならぬものであったからです。成程、この問題では私も先頃まで苦しめられていましたが、もうそれらも総て片付けられて、残っているのはカーカム会社に対するエンジンの残額だけでした。それも追々に払って行っていい事は先方も承認しているのでした。

「わしはな、ブラックウッドであんたに御立換えをしている筈じゃ」

と、男は私の態度に怖じる様子もなく云いました。

「ブラックウッド⁉」

私は叫びました。それは忘れようとしても忘れられぬ地名でした。私は契約者への義理に迫られて、山岳に閉じ込められたそこの盆地を廃品にひとしいエンジンの力によってスタートして、息も絶々なエンジンを支え乍ら、谷間に沿うて、両側の樹木の葉とすれすれに、歯をくいしばって空中滑走をしたものでした。

「そればかりか」と、男は私の顔色を盗み見し乍ら言葉を継ぎました「――あのフォートウエインの競馬場の脇でもな」

「成程！」

と、私はこれを聞いた時、やや落着きを取返して云いました――

「君はなかなかユーモラスな紳士だ。が、私は――君が一体何事を中心にして議論を進めようとしているのかは判りかねるが、私はあの時、格別に勝負には負けたと思わんぞ。私は、只懸命な努力によって自分を救ったのだ。一たん空中に飛上った飛行家に、助言者も金貸しもあるものか、あるのは只神のすがすがしきカードのみだ」

「これゃふるってる！」そう云ったかと思うと、男はだしぬけに空洞を渡っている風みたいな声を出して笑いました。「ハハハハ、神のすがすがしきカードとはよく出来た！ハハハハ、神のすがすがしきカードとは……ハハハハ……いやこれは……ハハハハ、ハハハハ……」

それは、五分間も止りませんでした。それで私は、今に暴れ出すであろう狂人に対して、私たちと飛行機の安全を守らなければならぬかと案じかけました。が、やがてやっとおかしさを堪えたという風に、男はヒイヒイと息を切らして――

「あんな打ち方をして勝ったとは、いやはや呆れはてたお坊ちゃんだわい」

「お坊ちゃんであろうと何であろうと、あの場合、自分が最善を尽した事は事実だ。その証拠には、今日ここであなたを相手にしているという名誉にもあずかっているのでないか」

「さよう！　わしがあの時、あんたに立換えをしたという証拠にな」

「オイオイ何を云っている！　あなたは余程飛行機嫌いと思ったがそうでもないらしい。私のあんな無名の頃をよく覚えていてくれるからな。それは有難いよ。だけど空中における技術の問題については、傍観者に過ぎないあなたからかれこれ云われる覚えはないんだ」それから私は附足しました「フォートウエインで私が全く死ぬ所であったのは本当だがね」

「そうだ、若しあの時、飛行機が平均を取戻した時、滑走車がすれすれにかすめた底に水をたたえた凹地がその下になかったらばだね」

「エッ？」と私は云いました「しかしその奇蹟も、一つにあの始終を見ていた私の母がなしてくれた必死の祈りに依るのだ」

すると男は、何故か、ぶるると身震いしたようでしたが、それからは今までの横柄さとは打って変って、途方に暮れたような、思い悩んでいる様子になって口の中で何か訳の判らぬ事を呟き始めました。私はタンクのネジがその儘になっていた事に気付いてその方へ近寄りましたが、妻に手伝わせて手入れをしていた間も、男は同じ姿勢で突立った儘まだ何か呟いていました。私たちが小舎の方まで飛行機を運んで行こうとして見ると、トボトボとベソを掻いて丘の方へ立ち去って行くしおれた後姿が見えました。

「何だか可哀想だわ」

　と妻が云いました。

「あれはあれでいいんだよ」

　私は答えました。


　飛行界における私の仕事は、実際、端緒に着いたばかりでした。私の頭には、来年催される飛行大会における速力や高度の懸案を解決したい計画があったし、カーカム会社への借金も片付けて了わねばならなかったし、それよりも、長年辛苦を共にして来た妻と、それから両親の幸福も保証しなければならないのでした。こんな或日の静かな夕方、人の顔がよく判らなくなった刻限に、私が疲れて仕事場の方から帰って来ると、ポーチの前でデアボロを廻していた小さな子供が云いました――

「飛行機のおじさん、今さき、へんな人が訪ねて来たよ。逢わなかったかい」

　私には、電話で打合わせて置いたフリードマンではなかろうかという心当りがあったので、訊ね返しましたが、返答は要領の得ないもの乍ら、どうも西部のマネジャーを指しているのではないらしいのです。それのみか、ふいにこの時思い当ったあの最初の逆転の日に逢った男だと思わずに居られないような節が感じられるのでした。妻が玄関へ現われるまでの短かい間に、子供は私に云いました。

「おじさんは飛行機の方へ行ってると云うと、じゃ又出なおそうと呟いて向うへ行った人の背中からは、羽根が生えていたよ」

「何だって？」と私は眼を円くしましたが、先日の法衣の事を浮べて「それゃマントだろう。蝙蝠みたいな――」

子供は首を横に振りました「蝙蝠みたいな羽根だい。マントなんかがひとりで動くものか！ あの人は向うの方でパタパタと鳥のように動かしたよ」


フリードマンは、かねてカーカム会社に働いている同僚から会って置くように勧められていた人物でした。私たちは直に友だちになりましたが、三回目に話していた時、フリードマンは私に博覧会行きを勧めました。そこで先日まで演技を見せていたビーチーが墜落したので、代理の飛行家を求めているからこの機会に一つ売出してみればどうかと云うのでした。私はいろいろと考えた末、彼の勧めに従う事にしました。所が、私たちが西部の海岸の都会へ着いた日すぐに博覧会の役人たちの前に飛行を見せなければならぬ手筈になっている事を知りました。私たちは大いそぎで機体を組立てましたが、やがて荷物の中に、花火が入っていない事に気付きました。私とフリードマンとは手分けをして市中を探し廻りました。そして夕方になってやっと、私が日頃使用しているロマンキャンドル型のものを或街で見付ける事が出来ました。こんな事で、私が折から吹出した風にゆられ乍ら上って行ったのは、もう九時を過ぎていました。ちょうど先日ビーチーが事故に逢った場所の上空を過ぎた時、私には西部へ来る飛行家が一様にこの土地を嫌っている理由が判って来ました。それは海から吹き付ける風が湾の断崖を越すために起るのでしょう。空気にはこましゃくれた渦巻があちらこちらにあって、その真中には死んだように静かな個所があるのでした。

程よい高さに達した時、私はマグネシアに点火するためにボタンを圧しました。一転――二転――そして三回目の輪を描いた飛行機が、さっき自分の引越した空気の中を動揺し乍ら通っていた時でした。一時的の強い摩擦のためにプロペラが停止していた静寂の中で私は背後に当って恐ろしい爆音を聞きました。胆を冷すような音は立て続けに起りました。私は機体をしっかり保つようにしてその儘スルスルと下り始めました。そして滑走車が運動場の芝生に触れるか触れないかに、両翼のうしろべりは全く焼け落ちて了ったのでした。真青な顔をしたフリードマンが、外套を脱いで片手に打ち振り乍ら駆付けて来ました――

「早く！　早く！　これを新聞記者につかまっちゃいけない」

と彼はどなりました。私たちは火をたたき消して、いち早く格納庫に入れてカンバスでおおって了いました。私は物も云えぬ程怒りのために顫えていました。私は大へんな事を仕出す所でした。かかる過失は許さるべきではありません。それは飛行界全般の進歩を害するからです。私は新らしい花火を試験せずに取付けたのでした。そのため花火の筒は、しっかりと翼に結び付けられた儘順々に破裂をしたのです。

後をフリードマンに委せて、私は一人で帰って来ました。街はこの時、まるで海の底に住んでいるかのようなひどい霧になっていました。ホテルの部屋へ入ろうとすると、追いかけて来たボーイが、流石に私の顔色にためらっておずおずし乍ら云い掛けました。

「あの今、御行きちがいに、名刺はお出しなされませんでしたが、そう云ったら判ると云って――」

とボーイは、云ってよいものかどうか考える模様でしたが、「あの何か、蝙蝠のようなマントを召した方が訪ねていらっしゃいました」

「やれやれそれで一先ず安心さ」

と私は、半ばひとり言のように云いました。何という事を聞くものだ、あの先生何時かここ迄つけて来ているのか。そんな札の打ち方なんてあるものかとでも云うんだろうな、全くそう云われても今度は仕方があるまい。

ボーイはその間、眼をパチクリさせていましたが、やがて口に出しました。

「旦那様、お逢いになりましたか。あれは一体何をなさるお方で……今晩ヨーロッパの戦場へ立つから、そう申し上げてくれとの御伝言でございました。何だか大そうお急ぎの様子でしたが……」

「そうだろう、あれはね」と、私は、急に軽くなった心を覚えて云いました「そら、昔からあるじゃないか。ステッキ代りに大鎌を持って、月の出前をぶらついている先生だよ」

「エ?」

——いや、私はそんな事は云いませんでした。が、ふいとそんな事を云いたい気持に襲われたのは事実です。何、一種のファンか或はその反対者であったのでしょうが、海を距てた大陸では戦争の真最中だし、飛行機が背中を見せればその度毎に人々が手に汗を握った頃ですから、そんなふうな御仁ではなかったろうかと私は思っただけなのです。パナマ太平洋博覧会に関係した多くの飛行家の中で、今日こんな冗談話が出来るのも、思えばこの私一人だけですから、ね——

飛行機の黄昏

愛する女の唇の如く我心を揚げ得るウィルバー・ライトにこれを捧ぐ
――マリネッティ「電気人形」献辞

備前岡山の表具師幸吉は、「鶏、雉等の両翼を集めて三段仕立のつばさを作った」と云うから、ダヴィンチよりも科学的だ。これはシャヌートの多葉式グライダーを予想している。

オクターヴ・シャヌートは、彼の先輩リリエンタールの場合のような鳥ではなく、彼は百足凧に暗示を得て、四葉式の機体を製作した。このアイデアを借りてライト兄弟が推進式複葉を完成した。

模型飛行機の古典、双プロペラ付きA型はライト複葉から出ている。このAの字の骨組が初めはHで、羽根は前後共に二層だったことを僕はよく憶えている。其他に、一本の梁の前後に突きぬけの箱枠のような羽根をつけたのがあった。プロペラは勿論うしろについている。これはサントス・デュモンの一号機の真似なので、ボァアザン式複葉の原始形態である。アンリ・ファルマンは、巴里美術学校絵画部でガブリエル・ボァアザンと同輩だった関係から、彼は友人が作った飛行機の操縦者となり、それをファルマン式複葉にまで改良した。

またあの当時、材料店に、兎のキネ、それともスプーンを二つ繋いだようなブリキ細工のプロペラが並んでいたが、これは、日本陸軍が代々木練兵場で実験したファルマン複葉とグラデ単葉、これが共に金属製のプロペラを取付けていたことの影響である。グラデは初めから銅板の翅がついたプロペラであるが、ファルマン用の木製プロペラは、輸送の途次、印度洋の暑気の為にニカワが溶けて木片同士がはがれてしまった。それで民間の「鳳号」のプロペラで間に合わしたわけである。この、奈良原三次男爵の飛行機は当時には珍らしい牽引式複葉であったが、離陸する度毎に機脚を壊し、そのつどにプロペラを折っていては大変なので、金槌で何回も叩き直せるところの金属葉のプロペラを使っていたのである。

吾妹子と春の朝(あした)に立別れ空の真昼の十二時に死ぬ　与謝野晶子

お彼岸過ぎの田園に影を落として飛んでいたブレリオ式鳩尾型の左のつばさが翻ったと思ったら、頭を下にくるくる廻りながら墜ちてきて、搭乗の木村鈴四郎、徳田金一両中尉が犠牲になった。操縦者の腕時計の針はきっちり正午に止っていた。大正二年三月二十八日のことである。——これは主翼を支えたピアノ線が断れたことに依っているが、こういう針金乃至ワイヤロープが機体構造上から姿を消したのは、第一次世界大戦中に、ドイツのユンケルが「原翼」（せり持ち張出翼）を思い付いてからである。また座席がすっぽり箱の中におおわれるようになったのは、リンドバークの大西洋横断機「スピリット・オブ・セントルイス号」を皮切りとする。流体力学の進歩は飛行機の形を互いに近似させ、不利な複葉は排棄され、夙くから大型を志していたシコルスキーの夢がやっと実現しかけた。飛行機はもはや空を耕すスキではない。空気に孔をあける金属製甲虫である。

私は研究費がほしさに陸軍へ入った。本当に作りたいのは宇宙旅行ロケットだ。ロケットで戦争するなんかもう沢山だ!　　兵器完成者ブラウン博士

鳥、こうもり、蜻蛉、楓の種子等に見本を取った飛行機は、凧の原理によってのみ成功したから、エアロプレーンと云う。この風板が甲虫になり、いまは矢型時代にはいったが、いずれ「空飛ぶ円盤」に近付くであろう。軽気球は魚型及びソーセージ型の飛行船時代を経て、再びバルーンに立戻った。それというのも「球」が最も簡単な形で、他の総ての形態は球を元にして解釈されるものであるからでもあろう。ジェットの矢も、ミサイルのシャープペンシルも、そしてこのわれわれ自身の軀でさえ、結局は一種の球である。ジュウコフスキーの等角変換は、今度はゴム球をねじてあかえいだのほうぼうだのを捻り出すことであろう。浮揚面と客室とがいっしょになるわけだ。こんなものはもうエアロプレーンと云えない。高速度の無限軌道である「空中」はいままでは一つ上の

虚空におし上げられ、それよりも低い処はもはや共通の鮮明な大道に他ならぬからだ。将来の航空機については、われわれは、あの七百年前、ロージャー・ベーコンが空気層の表面に立つ波を仮定し、其処を帆と舵とで渡る舟としての気球を夢みた以上のことは、能く想像されない。只、回転翼を前後にそなえた大型ヘリコプターが頭上を横切る時に、なにか亜剌比亜夜話風な飛行屋形を連想する。それならば、昼間も星々が燦めいている界域を、それぞれ灯に飾られた巨大なあかえいやほうぼうが行き交うているのは、未来派のいわゆる「吾人は地球の最先端に立ち、星に向って戦いを挑まんとしている」の具体化であろうか？　それとも桂冠詩人が「ロックスレー・ホール」中で謳っている「天には魔の如く翔ける大商船を見、亡霊の如き露は雨と降る」の実現であろうか？　尤もこの場合の露は宇宙線なのかも知れないが——。

飛行機の墓地

Vron, Vron, Vrrrr……廻転をゆるめたのが、急に頭を下げて向うの夏木立の蔭に隠れると、再びスロットルを全開にして舞い上って行った。

木々の幹を通して見える大きな二棟を、先刻から進駐軍の営舎くらいに受取っていたが、よく見ると、こちらを向いた平らべったい二等辺三角の底辺はべらぼうに長い。それを背景に、微風に面してクリーム色の大型機が、恰も図体が大きくて容易に飛び立てない蛾のようにのろのろと動いていた。こんな情景をいつかも見たようだ。

野のつきて空のはじまる辺りにてアェロの飛べる秋の夕暮　平野萬里

これだったかも知れない。しかし思いも出せぬ遠い昔のようでもある。それは、イオニア海を辷っていたクレタやギリシアの船人らの空中旅行への予覚といった類いである。数日経って、私は例の夏木立の方へ足を向けた。するとこれと同じようなことが自分の過去にあったような気がした。何だったかなと考えると、十年も以前に書いた散文中の景色なのだ。

――ポリレリィト男爵ご自慢の花は一向に面白くなかった。午後遅くに、当日の客たちは帰ろうとして二手に分れた。自分は、カントリーを徒歩で横切って田舎のステーションに出ようという組に加わった。絲杉のあいだの径で、鄙びた幌つきバスに出くわしたので、一同は乗りこんだが、忽ち、「ネフロゲート公爵」と此地方で呼ばれている入道雲の襲来を受けて、喩え様もない凄まじい白雨の只中に閉じこめられて、みんなの下半身はしぶきのためにびしょ濡れになった。車は勿論動かない。近所に飛行場があるから、そこで休憩しようと提案した者があって、その方へ足を向けた。名残りの雨滴が落ちてくる頭上は雲ぎれがして、薔薇色の光が滲んでいた。村道を幾巡りしてから、あそこだと指されたが、原っパらしいものは見当らない。行手の木立に赤屋根の急勾配が覗いているだけである……

この叙景にそっくりのものが、私の眼前にあったのである。

スレート屋根は褪紅色で、急斜面だった。それを半分かくしている新緑の梢は、俄雨に濡れたと云いたげな風情で、ひときわ鮮やかに艶々しかった。飛行場はつい先の堤の向うに拡がっている筈であった。一方、現に私がやってきた野径は、古風な水彩画にあるような若い樫の林、その手前にある育ちの悪い麦畠で、曾ての創作中に加えてもよいような道具立であった。――ところで、私の旧作は次のように続く。

――木立越しにひろびろした芝生が見えて、其処此処に、紫、ピンク、緑、白、ローランサンの絵にあるような婦人たちの姿があった。近くに人だかりがあるので、首を突っ込んでみると、小型の円卓がおかれて、一人の将校が、色リボンの付いた小鱶入りの香水を売っているのだった。更に歩を進めて絲杉のついたてを抜けると、ゴルフリンクめいた起伏した原が拡がって、そのあちらこちらに車輪つきの記念碑のようなものが無茶苦茶な速さで走り廻っていた。

右手にあった建物の中へはいってみると、真直に続いている廊下の両側は、飛行士らの私室になっているらしかった。突き当って右へ折れると田舎屋敷の厨房になり、もっと進むと、開放されたドアの内部に、そこに坐って、帆船の舵輪に似た糸車を廻しているブロンドの少女がいた。彼女の背景になった窓の外には、夕陽を浴びた晴れやかな田舎景色があって、この窓枠に届いて、たいそう佳い香りのする青い花が一面に咲いていた。乙女のまなざしに、不意な客をとがめる色が窺われたので、自分は踵をかえして、反対側の戸口から外へ出た。すると、幅広の舗装路面が伸びて、左右に格納庫がならんでいる。それらの内部には、壊れた飛行機がおしこんであった。満足な形のものは一つもない。丹念な彩色絵で、箒星だの花束だの天使だの魔神だのを描いたヒューセルエージは、翼と合わして、未だ新らしい塗料の匂いをプンプン放っている。それなのに、どれもこれも、絃楽器の構造に似たデリケートな骨組を露出して、無慚に毀れていた。胡桃やマホガニーや、軽金属から出来たプロペラーは、それぞれにくじけ、捩れ、タンクと放熱器はぺちゃんこになっていた。発動機は現在見られるエンジンよりもいっそう微妙な働きをするもののように受取れたが、やはりシリンダーはもぎ取られ、パイプやチューブがミデュサの頭髪のように縺れていた。続きの建物の中を覗いたが、同様なものが詰め込まれている。その次の棟も、さらにその隣りの建物もみんなそうであった。——この叙述は、しかも既に私が通ってきた小駅のプラットフォームの向う側にあったものと、符合していたのである。

山手線の五反田、目黒辺りの雨降る夕方など、ゴトゴトと通って行く無蓋貨車に毀れた飛行機が積んであることに気付いて、私は、いつか映画で観た「象の墓地」を思い合わした。ターザンが住んでいる絶壁上の別天地の一角に、何人にも知られない象たちの永久の憩い場所があった。象は年を経て自らの死期をさとると、清流のほとり、間道を抜けて、静寂境に赴いて、身を岩上に横たえるのであるが、こうして其処は見渡す限り巨大な白骨と、象牙の山々である。——ダンセーニ卿は、古来から行方不明になった船々が鏡のように凪いだ平面につどい集り、互いの飾り付き舳を、月下にいたわり合うかのように微かに上下に打ち振っている「海の寺院」を描いている。自ら憩についた者と、無理強いにされたものと違いはあっても、現実界に用の無い存在になってしまうと、彼らの打ち断たれた意志とわれわれの心情との間に「存在学」的な共鳴が起るらしい。ところで、それら運ばれ行く敗残の飛行機の故里が、実は「此処」だったのである。

東京郊外といっても、立川から青梅線に乗換えて三つ目だという辺鄙さは、（折から夜更けのこともあって）私をして今回の引越しを後悔させた。次の朝、新宿へ出ようとして前夜のステーションへ取って返した時、私は気が付いた。自分が佇んでいるプラットフォームの前方がなんとも云い様のない、それぞれに余りにも痛ましく打ち砕かれた破片の山なのだ。滑走車、プロペラー、化蛸の干物のような放射状エンジン等々が眼につくので、辛うじて飛行機だということが判るのだった。でなければ、一体何なのか見当の付かない、青や褐色に塗られた嵩張ったものを取りまぜて、しかし主として銀灰色の、只茫然とするほかはない累積である。

私は終戦の翌日から池上線雪ケ谷のディーゼル自動車の寮にいたが、この春になって、蒲田へ出たついでに、昔馴染の蒲田穴守線の方へ出向いてみた。自動車学校趾のコンクリートの敷地に、銀白、青、ココア色、奇妙な大きな細長い紡錘形が積上げてあるのを見て、何物だろうと近付いてみると、水上機のポンツーンだった。自動車学校の経営者であり校長の相羽有さんが曾て芝浦と伊豆下田間に郵便飛行をやっていたからであるが、そのことはあとで気が付いた。何しろ思いがけないものがセメントの廃墟を背景に置かれていたから、新版デ＝キリコという気がした。——しかし、いま青梅線小駅の向う側に見たのは、もっともっと大がかりな、野原いっぱいにぶちまかれた無慚なシュールレアリスムの制作だった。これらは墜ちたものだろうと先ず思ったが、そうでないらしい。落された機械でもなかった。明らかに何らかの手だてによって、それさえどんな方法か不思議に思われるやり方によって、こんなに徹底的に破壊された日の丸飛行機の残骸だということが判った。

それにしても此処へ集められているのだろうか？　いったん集めたものを何処かへ搬出しているのだろうか？　同じフォームに立って、二、三日考えてみたが、どちらとも決められない。大木の根っこのような発動機に数条のワイアロープをかけて、キャタピラーが引っぱっていた。傍らではヨッショヨッショと、姑息な筋力で、貨車の上から揺り落されているものがある。かと思うと、翼や舵機を積んで残骸のあいだを細径を縫ってきたトラックから、別な貨車へ移されたりもしている。ともかくひと月やふた月で片付く代物とは考えられない。近頃、国鉄電車の網棚にコクピット（機胴）の孔あき板金が使ってあるし、釣革は操縦線で代用されているが、この広場を埋めているジュラルミンではずいぶん玩具が作れることだろうな。全国の十歳までの子供たちに行き亙るほどの玩具がこれで出来るだろうか？

昭和二十年四月十四日の夜更、それとも十五日になっていただろうか、真紅な煙に閉じこめられた空から頻りに舞い落ちてくる燃殻を見上げながら、私は、もう二十年も前に、ある未知の若い女性から貰った手紙の文句を思い合わしていた。先方はさる外交官の令嬢で、胸を病むひとだと別な所で聞いたから、おそらく今は此世にいないであろう。セピア色のインキで、薄いピンクのペーパに次のように書いてあった。

「×××さん、あなたの御本を読みたくて堪りませんが、お母さんが仲々買ってくれません。それはそうと先夜、あなたに是非ともお聞かせしたい夢を見ましたの。余り不思議なので今もハッキリ覚えています。サーチライトの縞を縫って飛行機が沢山、入乱れて戦っていますの、みんなぴかりぴかり光っていました。そうしたらば頭の上から何か落ちてきたので、拾ってみると少うしよごれた市松模様のハンカチでした。それは水仙の匂いがしています云々」

更に私自身の夢があった。これは今の手紙より以前、未だ学校にいた頃、ある春の暁にいったん眼がさめて、またうとうととなった五分間程の間に見たものである。

千島方面から空中艦隊が迫ろうとしているとの警報が出て、本土の上空は一面に煙幕が張り渡されてしまった。そのうち超高空では戦闘が始まったらしい。しかし何にも見えない。只空の奥底で轟々と絶え間もない音がしているのを、みんな不安な面持で打ち仰いでいた。すると向うの板塀の上に黒いものがひらひらと落ちてきたので、拾い上げると黒い四角な紙片で、黄色い罫が引いてあった。文字は書いてなかった。

この幻のきれっぱしが、前の手紙の文句と絡んで、横浜市が灰になった午前に、私の記憶の蔵の中から取り出された。鶴見海岸の自動車工場の屋根から屋根にかけて、ちょうどバビロンの空中都市の趣きを見せて、幾重にも折れ曲った監視用ブリッジが仕組まれていた。この手すりに倚りかかって、地獄面に似た真黒な天からひっきりなしに降ってくる燃えがらを、私は見上げていた。空の生地が黒いので、それら無数の片々は、怪異な雪を連想させた。四辺は人工の晦冥に閉ざされて、僅かに富士山方面の地平が透いていた。それは、有楽町駅前の天文館の壁に懸っていた日食の油絵を思わせた。駱駝に乗った人物が彼らの頭上に輝く星々を仰いで、ただ遠い沙漠の果だけが茜色に照らされている……ちょうどそんな、云い様もない微妙な、赤茶けた色に、彼方の地平はなっていた。そこから九十度の向きを変えた海の向うには、房総の山々がこれも此世ならぬ青さで、今にも消え入りそうに浮き出している。

ぴかぴかする飛行機は、これより以前に、神楽坂上の住いを焼け出された翌日の夜半近くに、避難先の市ケ谷国民学校の運動場から、真南に当って、望見された。

電車道とは直角正面の、蒲田辺りの空が真紅に染まって、その方角から弾かれたように、いくつもいくつもニッケル鍍金の玩具のような飛行機が飛んできて、回旋塔のアームの先に吊されているもののように、眼の前に大弧を描きながら消えて行った。「失楽園幻想」とでも云いたいくれないいの地平、その上方の赤橙色、更に上方の紫と青、これと赤とが溶け合っている箇所の喩えようもない色調……この人為の天変地異の、ぼかし縞の裳裾を数十条のサーチライトの矢が刺し貫いて、それらの光が互いに左右にせわしく揺れ動いていた。眩惑の林間を縫って、銀色の怪鳥と云うよりもむしろ水族館の窓に見る珍奇な魚類に喩えたいのが、旋回半径の方へ傾いて、左廻りにピカリ、ピカリ。

ちょうど一ケ月目に、こんどは池上本門寺の麓で、私は再び火焰と煙の只中に包まれて倒れそうになり、こんな時には身を屈めて匍うようにすれば呼吸が続けられるということを知った。しかし、あちらこちらにメラメラ燃えている朱色の舌の上に朝が訪れて来ると、なにかなしに、「録して紙と木の町々は焼かれんとある言葉の成就せんがためなり」という気がした。口の中でそんな文句をとなえてみたし、事実、「知られざる本」の中に、それは数千年も昔から書き込まれてあるのでないかと思われたものだ。われわれの幼少期にお馴染の押川春浪の『空中軍艦』やポンチ画の空中戦未来記を引き合いに出さなくても、今日、日本の主要都市が爆弾投下によって灰燼に帰するとは世界が始まった時からの約束事であった。過ぎ往いた過去なのに何故われわれは思い出を語り、歴史を調べようとするのか？　未だ到達しない未来に対して、一体どういう理由で予言が成立するのか？　私は只『オピァムイーター』の著書が忘却とは人間の心にとって不可能なことでないかと述べ、聖書の中に記された「恐ろしき始末書」は実は各人の心それ自らである、と附け加えていたことに思い当るのである。

道しるべの略図を見て、ありふれた近郊の駅前を予想したのだった。ところが暗くなって、しかも相当に遅い時刻にやってきてみると、まるで「田園の憂鬱」である。

案内役がいたからよかったものの、そうでなかったなら、昼間だって目ざす家は探し当てられそうにもない所だ。ステーションの前に一つ照明があって、十数名の降車客の影法師をくるくると各自の足元に引き廻したと思ったら、その先は真暗がりである。十分間ほど行くと木立のあいだに入り、道の分れぎわにまた一つ、高い裸電灯があって、傍えの馬頭観音を照らしている。再び真の闇となり、「ここが目じるしの歯科医院だ」

と教えられても、それは黒い茂みの彼方に洩れている蜜柑色の灯影に過ぎない。曲りかどのパーマネントの立札だって、それらしい灰白さも判別されなかった。
ともかくそのかどを左に折れて、少し行って足場の悪い所を斜めに突き切って、廃駅の小さな建物を抜けると、直ぐ前に、瓦工場だという低い塀がある。その左側にボール函のような建物があって、この二階が、こんど当分厄介になることにした画家の住いなのであった。

次の朝、門前の小駅は、近辺の飛行機工場通勤者のために敷かれた電車の終点で、レールはすでにひっぺがされていることが判った。フォームには麦が作ってあった。又、此処に散在している数個の建物には、雲形定規のようなカムフラージが施されていた。アパートの階下は瓦屋さんの物置になって、中庭に乾してあるセメント瓦は、褪紅、灰白、鼠がかった紫、この三種であった。だから、しょッちゅうモノトーンなポンプの音がしている。——更にゆうべやってきた道の左右が、桑の若葉に埋まっていることが判った。改めて蚕に生れ変りたいと思うほどに、その葉は柔らかで、おいしそうな色艶をしていた。その先は馬鈴薯畠である。私はそれをつくづく見やって、特に、中心部から抽き出た花茎にくッついている紫がかった花の上に、これを「王女の花」と見るロダンを思い合わして、同感するのだった。シャツの脇の下がチクリチクリした。「未だいたのか！」とぎくりとして手を差し込んでみると、それは白星のついた、小っちゃな、濃緑色の黄金虫であった。

夕べになると、奥多摩の山並の手前に、左から右へ連なっている「フェアリーランドの丘陵」の上に、ヴィナスがひっかかる。すでに宵の明星が出る周期になったのか！　この前の夕づつは何時だったか思い出せぬくせに、僕はそんな感慨を抱こうとする。四辺が暗くなると、これはさすがに憶えているジュピターが、あれ以来だいぶ天球面を東に移動したことに気が付く。けれども、どれだけ動いたかを確めるためには、いま少し自分に余裕が取り戻されねばならない。辿って行く野路の正面のスコルピオンの三つ星と、それを斜めにかすめて立上りかけている淡い銀河の姿とで、当分は満足しよう。

やがて、月が育った。ちょうど七日になった。晩に停電があった。窓外の青さにびっくりした。戸外をうろついたならば、白シャツに青い色がしみるのでないかと疑われるばかりの青さだ。——悩まされてきた隣組が此処ではただ四、五人で出来ている。町会事務所は瓦屋さんの帳場で、そこは又、以前ならば据わりの悪い円卓に倚って店ざらしのビールの栓でも抜こうかという茶店である。午後、多摩川寄りの郵便局まで赴いたが、途中でまんまるい黒石を積上げた石垣や塀を見て、明治期の少年雑誌の口絵の水彩風景に、こんなのがあったことを思い出した。青梅線の沿線にはどこにも青梅が実っていて、飛び上ると手が届くのだった。背高の画家と共に私も二つ三つちぎって、少年時代のたべものの話をした。防風の樫並木にそうて伸びている白い村道の片側の軒場には、干物だの漬物だの、キャベツだのがならんでいたが、総じて野菜の出来栄えは貧弱であって、値段は新宿の闇市よりも高いくらいだ。だから、薩摩芋の切ったのが籔越しの庭に乾されているが、これだって頒けて貰うには、相当のお礼をしなければなるまい。

所沢は、われわれ飛行機のオールドファンに取ってイッシー＝レー＝ムリノーであり、ヴィラコブレーであったが、立川の方はそれほどでない。しかし、幅広いプラットフォームの向うに見える油槽つき貨車、青色のゴッグルスをかけた黒人兵、口笛のヂィキシーランド、葉巻の香などに唆かされて、私は一度改札を出てみたが、全く淋れていた。何もないと云ってよかった。その数日目の夕方に電球の線が切れた。桑畠のあいだを通ってステーションに出て、立川まで買いに赴いたが、日が暮れると共に店々の戸は鎖されて、あとは符牒を棒つなぎにしたようなメリケン語の氾濫と、ぎらぎら眼玉を尖らしたジープの行きぎばかりになる。此処は *Village d'Aéro* であった。しかし今は、*Ruine d'Aéro* である。

この界隈にふんだんに見られるのは、飛行機の破片ばかりである。ネジやソケットや其他のメダルの片割が、この辺の子供らの玩具代りになっている。荷車には申し合わしたように、分厚いタイアの滑走車が付いている。又、鶏の影のない鶏小屋の蔽いが昇降舵乃至ラダーなのである。湯屋は工場趾にある電気装置の千人風呂で、満々とお湯が溢れている。桝の手桶もどっさりある。こんな湯ぶねに浸って、からだを洗って一歩外へ出ると、晴れやかな奥多摩のパノラマがひらける。風呂からの帰途に、がらんどうの工場の中へはいってみた。山積されたいろいろな部品の中に、花瓶代りになるものを見付けようという肚だったが、そんなものは一つもない。何に使えるとも受取れないやくざなカケラばかり……。

寝ざめの朝毎に、久しぶりに少年期の爽やかさが取戻された。フェアリーランドの丘は生憎と瓦工場の蔭になっている。しかしけさの空は新秋のような桔梗色だ。只ここに何となく厭世がただようているのは何故であろうか? こんどの上京直後に、(それも十年の昔になったが) この中央線の片道切符を想像したことがあったからだろうか? もっと以前に、池袋から汽車に乗って所沢を訪れて、新宿へ帰ってきたが、あれから相継いで死んで行った飛行家たちの思い出があるせいであろうか? しかしこの味気なさこそ、いまやペンテコステが迫って四辺に充ち溢れている生命力を裏付けているものでないか。今日は代々木に用事がある。ポンプの傍へ降りて行って、冷たい水で顔を洗う。上衣を片手に、靴をはき、廃駅を抜けて私は出て行く。桑畠のあいだを、朝露に光った飛行機の破片を蹴って行く時、私はいつか、飛行者の白いオーヴァオールが空の青に染った話を書こうとしたことを思い出した。それは出来なかった。機体も青く変色させねばならなかったからだ。それで、染料会社が高い塔を立てて空の青を採集する話を思い付いた。「青空が褪せてしまったが、いつもその褪せている所から雨が降ってくるんだ」とつけ加えたのは、佐藤春夫先生だった。

おくれわらび

愁ひつつ岡にのぼれば花いばら――蕪村

先だって、旧陸軍火薬製造所趾を歩いていた時に、貴女は鬼薊を見つけられました。「こんな大きなのはお店で購うと大変よ」とか云いながら、あなたは二、三本折り取られましたが、その傍にはわらびも生えていました。「そうだ、来年は少々時期がおくれても此処へ来さえすれば大丈夫ね」とあなたは云って、わらびの軸もひとつかみ取られました。それからわれわれは直ぐ、野薔薇が咲いた、広い、見晴しのよい高台へ出たのです。

遥か彼方に男山と天王山の鼻が向い合っていました。木津川と宇治川とに懸っている京阪電鉄の鉄橋の梁骨が前後してつらなり、その手前には、淀競馬場の時計塔がチョークを一本立てたように、真白く光っていました。その右手には、京都市塵埃焼却場が、相も変らず特別な化学工場を想像させるような、黄がかった白煙を大空に振り撒いていました。この反対側には、日本レイヨン宇治工場の大小の煙突が立ち並らんで、そのうしろ側で、ぴかりぴかりと橙色の火光が間をおいて迸っていました。あの光りものはいったい何者であろうと、僕は実はあそこまで出向いたことがあるのです。大きな、しかし外装ばかり物々しい建物の内部に炉がならんでいて、そのふたが開くたびあんな光りが出ているることが判明しました。

ところで、あの日、われわれの周囲にいっぱい咲き乱れていた白い野薔薇です。これが何事かを思い出させようとしていることに、僕は気付いたのです。蕪村の「愁ひつつ岡にのぼれば花茨」に相違ありませんが、こんなイバラを裏打ちしている何事かが別にあったように思われるのでした。われわれの前には、近ごろあの辺の開墾に従事している人々の仮住宅が並んでいたでしょう。この合棟長屋を、僕は頭の中で、白や緑に塗られたバンガローにおきかえようとしました。ついでに、霞みながら遠のいている河内ざかいの山々をもっと近くに引き寄せようとつとめました。若しそういう努力を貴女の上にもお願いしてもよかったら、われわれの眼前には、どこかに海の香がする外国風景が与えられる筈です。この前景としては、当然前方へかしいだ斜面があって、そこには、ピンク色の衣裳をまとうた若い女性と、早くも麦藁帽をかむっている男性とが立っているのでなければなりません。なお、五月の微風が渡ってくるたびに、女の人の白い、かかとまであるスカートを揺りうごかし、又、自らも一せいに頭を下げるような、チューリップのような大型の花を両人の周囲におかねばならないでしょう。

ちょうどそんな一九一〇年代の舶来の絵葉書か、それとも、ハンカチの函に貼られたレッテルか、マンテルピースの上のエナメル絵のついた花瓶か、でも僕がここに云いたいのは、子供の頃に、フィルムコレクションのページに嵌めていた、パテェカラーのひとコマなのです。

「パテェカラー」と呼ばれていたのは、あの雄鶏のマークがついたタイトルの、ヒオドシチョウのような橙赤色ばかりを指すのでなかったようです。仏国パテェ映画会社好みの、上品な淡彩を施したフィルムを以て、そのように呼ばれていた筈です。着色フィルムといっても、当時は一コマずつ丹念に毛筆で彩られたのですから、こんなものが只の白布にすぎなかったスクリーンに投影されると、ピンクだの褐だの紫だのが、おのおのの輪廓からはみ出して躍りました。コレクションブックは現代では見かけられませんが、これはフィルムの一コマの大きさの窓をくりぬいたもので、そんな窓々を各ページにたてよこに並べたアルバムのことなのです。それにしても、いま頃何用があって、そんなフィルム帳に嵌めていた、たあいもない彩色の一コマを僕は思い出したのでしょうか？

一つに、貴女が先刻手折られた薊です。あの花が、僕に「飛行機取り草の庭」と題されたシュルレアリスム張りの絵を思い起させて、さらに花いばらを仲介にして、古風なフィルムの一コマに結び付いたわけでしょう。云いかえると、画中の僕が、同じ画の中のあなたに向って、前方の景色を見ながら何事かを語ろうとしていることになります。

僕は、竜舌蘭とアザミの混血児のような Gobe-avion を、エリュアールとブルトン共編の『シュルレアリスム辞典』（江原順訳）のページで見付けました。「……飛行機とは一個の性的象徴である。それは迅速にベルリンからウィンに行くのに役立つ。飛行機は庭問しました。

を恐れる。マックス＝エルンストの『飛行機取りの草の庭』参照」と、そこにありましたから、僕はY夫人をつかまえて、いまの絵を示し、これについてどう思われるかと質問しました。

「飛行機は四角がきらいなのと違いますか」と彼女は云うのです。これは、飛行機とは何のさえぎりもない所を行くものであるから、庭のような四角い、制限されたものをきらうのでないかということでしょうか？　改めてK君に問うてみると、ゴヤの「アイッラハ、ミンナワナニカカルゼ」を彼は引用しました。このカプリチョスは取りも直さず男性意識と女性原理との相剋を示すものであるが、『飛行機取り草の庭』も同趣向であり、エルンスト自身の鳥コンプレックスと女性コンプレックスの結合だと彼はそう云うのです。僕がこれから持ち出そうとしているR氏については、彼は「失敗しても失敗しても性懲りもなく機械を作り直して実験する所が、男性原理と女性原理の相剋であるばかりか、芸術家対俗物の格闘である」と云います。いよいよ画中の人物が、同じ画中のレディに向って語らねばならない順序になりました――

以前に巨椋（おぐら）の池がひろがっていた部分まで迫っている仮想の丘陵群は、右の方へ大迂回しながらシェラネヴァダ山系に続いているとご承知下さい。中央の、半分樹木におおわれた高地には、此処からは見えない側に、若い日のヨネ＝ノグチがいた詩人ミラー翁の山荘があります。この丘を背景にしてカード絵のような家々がつみ重っていますが、この裏手には糸杉に飾られた墓地があって、その先方のスロープが、即ち今回のお話のヤマ場に当ります。お断りしておかねばならないのは、この回想録の主人公は僕ではないということです。フランスの名飛行家ヌーベル＝ラタムがやってきて、フルーツベル競技場の芝地に落ちた壮麗なアントワネット単葉機の影を、宛ら見神者の法悦の境地でR氏が眺めたとあれば、それは一九一〇年のことになります。主人公が当時かりに二十五歳だったとしても、指折りかぞえていまは七十歳以上。僕はその頃未だ十歳にもなっていません。いずれにしてもこれは早蕨であり、同時に「おくれわらび」でもあることは確かです。

☆　　☆　　☆

R氏は、オークランドのある職業学校の生徒でした。

明治調を借りれば、人事蹉跎多く世路亦轗軻。彼は幼なくして大志を懐き、渡米してからすでに六年、しかし未だ一事をもやり遂げたものはありません。まことに人生、意のようにならないのを歎ぜずにはおられないのでした。R氏が物事に成功しないわけは、彼の性質が余りに感傷的だったのと、いま一つは、その頃流行の自然主義的風潮が祖国の刊行物を通して彼の頭に流れ込み、これに個人本位のアメリカの習俗や、働きさえすれば楽に食えるというような信念が、若いR氏の性質を一変させて、心のままに日を送る処に正しい意義があるよう考えさせてしまった結果、「厭になったら止せばいい」が昂じたからなのです。それにR氏は人一倍に涙の多い詩人でありましたから、彼と親身になってつき合っている友と云えば、二、三人しかありませんでした。

その数少ない友人の中に、ある新聞社づとめのT君がいました。九州の人で、R氏が学校へはいってからもよく訪ねてきては、二人で文学や哲学の話をして、若い血を湧かせている間柄でした。「チャタリングボックス」の綽名がある程、快舌家のR氏がどうしてだか、近ごろは物も碌に云わないばかりか、磊落な容姿も心なしか萎れて見えるものですから、T君は、病気にでもなったのであるまいかと思いました。であれば僕の家の主人が有名な医者だから一度診て貰ったらと勧めるのでしたが、R氏は何の弁解も、又謝そうともしないで、只淋しい自嘲的な笑いに紛わすばかりなので、これには友思いの九州男児も持てあまし気味でした。

ある晩のこと、T君がR氏をたずねたところ、室のあるじは*"Theatre"*という雑誌の束をかたわらにおいて、何事かを血眼になって探しているふうでした。「おい、何をおっぱじめたというのかね」と云いながら、客は狭い部屋の隅にある椅子に腰をおろしたのです。R氏は、さも感興を殺がれた顔をして、振向きもしないで、眼は相変らず捲れる雑誌のページを追うていました。でも、当初の気狂じみた様子は既になくなっていました。T君は又、友の注意を自分に向けさせようと頻りに話しかけました。R氏はうるさいのと、例の移り気にも手伝われて、いつしか芝居やオペラの話を始めていました。とうとう、実はこんなに雑誌をひねくっていたのは、ある社会劇の中にある自殺方法が知りたかったので、その型を調べようとしていたのだということを、白状してしまいました。するとT君は驚いた顔も見せず、そうかと云って笑いもしないので、「そんなら僕が良い方法を教えようか。実は君の用向きと同じことを僕も研究中だから、よかったら共々にやろうではないか」と云うのでした。彼の方法というのはこうです。近頃流行の飛行機を作って、飛び方を習った上で、有志を見付けて金を出して貰って新らたに立派な機械を手に入れ、それに乗って大飛行をやる。成功すれば身に余る名誉とべらぼうな懸賞金が獲れる。下手に行っても憾みはない。死ぬか当るか、どちらかに決着するまでやってみることだ、と友は説くのでした。成程、自殺を計ってまで生命を絶とうとしている自分らが飛行機で死ねるならば、それはむしろ理想であると思われました。R氏が一も二もなく賛成したことは云う迄もありません。ここに困った一件があります。それは、グライダーの製作費調達の方法でした。これには行き当りましたが、其夜も更けていたので、明晩を約してT君は帰って行きました。

この話が出たのは十一月の初めで、太平洋の方から送られる暖かな風も既に肌寒いものに変じていました。晩秋の桑港湾の情景がひとしお哀れを帯びて眺められたことを、R氏はよく憶えています。金策について相談した結果、二人の有金を合わせ、足りない分はお互いに働いて補うことに決りました。R氏は夜は八、九時まで勉強を終えた後に、T君は終日の勤労を終ってからやってくることになり、その場所はJ街の大きな建物の地下室です。其処を事務所とも工場ともして、先ず一ケ月の予定で毎晩工作に従うことになりました。

第一日は材料の仕入れで終りました。安くて丈夫で、その上に国粋という点から、土地の竹細工家具店に来ている日本の女竹を二百本と、スプルースという、よく乾燥させた軽い木の角材を買い入れて、先ず翼から作り始める準備をしました。道具については、金が少し余計にかかってもなるべく上物がよいなどと、「下手の道具選び」の例に洩れず、三十ドルばかりで、鋸、鉋、錐、金槌、金梃、ヤットコ、金挟みのチャック等を揃えて、どうやら始業式も済みました。

さあ、その翌日がたいへんです。こんどの目論見は極秘裡に運ばれている筈なのに、どうして嗅ぎ付けたものか、R氏が同居している家の主人や友人らに知れ渡ってしまいました。「あ、又Rの例の厭きっぽい道楽が始まった。今のうちに止めさしたがいい」と親切にも種々と忠告してくれるのでした。しかし今度ばかりは、それしきのことで止まるような熱し方ではありません。まあ見ていて下さいと相手にせず、夜中の一時二時迄も危っかしい手付で竹を割るやら削るやら、鉋をかけたり、根の限りに働きました。昼間の勉強と労働とに疲れている二人にとってかなりの苦痛でしたが、二、三日精を出した結果、翼の骨だけはともかくも揃えることが出来ました。

次の日、T君は対岸のサンフランシスコまで、滑走機の部品を購いがてら、ある用件で出かけましたが、その帰りがけに、ある飛行機商会で注文流れのカーチス式滑走機を売りたいと云っている由を聞き込んで、戻ってきました。毎夜の過労に弱り切っている二人の若い文芸愛好家（ディレッタント）の思惑は、どんな都合をつけてもその滑走機を買い求めて、負惜しみに広言した責を遁れたいという情に強いられ、無理算段までして、とうとうその品を手に入れました。

対岸から持ってきた滑走機が、やがて近郊のフルーツベルに移送され、いよいよ組立てられることになりました。これからが滑稽です。飛行の学理を説いた本や専門雑誌を読んだりしていくらか智識はあったT君も、一種の熱に取りつかれているR氏も、共に素人であることには間違いありません。こうして実地に当ってみると、張線の引き方を取違えて菱形の飛行機を作ったり、尾部を逆に取付けたりして、通りすがりのアメリカ人に笑われたことも一度や二度でありませんでした。でもどうにかこうにか、三、四日を費して組立てだけは目出度く終りました。日曜の早朝、R氏とT君とは欣々としてフルーツベルの方へ出向きました。二人の夢を現実にすべき滑走機試乗のためにです。

二人がフルーツベル村の近くにまで来た時、グライダーを預ってくれている日本人の花屋の主人が、こちらを見て飛んできました。

「Rさんに T さん、一大事出来！　けさ方、三時頃でもあったろうか、急に大風が起って裏手でガサガサガタン、ピシャン……驚いて飛び出し、その方へ行ってみるとどうだろう。君たちからお預りしていた飛行機が、その主翼の方が、風に吹き捲られて温室に突き当り、屋根硝子をメチャメチャにしているでないか。さあ大変と、三、四人の手を借りて安全な場所に移そうとして尾部の結び目を解いたところ、意地悪にもひとしお強い風がやってきて、飛行機を吹き上げる始末さ。そのいきおいで大の男が四人、諸共に飛ばされる騒ぎが起った。いくら力を尽して引張っても、手に負えない。一時は皆途方にくれたが、風の隙間を見はからって、どうやらこうやらあそこに納めることが出来たが、いやはや酷い目に遭わされた。まあ此方へ来て見たまえ」

それはまあ飛んだご迷惑を掛けたものだと、滑走機がおいてある処へ行ってみると、せっかく丹精して組立てた大切な機体が、それはそれは無惨な姿に変っていました。他人の所有物とは云いながら、又飛行機には門外漢の連中とは申せ、余りに無頓着な為され様です。これが新品だとは夢にも云えなくなりました。二人はしかし怒るわけにも行かず、二人の滑走機は泥塗れになった上に、折れたり断れたりしている箇所もあります。これが新品だとは夢にも云えなくなりました。二人はしかし怒るわけにも行かず、迷惑を謝してから、恨めしそうに修繕に取りかかりました。仕事は案外に捗ったので、翌日の正午頃には早や出来上りました。そこで先ずR氏が試乗することになりました。

この滑走機は幅二十三フィートで、長さが十四フィートの物でした。それだけの幅の両端にある支柱に二百フィート宛の長さの綱を結びつけて、他端は自動車に縛り、車の疾走によって生じる風に駕って昇騰する仕掛になっています。そうして機が程よく浮き上ると、綱の他端を放して貰って、乗っている者の身体のおき方で重心を変換しながら、方向舵や昇降舵の代理をつとめるのです。

夜来の嵐はすっかり凪いでいました。自動車代りに、近所で遊んでいる子供らを十人ばかり頼んで、二本の綱を引いて走って貰うことにしました。R氏が坐席にはいって合図すると、子供たちは面白がって駆け出しました。けれども滑走機は少しも地上を離れません。幾度も幾度も繰返しましたが、同じことです。それは風が全く無いのと、滑走機を牽く速力が足りない故です。子供たちは初めの程は元気なものでしたが、草臥れてきたのと倦きが来たのとで、引張るのはもう厭だという始末で、此日は失敗を以て終りました。

次の日曜には自動車を借りて行きました。こんどはさすがに、いくらか地を離れそうになります。そうなると乗手は怖くなります。思い切ったことがどうしても出来ません。やがて風が無くなりました。例によって集っていた子供らに頼んで、先日のようにやって貰うことにして、何回となく繰返しましたが、てんで駄目です。これではR氏もT君も、友人の手前恥しくて仕様がなくなったというのも当り前でしょう。自然主義者（ナチュラリスト）だった筈のR氏は矢庭に虚誕主義者（ロマンチスト）に早変りして、T君が止めるのも相手にしないで、自殺的実験を宣言しました。

この街の東方にPiedmontという丘があります。其処には公園もあり墓地もあり、丘上には立派な市街も出来ていて、綺麗な整頓した高所です。むしろシェラネヴァダ山脈続きの山だと云って差支えなく、森林、渓谷もそなわり、ヨネ＝ノグチの先生で、こちらではみんなに尊敬されている詩人ウォーキン＝ミラーの山荘も、丘続きのダイヤモンドヒルにあります。野口氏の住宅もそこにありました。このダイヤモンドヒルとピードモント丘のあいだの傾斜面を走り下って、いきおいをつけて斜面の端にある二十メートル余りの高さの崖上からスライディングをやろうというのです。口には出したものの、R氏は内心躊躇せずにおられませんでした。T君は、「負惜しみもよい可減に撤回したた。

ら」と繰返して諌めてくれましたが、R氏は断然、決行の日時まできめてしまいまし

朝六時、前々日からこの丘上の牛小屋につないであった滑走機を引き出し、針金の結び目や金具を調べたのち、R氏はいよいよ一生一代の冒険に取り掛ることになりました。手伝い人も見張役も別にいらないわけです。それでも何しろ百尺の高所から飛び降りるとあっては、万一の場合の用意に、白人の老爺を一人頼んで、監視に立って貰うことにしました。T君と云えば、自らの忠告が容れられないばかりか、この上に惨状など見せられては堪らないというので顔を出しません。

七時頃になって風が少し吹き出したようなので、R氏は中央の席に入って腕押しに身体を凭らせ、力一杯にはずみをつけて斜面を駆け下りました。奇妙なことに、いま一人の自分がいて、それが牛小屋からグライダーを出して調整を終えて、いっしょに駆け出したのを感じたそうです。二人のR氏は同時に崖の上まできて下方に眼をやりましたが、もともと臆病者の彼らのこととて、いわゆる「目が眩む」を実地に経験しました。渾身の血が脳に上る……まさにそれに間違いない。カッとするものを全身に覚えました。でも惰力がもう承知しません。

広い、凸凹した屋並が下方に展開した途端、最近、絵草紙店の表に絵葉書として見かけられる新流派の絵が、頭に浮びました。いつかの「スィアター」の口絵にも、色刷として見たものです。でもニューヨークの「アーモリーショウ」の第一回近代美術展覧会

は一九一三年の話ですから、順序が合いません。崖ぶちを離れて宙にひっかかったはずみに自分の脳裡に閃いたのは、ブラックの『村落風景』か、ドローネーの『エッフェル塔』であったろう、とR氏はあとで思い当りました。何しろそんなごちゃごちゃと錯綜した立体派の前景に向って、ダブルになった滑走機がダブったR氏を乗せて、互いに縺れ合って、――成程、あの絵はこんなものを狙ったのだな、してみるとこういうあんばいに対象を捉えたらいいわけだなどと感じさせながら、おそるべき迅さで落ちて行くのを意識しているうちに、二人とも気が遠くなってしまいました。

我に帰った時、もう一人の自分は何処にも居ないようでした。ところが、先方は、頭上の崖ぶちに佇んでこちらを眺め下していたと云うのです。相手の虚けた様子がR氏をして激昂に導きました。さてはいっしょに飛んだと見せかけて気おくれしたか、腑甲斐なし奴が！　R氏にはわけの判らぬ義憤がこみ上げてきて、地団太を踏まんばかりに双の拳を握り緊めました。けれども落ついて見直すと、それは、見張りに頼んでおいた白人の老爺だったのです。同時にR氏は、その断崖上の人影と、片羽根がくしゃくしゃになり尾部が振りちぎられたままで自分の傍えに横たわっている滑走機とを、半々に意識しながらここに立っている自身に気付いたのです。彼は、ここに到る迄の期待や苦心、又一昨日この機体をあそこまで運び上げた折の苦労などを順々に喚び起して、眼の前に哀れなむくろを晒しているグライダーを、永いあいだ恨しそうに眺めていました。

暫くして老爺は降りてきて、後片付を手伝ってくれました。グライダーはともかくその日のうちに、丘の下にある飛行機好きのアメリカ人の家に預って貰える段取になりました。その白人はクレァレンス＝ブラウンという十八歳の少年でした。

滑走機は壊れてしまい、しかもグライダーに依る飛行術習得など「説明書つき手品」に似た困難におかれていて、おまけに軽業的無鉄砲さをも要求していることを覚ったT君は、今まで費った金と労力とはお互いの損とあきらめ、手を引こうでないか、と云い出しました。R氏には、いまT君に抜け出されたならば暗夜に灯台を見失って波濤に漂う船になってしまいます。といって、厭気がさした仲間をこれ以上に引っぱっておくわけにもいきませんから、此際T君とはきっぱり縁を切って、自分一人であとを続けようと決心しました。

いよいよ一人にきまってみると、愚図々々しているわけに行きません。学校の方も大事でしたが、気紛れ屋のくせに一度やり始めたらある処まで漕ぎ付けないでは中止されないという彼の性分が、その学校をも退かせることになりました。故障も批評も嘲笑も介意しないで、多々ますます奮闘、天晴れ飛行家たろうとする決意を固めさせたのでした。R氏は、職業学校で習いおさめた半人前の腕を頼りに、G街に仕事場を設けて、細々と生活を支えながら、苦しい研究を続けて行きました。でも、其頃は学理の研究というよりも、不器用な手細工の模型を次々に作り上げて、それが飛んでも飛ばなくても、未来の大飛行家をもって自ら任じていたのでした。それに、いまでは、どうあっても止されないという新らたな理由がありました。それは、日頃みんなから「生意気なチャイナマン」として軽蔑されていた譚根(タムガム)君が、新進青年飛行家に早変りしたことです。仏人マッソン＝ラジャース、バァマリ、チャンピオン、「大陸横断(クロッスコンティネント)」のフラワー氏らの全盛時代でした。それら西部の花形と肩をならべて、群衆の歓呼に包まれて、譚根君がフルーツベル競技場のトラックに入場するのを見てから、R氏の胸はたぎり立っていたのです。

　ところで、滑走機の預りぬしのブラウン君がR氏をたずねてきたのは、次の春の桜祭が近付いた頃でした。

「ひとつあのグライダーを修繕しようでないか。勿論、僕も喜んで手伝うさ。そうして出来上ったら今度の花山車に参加して、懸賞金を獲ろうよ」と少年紳士は両眼を輝かせ、あのフレックルという紅斑が特に目立つ頰を差し寄せて、両手をひろげながら説き付けるのでした。R氏は、それはよい考えだと、一も二もなく話に引き入れられてしまいました。暇な時に、又忙しい折でも出来るだけ都合をつけて、二人がかりで夜昼のけじめもなく手入れを加えたところ、十日目には完成しました。

　するとブラウン君が云うのに、

「Rさんにはお気の毒だが、日本人の物として出すよりか、白人青年団の出品とした方が万事便宜だから、そうしようでないか？」

　R氏は、この地方の排日気分を内心気づかわないわけでありませんでしたから、ブラウン少年の云うように、滑走機を先方に一任することにしました。彼は事柄を単純に受取って、「そばかすブラウン」を信用したわけです。

いよいよ当日がきました。Ｒ氏は朝早くから起き出て、祭がある田舎町の方へ出掛けました。自分の飛行機の晴れの扮装を観ようと行列の通るのを今か今かと道ばたで待っていました。行列は正午頃になって、やってきました。花車は幾台も通りましたが、飛行機の花車はついに見えません。Ｒ氏は気が気でなく、行列のしんがりに踉いて花車の集合地まで行ってみましたが、其処にも見当りません。「これが狐につままれたというのであろうか」と彼は思いました。余りに不思議なので、委員章を胸につけている一人の青年に向って、ブラウン及びその花車の所在について訊ねてみました。すると、その花車は先着してさっきまで此処にいたが、ブラウンや其他の大供子供が附いて、Ａ街道の方へ繰り出したというのでした。

Ｒ氏は群集の中を押し分けながら、Ａ街道の方へ急ぎました。夕刻近くなってやっと飛行機の所在が見付かりましたが、ブラウンの姿はなく、その周りには彼の友人連がいました。ブラウンは、「夜電燈の点く頃になってから又やってくる」と云って帰ったとのことでした。其処に集っている子供や青年らは、機体の周囲に何か頻りに取りつけていました。Ｒ氏は、自分の飛行機を眼前にしながら傍へ寄ることも出来ないばかりか、子供らの為すがままに委されていることが何とも口惜しく思われるのでした。

ブラウンが来たら取っ摑えてうんと文句を云ってやろうと、Ｒ氏は日の暮れるのを待つことにしましたが、胸の中がむしゃくしゃしてくるし、おまけに空腹にもなるやらで、どうしても同じ場所に居続けるわけにいきません。賑やかな街の方へ晩飯のために出て行きました。オークランドからは一哩くらいしか離れていませんが、田舎には相違ないので、こざっぱりした飲食店など見当りません。それで日本で云うならば有り合せの御酒肴といったような、つまり「チョップハウス」へはいって、食事をしながら時間の経つのを待つことにしました。

すると外の方が俄かに騒がしくなり、「花車が来た」という叫びが聞えるので、R氏は勘定もそこそこにして、出てみました。どうでしょう！　例の飛行機が全体にイルミネーションして、行列の先頭に立ってやってくるではありませんか。此日の定めとして、行列の順が即ち当選の順次だというのでした。R氏の滑走機は優勝だったわけです。R氏は「アッ、僕のが一等賞（ファーストプライズ）！」だと叫んで、人中を押し分けて前へ出ました。これがあのグライダーであったかと思う程、暗の力と電飾の光の花々とが全体を美々しく見せています。いつの間にか模造の発動機及び推進器までが取付けられ、その前方の坐席にはクレァレンス＝ブラウンがさも得意そうに腰をおろし、赤と緑とがチェックになった鳥打帽を逆さにかぶったひたいの上方へ胡桃型の色つき防塵眼鏡を引き上げている。そればかりか、ちゃんとそこに取付けられているハンドルを左手に、右手は、低空離れ技を見せるアーチ＝ホクセー氏さながらに水平に打ち振って群衆に答礼しながら、悠然と、直ぐ前を行き過ぎました。R氏は何とも知れぬ悲しい想いに襲われ眼に涙を一杯ためながら見送ったのでした。

それからR氏は、行列のあとから散会の場所まで追うて行きましたが、更に驚きを重ねなければなりませんでした。というのは、当のブラウンのみか、飛行機山車を警護していた連中の影も姿もなく、只飛行機だけが役目を終り顔に群衆中に取り残されていたからです。R氏には、この上、ブラウンを追っかける気力がなくなり、我が住いにすごすごと帰ってきたのです。

桜祭が済んだ次の日、R氏は飛行機の引渡し及び賞金の件について、ブラウンをその家に訪ねました。ところが先方は留守で、おまけに家人からはけんもほろろの挨拶を受けるという始末です。要領を得ずに立戻った我身を再び哀れまずにおられませんでした。其後いく度もたずねましたが、逢うことが出来ません。余りに口惜しいもので、友人の間柄であるアメリカ人のF氏に依頼して、先方の様子を調べて貰いました。その結果、飛行機は馬車屋に差押えられていることが判ったのです。行列の当日ブラウンは馬車屋に頼んで山車を牽いて貰ったのですが、その賃金の二十五ドル不払いのために、代償としてグライダーを押えられたというわけです。この由を耳にして、R氏は開いた口が塞がりませんでした。一時は訴訟しようかとも考えましたが、相手は丁年未満です。アメリカでは未成年者はなるべく罪にしない習慣ですから、勝算の見込みは確実でないばかりか、訴えるには約百ドルの金が要るという次第もあって、残念ながら思いとどまり、一切の遺恨をひたすら忘れようと努めました。馬鹿を見た夢は醒めました。あの崖上から飛び降りたのも一つに、云うに云われぬ内情（これがつまり飛行機取り草です）に依るのでしたが、過ぎ去ってみれば、若い日には何人にもありがちな発作症状でしかありません。で、R氏は其後よく口に出したものです。「あの飛行機にもう用は無い。しかしともかく最初に乗って飛んだグライダーと、若い不徹底な近代主義者のT君はどうなったであろう」と。

――これでおしまいです。貴方は、この薄荷の切れた薄荷パイプのような昔噺から何か得る処があったでしょうか。R氏は其後、スーロン父子の西部ウインター・キャンプ設置の広告を見て、矢も楯もたまらずドミングスフィールドに出入する身になりました。すった揉んだの揚句、アメリカ航空倶楽部の検定試験にまで漕ぎつけました。飛行家になったものの、前途には新規の大難関が立ちふさがりました。自殺云々は解消していましたが、たといその余韻があったところで、今度は死ぬためには飛ぶことが先決問題でなければなりませんでした。其辺にうようよしている飛行機を持たぬ免許持ち、これらの仲間入りをするのでないかとR氏は惧れないわけにまいりませんでした。ラジャース、バァマリ両氏は既に故人でした。最初の日に氏を夢心地に誘うたラタム氏は、飛行機でなく、彼はアフリカの狩猟で、確かタンガニイカ湖畔で野牛と格闘を演じて、先方の角先で突き殺されたのです。又譚根君は、革命軍に加担しているというので、Yuan shih-kai（袁世凱）の斧（ハチエット）で北京城外に首を刎ねられてしまいました。T君については、“*Where is he?*”とわずかに知人の噂に上るくらいです。〽水の流れと人の身は、それは両国橋の上で弟子と行き会った榎本其角の述懐ばかりでない、とR氏は思うてみるのでした。

解題

著者は自作に何度も手を入れており、大幅に改作された作品も少なくない。本文庫は各作品の最終稿と思われる『稲垣足穂大全』（昭和44～45　現代思潮社。以下『大全』と略）、『多留保集』（昭和49～50　潮出版社）に準じたが、現代かなづかいでない箇所は現代かなづかいに改めた。

Ⅱ以下に収めた各作品はそれぞれ、初出／収録された主要単行本、全集、雑誌を示した。〔　〕内は発表時のタイトルである。

Ⅰに収めた『一千一秒物語』ははじめ大正12年に金星堂より刊行された。のち、昭和33年に『稲垣足穂全集　第一巻』（書肆ユリイカ）に収められ、38年に作家社より復刻、さらに44年、同題の新潮文庫、『大全Ⅰ』（昭44）に収録。

Ⅱには、昭和3年に春陽堂から刊行された『天体嗜好症』にまとめられた諸篇から、『ヰタ・マキニカリス』（昭和23　書肆ユリイカ。河出文庫既刊）に再録されたものを除いて再編集した。

散歩しながら「文芸世紀」（大14・12）／『日本現代文学全集67』（昭和43　講談社）、『多留保集7』（昭50　潮出版社）

パンタレイの酒場「G・G・P・G」（大14・5）／『大全Ⅵ』（昭45）

Aと円筒「文章倶楽部」（大14・1）／〔A CURIUS EPISODE〕『天体嗜好症』、「作家」（昭29・8）、『大全Ⅱ』（昭44）

瓦斯燈物語「文藝春秋」（大14・5）／〔ガス燈の記憶〕『天体嗜好症』、『人間人形時代』（昭49　工作舎）、『多留保集8』（昭50）

美学「新潮」（大14・5）／『多留保集7』（同前）

鶏泥棒〔村の騒動〕「女性」（大15・11）／「作家」（昭29・6）、『大全Ⅵ』（同前）

月光密輸入「新小説」（大14・9）／「虚無思想」（大15・4）、「作家」（昭30・8）、『大全Ⅵ』（同前）

カールと白い電燈「婦人グラフ」（大13・9）／「作家」（昭29・5）、『大全Ⅵ』（同前）

ラリイの夢「文芸道」（大15・4）／『多留保集7』（同前）

わたしの耽美主義〔私の耽美主義〕「新潮」（大13・6）／〔私の耽美主義〕『天体嗜好症』、「作家」（昭30・7）、『大全Ⅵ』（同前）

われらの神仙主義「新潮」（大15・4）／『多留保集3』（同前）

天文台「文芸時代」（昭2・3）／『日本現代文学全集67』（同前）、『多留保集6』（同

前）。なお「生活に夢を持っていない人々のための童話」の一部として改訂合併されている

彗星倶楽部　〔彗星問答〕「虚無思想研究」（大15・6）／「作家」（昭30・8。「僕の『メロンタ・タウタ』」中の一篇として）、『大全Ⅰ』（昭44）、〔彗星問答〕『多留保集6』（同前）。なお「生活に夢を持っていない人々のための童話」の一部として改訂合併されている

螺旋境にて　〔二十世紀須弥山土星馴し〕「週刊朝日」（大14・8）／「作家」（昭30・8。「僕の『メロンタ・タウタ』」中の一篇として）、『大全Ⅰ』（同前）

僕の触背美学　〔形式及び内容としての活動写真〕「新潮」（昭2・6）／〔形式及び内容としての活動写真〕『天体嗜好症』（同前）、〔ぼくの触背美学〕「作家」（昭和30・9）、〔触背美学〕「雷鳥」（昭43・9）、〔映画論「私の触背美学」〕「SDスペースデザイン」（昭43・11）、『大全Ⅴ』（昭45）、〔形式及び内容としての活動写真〕『多留保集2』（昭49）

オートマチック・ラリー　「文藝春秋」（大14・8）／『多留保集2』（同前）

ラリイシモン小論　「文藝春秋」（大14・12）／『多留保集3』（同前）

つけ髭　「新潮」（昭2・5）／「作家」（昭29・9）、『菫色のANUS』（同前）、『大全Ⅱ』（同前）、『桃色のハンカチ』（昭49　現代思潮社）、『多留保集4』（昭50）

サギ香水　「太陽」（昭2・8）／〔鷺香水〕『天体嗜好症』、『多留保集8』（同前）。な

お「彼等(THEY)」の初めとして用いられている

ちょいちょい日記〔ちょい〳〵日記〕「文芸時代」(大15・4)/〔『ちょいちょい』日記〕『天体嗜好症』、〔臀呫日記〕「作家」(昭32・6)、『大全Ⅱ』(同前)

或る倶楽部の話「近代風景」(昭2・1)/『多留保集7』(同前)

ちんば靴〔ベニスの思い出〕「不同調」(大15・7)/〔ベニスの思い出〕『天体嗜好症』、「作家」(昭29・5)、『大全Ⅵ』(同前)、〔ベニスの思い出〕『多留保集6』(同前)

Ⅲには宇宙論を、Ⅳには飛行機にまつわるエッセイを収めた。

私の宇宙文学『悪魔の魅力』(昭23　若草書房)/「作家」(昭32・2)、『大全Ⅰ』(同前)

ロバチェフスキー空間を旋りて「作家」(昭39・5)/「南北」(昭42・12)、『僕の〝ユリーカ〟』(昭43　南北社)、『大全Ⅰ』(同前)

僕の〝ユリーカ〟〔宇宙論入門〕『宇宙論入門』(昭22　新英社)/〔遠方では時計が遅れる〕「作家」(昭31・2)/〔モダン・コスモロジー序説〕「作家」(昭34・1〜2)/「南北」(昭42・10〜11)/『僕の〝ユリーカ〟』(同前)、『大全Ⅰ』(同前)

空の美と芸術に就いて〔芸術的に見たる飛行機〕「飛行」(大10・5)/「文芸時代」(大15・4)、『多留保集2』(昭49)

滑走機　「文芸時代」（大15・11）／『多留保集2』（同前）
逆転　「文芸汎論」（昭8・1）／『多留保集2』（同前）
飛行機の黄昏　「文芸世紀」（昭16・8）／「机」（昭32・8）、『多留保集2』（同前）
飛行機の墓地　〔予言〕『悪魔の魅力』（昭23・7）／〔飛行機の墓場〕「作家」（昭35・12）、『大全Ⅵ』（同前）
おくれわらび　「作家」（昭35・6）／『大全Ⅵ』（同前）

※現在では不適切とされる表現が本文中使われておりますが、原文のままとしています。

（編集部）

解説　「機械仕掛け」の夢

安藤礼二

稲垣足穂は、宇宙そのものを自身の表現の主題としたという点で、またその宇宙を決して人間という現実のレベルにまで引き下げず、人間をはるかに超えた超現実の次元で描き尽くそうとした点で、他の文学者とは隔絶している。近代日本文学史上、ほとんど、唯一無二の存在である。

足穂にとって、宇宙は抽象の極として存在していた。足穂は、宇宙の構造を探究し、それを独自の「宇宙模型」として提示した科学者たち、物理学者にして天文学者たちの営為を、アブストラクト芸術の傑作と、位置づけている。「天文学者はどこか芸術家と共通しています」と。しかしまた、もう一方で、足穂は、その抽象的な極として存在する宇宙にたどり着く手段として、草創期の、まだ「飛行器」と呼ばれていた、ほとんど手作りの、子供の玩具と見まがうばかりの新たな機械を造り上げ、己の生命を賭して、認識の新たな時空間である「大空」に挑んでいった人々を称揚してやまなかった。

足穂にとって、抽象の極たる宇宙の探究と、具体の極たる玩具としての機械の創造は、相矛盾しないものだった。否、大宇宙への夢は、創造的な機械を通して実現されなければならないものだった。足穂にとって、宇宙と機械、あるいは、生命と機械は対立するものではなかった。真の機械は生命として発現しなければならなかったし、真の生命は機械を通して実現されなければならなかった。現代の哲学的かつ表現的な課題そのものである。

足穂が熱愛していたさまざまな「機械仕掛け」としての玩具、未知なる時空つまりは表現の未来たる大空に挑む「飛行機」、宇宙の真の姿をそのなかに映す「望遠鏡」、生命の真の姿をそこに捉えまた生命の真の姿をそこに再現する「映写機」は、すべて、そうした、新たな生命として存在をはじめた機械そのものであった。そうであるとするならば、足穂が小説家として残した作品のすべても、自らがまざまざと見た抽象的な夢を、言葉という具体的な素材を組み上げて表現した、夢の「機械仕掛け」にして「機械仕掛け」の夢そのものであった、そう言うこともまた可能であろう。

＊

本巻には、「機械仕掛け」の夢を紡ぎ続けた、世界的にも稀有な、宇宙文学者としての足穂の全体像を理解するのに最もふさわしい、小説やエッセイや論考が集大成されている。まず、Ⅰとして収録された『一千一秒物語』は、正真正銘、足穂の作家としての出発点であり、以降、足穂が展開していく表現世界の「宇宙模型」そのものであった。

その、表現世界の「宇宙模型」をさまざまなかたちに展開していったのが、Ⅱの「天体嗜好症」――そのタイトルがすべてを語ってくれている――として収録された諸作品である。

「月及び星々」を主題とした小説の他に、ここには「映画」をめぐるエッセイ的な作品をはじめ、「わたしの耽美主義」「われらの神仙主義」「僕の触背美学」という、足穂自ら、自身が理想とする文学的かつ芸術的な表現とはどのようなものなのかを語ってくれた貴重な証言が収められている。足穂にとって、「映画」とは、人間を超えていくための手段、世界認識を根底から変革してくれる「機械仕掛け」そのものであった。足穂は、「われらの神仙主義」のなかで、「機械」について、こう語っている――「機械とは生命であるものの原理を最も簡単に抽象した真似であると云うなら、生命とは、機械であるものがそれみずからを超越するまでに理想的発展をとげたものだと考えられる」。

機械は生命を模倣し、生命はその機械をさらに模倣し、新たな次元に進み入る。身体は機械であり、機械は身体である。だから、足穂にとって人間的な身体もまた、抽象的かつ具体的な一つの機械、一つの機能にまで還元されてしまうものだった。身体とは、天上と地上の間にひらかれた、O（口唇）とA（肛門）をつなぐ一本の管なのであり、その一本の管にとって、少年であることと少女であることの区別、人間であることと人形であることとの区別は失われてしまう。映写機という、足穂がいうところの生命＝機械を通して、そのなかに定着された人間は、このⅡに収められた諸作品で繰り返し取り上げられた、足穂が偏愛する映画俳優であるラリー・シモンのように、生身の人間でありながら、機械仕掛けの人形であるような存在、「無性格の性格」をもつことで表現の「新領土」、表現の「超自然」をひらいてくれる、オートマチックな「人間人形」へと変貌を遂げていくのである――先に本巻の全体像を提示してしまえば、Ⅲの「宇宙論入門」には、「映写機」と同じく生命＝機械としての「望遠鏡」（天文台）を、Ⅳの「ヒコーキ野郎たち」には、同じく「飛行機」を論じた、代表的な論考、エッセイ、小説が集成されている。

さらに足穂は、このⅡに収められた「わたしの耽美主義」のなかで、生命と機械の間に区別をもたない「人間人形」の時代にふさわしい新たな文学の理念について、こうまとめてくれている――「それは刹那的で、童話的超絶味を含み、且つ虚無性を加味したものでなければならぬ。瞬間は最も純粋に人心にはいりがちであり、童話は耽美派文学の最高形態であり、虚無性はあらゆる芸術の眼目とする解放へのひとすじ道を意味するからである」。刹那的で、童話的で、虚無的。ここに提出された三つの条件をすべて兼ね備えた作品集こそ、『一千一秒物語』だった。その『一千一秒物語』から一篇、「月光密造者」の導入部分（それだけでも作品全体の半分弱を占める）を引用してみる――。

ある夜　明けがたに近い頃　露台の方で人声がするので　鍵穴からのぞくと　黒い影が二つ三つなにか機械を廻していた――近頃ロンドンで発明されたある秘密な仕掛

によって　深夜月の高く昇った刻限に　人家の露台で月の光で酒を醸造する連中があるという新聞記事に気がついた　自働ピストルを鍵穴に当ててドドドド……と射った　露台の下の屋根や路上にあたってガラスの壊れる音がした

ある秘密の「機械仕掛け」によって、「月」のエッセンスを集め、人を「夢」に酩酊させる光の酒を醸造するとともに、その同じ「月」のエッセンスを、常識を粉々に破壊してしまうような一つの光の「爆弾」としても組織する。宇宙と機械を直接むすび合わせる足穂の宇宙文学の本質をあますところなく語ってくれるとともに、刹那性、童話性、虚無性を兼ね備え、足穂以外の他の誰も書くことのできない、「人間人形」の時代の文学に最もふさわしい一篇でもある。

「虚無」とは、破壊のゼロであるとともに、創造のゼロでもある。自明の表現の制度をゼロに破壊してしまうことで、まったく新しい表現をゼロからはじめることが可能になる。足穂の「虚無」の文学は、現実の「虚無」、ダダイズムとアナキズムが一つに融合した文学的かつ政治経済的な「虚無主義」（ニヒリズム）を提唱した表現者たちと共鳴していく。足穂は、ここに引用された主題をさらに展開し、Ⅱに収録された短篇「月光密輸入」として、ダダイスト吉行エイスケが編集をつとめていた雑誌『虚無思想』に発表し、さらに、自ら宇宙論そのものを作品化した、やはりⅡに収録された「彗星倶楽部」の原型となった「彗星問答」を、ダダイスト辻潤が吉行から引き継いだ雑誌『虚無思想研究』に発表した――同じこの『虚無思想研究』には、宮沢賢治の「心象スケッチ」の一部も発表されている。ともに独自の宇宙文学を追究した足穂と賢治は、ダダイズムとアナキズムが一つに重なり合った「虚無主義」によって交錯していたのである。足穂の「彗星倶楽部」は、それまでの足穂の宇宙論の集大成としてある。足穂は、そこで「円錐宇宙」と、その「円錐宇宙」の頂点を一直線に目指す彗星（「ポン彗星」）の姿を描き出した。ポン彗星が到達することを目指した「円錐宇宙」の頂点には、文字通りのユートピアが存在していた。足穂は、そのユートピア（「ポンの寂光土」）を、こう描写している――。

このキュービズム張りの喇嘛（ラマ）宮殿、それとも回教寺院に附属している最小の角錐にしたところで、ギゼーにあるピラミッドの幾百倍の容積を持っているように伺われる。そしてこんな遠景都市の中心部からは、そのかそけさは恰も蜘蛛の糸になぞらえたい彩光が幾千条となく扇形に放射して、華麗無類な矢車となって夜天を漉しながら廻っていたが、この儚さは蜉蝣（かげろう）の翅であり、しかも寂としたなかに動いているだけに、滅入るとも何とも云い様のない快い淋しさがそそられる……それは東洋の経典にある「極楽」を想わせた。

さまざまな時代のさまざまな文化が、時間と空間の隔たりを乗り越えて、一つの光の蜘蛛の巣のように、一枚の蜉蝣の翅のように、重なり合う。足穂は、表現のユートピアとして自らが構築した、この「円錐宇宙」の頂点に位置する静的（スタティック）な光の「極楽」を、さらに彼方へとひらいていく。その大きな動因となったのが、Ⅲの「宇宙論入門」の最後に収録された足穂宇宙論の集大成たる「僕の〝ユリーカ〟」であり、その理論的な支柱となったオランダの天文学者ド・ジッターによる「宇宙模型」の発見とその血肉化であったと推測される。

　残念ながら、専門的な知識を持ち合わせていないため、足穂が「僕の〝ユリーカ〟」に書き残していることを正確に要約することは不可能であるが、足穂の全著作のなかで、この「僕の〝ユリーカ〟」こそ、文学的な想像力の雄大な飛躍と、それを裏付ける科学的知識の網羅的な学習が渾然一体となっており、少なくとも私個人としては、足穂の達成した芸術的な表現の頂点に位置づけられると思っている。

　足穂は、ド・ジッターから、円錐は、定義上、一つでは完結しないこと、完成しないことを学んだ。円錐は、その頂点を境として、まったく同じものが二つ、「鼓の胴のようにまんなかがくびれた」かたちでつながりあっていなければならない。「円錐宇宙」は一つではなく、その頂点で、二つの同じ「円錐宇宙」が逆方向に向かって一つにつながり合い、それぞれの底辺は無限に向かってひらかれている。足穂は、ド・ジッターの言葉を引き、こう述べている。「宇宙的未来は宇宙的過去と繋っていなければならない」。宇宙の「過去圏」をあらわす一つの「円錐宇宙」は、その頂点を介して、宇宙の「未来圏」をあらわすもう一つの「円錐宇宙」と繋がり合っていなければならなかったのだ。つまり、過去の時間の無限の集積によってかたちになった光の「極楽」は、滅びを指し示すとともに未知なる未来をも指し示していたのだ。過去の無限に閉じられた宇宙は、未来の無限に開かれなければならなかった。後に足穂は、過去と未来、二つの「円錐宇宙」の交点に、より動的（ダイナミック）な光の身体、「弥勒」を位置づけるであろう。

ポン彗星が可能にしてくれた宇宙の頂点にひらかれる「寂光土」から、ド・ジッターの宇宙模型が可能にしてくれた「弥勒」へ。足穂の宇宙論の完成にして、その文学の完成、つまりは『弥勒』の執筆から完成までを、自らの言葉で記してくれたのが、Ⅲの最初に収められた「私の宇宙文学」であった。

＊

宇宙を科学的に論じるとともに、宇宙を文学的に表現した稲垣足穂が成し遂げたことは、一体何だったのか。それを最もよくあらわしてくれているのが、Ⅳの「ヒコーキ野郎たち」の冒頭に収められた「空の美と芸術に就いて」であろう。そのはじまりに、足穂は、こう記している――。

前世紀の文明は或るかぎられた観念の上にきずかれたものであった。が、私たちの求めるのは、もっと高い、広い、自由な世界である。飛行機が来るべき文明の先駆のなかで、最もあざやかなものであるとは一般にみとめられていることだが、それは外形的な方面のみだけであろうか。空中飛行を一言に云うなら、私たちの平面の世界を立体にまでおしひろげようとする努力である。即ち、それによって土と水とに住むことができた私たちは、空中にも住むことができる自由な私たちになろうとするのである。単なるあそびではなく、長い間虫のように地球の表面をはいまわること以上に出なかった人類の生活を、思想の上にも、科学の上にも、芸術の上にも、よりひろく、より高く、より大いなるものにしようとする革命を意味する。

足穂にとって、「飛行機」という生命＝機械は、人間に空中世界という、大地の三次元を超えた、より高く、より広く、より深い、大空のようにひろがる高次元の世界、四次元の世界をひらいてくれるものだった。それは人間の科学的な世界認識に、あるいは芸術表現に、革命を引き起こす。この「飛行機」を、「望遠鏡」に、「映写機」に、言い換えることは充分に可能である。足穂は、そうした新世紀の生命＝機械がはじめて切りひらくことを可能にしてくれた未来の消息を、いまここに、ただ足穂にしかできない方法で、文学作品として残してくれたのだ。だからこそ、足穂は生涯「未来派」を標榜し続けたのだ。

われわれの時代の世界認識は、芸術表現は、果たして足穂に追いついたのであろうか。ここに足穂の宇宙文学集成として編集し直された『天体嗜好症』によって、そうした問いが、あらためて突きつけられるであろう。

（批評家）

天体嗜好症 一千一秒物語

二〇一七年 四 月一〇日 初版印刷
二〇一七年 四 月二〇日 初版発行

著 者 稲垣足穂
発行者 小野寺優
発行所 株式会社河出書房新社
〒一五一－〇〇五一
東京都渋谷区千駄ヶ谷二－三二－二
電話〇三－三四〇四－八六一一（編集）
〇三－三四〇四－一二〇一（営業）
http://www.kawade.co.jp/

ロゴ・表紙デザイン 粟津潔
本文フォーマット 佐々木暁
本文組版 株式会社キャップス
印刷・製本 凸版印刷株式会社

Printed in Japan ISBN978-4-309-41529-1

ヰタ・マキニカリス

稲垣足穂　41500-0

足穂が放浪生活でも原稿を手放さなかった奇跡の書物が文庫として初めて一冊になった！「ヰタとは生命、マキニカリスはマシーン（足穂）」。恩田陸、長野まゆみ、星野智幸各氏絶賛の、シリーズ第一弾。

少年愛の美学　A感覚とV感覚

稲垣足穂　41514-7

永遠に美少年なるもの、A感覚、ヒップへの憧憬……タルホ的ノスタルジーの源泉ともいうべき記念碑的集大成。入門編も併録。恩田陸、長野まゆみ、星野智幸各氏絶賛の、シリーズ第2弾！

英霊の聲

三島由紀夫　40771-5

繁栄の底に隠された日本人の精神の腐敗を二・二六事件の青年将校と特攻隊の兵士の霊を通して浮き彫りにした表題作と、青年将校夫妻の自決を題材とした「憂国」、傑作戯曲「十日の菊」を収めたオリジナル版。

対談集　源泉の感情

三島由紀夫　40781-4

自決の直前に刊行された画期的な対談集。小林秀雄、安部公房、野坂昭如、福田恆存、石原慎太郎、武田泰淳、武原はん……文学、伝統芸術、エロチシズムと死、憲法と戦後思想等々、広く深く語り合った対話。

南方マンダラ

南方熊楠　中沢新一〔編〕　42061-5

日本人の可能性の極限を拓いた巨人・南方熊楠。中沢新一による詳細な解題を手がかりに、その奥深い森へと分け入る《南方熊楠コレクション》第一弾は、熊楠の中心思想＝南方マンダラを解き明かす。

南方民俗学

南方熊楠　中沢新一〔編〕　42062-2

近代人類学に対抗し、独力で切り拓いた野生の思考の奇蹟。ライバル柳田國男への書簡と「燕石考」などの論文を中心に、現代の構造人類学にも通ずる、地球的規模で輝きを増しはじめた具体の学をまとめる。

浄のセクソロジー

南方熊楠　中沢新一〔編〕　42063-9

両性具有、同性愛、わい雑、エロティシズム——生命の根幹にかかわり、生成しつつある生命の状態に直結する「性」の不思議をあつかう熊楠セクソロジーの全貌を、岩田準一あて書簡を中心にまとめる。

エロティシズム 上・下

澁澤龍彥〔編〕　40583-4　40584-1

三十名に及ぶ錚々たる論客が、あらゆる分野の知を駆使して徹底的に挑んだ野心的なエロティシズム論集。澁澤自らが「書斎のエロティシズム」と呼んだ本書は、快い知的興奮に満ちた名著である。

サド侯爵 あるいは城と牢獄

澁澤龍彥　40725-8

有名な「サド裁判」でサドの重要性を訴え、翻訳も数多くなし、『サド侯爵夫人』の三島由紀夫とも交友があった著者のエッセイ集。監禁の意味するもの、サドの論理といった哲学的考察や訪問記を収めた好著。

血と薔薇コレクション 1

澁澤龍彥〔責任編集〕　40763-0

一九六八年に創刊された、澁澤龍彥責任編集「血と薔薇」は、三島由紀夫や稲垣足穂、植草甚一らを迎え、当時の最先端かつ過激な作品発表の場となった。伝説の雑誌、初の文庫化！

血と薔薇コレクション 2

澁澤龍彥〔責任編集〕　40769-2

エロティシズムと残酷の綜合研究誌「血と薔薇」文庫化第二弾は、「フェティシズム」に焦点を当てる。生田耕作、種村季弘、松山俊太郎のエッセイのほか、司修、谷川晃一らの幻想的な絵画作品を多数収録。

血と薔薇コレクション 3

澁澤龍彥〔責任編集〕　40773-9

エロティシズムと残酷の飽くなき追求の果て、浮かび上がる「愛の思想」。愛の本質とは何か。篠山紀信、田村隆一、巖谷國士、中田耕治、野坂昭如など、豪華布陣による幻の雑誌の文庫化最終巻。

ブラザー・サン　シスター・ムーン

恩田陸　41150-7

本と映画と音楽……それさえあれば幸せだった奇蹟のような時間。「大学」という特別な空間を初めて著者が描いた、青春小説決定版！　単行本未収録・本編のスピンオフ「糾える縄のごとく」＆特別対談収録。

夏至南風

長野まゆみ　40591-9

海から吹いてくる夏至南風は、少年の死体を運んでくるのか？　〈海岸ホテル〉に、岷浮の街にうごめくみだらな少年たちのネットワーク。その夏、碧夏はどこに連れ去られ彼の身に何が起こったのか？

兄弟天気図

長野まゆみ　40705-0

ぼくは三人兄弟の末っ子。ちぃ坊と呼んでぼくをからかう姉さんと兄さんの間には、六歳で死んだ、もう一人の兄さんが居た。キリリンコロンの音とともに現れる兄さんそっくりの少年は誰？

夏至祭

長野まゆみ　40415-8

ぼくはどうしても失くした羅針盤を探し出したいのさ——。半夏生の夜まで、あと二週間、集会はその夜に開かれるのに、会場の入口を見つけるための羅針盤を落としてしまった——。好評の文庫オリジナル。

賢治先生

長野まゆみ　40707-4

少年たちを乗せた汽車は、ひたすら闇のなかを疾ります……ケンタウリ祭の晩に汽車に乗ったジョヴァンナとカンパネッラ。旅の途中で二人と乗り合わせた宮沢賢治。少年たちとの蒼白い銀河交流の行方は？

コドモノクニ

長野まゆみ　40919-1

きっとあしたはもっといいことがある、みんながそう信じていた時代の子どもの日常です（長野まゆみ）。——二十一世紀になるまであと三十一年。その年、マボちゃんは十一歳。懐かしさあふれる連作小説集。

新世界　1st

長野まゆみ　40791-3

兄さん、ぼくはいつから独りなんだろう。太陽から二億三千万キロ離れた夏星（シアシン）。謎の物質“ゼル”をめぐる闘いのなか、“永い眠り人”はふたたび目醒めるか。全五巻で贈る巨篇ファンタジー！

完本 酔郷譚

倉橋由美子　41148-4

孤高の文学者・倉橋由美子が遺した最後の連作短編集『よもつひらさか往還』と『酔郷譚』が完本になって初登場。主人公の慧君があの世とこの世を往還し、夢幻の世界で歓を尽くす。

天球儀文庫

長野まゆみ　40768-5

星の名前を教えてくれる宵里は、いつもアビを魅了する。秋の新学期から夏期休暇まで、二人が過ごした美しい日々と、不思議な出来事の数々。幻の初期作品四篇が一冊になった！

猫道楽

長野まゆみ　40908-5

〈猫飼亭〉という風変わりな屋号。膝の上に灰色の猫をのせ、喉を撫でつつ煙管を遣う若い男。この屋敷を訪れる者は、猫の世話をするつもりが、〈猫〉にされてしまう……。極楽へ誘う傑作！

野川

長野まゆみ　41286-3

もしも鳩のように飛べたなら……転校生が出会った変わり者の教師と伝書鳩を育てる仲間たち。少年は、飛べない鳩のコマメと一緒に“心の目”で空を飛べるのか？　読書感想文コンクール課題図書の名作！

野ばら

長野まゆみ　40346-5

少年の夢が匂う、白い野ばら咲く庭。そこには銀色と黒蜜糖という二匹の美しい猫がすんでいた。その猫たちと同じ名前を持つ二人の少年をめぐって繰り広げられる、真夏の夜のフェアリー・テール。